디어 에드워드

디어 에드워드

앤 나폴리타노 장편소설
공경희 옮김

* 373~449쪽의 조종실 장면은 제프 와이즈가 2011년 〈파퓰러 메카닉스〉에 게재한 '에어프랑스 447편에 무슨 일이 벌어졌는가'라는 제목의 기사를 재가공했으며, 필자와 허스트 매거진 미디어 사의 허락을 얻었다.

"댄 와일드를 위해서, 모든 것을 위해서"

"죽는 것은 확실하지만
언제 죽을지는 불확실할진대,
가장 중요한 건 무엇일까?"

— 페마 초드론(티벳 불교의 스승, 작가)

1장

2977편 항공기에 탑승한 사람들

2013년 6월 12일 7:45 A. M.

브루스와 제인 애들러는 검색대로 다가가면서 열두 살인 아들
에디를 옆으로 당긴다. 열다섯 살인 첫째 조던은 다른 가족들이
모두 검색대를 통과할 때까지도 여전히 뒤에 서 있다. 조던이 기
계를 조작하는 검색요원에게 말을 건다.

"저는 거부하고 싶은데요."

요원이 소년을 쳐다본다.

"뭐라고?"

소년은 주머니에 손을 찌르면서 대구한다.

"기계통과를 거부한다고요."

요원이 어딘가를 향해 소리쳤다.

"기계통과 거부 남성 한 명!"

검색대 너머에서 브루스가 말한다.

"조던, 무슨 짓이야?"

소년이 어깨를 으쓱한다.

"이건 전신 백스캐터(backscatter, 후방산란 엑스선 장치로 마약 발견 등에 사용되는 기계 – 옮긴이)라고요, 아빠. 출시된 기계 중 가장 위험하고 효과는 가장 낮은 종류에요. 이 기계 관련 글을 읽었기 때문에 통과하지 않으려고요."

10미터쯤 떨어져 선 브루스는 검색대를 다시 통과해 아들에게 가는 게 허용되지 않을 줄 알기에 입을 다문다. 그는 조던이 더는 말하지 않기를 바란다.

"옆으로 서거라. 너 때문에 줄이 막혔으니."

보안요원이 말한다.

조던이 시키는 대로 하자 그가 다시 말한다.

"내 말을 명심해. 저 사람이 너를 더듬어 검사하는 것보다는 이 기계를 통과하는 게 훨씬 쉽고 유쾌할 게다. 샅샅이 더듬는다는 뜻이야."

조던은 머리칼을 이마 위로 쓸어 올린다. 작년에 15센티미터나 자란 소년의 체구는 젓가락처럼 가늘다. 엄마, 동생과 똑같은 곱슬머리가 어찌나 금방 자라던지 가지런히 간수할 수가 없다. 반면에 아빠 브루스의 머리는 희고 짧다. 그는 스물일곱 살부터 흰 머리가 나기 시작했고, 바로 그해에 조던이 태어났다. 그는 자주 아들에게 머리를 가리키면서 "네가 나한테 한 짓을 좀 봐!"

라며 농담했다. 지혜롭게 처신하라는 듯 자신을 빤히 보는 아빠의 눈길을 조던은 의식한다. 조던이 말한다.

"이 기계를 통과하지 않으려는 이유는 네 가지거든요. 듣고 싶으신가요?"

보안요원이 재미있다는 듯한 표정을 짓는다. 이제 소년에게 관심을 두는 사람은 요원 혼자가 아니다. 주위 승객들이 모두 이 대화에 귀를 기울인다.

"큰일일세."

브루스가 중얼댄다. 에디는 엄마의 손을 잡는다. 적어도 1년 만에 처음 있는 일이다. 이번에 뉴욕에서 LA로 이사하면서 – 아빠는 '대변혁'이라고 표현했다 – 짐을 싸는 부모님을 본 에디는 뱃속이 뒤틀렸다. 뱃속이 꾸르륵대기 시작하자 에디는 근처에 화장실이 있는지 걱정스럽다. 에디가 말한다.

"형이랑 있을 걸 그랬나 봐요."

"별일 없을 거야."

제인이 말한다. 작은아들뿐만 아니라 스스로에게도 하는 말이다. 남편의 시선은 조던에게 쏠려 있지만, 그녀는 차마 조던을 쳐다볼 수 없다. 대신 에디 손의 기분 좋은 감촉에 집중한다. 얼마나 그립던 손길인가. 제인은 생각한다. '우리가 더 자주 손을 잡기만 하면 많은 문제가 해결될 텐데.' 보안요원이 가슴을 내밀면서 대꾸한다.

"해보시지, 꼬마 양반."

조던은 손가락을 하나씩 꼽으면서 말한다.

"첫째, 저는 방사선 노출을 제한하고 싶고요. 둘째, 이 기술이 테러를 방지한다고 믿지 않아요. 셋째, 정부가 내 고환을 촬영하고 싶어 하는 게 역겨워요. 넷째…"

소년이 숨을 들이마시고 말을 잇는다.

"…기계 안에서 취해야 되는 자세 – 경찰서에서 촬영할 때처럼 양손을 드는 것 – 가 당사자를 무기력하고 초라하게 느끼게끔 하기 위해 고안되었다고 생각하기 때문이에요."

이제 TSA(미국 교통보안청) 요원의 얼굴에 웃음기가 사라진다. 그는 주위를 흘끔댄다. 지금 자신이 아이에게 놀림을 당하는 건지 가늠이 안 된다.

근처에서 휠체어에 앉아, 보안요원이 휠체어에 폭발물이 있는지 조사하기를 기다리던 크리스핀 콕스는 이 일을 두고 안달하던 참이다. 휠체어에 폭발물이 있는지 조사하다니! 그가 기운이 있다면 거부했을 것이다. '이 멍청이들은 나를 뭐로 볼까? 뭐라고 생각할까?' 휠체어에 앉아 간호사를 대동하고 여행해야 되는 신세로도 부족해 이런 꼴까지 당해야 하다니. 콕스가 발끈해서 쏘아붙인다.

"아이에게 그 빌어먹을 더듬는 검사를 하시오."

노인은 수십 년간 이런저런 요구를 했고 늘 뜻을 이루었다. 그의 테너 목청이 검은 띠 유단자가 널빤지를 격파하듯 검색요원의 우유부단한 태도를 깨뜨린다. 그가 다른 요원에게 손짓하고,

불려온 요원은 조던에게 다리를 벌리고 팔을 뻗으라고 지시한다. 가족이 낙심해서 지켜보는 사이, 보안요원은 조던의 다리 사이에 함부로 손을 넣는다.

"몇 살이지?"

그가 묻고, 잠시 멈추어 서서 고무장갑을 다시 당겨 낀다.

"열다섯 살인데요."

요원은 언짢은 표정을 짓는다.

"애한테 해본 적이 없는데."

"그럼 누구한테 하는데요?"

"주로 히피들."

그는 잠시 생각에 잠긴다. 그러고 나서 덧붙인다.

"혹은 과거에 히피였던 사람들."

조던은 몸을 똑바로 가누어야 된다. 요원이 청바지 허리춤을 더듬자 몸이 간지럽다.

"난 커서 히피가 될 거예요."

"끝났다, 열다섯 살. 가봐라."

요원이 말한다.

조던은 웃는 얼굴로 가족들에 합류한다. 에디가 운동화를 건네준다. 조던이 말한다.

"얼른 가요. 비행기를 놓치면 큰일이니까."

"이 얘기는 나중에 다시 하자."

브루스가 말한다.

13

두 소년이 앞장서서 통로를 걷는다. 복도 창문으로 멀리 뉴욕의 스카이라인이 보인다. 철과 유리로 쌓은 인공 산들이 파란 하늘을 뚫고 솟아있다. 제인과 브루스는 이를 뽑고 패인 자리를 혀로 확인하듯 습관적으로 쌍둥이 빌딩이 있던 자리를 찾아본다. 쌍둥이 빌딩이 무너질 때 아주 어렸던 두 아들은 현재의 스카이라인을 있는 그대로 받아들인다.

"에디."

조던이 부르자 형제는 눈빛을 교환한다. 둘은 어려움 없이 서로의 마음을 읽을 수 있다. 형제는 자주 말 한마디 없이 대화하거나 결정을 내렸고, 제인과 브루스는 그걸 보면서 의아해했다. 둘은 늘 한 몸처럼 움직이고 뭐든 함께 해왔다. 하지만 작년부터 조던이 조금씩 멀어졌다. 그가 동생의 이름을 부른다는 것은 '난 여전히 여기 있어. 언제나 여기로 돌아올 거야'라는 뜻이다. 에디가 형의 팔을 툭 치고 달려 나간다. 제인은 천천히 걷는다. 막내아들이 놓은 손을 옆으로 내리자니 허전하다.

탑승구 앞에서 더 대기해야 한다. 새하얗게 차려입은 린다 스톨렌이라는 젊은 여성이 급히 약국으로 들어간다. 손바닥이 축축하고 심장은 튀어 나갈 길을 찾으려는 듯이 쿵쾅거린다. 시카고에서 탑승한 비행기는 자정에 도착했고, 환승까지 몇 시간 동안 벤치에 앉아 핸드백을 가슴에 안은 채 눈을 붙이려 애썼다. 가장 싼 항공권을 예약했고, 그래서 뉴왁(뉴욕시 인근의 공항 - 옮긴이)을 거쳐 간다. 공항 가는 길에 아버지에게 다시는 돈을 부탁하지 않겠다고 말했다. 그는 그렇게 우스운 소리는 처음이라는 듯 무릎까지 치면서 낄낄댔다. 하지만 린다는 진지했다. 이 순간 그녀가 확신하는 것은 두 가지다. 첫째, 인디애나에 다시 돌아가지 않으리란 것. 둘째, 다시는 아버지와 그의 세 번째 부인에게 아무 부탁도 하지 않으리란 것. 24시간 사이 두 번째로 약국에 들렀다. 핸드백을 열어 사우스벤드(미국 인디애나주 북부에 있는 도시 - 옮긴이)에서 구입한 임신테스트기를 만진다. 이번에는 유명 인사들이 나오는 잡지, 초콜릿, 다이어트 음료를 골라 계산대로 간다.

크리스핀 콕스는 휠체어에 앉아 코를 곤다. 수척한 몸이 마치 종이인형 같다. 이따금 작은 새가 날려고 버둥대듯 그의 손가락이 떨린다. 눈썹 숱이 많은 중년의 간호사는 가까운 좌석에 앉아 손톱을 줄로 다듬고 있다.

제인과 브루스는 파란 공항 의자에 나란히 앉아, 주위 사람들이 알아차리지 못하게 입씨름을 벌이고 있다. 둘은 태연한 얼굴로 목소리를 낮춰 말한다. 아들들은 이런 스타일의 부부싸움을 '데프콘4(미국 방위 준비 태세를 나타내는 기준으로 1부터 5까지의 단계로 나뉨 - 옮긴이)'라고 부르며 걱정하지 않는다. 스파링하듯 티격태격하지만 싸움보다는 의사소통에 가깝다. 팔을 뻗지만 치지는 않는다. 브루스가 말한다.

"위험한 상황이었다고."

제인은 가볍게 고개를 젓는다.

"조던은 아직 어린걸요. 검색요원들은 어떤 조치도 취하지 않았을 거라고요. 조던은 권리를 행사한 거죠."

"사람이 순진하기는. 조던은 멋대로 지껄였고 이 나라는 그걸 좋게 받아들이지 않아. 헌법에 뭐라고 나오든 상관이 없다고."

"의견을 말하라고 가르친 사람은 바로 당신이에요."

브루스가 입을 꾹 다문다. 반박하고 싶지만 그럴 수가 없다. 그는 아들들의 홈스쿨링을 맡아, 늘 수업 내용에 비판적으로 사고하는 것을 강조해왔다. 최근 규율을 문자 그대로 받아들이지 않는 것의 중요성에 대해 장광설을 늘어놓은 기억이 난다. 모든 것에 도전하라고 가르쳤다. 모든 것에. 사실 브루스는 그의 정교수 임명을 승인하지 않은 컬럼비아대학교의 미련한 떠버리들 때문에 몇 주간 전전긍긍했다. 그가 교수들의 칵테일 파티에 불참한다는 이유 때문이었다. 학장에게 질문했다. "취해서 말장난하는 게 대관절 수학이랑 무슨 관계가 있습니까?" 그는 아들들도 떠버리들에게 맞서기를 바랐지만 아직은 아니다. 문구를 고쳐서 가르쳤어야 했다. 모든 것에 도전하되, 어른이 되어 온전한 힘을 갖추고 집에서 독립한 후에 해라. 내가 걱정할 필요가 없도록.

그때 제인이 말했다.

"저기 있는 여자 좀 봐. 치맛단에 종이 주르르 달렸네. 움직일 때마다 딸랑대는 옷을 입다니 말도 안 돼!"

그녀는 조롱하려는 의도로 고개를 저었지만 결국엔 감탄한
다. 작은 종들을 딸랑대면서 걷는 상상을 해본다. 걸음을 뗄 때
마다 음악을 만들고 눈길을 끌고. 그런 상상을 하자 얼굴이 달
아오른다. 제인은 지금 청바지와 자칭 '집필용 스웨터' 차림이
다. 편하게 여행하려고 이렇게 입었다. 저 여자는 뭘 위해 저렇
게 입었을까?

검색대에 섰을 때 느껴지던 브루스의 공포와 당혹감이 이제
잦아들기 시작한다. 그는 관자놀이를 문지르면서, 두통이 일지
않은 것에 무신론자 유대인으로서 감사 기도를 드린다. 평소 두
개골 안에서 22개의 뼈가 욱신거리는 두통에 시달리던 브루스
는 의사가 편두통의 원인을 아느냐고 물었을 때 조소했다. 답은
너무나 명확하고 빨랬다. 그에게 아빠 노릇은 공포의 연속이다.
아들들이 아주 어렸을 때 아내는 그가 살아있는 폭탄을 안고 사
는 것 같다고 말하곤 했다. 브루스에게 아들들은 그때나 지금이
나 살아 있는 폭탄이다. LA 이사에 동의한 가장 큰 이유도 영화
제작사가 마당 딸린 주택을 제공해준다고 했기 때문이다. 브루
스는 당분간 폭탄들을 집에 가둬둘 계획이다. 아들들은 어딘가
로 외출하기 위해서 브루스의 차를 타야 할 것이다. 뉴욕에서는
엘리베이터에 올라타기만 하면 외출할 수 있었지만 말이다.

이제 그는 아들들을 살핀다. 그들은 대기실 저쪽에서 책을 읽
고 있었다. 그 모습이 아주 자연스럽다. 바로 그 순간, 작은아들
이 아빠를 살핀다. 에디 역시 걱정이 많다. 두 사람은 눈빛을 교

환한다. 그린 것처럼 얼굴이 닮았다. 브루스는 억지로 환하게 웃어 아들에게 같은 반응을 끌어내려 한다. 문득 아이의 행복한 모습이 간절히 보고 싶어진다.

종 달린 치마를 입은 여자가 브루스와 에디 사이에 들어와 시야를 막는다. 걸을 때마다 종이 울린다. 장신의 필리핀 여자는 체구가 크고, 검은 머리에 작은 진주가 촘촘히 꽂혀 있다. 그녀가 혼자 흥얼댄다. 가사가 똑똑히 들리진 않지만, 그녀는 대기실에 노래가사를 꽃잎처럼 떨어뜨린다. 찬양, 은혜, 할렐루야, 사랑.

제복 차림의 흑인 군인이 대기실을 등지고 창가에 서 있다. 195센티미터의 큰 키, 넓은 가슴팍. 큰 대기실에서도 벤자민 스틸먼은 넓은 공간을 차지한다. 그는 노래에 귀를 기울이고, 여자 가수의 목소리를 들으면서 할머니를 떠올린다. 그는 안다. 아마도 할머니는 LAX(LA 공항의 약자-옮긴이)에서 그를 보자마자 검색대의 기계처럼 속속들이 알아챌 것이다. 개빈과 싸우면서 어떤 일이 벌어졌는지를 말이다. 총알이 옆구리를 관통했고, 이제 그 자리를 막은 인공항문 주머니를 보게 되리라. 할머니 앞에서-그는 사람들을 능숙하게 속이며 평생 동안 모두에게 진실을 감추고 살았지만-게임은 끝날 것이다. 그래도 당장은 노래 선율에서 평온을 구한다.

항공사 직원이 마이크를 들고 의기양양하게 대기실 입구로 다가온다. 그녀가 벽면에 엉덩이를 붙이고 선다. 다른 직원들은 유니폼이 너무 헐렁하거나 끼지만, 이 여직원은 맞춤복처럼 잘 맞는다. 작은 트레머리를 하고 반짝이는 빨간색 립스틱을 발랐다.

마크 라시오는 문자 메시지로 부하 직원에게 지시사항을 전달하다가 고개를 든다. 서른두 살, 지난 3년 사이 〈포브스〉에 두 차례 소개된 인물이다. 강한 턱, 노려보는 기술을 터득한 파란 눈, 젤을 바른 짧은 머리. 광택 없는 회색 양복은 차분하지만 고급스럽다. 항공사 여직원을 평가하던 마크는 어젯밤 마신 위스키 사우어 때문에 머리가 외륜(선미 등에 설치된 바퀴 모양의 추진기 – 옮긴이)처럼 빙빙 돌기 시작한다. 자세를 고쳐 똑바로 앉고 그녀에게 집중한다. 여직원이 말한다.

"승객 여러분, LA행 2977편에 오신 걸 환영합니다. 탑승을 시작하겠습니다."

항공기 기종은 에어버스 A321, 흰 고래 같은 동체 옆구리에 파란 줄이 있다. 중앙 통로의 양쪽으로 187석이 배열되어 있다. 일등석은 통로를 사이에 두고 각각 널찍한 좌석이 두 개씩, 이코노미석은 세 개씩이다. 이 항공편은 만석이다. 승객들이 천천히 들어온다. 수하물로 부치지 않은 소지품이 들어 있는 가방이 무릎에 부딪힌다. 비행기에 타면서부터 다르게 느껴지는 것은 기온이다. 고기 창고처럼 서늘하다. 냉기 배출구에서는 연신 쉬쉬 소리가 난다. 민소매 셔츠를 입은 사람들은 팔에 소름이 돋아 얼른 스웨터를 걸친다.

크리스펀을 휠체어에서 일등석으로 옮겨 앉히며 간호사가 소란을 떤다. 이제 정신을 차린 그는 짜증이 극에 달한다. 환자 노릇의 가장 엿 같은 부분은 남들에게 ─ 망할 놈의 타인들에게 ─ 몸을 만질 권리를 주는 것이다. 간호사가 손을 뻗어 그의 허벅지를 양손으로 감싸고 자세를 잡아준다. 허벅지를! 한때 이사회 회의실을 오가고, 클럽의 스쿼시 코트를 누비고, 잭슨 홀(와이오밍주 북부의 스키 리조트 ─ 옮긴이)에서 멋지게 활강하던 그의 다리가 아닌가. 지금은 아무것도 아닌 여자가 손바닥으로 그의 다리를 멋대로 주무르고 있다. 크리스펀이 간호사에게 손을 젓는다.

"빌어먹을 의자에 앉는 데 도움 따윈 필요 없소."

벤자민은 고개를 숙이고 비행기에 탑승한다. 뉴욕까지 군용기를 타고 왔으니 민간 항공기에 탔던 건 1년도 더 된 일이다. 하지만 여객기의 분위기를 알기 때문에 마음이 불편하다. 2002년이었다면 이코노미석에서 일등석으로 자동 업그레이드되고, 비행기 전체가 그의 등장에 환호했을 것이다. 그때 승객한 명이 손뼉을 치기 시작했고, 몇몇 사람들이 합세한다. 박수소리가 점점 가라앉으면서 다시 조용해진다. 소리가 나는 동안은 벤자민도 머뭇대며 어색해했다.

"나라를 지켜줘서 고마워요."

젊은 여성이 속삭인다. 그는 손을 들어 가볍게 경례하고 지정된 이코노미석에 앉는다.

애들러 가족은 탑승구 문 근처에서 흩어진다. 제인은 두 아들과 남편에게 손을 흔들더니, 어깨를 굽히고 얼른 일등석으로 들어간다. 브루스는 잠시 아내를 쳐다보다가 두 아들의 가는 팔을 당겨 뒷좌석 쪽으로 데려간다. 그는 지나는 좌석 번호들을 보면서 아내보다 29열 뒤인 것을 확인한다. 얼마 전 제인은 비행기 좌석을 이코노미석으로 바꿔 가족과 함께 앉겠다고 약속했다. 그러나 브루스는 아내의 일과 관련된 약속이 사실 별 의미가 없다는 것을 알고 있었다. 그래도 매번 제인을 믿는 쪽을 선택하니, 결론적으로는 실망하는 쪽을 선택하는 셈이다.

"몇 열이에요, 아빠?"

에디가 묻는다.

"31열."

승객들이 가방에서 간식과 책을 꺼내 좌석 앞주머니에 넣는다. 객실 뒤쪽에서 인도 음식 냄새가 난다. 브루스처럼 집에서 음식을 만드는 사람들은 킁킁대면서 생각한다. '쿠민(회향 비슷한 향신료 - 옮긴이)이네.' 조던과 에디는 창가 자리를 두고 옥신각신하지만 결국 조던이 다른 승객들의 통행을 막았다는 걸 깨닫고 포기한다. 자리에 앉는 순간, 이 어른스러운 행동이 후회됐지만 말이다. 이제 아빠와 동생 사이에 갇혔다. 몸수색을 당한 후 느낀 의기양양한 기세가 죽었다. 몇 분간 완전히 당당한 어른이 된 기분이었는데. 지금은 유아용 의자에 앉아 안전벨트를 맨 멍청한 애가 된 느낌이다. 조던은 동생을 벌주기 위해서 적어도 한 시간은 말하지 않을 작정이다. 그때 에디가 말한다.

"아빠, 새집에 도착하면 짐이 와 있어요?"

브루스는 작은아들이 특히 뭘 걱정하는지 궁금하다. 빈백 의자(콩 모양의 알갱이를 넣은 푹신한 의자 – 옮긴이)일까? 피아노 악보? 아직도 가끔 안고 자는 코끼리 인형? 아들들은 태어나서 지금까지 맨해튼 아파트에서 살았다. 이제 그 아파트는 임대했다. LA에서 성공해 서부에서 계속 살기로 결정된다면 매도할 것이다.

"이삿짐은 다음 주에 도착할 거야. 하지만 새집에 가재도구가 완비되어 있어서 짐이 올 때까지 불편하지는 않을 거다."

브루스가 대답한다. 제 나이인 열두 살보다 어려 보이는 아들은 타원형 창을 보며 고개를 끄덕인다. 손가락 끝이 하얘지도록 창문을 누르고 있다.

하얀 청바지와 얇은 셔츠 차림의 린다 스톨렌은 몸을 떤다. 오른쪽에 앉은 여자는 어이없게도 이미 잠든 것 같다. 파란 스카프로 얼굴을 가리고 창에 기대어 잔다. 린다는 기내용 담요가 있을까 하며 앞주머니를 뒤진다. 그때 종 달린 치마를 입은 여자가 옆으로 들어선다. 덩치가 커서 통로 쪽 좌석에 앉자 팔걸이 넘어 린다의 자리까지 넘어온다. 여자가 말한다.

"안녕하세요, 아가씨? 난 플로리다에요."

린다는 몸이 닿지 않게 팔을 옆구리에 붙인다.

"그 주를 좋아하세요?"

"주를 좋아하는 게 아니고요. 내가 그 주에요. 내 이름이 플로리다거든요."

미치겠네. 6시간 동안 가야 되는데. 내내 잠든 척해야 되게 생겼네. 린다는 속으로 중얼댄다.

"이름이 뭐예요, 아가씨?"

린다는 망설인다. 새롭게 살아보려 했는데, 이런 예상치 못한 상황이라니. 캘리포니아에 가면 자신을 벨린다로 소개할 계획이다. 그것이 계획한 새 출발의 일부였다. 더 나은 이름으로, 더 나은 자신으로 살 작정이다. 예전부터 '벨린다'라는 이름을 들으면 자신감 넘치는 매력적인 여성이 그려졌기 때문이다. 반면에 '린다'는 발목이 두꺼운, 불안정한 주부의 분위기를 풍기는 이름이다. 대답할 준비를 하느라 입속에서 혀를 둥글게 만다. 벨 – 린 – 다. 하지만 한 음절도 입 밖에 내지 못한다. 기침이 났고, 자기도 모르게 중얼댄다.

"결혼할 거예요. 남자친구가 청혼할 수 있게끔 제가 캘리포니아로 가는 거예요. 그이가 청혼할 거예요."

"아, 굉장한 일이네요."

플로리다가 부드러운 말투로 응수한다.

"네. 그렇죠. 그렇게 여겨지네요."

린다가 대답한다. 그제야 자신이 지금 너무나 피곤하고, 지난밤에 잠을 설쳤다는 걸 깨닫는다. 입에서 튀어나온 '여겨지네요'라는 표현이 이상하게 들린다. 그 단어를 처음 쓴 것 같다. 플로리다가 몸을 굽혀 커다란 캔버스 백에 담긴 물건들을 정리한다.

"난 네다섯 번 결혼했어요. 아마 그보다도 더 될걸."

그녀가 말했다. 린다의 아버지는 세 번, 어머니는 두 번 결혼했다. 그러니 네다섯 번의 결혼이 이상할 건 없다. 자신은 한 번의 결혼으로 끝낼 작정이지만. 스톨렌 집안사람 누구와도 다르게 살고 싶다. 더 낫게.

"혹시 배고프면 내게 말해요. 간식거리가 많아요. 난 비행기 음식은 끔찍해서 손도 대지 않거든요. 그걸 음식이라고 부를 수 있을지도 모르겠지만."

린다의 뱃속이 꼬르륵댄다. 언제 마지막으로 제대로 된 식사를 했더라? 어제? 앞주머니에 삐죽 튀어나온 초콜릿 봉지를 쳐다본다. 스스로 당황스러울 만치 냉큼 봉지를 집어서 쭉 찢어 입에 털어 넣는다.

"이름을 말해주지 않았는데."

플로리다가 말한다.

린다는 초콜릿을 씹다가 잠시 멈추고 말한다.

"린다에요."

여승무원이 통로를 지나면서 머리 위 짐 선반과 안전벨트를 확인한다. 몸속의 사운드트랙에 맞춰 움직이는 것처럼 속도를 줄이고 미소 지은 후 다시 속도를 바꿔 걷는다. 남녀 승객 모두 그녀를 쳐다본다. 쓱 지나는 걸음걸이가 눈길을 끈다. 여승무원은 관심에 익숙한 기색이 역력하다. 그녀가 엄마 무릎에 앉은 아기에게 혀를 쏙 내밀자 아기가 까르륵댄다. 그녀는 벤자민 스틸먼의 통로 쪽 좌석 옆에서 멈추더니 몸을 굽혀 귀에 속삭인다.

"손님의 건강 상태와 관련된 정보를 받았습니다. 제가 이 항공기의 사무장이거든요. 언제든 도움이 필요하시면 주저 말고 요청해주세요."

그는 깜짝 놀란다. 창밖으로 잿빛이 드리운 지평선을 보던 참이다. 항공기, 활주로, 멀리 삐죽삐죽 솟은 도시, 고속도로, 쌩쌩 달리는 차. 그가 여승무원과 눈을 맞춘다. 며칠째, 어쩌면 몇 주째 사람과의 눈 맞춤을 피했음을 깨닫는다. 꿀 빛깔의 눈매가 깊은 눈을 보니 기분이 좋다. 벤자민은 살짝 떨면서 머리를 끄덕이고 억지로 고개를 돌린다.

"감사합니다."

일등석에서 마크 라시오는 좌석 주변을 정돈한다. 노트북컴퓨터, 추리소설, 물병을 앞주머니에 넣는다. 휴대폰은 손에 들고, 구두는 벗어 좌석 밑에 넣는다. 머리 위 수하물 선반에 얌전히 놓인 서류가방에는 업무용 문건, 최고급 펜 세 자루, 카페인 알약, 아몬드 한 봉지가 들어 있다. 몇 개월 동안 작업한 중요한 거래를 마무리하러 캘리포니아에 가는 길이다. 그는 자연스러워 보이려고 애쓰면서 어깨 너머를 힐끗 본다. 하지만 자연스러워 보이는 데는 영 소질이 없다. 마크는 3,000달러짜리 양복을 입어야 가장 멋져 보이는 남자다. 일등석과 이코노미석 사이의 커튼 틈새를 뚫어져라 본다. 기업가치 회생작업, 로맨틱한 저녁 식사, 마케팅 프레젠테이션에 임할 때와 같이 강렬한 눈길이다.

사무실에서 그의 별명은 망치다.

여승무원에 눈이 가는 이유야 빤하지만 그녀에게는 번뜩이는 미모 이상의 뭔가가 있다. 그 마법같이 빛나는 나이는 – 그의 짐작에 스물일곱 살 – 한 발은 아이, 한 발은 어른을 딛고 있는 시기다. 그녀는 매끈한 피부의 열여섯 살 소녀이자, 아득히 꽃피는 순간에는 농염한 마흔 살 여인이다. 이 특별한 여자는 불타는 집처럼 살아 있다. 마크는 이렇게 가슴이 터질 듯한 사람을 오랜만에, 아니 처음 봤다. 여느 사람들과 다르지 않지만 모든 걸 흥분시키는 여자다.

마침내 여승무원이 일등석 객실로 들어섰을 때 마크는 안전벨트를 풀고, 오른손으로 그녀의 왼손을 잡고, 왼팔로 허리를 감아 살사를 추고 싶어 안달이 났다. 살사를 출 줄도 모르지만 그녀와 몸을 부비면 문제가 해결될 것만 같다. 그녀가 살아 있는 브로드웨이 뮤지컬인 반면, 자신은 취기와 프레첼로 버티는 인물이라고 느껴졌다. 갑자기 풀이 죽어 손을 내려다본다. 그녀의 허리를 안고 춤을 추다니, 무슨 헛소리인가 싶다. 그런 일을 해보긴 했다. 정신과 주치의는 그것을 '돌발 행위'라고 불렀다. 하지만 마크는 지난 몇 달간 돌발행위를 하지 않았고, 다 끝난 일이라고 확신했다.

마크가 다시 고개를 들었을 때, 여승무원은 안전지침을 방송하기 위해 객실 앞쪽에 서 있었다. 그녀를 보려고 여러 승객들이 몸을 통로로 내민다. 다들 평소와 달리 안전지침에 주목하는 자신에 놀란다.

그녀의 목소리가 허공에 떠오른다.

"승객 여러분, 제 이름은 베로니카이고 이 항공기의 사무장입니다. 저는 일등석에, 동료인 엘렌과 루이스는…"

그녀가 비슷하지만 더 흐릿하게 생긴 – 더 옅은 갈색 머리, 더 창백한 피부 – 여승무원과, 키 작은 대머리 남승무원을 가리키면서 말을 잇는다.

"…이코노미석에 있을 겁니다. 기장님과 전 승무원을 대표해 여러분을 환영합니다. 지금은 좌석 등받이와 테이블을 원래 자리에 놓아주십시오. 또 모든 전자기기의 전원을 꺼주시기 바랍니다. 협조에 감사드립니다."

평소에는 그냥 휴대폰을 주머니에 넣어 두기만 하는 마크도 고분고분 휴대폰 전원을 끈다. 남을 위해 뭔가 한다는 기분 좋은 느낌이 가슴 속에 차오른다. 그의 옆에 앉은 제인 애들러는 매혹된 승객들을 재미있게 관찰한다. 20대 때 몇 년간 그녀도 상당히 예뻤장했고 당시 브루스를 만났다. 하지만 베로니카의 성적 매력 수준에는 근처에도 못 갔다는 생각이 든다. 이제 승무원은 승객들에게 안전벨트 매는 방법을 설명하고 있다. 월스트리트 남자는 안전벨트를 매는 방법은커녕 그런 게 있는 줄도 몰랐던 사람처럼 군다. 베로니카가 승객들에게 설명한다.

"이 항공기에는 비상구가 여러 개 있습니다. 이제 잠시 집중해서 가장 가까운 비상구를 확인해주시기 바랍니다. 대피해야 될 경우, 바닥의 조명등이 켜져 여러분을 비상구로 안내할 겁니다. 문은 화살표 방향으로 손잡이를 움직이면 열립니다. 각각의 문에 팽창식 미끄럼틀이 비치되어 있고, 이것은 분리되어 구명정으로 사용할 수 있습니다."

제인은 저 뒤쪽에서 남편이 이미 비상구들의 위치를 파악하고, 긴급 상황이 발생했을 때 아들들을 어느 문으로 밀어낼지 정했다는 걸 안다. 또 팽창식 미끄럼틀이 설명되는 동안 그가 거만하게 눈을 굴리는 것도 느꼈다. 브루스는 숫자에 기초해 세상 정보를 처리하는데, 통계상 항공기 사고에서 팽창식 미끄럼틀을 이용한 생존자는 없었던 것이다. 이런 설명은 승객들에게 가짜 주도권을 주기 위해 지어낸 동화에 불과하다. 브루스는 동화를 무시하지만, 대부분의 사람들은 이런 이야기에 혹하는 것 같다.

크리스핀은 자신이 왜 이 여승무원 같은 몸매의 소유자와 결혼하지 않았는지 의아하다. 전 부인들 중 이렇다 할 엉덩이를 가진 여자는 없었다. 그는 생각한다. '젊은 남자의 로망은 깡마른 아가씨고, 세월이 지나야 침대에서는 푹신한 게 최고란 걸 알게 되지.' 이 여자에게 끌리는 건 아니다. 그 나이의 손자가 두어 명 있는 데다 이제는 사타구니가 후끈하지도 않다. 두 명이 한 침대에서 뒹군다는 생각 자체가 불편한 농지거리 같다. 물론 젊어서는 그 역시 그런 농을 지껄여댔다. 갑자기 복부에 찌르는 듯한 통증이 일어났다가 가라앉는 사이, 팔걸이를 잡으면서 깨닫는다. 인생의 중요한 장들은 전부 구겨진 이불보 위에서 시작되고 끝났다는 것을. 부인들, 약혼자들, 전처들 모두 침실에서 협상을 했다. '아이를 낳을래요.', '우리 6월에 컨트리클럽에서 결혼식을 올려요.', '여름 별장은 내가 가질게.', '내 청구서들을 처리해주지 않으면 당신 부인한테 알릴 거예요.' 그는 베로니카를 흘끔댄다. 그녀는 빨대를 불어서 구명조끼를 부풀리는 방법을 설명 중이다. 크리스핀은 속으로 중얼댄다. '내가 고른 여자들이 조금만 더 풍만했다면 더 오래 같이 살았으련만.'

베로니카가 천천히 미소 지으며 말한다.

"기내에서는 금연이라는 점을 알려드립니다. 혹시 질문 있으시면 주저 없이 저희 승무원에게 알려주십시오. 트리니티 항공사를 대표해 저는…"

그녀는 비눗방울을 공중으로 날리는 것처럼 이 단어에서 시간을 끌다가 말을 잇는다.

"여러분이 즐거운 비행을 하시길 바랍니다."

베로니카가 시야에서 사라지자, 눈 둘 곳을 잃은 승객들은 책이나 잡지를 집어 든다. 몇몇은 눈을 감는다. 송풍구가 더 소란스럽게 돌아간다. 머리 위쪽에서 소리가 나는 데다 뿜어내는 찬 공기와 소리가 섞여서 불쾌감을 조성한다.

제인 애들러는 냉기를 막기 위해 스웨터를 더 여미면서 비행 전에 원고를 마감하지 못한 자책감에 빠져든다. 비행도 싫은데, 심지어 가족들과 떨어져서 가야 한다. '이건 벌이야. 내 게으름에 대한, 회피에 대한, 이 미친 일에 달려든 데 대한 벌'이라는

29

생각을 한다. 그녀는 뉴욕에서 아주 오랫동안 TV 시리즈의 대본을 썼고, 그 일을 했던 이유 중 하나가 여행하지 않아도 되기 때문이었다. 그런데 지금 그녀는 다른 기회를, 다른 일자리를 잡아 비행기에 탔다.

의식의 흐름에 따라 익숙한 기억으로 들어선다. 사람들은 불안감이 엄습하면 인생의 순간들을 회상한다. 자신에게도 살아온 내력이 있다고 확신해서다. 평평한 캐나다 해안을 달리는 제인과 동생. 아버지가 식탁에 앉아 있고, 제인은 말없이 애교스럽게 신문을 찢는다. 대학 댄스파티에서 샴페인을 과음한 후 공원에서 소변을 본다. 뉴욕 웨스트 빌리지의 길모퉁이에서 찡그리고 생각에 잠긴 브루스를 지켜본다. 그녀는 약물 없이 에디를 뜨거운 욕조에서 출산하면서 폐에서 나는 소 울음 같은 소리에 놀란다. 어릴 때부터 아끼는 소설 일곱 권이 쌓여 있고, 단짝 친구 틸리, 드레스 한 벌이 보인다. 할머니가 입술을 오므리며 손키스를 날리고, '어서 오렴, 어서 와!'라는 노래로 인사하는 모습….

제인은 공허한 일들, 무의미한 일들을 생각해내면서 지금 자신이 어디 있는지, 또 어디로 가는 길인지를 모두 잊으려 애쓴다. 손이 자동으로 쇄골 아래, 유성 모양의 모반을 찾아 꾹 누른다. 어릴 때 생긴 습관이다. 진정한 본모습과 연결하려는 듯이 그 점을 누른다. 살갗이 쑤실 때까지 꾹 누른다.

크리스핀 콕스는 창밖을 내다본다. 뉴욕의 의사들은 LA의 전문병원에서 치료를 계속해볼 만하다고 권했다. "그쪽은 이 암을 아주 잘 압니다." 뉴욕 의사들은 그렇게 말했다. 크리스핀은 의사들의 눈빛에서 원하는 바를 읽어냈다. 그들은 그가 죽기를, 쓰러지기를 바라지 않았다. 그건 어느 날 그들 역시 쓰러진다는 뜻일 테니까. 잘난 사람은 싸울 뿐 주저앉지 않아. 징글징글한 불길처럼 활활 타지. 크리스핀은 고개를 끄덕였었다. 이 기괴한 병을 해치울 작정이었으니까. 물론 이 병마는 그를 무너뜨리지 못할 터였다. 그런데 한 달 전 그는 바이러스에 걸려 기운이 빠지고 걱정에 사로잡혔다. 머릿속에 새로운 목소리가 들어와 죽음을 예고했고, 이전의 자신감에 의구심을 갖게 했다. 바이러스는 잡혔지만 불안감은 떨쳐지지 않았다. 이후 그는 아파트에 칩거했다. 주치의가 출발 전 마지막으로 혈액 검사를 받기 위해 예약하라고 전화했지만, 그는 너무 바쁘다고 둘러댔다. 실은 혈액검사에 지금의 기분이 반영될까 봐 겁났다. 반갑지 않은 불편함을 인정한 유일한 조치는 간호사를 고용해 비행에 대동한 것이었다. 혼자 하늘을 나는 게 영 마뜩치 않았다.

브루스 애들러는 아들들을 쳐다보지만 표정을 읽을 수가 없다. 나이가 들어서 아들들의 마음을 파악하는 감이 떨어졌다는 생각을 또다시 한다. 며칠 전 가족의 단골 중국 식당에서 빈자리가 나기를 기다릴 때, 브루스는 가족과 들어오는 또래 여자아이를 조던이 유심히 본다는 걸 눈치챘다. 두 십 대는 머리를 한쪽으로 기울이며 잠시 서로 의식했고, 그 순간 조던이 얼굴을 펴면서 미소 지었다. 아들은 생면부지 남에게 자신을 오롯이 내보였다. 환희, 사랑, 전적인 관심. 브루스가 평생 동안 매일 아들을 살펴보았는데도 본 적 없던 얼굴을 조던은 여자아이에게 보여주었다. 그는 조던이 그런 표정을 가진 줄도 몰랐었다.

벤자민은 좁은 좌석에서 뒤척인다. 봉인된 문 안의 조종석에 있고 싶다. 조종사들은 군인들처럼 정해진 용어를 정확히 구사해 대화한다. 조종사들이 이륙 준비를 할 때의 대화를 몇 분 만이라도 들으면 그의 가슴이 편안해지련만. 주변의 잡담 소리며, 코 고는 소리가 영 내키지 않는다. 민간인들의 단정치 못한 행태가 신경에 거슬린다. 옆자리의 백인 부인은 달걀 냄새를 풍기고, 그에게 주둔지가 이라크였는지 '저 다른 곳'이었는지 재차 물었다.

옆자리의 잠든 승객을 건드리지 않으면서 플로리다의 거구를 피하려다 보니, 린다는 복부를 이상하고 힘든 자세로 유지해야 했다. 피사의 사탑이 된 기분이다. 초콜릿을 더 사지 않은 것이 아쉽다. '캘리포니아에서 게리와 지내면서 더 많이 먹어야지'라고 속으로 중얼대자 기분이 좋아진다. 열두 살 때부터 쭉 다이어트를 했고, 이 순간까지 그 굴레에서 벗어날 엄두를 못 낸다. 늘 마른 몸매를 필수라고 생각했지만 만약 그렇지 않았다면? 린다는 육감적이고 섹시한 자신을 상상하려고 애쓴다.

플로리다가 다시 노래하기 시작하지만 뱃속 깊이에서 나오는 저음이라 콧노래로만 들린다. 그 소리가 신호탄인 것처럼 비행기 엔진이 가동되기 시작한다. 출구가 닫힌다. 항공기는 덜덜 떨면서 전진하고 플로리다는 흥얼댄다. 그녀의 선율이 분수가 되어 주변 사람들을 적신다. 린다는 무릎에 올린 양손을 꼭 쥔다. 비행기가 속력을 내기 시작하자, 조던과 에디는 말없이 신경전을 벌이는 와중에도 어깨를 붙이고 서로 의지한다. 책이나 잡지를 든 승객들은 더 이상 읽지 못한다. 눈을 감은 사람들은 자지 못한다. 비행기가 이륙할 때는 누구나 거기로 신경이 쏠린다.

2013년 6월 12일 저녁

NTSB(미연방 교통안전 위원회, 교통사고의 원인을 조사하는 기관으로 항
공기 사고 조사에 탁월함 - 옮긴이)의 'GO-팀(NTSB에 소속된 조사부
서 - 옮긴이)'이 사고 발생 7시간 후 현장에 도착했다. 워싱턴 디씨
에서 항공편으로 덴버로 간 후, 렌트한 차량으로 북부 콜로라도
주의 평지에 있는 소도시까지 이동하느라 시간이 걸렸다. 여름
해가 길어서 다행히 어두워지기 전에 도착했다. 실제 조사 활동
은 이튿날 해가 떠야 시작될 것이다. 조사관들은 미리 현장 분위
기를 파악하고 작업에 착수하려고 여기 와 있다. 시장도 도착해
서 NTSB의 수석 조사관을 맞이한다. 그들은 언론사의 촬영을
위해 포즈를 취한다. 악수만 나눈 후 시장은 손 떨림을 감추려고
호주머니에 손을 넣는다.

경찰이 사고 구역에 차단선을 설치했고, 조사단은 오렌지색 방호복과 마스크를 착용한 모습으로 파손된 동체 주변을 돌아본다. 지면은 사방이 평평하고, 토스터기 안에서 탄 토스트처럼 까맣게 그을린 자국이 있다. 불길은 꺼졌지만 대기 중에 열기가 남아있다. 항공기는 수풀 사이를 지나 땅에 처박혔다. 주거지에 추락하지 않아서 천만다행이라고 조사단원끼리 얘기한다. 지상에서 상해를 당한 피해자는 없다. 조사단은 좌석, 수하물, 금속, 팔다리 틈에서 크게 다친 젖소 두 마리와 죽은 새 한 마리를 발견한다.

사고 후 24시간 동안 희생자 가족들이 비행기와 차를 타고 차례로 덴버에 도착했다. 시내 메리엇 호텔의 몇 개 층 객실이 유가족을 위해 준비되었다. 6월 13일 오후 5시, 얼굴에 여드름 흉터가 있고 태도가 점잖은 NTSB 대변인이 호텔 연회실에서 희생자 가족들과 언론에 조사 상황을 전달한다.

유가족들은 의자에 걸터앉는다. 어깻죽지에 귀가 달린 것처럼 상체를 숙인다. 전달되는 사실들의 이면에 깔린 덜 고통스럽고 덜 충격적인 진실을 듣고자 모두 집중해서 경청한다.

연회실 뒤쪽에 공들여 꽂은 꽃장식들이 있었지만 아무도 눈길을 주지 않는다. 전날 밤 결혼식 피로연이 끝나고 남은 꽃들이다. 이 꽃 냄새 때문에 일부 유가족은 평생 꽃가게 근처에도 얼씬대지 않을 것이다.

기자회견 내내 기자들은 떨어져서 서 있다. 그들은 인터뷰를 진행하면서 유가족들의 시선을 피한다. 한 남자기자는 옻나무에서 독이 옮은 것처럼 팔을 긁었고, 생방송 중인 기자는 머리카락을 연신 매만졌다. 기자들은 생방송 TV 인터뷰와 이메일로 송고한 AP 기사를 통해 새로운 상황을 전한다. 언론은 '유명한' 승객들에 초점을 맞춘다. 플라스틱 왕국을 세우고 자동화해서 수천 명의 직원을 퇴사시킨 플라스틱계의 거물, 평가 자산 1억 400만 달러를 보유한 월스트리트 신동, 미군 장교, 대학교수, 인권운동가, 전직 '로 & 오더(Law&Order, 인기 TV 법정 드라마 시리즈─옮긴이)' 작가…. 언론은 허기진 입들이 원하는 사실들을 떠먹이고, 이 뉴스가 세계를 장악한다. 인터넷 구석구석을 파고든다.

　한 기자가 〈뉴욕타임스〉를 카메라에 들이밀며 큼직한 헤드라인을 보여준다. 대통령 선거나 달 착륙 같은 큰 뉴스를 보도할 때나 있는 일이다. 헤드라인에 '항공기 추락으로 191명 사망, 한 명 생존'이라는 문장이 선명하다.

　기자회견이 마무리 단계에 접어들 때, 희생자 유가족들의 관심사는 단 하나였다. 캄캄한 방에 난 유일한 창문처럼 모두의 마음이 거기로 향한다. '아이의 상태는 어떤가?'

　동체의 온전한 부분은 버지니아주의 NTSB 시설로 이송된다. 조사단은 거기서 퍼즐을 다시 맞출 것이다. 이제 그들은 블랙박스를 수색 중이다. 업계의 전설로 알려진 60세의 여성 팀장 도너번은 블랙박스를 찾을 거라고 확신한다.

도너번처럼 경험이 풍부한 조사관에게 이 사고 현장은 복잡하지 않다. 파편이 800미터 반경에 산재하고, 시신들은 물속이나 늪지가 아닌 단단한 흙바닥과 풀밭에 흩어져 있다. 영원히 유실되거나 분실될 가능성 없이, 전부 수색 가능한 범위 안에 있다. 불탄 금속, 몸통이 부서진 좌석들, 유리 파편들이 있다. 온전한 시신은 한 구도 없고 전부 훼손된 상태지만 이 퍼즐 조각들이 가르쳐주는 진실에 쉽게 다가갈 수 있다. 도너번의 팀은 취업후 비극적인 사고를 기다리면서 살아온 조사관들로 구성된다. 그들은 마스크 밑으로 입을 굳게 다문 채 목록을 작성하고 증거물을 수집하며 열심히 작업한다.

며칠 후 메리엇 호텔의 유가족용 객실들이 비워진다. 유가족들은 모두 떠났다. 매일 언론에 발표되던 보고도 중단된다. NTSB팀은 블랙박스를 회수해서 버지니아로 복귀했다. 3주 내로 기본적인 사실들이 공개되고 6개월 후쯤 워싱턴 디씨에서 증거와 관련된 공청회가 열린다고 발표되었다.

뉴스 보도의 범위가 넓어진다. 몇몇 기사는 생존한 소년의 이모 내외를 중점적으로 다룬다. 그들은 조카를 보살피러 뉴저지에서 날아왔다. 서른아홉 살인 레이시 커티스는 제인 애들러의 여동생으로, 소년의 유일한 생존친척이다. 옅은 색 머리, 주근깨, 모호하게 미소 짓는 여성의 사진이 신문에 실린다. 그녀에 대한 다른 정보는 가정주부라는 사실밖에 없다. 남편 존 커티스는 마흔한 살로 지역 사업체들에 IT 컨설팅을 하는 컴퓨터 엔지니어다. 부부는 슬하에 자녀가 없다.

사고 관련 인물들과 상황에 대한 정보가 속속 밝혀지면서 TV와 인터넷의 전문가들은 분석을 이어간다. 조종사들이 술에 취했나? 항공기가 오작동했나? 테러 행위가 아닌 것은 100퍼센트 확실한가? 승객들 중 누군가 미쳐서 조종실에 뛰어들었을까? 폭풍우가 있었나? 구글 분석 결과, 사고 발생 1주간 미국 온라인 검색의 53퍼센트가 추락사고 관련 내용이었다. 나이 지긋한 뉴스 앵커는 열띠게 말했다.

"지금 이 순간에도 온갖 끔찍한 일들이 벌어지고 있는 이 세상에서 왜 우리는 이 항공기 추락 사고와 어린 소년 한 명에게 이리도 관심을 쏟는 걸까요?"

아이는 1주째 병원에 입원 중이다. 목발을 짚은 여성이 병실에 들어선다. 덴버 병원의 홍보부장으로, 의료와 직접 관계되지 않은 모든 일을 가족에게 알리는 역할을 맡았다.

"수전."

존 커티스가 인사를 건넨다. 키가 크고 수염을 기른 그는, 평생의 대부분을 컴퓨터 모니터 앞에서 보낸 사람답게 안색이 창백하고 배가 불룩하다.

"오늘 아이가 말을 했나요?"

레이시가 고개를 젓는다.

"우리가 말을 건 이후 통 입을 열지 않네요."

"저희가 아이를 에디라고 부르는 게 좋을지, 에드워드라고 부르는 게 좋을지 결정하셨나요?"

수전이 묻는다.

존이 아내에게 눈을 돌리고 두 사람의 안색이 똑같다. 수척하고 기운 없는 안색이다. 그 전화를 받은 이후 내리 한 시간 이상 자지 못한 기색이 역력하다. 항공기는 주중에 추락했고, 당시 레이시와 존은 대화하지 않는 상태였다. 레이시는 아기를 갖기 위해 계속 노력하기를 바랐지만 존은 아니었다. 이제 부부싸움 따위는 하릴없이 느껴졌다. 그들은 인생이라는 소용돌이에 휘말렸다. 다친 조카가 앞에 누워 있고, 이 아이는 두 사람이 책임져야 한다. 레이시가 말한다.

"세상에, 밝히는 이름이죠? 사람들은 아이나 우리를 모르고요. 언론은 아이의 본명을 쓰는 게 맞아요. 에드워드."

"에디가 아니고."

존이 거든다.

"알겠습니다."

수전이 대답한다.

에드워드─이제 이게 아이의 이름이다─는 진짜 자거나, 잠든 척하는 것 같다. 세 어른은 생전 처음 보듯 소년을 바라본다. 붕대를 감은 이마 밑으로 숱 많은 머리가 삐죽삐죽 나와 있다.

새하얀 얼굴, 눈 밑의 다크서클. 살이 빠져서 열두 살보다 어려 보인다. 헐렁한 환자복의 목선 안쪽으로 퍼렇게 멍든 가슴팍이 드러난다. 양다리를 모두 깁스했지만 오른쪽 다리는 허공에 매달려 있다. 병원 매점에서 구입한 오렌지색 양말을 신었다. 양말 발꿈치에 '덴버!!!'라는 흰 글씨가 프린트되어있다.

에드워드의 팔 아래 있는 푹신한 코끼리 인형을 레이시는 차마 볼 수 없다. 애들러 가족의 짐을 싣고 대륙 횡단 중이던 이삿짐은 사고 다음 날 밤, 오마하의 모텔에서 멈추었다. 운반 회사 직원들은 주차장에서 트럭에 실린 상자들을 모두 꺼내 아스팔트 바닥에 늘어놓았다. 그리고 '에디 방'이라고 적힌 상자를 열었다. 그들은 상자에서 코끼리 인형을 찾아 덴버의 병원으로 보냈다. 상자에는 '아이가 이걸 필요로 할 것 같아서요'라는 쪽지가 들어있었다.

수전이 말한다.

"이제 아이가 안정되었으니 이틀 후 비행기로 이송할 계획입니다. 이송할 전용기를 기부받았으니, 두 분도 함께 타고 가실 수 있어요."

"다들 정말 친절하시네요!"

레이시가 말하고는 얼굴을 붉힌다. 주근깨가 잔뜩 난 볼이 홍조로 물들었다. 레이시는 받아들이기 힘든 현실이 바뀌기라도 할 것처럼 주근깨가 돋은 두 볼을 쥐어짠다.

"몇 가지 사항이 더 있는데요, 혹시 온라인에 접속해보셨어요?"

수전이 양쪽 목발에 더 의지하면서 말한다.

"아니요. 접속해보지 않았습니다."

존이 대답한다.

"저, 그러면 알아두세요. 페이스북에 에드워드에게 헌정한 페이지 몇 개가 생성되었습니다. 또 트위터에 에드워드의 얼굴을 아바타로 쓴 '미라클 보이'라는 계정이 생겼다가 내려졌고요."

존과 레이시가 눈을 깜빡이며 그녀를 응시한다. 수전이 말한다.

"내용이 대개는 긍정적이에요. 애도의 글, 동정 어린 쪽지 같은 것들이 올라와 있습니다. 두 분도 뉴스에 등장하지요. 대중은 누가 에드워드를 데려갈지 궁금했거든요. 두 분이 인터넷을 보고 놀라시지 않기를 바라서 미리 말씀드린 겁니다."

"대개는 긍정적이라니요?"

레이시가 묻는다.

"트롤(낚시의 한 종류로 인터넷에서는 관심을 유발하려는 댓글을 의미함 – 옮긴이)이 있군요."

존이 말한다.

"트롤?"

레이시의 눈이 휘둥그레진다. 존이 대답한다.

"인터넷에서 감정적인 반응을 끌어내려고 자극적인 댓글을 쓰는 사람들. 그들의 목표는 사람들을 동요시키는 거지. 대중이

동요할수록 그들의 트롤링이 성공한 거니까."

레이시가 코에 주름이 잡히게 찡그린다.

"그걸 예술의 형태로 간주하는 사람들도 있고."

존이 말한다. 수전은 들리지 않게 한숨을 쉬고 말한다.

"떠나시기 전에 대화할 기회가 없을지도 몰라서, 개인 상해와 항공 변호사들에 대해 알려드리고 싶었어요. 변호사들이 독수리 떼처럼 달려들 겁니다. 하지만 사고 후 45일이 경과할 때까지는 변호사들이 두 분에게 접근하는 게 허용되지 않습니다. 그러니 누가 접근하든 모른 척하거나 소송을 하세요. 모든 의료비는 항공사에서 처리한다는 걸 알아두시고요. 서둘러 합의하실 필요는 없습니다. 먼저 사회보장 사망 보험금이 나올 거고, 에드워드의 부모님 중 한 분이 생명보험에 가입했다면 보험금이 나오겠지요. 나머지 보상금을 정리하려면 시간이 걸릴 테고, 누가 법적 조치가 시급하다고 설득해도 넘어가지 않으시면 좋겠어요."

"알겠어요."

레이시는 대답하면서도 딴청을 피우는 기색이 역력하다. 구석에 놓인 TV에서는 소리가 나지 않았지만 화면 하단에는 긴급 속보가 흘렀다.

'기적의 소년, 친척 집 인근 병원으로 이송될 예정'

"사람들이 무시무시해지기도 하거든요."

수전이 말한다.

에드워드가 침대에서 뒤척인다. 그러다 머리를 돌리자 멍든 매끄러운 뺨이 드러난다. 병원 홍보부장이 말을 잇는다.

"다른 탑승자들의 유가족이 에드워드를 만나고 싶어 했지만 저희가 접근을 막았습니다."

"이런, 그들이 아이를 만나려는 이유가 뭡니까?"

존이 묻는다. 수전은 어깨를 으쓱한다.

"사랑하는 가족의 마지막 모습을 본 사람이 에드워드여서가 아닐까요."

존이 입속으로 작은 소리를 낸다.

수전이 얼굴을 붉히면서 말한다.

"미안합니다. 표현을 다르게 했어야 되는데 그랬네요."

레이시는 창문 옆에 놓인 의자에 앉아 있다. 지친 얼굴 뒤로 햇살이 후광을 드리운다. 수전이 말한다.

"한 가지 더요. 대통령께서 전화하실 겁니다."

"대통령이요?"

"대통령님. 미국 대통령님이요."

존이 웃음을 터트린다. 짧게 터진 웃음이 방안의 독특한 분위기에 파고든다. 공기가 바뀐다. 침대에 누운 아이의 말을 기다리는 분위기, 병실에 들어오는 사람을 조용하게 만드는 분위기, 상실을 겪은 이들과 아닌 이들을 갈라놓는 분위기가 바뀐다. 레이시가 감지 않은 머리칼을 매만지자 존이 말한다.

"통화하는 거야, 레이시. 대통령은 당신을 보지 못해."

간호사가 채혈을 하고, 바이탈을 체크하는 바람에 에드워드가 잠에서 깬다. 전화가 연결될 시간이다.

"이모 여기 있어, 존 이모부도 있고."

레이시가 말한다. 에드워드의 얼굴이 일그러진다. 레이시는 무섭다. 아이가 아픈가? 그러다 조카가 어떤 표정을 지으려는지 깨닫는다. 에드워드는 미소를 지으려고, 이모를 기쁘게 하려고 애쓴다.

"아냐, 안 그래도 돼."

그녀가 속삭인다. 그러고 나서 방에 있는 사람들에게 말한다.

"통화할 준비가 됐나요?"

그녀가 몸을 돌리자 에드워드는 웃으려는 노력을 멈춘다. 신제품처럼 보이는 전화기가 침대 옆에 설치되고, 수전이 스피커 버튼을 누른다.

"에드워드?"

저음의 목소리가 병실 안에 퍼진다. 침대에 반듯이 누운 소년은 주변 어른들의 눈에 왜소하고 상처받은 것처럼 보인다.

"네?"

"어린 친구…."

대통령이 말을 잠시 멈추었다가 잇는다.

"당장은 나뿐만 아니라 다른 누구도 너에게 의미 있는 말을 해줄 수가 없구나. 난 네가 어떤 시련을 겪었는지 그저 상상으로만 가늠할 수밖에 없단다."

에드워드의 눈은 크고 평온하다.

"온 나라가 네가 겪은 일을 안타까워하며, 네가 다 이겨내도록 성원한다는 말을 해주고 싶었단다. 우리는 너를 응원해."

레이시가 에드워드의 팔을 쿡 찌르지만 아이는 아무 말도 하지 않는다. 저음의 목소리가 아까와 같은 문장을, 이번에는 더 느릿하게 반복한다. 반복하면 달라질 거라고 믿는 듯이.

"온 나라가 너를 응원하고 있단다."

뉴저지로 가는 비행기에서 에드워드는 말이 없다. 언론의 촬영을 막기 위해 창문을 가린 앰뷸런스를 타고 가면서도 입을 꾹 다물었다. 뉴저지 병원에서 2주를 보내면서도 치료와 관련해 필요할 때만 입을 열었다. 그 사이 폐가 나았고, 다리를 공중에 매달지 않게 되었다.

"회복 속도가 아주 빠르구나."

의사가 에드워드에게 말한다.

"계속 달그락거리는 소리가 들려요."

의사의 표정이 변한다. 그는 조용히 이것이 질병일지도 모른다는 의심을 해본다. 그가 묻는다.

"그 소리를 들은 지 얼마나 됐지?"

에드워드는 생각에 잠긴다.

"정신이 들었을 때부터요."

신경과 전문의가 소환된다. 그는 새로운 검사들과 뇌 MRI 검사를 의뢰한다. 완전한 대머리에 눈썹이 흰 의사는 매일 에드워드의 얼굴을 손으로 쥐고서는 눈을 본다. 마치 의사만 읽을 수 있는 정보가 있는 듯이 깊이 들여다본다. 신경과 의사가 레이시와 존을 복도로 부른다.

"만약 아이가 겪은 트라우마 – 엄청난 속도에 내던져졌다가 갑자기 정지되는 충격 – 를 열 명이 겪는다면 열 명 모두가 다른 징후를 보일 겁니다."

그는 강조하기 위해 흰 눈썹을 치켜뜨고 나서 설명을 이어 간다.

"트라우마를 일으킨 뇌 손상은 보통의 검사기기로 보이지 않습니다. 따라서 에드워드가 어떤 일을 겪고 있는지, 혹은 장차 어떤 일을 겪을지에 대해 명확하게는 말씀드릴 수가 없습니다."

의사는 레이시에게 눈길을 주면서 다시 말을 시작한다.

"제가 부인의 어깨를 움켜잡고 힘껏 흔드는 상상을 해보십시오. 제가 손을 놓으면 부인은 겉보기에 부상 – 근육 파열 등 – 을 입지는 않겠지만, 몸은 트라우마를 느낄 겁니다. 그렇죠? 바로 그게 지금 에드워드의 상황입니다. 앞으로 몇 개월, 몇 년간 이상한 증세들이 있을 겁니다. 우울, 초조, 공포 같은 것들 말이죠. 균형 감각과 청각, 후각 모두 영향을 받을 수도 있고요."

의사가 손목시계를 흘끔대면서 덧붙인다.

"질문 있으십니까?"

존과 레이시는 서로 쳐다본다. 언어를 포함한 모든 것이 발아래서 부서지고 팽개쳐진 것만 같다. 마침내 존이 입을 연다.

"당장은 없습니다."

그러자 레이시가 고개를 젓는다.

한밤중에 간호사가 에드워드를 깨워 혈압과 체온을 잰다. 그녀는 '괜찮니?'라고 묻는다. 대머리 의사는 늘 '통증은 어때?'라는 말로 대화를 시작했고, 매일 아침 이모는 병실에 도착하면 에드워드의 이마에서 머리를 넘겨주며 낮은 목소리로 '기분이 어때?'라고 물었다.

에드워드는 이런 질문에 답할 수가 없다. 기분이 어떤지 가늠이 되지 않는다. 그 문은 너무나도 위험해서 열어볼 수가 없다. 생각과 감정에서 멀찌감치 떨어져 있기 위해 애쓴다. 그것들이 가구라서 빙 돌아 피해갈 수 있기라도 한 듯이. 간호사가 켜두고 나간 만화 채널을 바라본다. 늘 입이 마르고 귀에서 딸각대는 소리가 들렸다 사라진다. 이따금 깨어 있어도 정신이 혼미하고, 의식하지 못한 채 몇 시간이 흐르기도 한다. 아침식사 쟁반을 무릎에 올렸는데 어느새 밖이 어둑해지기도 한다.

매일 가는 산책이 썩 내키지 않는다. 휠체어에 앉아 있으니 사실 산책도 아니다. 주중에는 매일 드레드록(머리를 여러 가닥으로 땋은 헤어스타일 - 옮긴이)을 한 간호사가 '분위기를 바꿔야 해'라고 말한다. 금발머리가 엉덩이까지 내려오는 주말 당직 간호사는 아무 말도 하지 않는다. 그냥 에드워드를 휠체어에 앉혀 복도로 밀고 나간다.

그곳에서는 사람들이 나를 기다린다. 그들은 복도에 늘어서 있다. 휠체어에 타거나 힘없이 문간에 서 있는 환자들이다. 간호사들은 그들을 각자의 병실로 돌려보내기 위해 애쓴다.

"여기는 화재 위험 구역이에요. 아이가 지나가도록 길을 터주세요."

한 노인이 성호를 긋고, 팔에 링거를 꽂은 피부가 검은 여자 환자도 성호를 긋는다. 조던 또래의 빨간 머리를 한 십 대는 호기심 어린 눈초리로 에드워드에게 목례를 한다. 에드워드를 향한 눈이 너무 많아서, 마치 피카소 그림 속 장면 같다. 수백 개의 눈, 얼룩진 팔다리와 헤어스타일. 에드워드가 지나갈 때 한 노부인이 팔을 뻗어 그의 손을 만진다.

"신이 은총을 베푸셨네."

최악은 우는 사람들이다. 에드워드는 보지 않으려고 하지만 그들의 흐느낌은 오르간 곡조처럼 크게 울리면서 공기를 죄다 빨아들인다. 자신의 슬픔과 두려움을 감당하기도 힘든 소년에게 사람들이 그런 식으로 감정을 들이미는 것이 너무하다는 생각이 든다. 생면부지 타인들의 눈물이 그의 생살을 찌른다. 에드워드는 귀가 딸각대고, 사람들은 손수건으로 입을 막는다. 그러다 간호사가 휠체어를 복도 끝으로 밀고 가면 자동문이 열리고 그들은 밖으로 나간다. 에드워드는 죽음 같은 하늘을 보지 않으려고 다친 양다리를 물끄러미 쳐다본다.

에드워드는 덜 다친 다리에 체중을 싣고 목발을 짚을 수 있게 되어 퇴원한다. 머리와 갈비뼈는 나았고, 가슴팍과 다리의 찰과상은 보라색이 빠져 누렇다. 의료진이 작별 인사를 하려고 병실에 모이고, 그제야 에드워드는 그들의 이름을 전혀 모르고 있었다는 걸 깨닫는다. 다들 가슴에 명찰을 달았지만, 이름을 읽으려니 머리가 아프다. 이것도 병의 징후일지 몰라 걱정스럽다. 혹시 다시는 얼굴과 이름을 매치시키지 못하고, 사고 전에 알던 이름만을 외우며 살게 되려나. 이런 생각들로부터 묘한 위로를 받으면서 대머리 의사, 금발 간호사, 드레드록 간호사와 악수한다.

병원 정문 앞에서 휠체어에서 일어나 목발을 받는다. 에드워드는 레이시와 존 사이에서 차까지 천천히 걸어간다. 이모 내외의 존재가 새롭게 의식된다. 사고가 일어나기 전에 마지막으로 이들을 만난 것은 크리스마스 때였다. 맨해튼의 레스토랑에서 다 함께 브런치를 했다. 에드워드는 아빠와 이모부가 새 컴퓨터 프로그래밍 언어에 대해 얘기한 걸 기억한다. 그때 엄마와 이모 사이에 앉아 있으려니 지루해서 포크, 나이프와 냅킨으로 집을 만들었었다. 여자들의 대화는 핵심 없이 이어지는 것 같았다. 이웃 사람들, 이모가 해마다 뭔지 모를 캐나다산 열매로 만드는 아이스크림, TV 드라마에 나오는 미남 배우….

누가 물으면 에드워드는 이모 내외를 좋아한다고 대답하겠지만, 이모 내외가 조카들을 보고 싶어 하는 것이 아님은 확실했다. 어른들끼리 보려고 만났던 것이다. 엄마와 이모가 애틋한 포옹으로 작별 인사를 하고, 서로의 귀에 대고 앞으로는 더 자주 만나자고 약속할 기회를 마련하려는 자리였다. 에드워드는 그날 식사자리에서 맞은편에 앉은 형이 어른처럼 손끝을 모아 세우고 아빠와 이모부의 기술 관련 대화에 몰입하던 광경을 떠올렸다. 형의 모습이 생각나자 너무 가슴이 아파서 한순간 눈앞이 캄캄했고, 몸이 비틀거렸다.

"중심을 잡아."

존이 말한다.

"잘 가라, 에드워드."

사람들이 외친다.

"행운을 빈다, 에드워드."

앞에서 차 문이 열린다. 그제야 차의 끄트머리 너머로 길 건너에 모인 무리가 에드워드의 눈에 들어온다. 왜 그들이 거기 있는지 얼핏 궁금해진다. 그때 그 속에서 누군가 에드워드의 이름을 외쳤고, 그가 관심을 보인 걸 알아차린 사람들이 박수를 치고 팔을 흔든다. 에드워드는 어린 여자아이가 든 작은 팻말을 찬찬히 바라본다. 단어들을 읽으려니 머리가 지끈거린다. '강하게 버텨요' 그 옆에 큼직하게 '미라클 보이!'라고 쓰인 팻말이 있다.

"사람들이 네 퇴원 날짜를 어떻게 알았는지 모르겠구나. 신문에 나오지도 않았는데."

존이 말한다.

레이시가 조카의 팔을 문지르고, 에드워드는 부츠를 신은 채

균형을 잘 잡지 못해서 고꾸라질 뻔 한다.

"사람들은 내가 유명인인 줄 아나 봐요."

"유명한 셈이지."

존이 말한다.

"출발해요."

레이시가 말한다.

세 사람은 차에 올라, 손과 팻말을 흔드는 무리 앞을 지나 달린다. 에드워드는 차창으로 사람들을 바라본다. 그러다 살짝 손을 흔들자, 바라던 반응이었던 것처럼 한 남자가 허공으로 주먹을 들어 올린다. 에드워드의 몸에서 딸각 소리가 나기 시작하고, 그것은 피아노 연습 때 사용한 메트로놈 음을 연상시킨다. 소년은 등을 기대고 앉아 몸에서 나는 소리에 귀를 기울인다. 전에도 이런 소리에 시달렸었는지 잘 기억나지 않는다. 날카로운 소리 아래로 쿵쿵대는 - 딸각 소리보다 이지러진, 흩어진 소리 - 심장 소리가 들린다.

지금 에드워드가 향하는 집은, 그가 어릴 때부터 가끔 가봤지만 늘 부모님과 형이 동행했던 곳이다. 이제 그곳에서 살아야 한다. 어떻게 그럴 수 있을까? 이모네가 사는 도시 이름을 기억해내려고 애쓴다. 창밖으로 획획 지나는 차들과 나무들을 유심히 바라본다. 차가 너무 빨리 달리는 것 같고, 무슨 말을 하려는 순간 묘지가 보인다. 시신들이 어떻게 되었는지 처음으로 궁금하다. 식은땀이 솟구친다.

"좀 세워주세요."

존이 간선도로의 가장자리로 차를 대자, 에드워드가 문을 열고 몸을 내밀어 회색 바닥에 토한다. 오트밀과 오렌지 주스. 차들이 휙휙 지나간다. 레이시가 조카의 등을 문지른다. 에드워드는 이모가 정면으로 보이지 않을 때마다 엄마가 곁에 있다고 상상한다. 구토가 멈춰지지 않는다. 몸이 오그라들었다 펴진다. 에드워드는 이모의 말소리를 듣는다.

"간호사들이 너한테 괜찮을 거라고 말하는 게 난 싫더라."

레이시의 목소리는 엄마보다 칼칼하다. 이제 다시 그녀가 이모로 느껴진다.

"넌 괜찮지 않아. 내 말 들리니, 에드워드? 내 말 듣고 있어? 넌 괜찮지 않아. 우린 괜찮지 않다고. 이게 뭐가 괜찮다는 거야."

몸이 소강상태에 접어들었지만 에드워드는 격렬한 반응이 언제 다시 시작될지 알 수 없었다. 구토가 끝났음을, 깨끗이 게워서 빈속이 고동치는 걸 깨닫자 그제야 허리를 펴고 앉는다. 소년이 고개를 끄덕인다. 어쩐지 그 말과 그 끄덕임이 세 사람 사이 공기의 흐름을 느슨하게 한다. 안도감이 감돈다. 어딘가에 그들의 시작점이 있다. 그것이 아주 끔찍한 지점이긴 해도 말이다.

9:05 A. M.

맨해튼의 삐죽삐죽한 빌딩들이 창밖으로 보인다. 위로 뻗은 자유의 여신상의 오른팔과 강 위에 뻗은 다리. 승객들은 좌석에서 몸을 뒤척이며 6시간 동안 비행하기에 편한 자세를 취한다. 셔츠의 맨 위 단추를 푼다. 구두를 벗는다. 장소와 시간을 불문하고 잘 수 있는 재능을 가진 승객들은 잠든다. 아무것도 의식할 필요가 없다. 지상에서는 신체가 사용되지만, 항공기에서는 키, 체형, 힘 따위 쓸모없고 사실 거추장스럽기만 하다. 다들 비행하는 동안 몸을 잘 간수하고 견딜 방법을 찾아야 한다.

플로리다는 린다와 파란 스카프로 얼굴을 가리고 자는 여자를 지나 창을 내다본다. 맨해튼이 구름 뒤로 사라지기 전에 잘 봐두고 싶다. 장소마다 각기 다른 기가 흐르기 마련이고, 플로리다에게 뉴욕은 반짝반짝한 아이섀도, 바스키아(벽에 스프레이 페인트로 낙서처럼 그린 그래피티를 예술로 승화시킨 미국 작가-옮긴이)의 그래피티, 대담한 꿈을 가진 타인들의 도시다. 그녀는 바에서 춤추는 자신을 본다. 여성스럽게 차려입고 소란한 거리에서 사내들의 환호를 받으며 느릿느릿 걷는 모습. 뽕-탁-펑 하고 터지는 도시에서의 삶을 최대한 누리는 모습.

플로리다는 20대와 30대 초반을 뉴욕에서 보냈지만, 딱히 기억에 남는 시기가 떠오르지는 않는다. 무지개떡처럼 켜켜이 쌓인 시간들을 떠올려야 한다. 여러 몸에 들어가 다양한 인생을 살아왔기에 기억들은 바다 같다. 그 물에서 정기적으로 헤엄친다. 언젠가 몇 가지 인생을 살았는지 헤아리다가 열셋에서 싫증이 났다. 몇 번은 준비 없이 불쑥, 즉 신체 부상이나-교통사고로 혼수상태에 빠진 경우 같은-자살 시도 후 영혼이 떠난 사람의 몸에 들어가서 살았다. 그런 빙의는 원래 짜릿했고, 따라서 마음에 쏙 드는 방식이었다. 영기가 넘치는 낯선 어른의 몸으로 깨어나는 것처럼 흥미로운 일이 있을까. 전통적인 방식으로, 즉 아기의 몸에 들어갈 때는 현재의 삶처럼 늘 실망스러웠다.

비행기가 상승하자, 플로리다는 자기도 모르게 가장 최근에 치른 결혼식을 떠올린다. 겨우 7년 전이다. 그녀와 바비가 최근 매입한 버몬트주의 땅에 친구 24~25명이 모였다. 당시 5에이커의 땅은 원시림 같았고, 시내로 이어지는 초지의 끝에 숲이 우거져 있었다. 두 사람은 막 계획을 세우기 시작해서 몇 달 후 보금 자리를 지을 생각이었다. 플로리다의 친구들은 뉴욕의 이스트 빌리지에서 축하하러 와주었다. 천막을 치고, 크리스마스 전구를 달고, 지역 밴드를 불렀다. 연기 자욱한 푸른 대기 속에서 필리핀 음악에 맞춰 춤도 췄다. 플로리다는 와인을 마셨고, 엉덩이와 가슴, 머리를 흔들며 신랑의 손을 잡고 같이 노래했다. 모두의 가슴과 얼굴에서 행복이 빛나는 마법 같은 밤이었고, 플로리다는 사랑으로 하나가 되었다고 느꼈다.

이제 그때를 추억하는 그녀는 한숨을 쉬면서 좌석에 몸을 기댄다. 비행기가 떠오르는 느낌이 생생하다. 눈을 감은 린다를 힐끗 본다. 대비가 명확하다. 이 아가씨는 남편에게로 날아가는 중이지만 플로리다는 남편에게서 달아나는 중이니.

항공기는 3만 피트 상공에 이르고, 마크 라시오는 전날 밤의 일을 떠올린다. 친구의—사실 친구 아닌 동료—생일 파티를 하러 클럽에 갔는데 저만치에 전 애인이 있었다. 가장 최근에 헤어진 그녀는 클럽도 싫고, 춤추는 것도 싫고, 뭐든 싫어하는 데 이골이 난 여자였다. 직업인 채권 거래보다 뭔가 싫어하는 일을 더 잘했다. 그게 마크와 그녀의 공통점이기도 해서, 서로 더 열광적으로 퍼부어댔다. 섹스 후 침대에 누워 교대로 분통을 터뜨렸다. 동료, 친구, 상사, 정치인, 가족 할 것 없이 모두를 비난했다. 그게 그들 관계에서 최고의 장점이었다. 그래서 정신과 의사가 그것이 건강에 안 좋다고 조언했을 때 마크는 강한 실망감을 맛봤다.

전 애인은 그가 먼저 본 직후에 그를 알아보았다. 그녀는 먼 벽 옆에 서 있었고, 둘 사이에는 사람들이 춤을 추며 엉켜있었다. 사람들이 가사를 외칠 수 있도록 볼륨을 높인 강한 비트의 곡들이 흘러나왔다. 마크는 그 자리에 오지 말았어야 했다. 마약을 끊으려고 노력 중이었는데, 허공에서 망할 코카인 냄새를 맡을 수 있었다. 얇게 저민 레몬처럼 얼얼하고 짜릿한 냄새. 눈으로 그녀의 얼굴을 찾는 와중에 마음속 궁금증이 주둥이를 열었다.

"혹시? 둘이 가능할까? 한 번?"

그녀가 마크와 눈을 맞추었다. 짙은, 거의 까만색의 눈이었다. 그녀는 고개를 저으면서 입술을 달싹였다.

"싫어."

그도 입술로 대답했다.

"엿 먹어."

그리고 오랜만이지만 춤을 추기 시작했다. 처음에는 박자가 맞지 않아 쿵쿵대는 소리에 동작을 다시 맞춰야 했다. 발가락으로 서서 몸을 튕기면서 양손을 머리 위로 뻗고, 군중이 그가 모르는 후렴구를 합창하자 같이 소리쳤다. 옆에 있던 남자가 흠칫 놀란 표정을 지어 보이고는 씩 웃었고, 둘은 손바닥을 마주쳐 하이파이브를 했다.

스피커에서 베로니카의 목소리가 나오자, 마크는 그녀를 보기 위해 목을 쭉 뺀다. 하지만 여승무원은 보이지 않는다. 그녀는 항공기가 충분한 고도를 유지하고 있으니 전자기기를 사용해도 된다고 알린다. 마크는 좌석 앞주머니에서 노트북 컴퓨터를 꺼내고, 동시에 옆자리 여자 승객도 컴퓨터를 꺼낸다. 두 사람이 얼핏 미소를 짓는다.

"마감이거든요."

그녀가 말한다.

"마감 없는 인생은 인생이 아니죠."

그녀는 마크의 말을 심각하게 받아들이는 듯이 찡그린다. 그는 그 표정이 언짢다.

"흠."

그녀가 내뱉는다.

마크는 대화를 멈추고 싶었지만 그가 모든 걸 거머쥔 인물이라는 걸 과시하고 싶기도 했다.

마크가 말한다.

"아들이 둘이시죠. 아까 보안검색대에서 같이 줄을 섰거든요."

옆자리 승객은 놀란 표정을 짓는다. 그녀는 전원이 켜진 컴퓨터를 실눈을 뜨고 쳐다본다.

"맞아요."

"저도 형제가 한 명 있거든요."

마크가 말한다. 그러다가 생각한다. 그래, 말이 되네. 이 부인은 우리 어머니랑 비슷하고 아들들은 잭스와 나랑 비슷해. 가족과 비행기를 타고 조부모를 방문했던 일을 떠올린다. 그와 잭스는 서로 팔을 때리며 트윅스 초콜릿을 나눠 먹었고, 어머니는 스트레스를 받았다. 마치 이 부인이 스트레스를 받듯이. 그는 어른이 되어 끓는 냄비 뚜껑이 덜컥대듯 인생이 흔들리기 시작해서야 어머니를 이해했다. 얄팍한 입술을 꾹 다문 어머니는 늘 그에게 고개를 돌린 것 같았다. 결국 마크가 열여덟 살일 때 수면제를 과다 복용하고 영영 깨어나지 못했다.

"할 일이 있어서 가족이랑, 아들들이랑 앉지 않았어요."

그녀가 말한다.

마크는 이 말이 대화를 그만하자는 신호인 것 같았다. 그래서 노트북으로 관심을 옮겼다. 스크린에 시장 동향, 손실, 변화지수를 나타내는 상세한 그래프와 표가 잔뜩 떠 있다. 스캘딩(초단타 매매 – 옮긴이) 그래프를 훑어본다. S&P(스탠더드앤드푸어스) 지수, CME(시카고 상업거래소) 지수, 최근 입찰 건들을 확인한다. 매일 매 순간 똑같은 것을 찾고 있다. 아무도 못 보는, 자신의 눈에만 보이는 기회를 말이다.

린다는 가방에 양손을 넣어 임신테스트기를 소맷자락에 끼운다. 최대한 뜸을 들이다가 플로리다에게 비켜달라고 부탁한다.

"소변을 봐야 되나요?"

플로리다가 묻는다. 그녀가 일어나자 치마에서 종소리가 난다. 플로리다가 통로로 나가자 린다는 미끄러지듯 자리에서 빠져나온다. 서둘러 화장실로 향하다가, 통로 옆에 앉은 군인과 우연히 눈이 마주친다.

"안녕하세요."

린다가 인사한다. 목소리가 삐걱댄다. 군인도 큰 손을 들어 인사하고, 린다는 처음 멈춰 섰을 때보다 당황하면서 그 앞을 지난다. 화장실 앞에는 기다리는 줄이 있었고 그녀도 뒤에 선다. 바로 앞에는 키가 크고 부스스한 머리의 십 대가 통로 쪽으로 비스듬히 서 있다. 아까 몸수색을 받은 소년이다. 이어폰을 낀 아이는 들리지 않는 음악에 맞춰 가볍게 몸을 흔든다. 보일 듯 말 듯 한데도 어깨를 돌리는 여유로운 모습에 린다는 가슴이 저릿하다. 어릴 때 만난 남자친구와 닮았다. 그녀는 아이처럼 산발이 된 그의 머리를 쓸어 올려주던 기억을 떠올리다 지워버린다. 앞의 소년은 미성년자임이 분명하다. 아이가 보안요원에 맞서는 모습을 보면서 린다는 '왜 그냥 기계를 통과하지 않지?'라는 생각을 했다. 강경한 입장을 취하는 사람들이 이해되지 않는다. 그 검색 기계가 별것 아니면 어쩌려고? 담당자들과 실랑이하면서 부아를 돋우는 게 무슨 도움이 된다고? 십 대 한 명의 주장으로 공항이 보안검색 체계를 바꾸지도 않을 텐데 말이다. 무슨 득이 있는지 도통 알 수가 없었다.

소매를 더듬어 비닐 포장의 바스락대는 촉감을 느낀다. 고교 시절, 바로 거기에 시험 답안지를 숨기곤 했다. 오른 손목 바로 위는 그녀의 실패를 목격하는 게 넌더리 날까? 궁금하다.

"괜찮으세요, 아줌마?"

앞의 소년이 묻는다.

"나? 괜찮은데?"

린다는 자신의 표정이 어떻기에 십 대가 관심을 주는지 걱정스럽다. 부드러운 표정을 지으려고 애쓴다.

"아줌마라고 부를 필요 없어. 겨우 스물다섯 살인걸."

그녀가 말한다. 하지만 그 말을 입 밖으로 내자마자 깨닫는다. 이 소년에게 스물다섯 살은 늙다리란 것을. 아줌마라고 부르고도 남을 나이다. 아이가 예의 바르게 싱긋 웃고는 빈 화장실로 들어간다. '스물다섯 살은 아주 어리지.' 린다는 속으로 중얼대면서 닫힌 문 앞으로 다가선다.

십 대 시절 단짝 친구와 둘이 스물다섯 살까지 결혼하지 않으면 노처녀로 살자고 했었다. 게리는 서른세 살이고 그녀와 딱 맞는 나이다. 남자는 여자보다 철이 늦게 드니까 말이다. 서른세 살이면 충분히 여러 여자와 잠자리를 했기 때문에 한곳에 정착하고 싶은 나이다. 그녀 역시 경험이 충분해서 이제 한 남자와 영원히 머물고 싶다. 그녀의 아홉 번째 남자는 그녀의 성기 가운데를 담뱃불로 지졌고, 열한 번째 남자는 고등학교 수학 선생님과 외도했다. 그 선생님은 남자였다. 열다섯 번째 남자는 둘이 사는 집의 월세로 메탐페타민(마약의 한 종류 – 옮긴이)을 샀다. 열세 번째 남자만 직업이 괜찮았고 모아놓은 돈도 있었지만 흠잡을 만한 것이 애정표현이었다. 린다의 생일에는 화장품을, 크리스마스에는 다이어트 보조제를 선물했다. 밸런타인데이 전에

이 남자와 헤어졌지만, 그녀는 이 연애경험을 장차 인생에서 큰 교훈으로 삼았다.

화장실이 비자 린다는 안으로 들어간다. 문을 닫고 잠그자 머리 위에서 형광등이 켜진다. 설 자리가 변기와 작은 거울 사이 공간밖에 없다. 소매에서 테스트기를 꺼낸다. 맨 위쪽을 이 사이에 물고 살짝 당겨서 포장지를 벗긴다. 흰 바지를 내리고 속옷도 내린 후 변기에 앉아 다리 사이에 팔을 넣는다. 크게 심호흡하고 소변을 보면서 테스트가 정상적으로 작동되길 바란다. 십대 소년이 검색요원에게 스크린 기계 안에서 취해야 되는 자세가 수치스럽다고 말했던 걸 떠올리자니 궁금해진다. 아이는 이 자세에 대해서는 어떻게 생각할까? 허벅지가 떨리고 비행기도 떨린다.

일등석에서 크리스핀 콕스는 복부가 뒤틀리는 통증을 애써 무시한다. 대신 생각의 방향을 첫 부인 루이자에게 돌린다. 쇠심줄처럼 질긴 여자, 그가 생각하는 루이자였다. 이혼한 지 39년, 결혼 생활보다 긴 세월이 지났건만 아직까지도 몇 년 주기로 그녀의 변호사는 갖은 핑계를 대며 그의 변호사와 접촉해 더 많은 돈을 뜯어내려 한다. 더 많은 돈, 더 많은 주식, 더 많은 부동산. 때로는 자녀들 명의로, 때로는 그녀의 명의로 말이다. 염병, 절반 이상은 그녀의 뜻대로 된다. 옆에서 간호사가 말한다.

"의사 선생님은 콕스 씨의 상황이 안정적이라고 말하더군요.

하지만 통증이 심하신 것 같네요. 통증의 수위가 1에서 10 중 어디쯤인지 말해주시겠어요?"

"괜찮소. 약만 더 먹으면 되오."

크리스핀이 대답한다.

왜 루이자의 그런 면은 또렷하게 기억나는데 둘의 신혼여행지나 밝고 부산한 막내아들의 직업은 기억나지 않을까? 그의 인생에는 온갖 것들이 담겼고, 그가 가만히 있더라도 구름은 계속 눈앞으로 지나간다. 크리스핀이 보는 것, 기억하는 것이 시시각각 변한다. 간호사가 그의 손바닥에 알약을 놓아준다. 크리스핀이 말한다.

"날 그런 눈으로 보지 마시오."

"콕스 씨, 저는 맡은 일을 하려고 애쓰는 것뿐입니다."

"그렇지. 당신은 나를 젠장 맞은 일거리로 쳐다보지. 난 누구의 일거리가 아니오. 지금까지도 그랬고, 앞으로도 그럴 거요. 그 아둔하고 고집스러운 머리통에 단단히 새겨두라고."

간호사는 갑자기 발에 불길이 옮아붙어 지켜봐야 되는 듯이 고개를 숙인다. 저런, 허약한 인간들하고는. 저런 머저리들은 입김만 불어도 나자빠진다. 그는 다시 루이자를 떠올리면서 생각한다. '루이자는 내가 고함을 쳐도 눈을 돌리지 않았는데.'

세계적인 엉덩이를 가진 여승무원이 크리스핀 앞에 와 있다. 어디서 나타났을까? 난데없이 통증이 심해진다. 통증의 파도가 솟구친다.

"제가 도와드릴 거라도 있을까요? 음료수 한 잔 드시겠습니까, 손님? 간식이라도?"

승무원이 매끄러운 목소리로 묻는다. 하지만 사라지지 않은 통증이 최고조에 달해서 크리스핀은 입을 열 수가 없다. 옆의 간호사도 입을 다물고 있다. 울고 있을지도 모른다. 이런 염병할. 크리스핀은 억지로 손을 허공에 든다. 이 손짓에 승무원이 가버리면 좋으련만.

"음료 한 잔 주세요."

통로를 두고 대각선으로 앉아 있던 남자가 말하고 크리스핀은 눈을 감는다. 알약은 안전하게 혀 밑에 있다.

비행기가 가만히 흔들린다. 베로니카는 좌석을 붙잡고 몸을 돌린다. 객실은 조용하고, 머리 위 환풍구에서는 환기하는 소음만 들린다. 승객들은 각자 자리를 잡는다. 장거리 비행이 막 시작되었을 뿐이고, 다들 새로운 장소인 이 은색 총알에 적응해야 한다. 승객들이 차츰 새로운 환경을 받아들인다. 공통적인 질문은 '현실이 시작되기 전의 이 시간을 어떻게 보내야 되나?'이다. 옆자리 승객이 음료를 가져온 승무원과 노닥거리자 제인은 웃음을 참는다.

"어디 출신이에요?"

그가 묻는다.

"주문하신 블러드 메리(칵테일 이름 – 옮긴이)입니다, 손님."

"마크라고 불러줘요."

"마크."

베로니카가 엉덩이의 위치를 다시 바로잡으면서 말을 잇는다.

"켄터키 출신이요. 하지만 지금은 LA에서 살죠."

"난 볼티모어 출신이에요. 하지만 뉴욕에서 살죠. 다른 어디서도 살 수가 없더군요. 항공업계에 종사한 지 얼마나 됐나요?"

"음, 5년 정도 될걸요."

마크는 초조하다. 그가 내린 테이블 아래서 떨리는 무릎이 제인의 눈에 들어온다. 그녀는 이 광경을 보지 않으려고 애쓴다. 글을 써야 된다. 대본을 마무리해야 되고, 그것은 착륙 전에 대부분을 각색해야 된다는 뜻이다. 얼마든지 해낼 수 있다. 마감이 목줄을 죄면 집중이 잘 되니까. 문제는 그러고 싶지 않다는 것이다. 브루스가 옆에 앉아 있고, 그녀에게 삐친 게 아니라면 이렇게 물을 것이다. '당신이 하고 싶은 게 뭐야?' 남편은 늘 원점으로 돌아간다. 근본적인 질문으로 말이다. 제인과 달리 그의 뇌는 본질 이외의 것, 의무, 감정에 얽매지 않는다. 가끔 브루스가 머리를 갸우뚱하고 쳐다볼 때면 제인은 남편이 '내가 아직도 이 여자를 사랑하나?'라고 자문하는 중임을 안다. 지금까지는 매번 다행스럽게도 '그럼'이라고 자답했다는 것도 안다.

제인이 일등석에 앉은 것은 지난 몇 주간 집필 대신 이삿짐 정리에 몰두했기 때문이다. 에디의 코끼리 인형이 어떤 상자에 들었고, 조던이 아끼는 책들이 정확히 어디 담겨있는지 안다. LA

에서 짐을 풀고 싶은 순서대로 상자들에 번호를 적었다. 그러면서 동서 횡단 이삿짐 꾸리기 대회가 있으면 1등은 따 놓은 당상이라고 생각했다. 여동생이 차를 몰고 뉴욕에 와서 짐정리를 돕겠다고 제안하자 제인은 웃음을 터뜨렸다.

"공연히 돕겠다고 나서서 미안해."

화가 난 레이시가 빈정댔다.

"아니, 다 알아. 미안해, 네가 아니라 나 때문에 웃은 거야."

전화선을 사이에 두고 상처가 구름처럼 드리웠다. 게다가 오래 티격태격한 내력도 있었기 때문에 둘 다 노력했지만 구름을 모두 걷지는 못한 채로 전화는 끊겼다.

두 자매는 다른 운영체제를 가져서 그로 인해 종종 분란이 생겼다. 관심사가 같더라도 드러나는 양상은 달랐다. 레이시는 언제나 틀에 맞춰진 삶을 살고 싶었고, 그러려면 남편과 두 자녀, 교외주택가의 멋진 집이 필요하다고 믿었다. 그녀는 '적절해' 보이는 삶을 원했다. 그러나 제인은 이런 생활에 관심이 가지 않았다. 그녀는 원하는 게 있으면 그것을 얻기 위해 도전했다. 좌우 둘러보며 다른 여자들은 어떤지 확인하지 않았다. 한 번은 레이시의 집에 갔다가 동생이 여성지를 열세 종이나 구독하는 걸 알고는 경악한 적이 있다. 레이시는 그게 한 세트라고 설명했다. 요리, 살림, 출산, 홈 인테리어, 미용…. 그녀는 언니의 표정을 보고 대꾸했다.

"왜? 여기서 이상한 사람은 내가 아니야. 언니가 이상하다고."

제인은 동생이 관계 중심적이라는 것을 질색했지만, 이런 순간에는 그게 불편한 관계를 완화하는 데 도움이 된다. 제인은 생각한다. 새집에 도착하자마자 레이시에게 전화해야지. 도착하자마자 처음으로 전화한 사람이 자기라는 걸 알면 레이시가 감격할 거야. 그 애한테는 그런 게 중요하니까. 주위를 둘러보니 베로니카는 어느새 갔고, 마크는 칵테일 잔을 들고 울적해 보인다. 그의 기분이 안개처럼 제인의 피부에 내려앉고, 그녀는 자판을 두드리기 시작한다.

테스트기 설명서에 3분 후 결과가 나타난다고 적혀 있다. 흰 막대기가 린다를 멍하니 쳐다본다. 그녀는 그때까지 여기서 나가 있고 싶기도 하지만 그럴 수가 없다. 화장실에 가만히 서 있을 수밖에 없다. 몸뚱이가 끼어 있으니 뇌가 멋대로 움직이는 것 같다.

처음으로 술을 마셨던 때가 생각난다. SAT 전날 밤이었다. 겨우 2시간 자고 시험을 보기 위해 학교에 도착하니, 머릿속에 고물 엔진 부품이 꽉 찬 느낌이었다. 6주 후 린다가 형편없는 수능 성적을 알리자 담임선생님의 눈빛이 멍해졌다. 그녀는 늘 린다의 아버지가 틀렸다고, 똑똑한 학생이니 미래를 위해 싸우면 멋진 미래를 거머쥘 거라고 다독였다. 그런데 교사는 성적을 안 순간 소망과 관심을 더 어린 학생에게 돌리기로 결정했고, 린다는 그걸 눈치챘다.

화장실 조명은 형편없었다. 작은 거울에 비친 얼굴이 누렇게 떠 보인다. 종일 여행해야 되는데 무슨 생각으로 새하얗게 입었을까? 그녀는 혀를 내밀고 열세 살 때 피어싱을 뚫으며 생긴 흉터를 본다. 그 또한 끔찍한 결정이었다. 혀에 피어싱을 한 이유는 단지 부러운 여자애가 고딕패션(과한 검은 화장과 옷차림, 피어싱-옮긴이)을 했기 때문이었다. 이틀 만에 혀가 퉁퉁 부어올라 숨을 제대로 쉬지 못하자, 새어머니는 린다를 차에 태워 응급실로 데려갔다. 새어머니는 이 일을 고소해하면서 이후 무관한 얘기를 하다가도 불쑥 언급하곤 했다.

"네가 하마터면 혀를 잃을 뻔했잖니. 그러면 어떻게 됐을까? 남자를 만날 기회가 더욱 줄어들었겠지."

"난 게리를 만났어."

린다가 거울과 새어머니를 향해 중얼댄다. 하지만 그녀도 속으로는 새어머니와 똑같이 생각했다. 어제오늘 일이 아니었다. 게리와 연애가 11개월이나 지속될 수 있었던 이유는 오직 그것이 장거리 연애였기 때문인데, 오랜 장거리 연애를 끝내려니 염려스러웠다. 물론 두 사람은 서로를 찾아가 만났고, 6주 전에도 만났지만 매번 잠시 만나니 달콤한 시간일 수밖에 없었다. 주말을 함께 보내면서 짜증이나 침울한 기분, 오래 잠재된 불안이 끼어들 여지는 없었다. 이제 같은 장소에서 일상생활을 하면 린다의 모든 단점이 드러나리라.

둘은 어느 결혼식에서 만났고-게리는 신부와 대학 동창이었고, 린다는 신랑과 한때 사귄 사이였다 — 그날 밤 서로의 절절한 고독을 달래주게 되었다. 그녀는 하룻밤 인연이라고 생각했지만 다음 날 게리가 캘리포니아로 가면서 문자를 보냈다. 그리고 그들은 이후 몇 주간 전화와 문자로 수다를 떨었다. 한번은 그가 고래를 연구한다고 말했고, 린다는 짜증이 밀려와서 전화를 끊으려 했다. 게리는 박사학위 소지자였고 그녀는 대학 근처에도 못 가봤기 때문이다. 린다는 게리가 그녀를 멍청이로 알고 기상천외한 직업을 가졌다고 해도 그녀가 속을 것처럼 생각하는 줄 알았다. 그녀의 기를 꺾으려고 신랄한 거짓말을 꾸며냈다고 느껴졌다. 사실 린다는 어릴 때 고래에 매료되었었다. 포유동물의 포스터들이 침실 벽면을 가득 채웠고, 가장 아끼는 책들은 해양 생물 도서였다. 스물다섯 살의 자신과 열두 살의 자신이 모두 게리에게 조롱당한 기분이었다.

"실직 상태라는 뜻이네요."

린다는 못되기 그지없는 말투로 쏘아붙였다.

"내가 진행하는 프로그램에 관련된 정보를 이메일로 전송 중이에요."

링크를 여니, 바다 가운데 떠 있는 배에서 바람막이 재킷을 입은 사람들이 나오는 비디오가 나타났다. 그중 한 명이 바로 햇볕에 그을린 게리였다. 다음 클립에서는 고래 등이 배를 지나갔다. 그러더니 강의실들과 스쿠버 장비가 꽉 찬 작은 창고들이 나왔고, 이때 린다는 노트북을 닫고 기침을 하기 시작했다. 기침이

멎자 게리가 말했다.

"린다?"

"목에 뭐가 걸려서요."

그녀가 대답했다. 린다는 자신이 게리와 단순한 친구 사이라고 짐작했다. 어떤 남자에게 관심이 있을 때 흔히 경험했던 강박적인 걱정이 느껴지지 않았기 때문이다. 통화하고 나면 더 나은 하루를 보냈고, 평생 참으려고 애쓴 딸꾹질 같은 웃음이 게리 앞에서는 자연스럽게 터졌다. 새어머니는 린다의 킬킬대는 웃음소리를 듣고 소름끼친다고 중얼댄 적도 있었다. 둘이 자녀에 대해 대화한 적은 없어서, 자녀를 갖는 것에 대해 게리가 어떻게 생각하는지 린다는 몰랐다. 게리는 끔찍한 유년기를 보냈고, 다시 그 시절을 겪으라면 차라리 자살하겠다고 말했다. 린다는 그가 자신과 함께 지나온 인생을 치유할 수 있는 삶을 일구기를 바랐다. 게리는 자신과 있을 때면 안정감이 든다고 말한 적이 있다. 직접 말해주지는 못했지만 당시 린다 또한 게리에게 같은 감정을 느꼈다.

소란하게 윙윙대더니 천장 스피커에서 음료 서비스가 시작된다는 안내 멘트가 흘러나왔다. 린다는 느닷없이 갈증을 느낀다. 화장실 문고리가 덜컥대면서 남자 목소리가 들린다.

"이봐요! 괜찮아요?"

"네!"

린다가 대답하고는 테스트기를 창처럼 든다. 가운데 분홍색

플러스 표시가 나타난다.

린다는 잠금장치를 열고 얼른 통로로 나간다.

2013년 7월

에드워드는 집에 도착해 아기방으로 안내된다. 존이 요람을 다락으로 치우고 대신 싱글 침대를 들여놓았다. 침대에 군청색 침대보가 깔려 있다. 책꽂이에는 아기들이 입에 넣어도 안전한 판지로 만든 책들이 그대로 꽂혀있다. 벽과 천장은 연분홍색이다. 레이시가 임신할 때마다 딸이라고 확신해서 선택한 색깔이다. 창가에 흔들의자가 놓여 있다. 에드워드와 존은 잠시 문간에 서 있다. 존은 매우 혼란스러워 보인다. 에드워드는 이모부 모르게 몸을 돌려 빠져나갈 수 있을까를 고민했다. 그는 속으로 중얼댄다.

'여기는 내 방이 아니야. 말도 안 돼.'

존이 말한다.

"호수를 보고 싶니?"

그가 창문 쪽으로 가자 에드워드가 목발을 짚고 따라간다. 웨스트 밀포드는 11킬로미터 남짓 되는 호수의 가장자리에 세워진 마을이다. 전성기였던 1800년대 후반에는 대형 증기선 세 척이 운항하며 기차 승객들을 여러 군데 리조트로 실어 날랐다. 그러나 여객기가 도입되면서 여행의 양상이 바뀌었다. 방문객들은 여전히 그린우드 호수에 찾아왔지만 대개 뉴저지와 뉴욕에 사는 가족들이었다. 이들 대부분이 호숫가에 여름 별장을 매입했다. 존의 부모는 여덟 살 때 호수 옆에서 놀다가 만난 사이로 둘 다 유년기의 여름을 이 호수에서 보냈다. 이곳은 안전했다. 물론 그 시절에는 어느 교외 마을이나 안전했다. 아이들은 자유롭게 뛰어놀다가 식사 때와 잠잘 때만 까맣게 탄 비 맞은 생쥐 꼴로 집에 들어갔다.

1970년대에 호수는 매력을 잃었다. 여름 별장을 살 형편이 되는 가족들은 뉴저지나 롱아일랜드 해안의 집을 선택했다. 호텔들도 손님이 뜸했기 때문에 상시 영업을 할 수 없었다. 존과 레이시는 2002년에 결혼한 후 바로 호숫가에 집을 샀다. 같은 금액이면 도시보다 웨스트 밀포드에 더 좋은 주택을 구할 수 있었다. 또 존의 IT 사업에 도움이 될 일감이 많았고 호수 풍경이 레이시에게 캐나다를 연상시키는 것도 이유였다. 2층에서 바라보는 경치가 썩 좋다. 아기방에서 넓고 잔잔한 호수가 내다보였고 안방에서도 마찬가지였다.

"네 상태가 나아지고 함께 저곳에서 수영하면 좋겠구나."

존이 말한다. 에드워드의 몸 안 새로운 곳이 딸각대기 시작한다. 엄마가 아빠에게 레이시가 또 유산했다고 말하는 걸 들은 기억이 난다. 그때는 '유산'의 뜻을 몰라서 사전에서 찾아봤었다. 존이 말한다.

"방을 더 손보면 될 거야. 당연히 그래야지. 벽 색깔을 네가 선택하면 내가 페인트를 칠하마. 좋아하는 색이 있니?"

"그러실 필요 없어요."

에드워드가 말한다. 소년은 몸을 돌려 천천히 방에서 나가 계단을 내려간다. 에드워드는 그날 밤 거실 소파에서 잠들었다. 아니, 정확히 말하자면 잠을 자지 못했다. 퇴원했다는 사실이 싫었다. 이런 감정을 느낄 거라고는 예상하지 못했지만, 사실 지금은 어떤 감정도 예상할 수 없다는 걸 안다. 병원에서는 삐삐 대는 기계, 반복되는 일상, 연이은 의료진 행렬이 에드워드를 온전하게 해주었다. 이제 몸이 새로운 방식으로 아프다. 둔한 느낌이 없어졌다. 정강이뼈에 삽입한 쇠막대가 느껴지고, 살을 만지는 촉감은 이상하고 뻣뻣하다. 머리카락도 어쩐지 아프게 느껴졌다. 웨스트 밀포드에서 맞은 둘째 날 새벽 2시, 에드워드는 소파에 앉아 허벅지에 양손을 내려놓는다. 몸만 아픈 게 아니다. 이 고통을 이기고 살아남지 못할 것만 같다.

다음 날 아침, 현관문 두드리는 소리가 났다. 존은 이미 출근했고 레이시는 아직 내려오지 않았다. 에드워드가 눈을 깜빡이

면서 —뜨겁고 빽빽한 돌멩이 같다—목발을 짚고 현관에 나간
다. 어떤 부인과 에드워드 또래 여자아이가 계단에 서 있다. 부
인의 머리는 짙은 색이고 피부는 구릿빛이다. 소녀는 빨간 보온
병을 들고서 몸의 절반을 엄마 뒤에 숨기고 있다. 안경 쓴 소녀
의 눈이 한쪽만 보인다. 그 눈이 에드워드를 빤히 본다. 에드워
드의 머릿속이 딸각대고 거의 덜컥대다가 멈춘다. 순간적으로
기분이 좋아졌다. 또렷하고 정상적이고 말짱한 느낌. 순식간에
사라진 그 감각이 못내 아쉽다.

"안녕."

에드워드가 소녀에게 인사한다. 부인이 말한다.

"난 베사라고 해. 이 아이는 쉐이고. 우린 옆집에 살아, 그러니
까 자주 보게 될 거야. 이 커피는 네 이모에게 드리려고 가져왔
는데 네게 더 필요할 것 같구나."

그녀가 보온병을 내밀었고, 에드워드는 따뜻한 병을 가슴에
안는다. 커피 냄새가 뉴욕 아파트 인근 카페를 떠오르게 한다.
카페는 손님을 불러들이려고 커피 향 짙은 공기를 인도로 내보
냈다.

"저는…"

에드워드가 머뭇댄다. 이 이름으로 자기소개를 하는 게 처음
이다. 이제 에디는 없다. 병원에서 이모가 그렇게 결정하길 정말
잘 했다. 에드워드가 말을 잇는다.

"에드워드에요."

베사의 따뜻한 미소를 보자 에드워드는 엄마의 미소가 떠올라 두려움이 엄습한다. 느닷없이 이 부인의 발아래 눕고 싶어진다. 앞으로 누군가의 어머니를 만날 때마다 엄마가 생각날까? 그러면 정말 큰일이다. 베사가 말한다.

"우린 네가 누군지 알아, 니니토(ninito, 아가)."

쉐이가 엄마 등 뒤에서 나와 입술을 씰룩댄다.

"내가 이 아이보다 두 달 먼저 태어났는데, 엄마가 커피를 마시려면 열여덟 살이 될 때까지 기다려야 된다고 했잖아요."

베사가 손을 들고 대답한다.

"칼라테, 미 아모르(Callate, mi amor, 입 다물어라, 얘야)."

그때 레이시가 나타나서 손님들을 주방으로 안내한다. 에드워드는 식탁 의자에 앉아 보온병 뚜껑에 커피를 조금 따른다.

"커피가 맛있니?"

쉐이가 묻는다.

에드워드는 방금 깐 아스팔트가 이런 맛일 거라고 생각한다. 커피는 뜨겁고 끈적였지만, 에드워드는 고개를 끄덕이며 의자에 똑바로 앉으려고 애쓴다. 쉐이는 에드워드보다 키가 2~3센티미터 더 크고, 갈색 머리가 어깨까지 내려온다. 또 왼뺨에 보조개가 있다.

"아직 외출하지 않았지? 시내에?"

베사가 묻는다.

"아이에게 휴식이 필요해서요. 아직 준비가 안 됐어요."

레이시가 말한다.

"다행이네요. 동네가 콩플레타멘테 로코(completamente loco, 완전히 미친) 상태거든요. 웨스트 밀포드는 작은 동네라 모두가 서로 안단다, 에드워드. 네가 등장하면 수십 년 만에 가장 흥분되는 사건일 거야. 네가 병원에 입원해 있는 동안 타운(시보다 작은 읍 규모의 행정구역 - 옮긴이)에서 이 집을 칠해주었다는 사실을 이모에게 들었니?"

에드워드는 이 말을 이해하려고 애쓴다.

"어떻게 타운이 집을 칠해줘요?"

레이시가 설명한다.

"타운 의회에서 해주었지. 도와주고 싶다면서."

그녀는 의자를 밀고 일어나 조리대로 가면서 말을 잇는다.

"의회는 안타까움을 느껴 돕고 싶은데 어떻게 해야 할지 몰랐지. 페인트칠이라니 어처구니없는 짓이지. 존이 작년 여름에 이미 칠했거든. 타운이 엄한 짓을 한 거야."

쉐이가 말한다.

"캠프에서는 다들 네가 여기서 어떻게 지내는지 궁금해서 난리야. 사실 옆집에 산다는 이유로 난 유명인사가 됐어."

캠프…. 에드워드는 속으로 중얼댄다. 귀에 익긴 해도 뇌가 의미를 파악하는 데는 시간이 걸린다. 여름방학, 아이들, 그림 그리기와 공작. 매년 여름 에드워드와 조던은 자연사 박물관 캠프에 참가했었다.

"다 같이 팬케이크 먹을까요?"

레이시가 화제를 바꾸려는 말투로 밝게 묻는다.

에드워드가 커피를 들여다보자 쉐이가 말한다.

"난 네 형을 한 번 만난 적이 있어."

에드워드는 잘못 들었다고 생각했다. 그 문장을 머릿속에서 되풀이하다가, 앉은 채로 약간 기운이 풀어진다. 베사도 같은 느낌인 듯하다. 그녀가 딸에게 말한다.

"무슨 얘기를 하는 거야? 네가 무슨 에드워드의 형을 만나?"

"여기서 만났는데요. 음, 잔디밭에서. 내가 여섯 살 때. 그날 난 너희 가족이 방문한 걸 알고 잔디 깎는 장난감을 들고 나와 우리 집 잔디를 깎는 척했어. 그리고 그때 조던이 혼자 밖으로 나왔어."

"난 처음 듣는 얘기인데."

베사가 발끈해서 대꾸한다.

"엄마, 난 여섯 살이었어요. 아마 내가 말했는데 엄마가 잊었을 거예요. 게다가 별일 아니었고요. 나도 잊고 있다가 기억난 것은…"

소녀가 말을 멈추었다가 덧붙인다.

"아주 최근이에요."

레이시가 어깨를 펴면서 말한다.

"언니는 조카들을 여기 데려오는 걸 좋아했어요. 아이들에게 번잡한 도시에서 벗어날 기회를 주려고 했죠."

에드워드가 쉐이에게 말한다.

"형이랑 얘기해봤어?"

"조금. 네 형이 밖에 나와 계단을 뛰어내렸어. 꼭대기에서 풀밭까지. 왜 그랬는지 몰라도 난 그걸 보고 충격을 받았어. 내가 '헉' 소리를 냈나 봐, 네 형이 날 알아차린 걸 보면."

에드워드는 이 장면을 그려보려고 애쓴다. 환한 햇빛, 초록색 잔디, 이모 집 앞쪽 시멘트 계단 다섯 개.

"조던은 '계단 뛰어내리는 걸 처음 봤니?'라는 식의 말을 했었어. 그래서 그렇게 뛰어내리는 건 처음 봤다고 대답했지. 그 오빠는 웃으면서 차도 쪽으로 달려갔어. 그러더니 너희 미니밴의 지붕으로 올라갔어."

레이시가 찡그리면서 끼어든다.

"잠깐만. 얘기를 꾸미지는 마, 쉐이. 여기 그런 이야기는 필요 없다."

"조던은 아마 그랬을 거예요."

에드워드가 말한다. 쉐이는 가만히 고개를 끄덕인다.

"그 오빠가 나한테 손을 흔들더니 차 지붕에서 뛰어내렸어."

"디오스 미오(Dios mio, 맙소사)!"

베사가 탄식했다.

"아."

레이시가 중얼대더니 잠시 입을 다문다. 그녀가 다른 말투로 다시 말한다.

"기억이 나네. 조던이 무릎을 다쳤었어…. 어쩌다 다쳤는지는 말해주지 않았지만 내가 조던에게 무릎에 대라고 얼린 콩 봉지를 줬었지."

에드워드는 전혀 기억나지 않는다. 조던이 혼자 밖에 나간 기억이 없다. 얼린 콩 봉지도, 이 여자애도, 형이 다리를 절룩인 것도 기억나지 않는다. 작은 뼈들이 쪼개지듯 가슴에서 삐걱거리는 기분을 느낀다. 왜 기억하지 못할까? 쉐이가 말한다.

"다친 것 같지 않았는데. 조던이 뛰어내리자마자 누군가 어른이 그를 부르는 소리가 들렸고, 그는 안으로 들어갔거든요."

소녀는 의자를 밀면서 일어나 엄마의 뺨에 키스한다.

"이제 가야 돼요, 마미. 금방 버스가 도착해요."

"케 텐가스 운 부엔 디아(Que tengas un buen dia, 좋은 하루 보내렴)."

"아디오스(Adios, 안녕)!"

쉐이가 인사하고 떠난다. 에드워드는 목구멍에 차오르는 덩어리를 막으려고 커피를 한 모금 더 마신다. 냅킨에 입을 대고 기침을 한다. 음식을 먹으려는 이모의 마음은 잘 알지만, 음식 장벽 같은 걸 뚫을 수가 없다. 냄새, 단단한 식감 때문에 삼킬 수가 없다. 소파로 돌아간다. 레이시가 TV를 켜주지만 에드워드는 화면에 집중하지 못한다. 주방에서 이모와 베사가 대화하는 소리에 귀를 기울인다. 화장실 가는 길에 주방 문 앞을 지날 때 이모의 말이 들린다.

"아기 대신 열두 살 남자애가 왔네요."

에드워드는 쓰러지지 않으려고 발을 내려다본다. 하늘이 어둑어둑해지고 존이 돌아오자, 에드워드는 주방 식탁으로 돌아간다. 존은 에드워드의 앞머리를 헝클며 장난치고, 이모는 접시에 버터 향이 물씬 나는 으깬 감자를 놓아주며 말한다.

"제발, 에드워드?"

존이 변호사에 대해 뭐라고 말하고, 레이시는 토마토가 잘 안 익는 계절인 것 같다고 말한다. 이모 내외가 음식 그릇을 필요 이상으로 자주 주고받는다고 에드워드는 생각한다.

"나도 샐러드를 좋아하면 얼마나 좋아."

레이시가 중얼댄다. 존이 얼굴을 찌푸리며 대꾸한다.

"샐러드를 좋아하는 사람도 있어?"

에드워드는 불현듯, 샐러드에 대한 대화가 부부의 단골 화제임을 눈치챈다. 두 사람이 서로 간의 관계를 확인하기 위해 늘 티격태격하는 주제다. 존이 방에 들어오면서 대답을 기대하지 않은 채로 '레이스, 괜찮아?'라고 묻는 것도 마찬가지다. 레이시가 한 시간에 몇 번씩 손을 뻗어 머리 매무새를 확인하는 것도, 이모가 양념 병들을 냉장고 문짝 포켓에 넣으면 이모부가 맨 위 선반으로 옮기는 것도 그 일환이다.

"두 분은 저를 책임질 수밖에 없었나요?"

에드워드가 묻는다. 두 사람의 얼굴이 소년을 향한다. 레이시의 주근깨가 더 짙어진다. 존의 이마에 주름이 잡힌다.

"법이 그런가 묻는 거예요. 두 분이 남은 유일한 친척이라서?"

"그게 법인지는 모르겠는데."

레이시가 대답하고 남편을 쳐다본다. 존이 말한다.

"의문의 여지가 없었지. 그 외의 어떤 결론도 가당치 않았어. 우린 네 가족이야."

"맞아."

에드워드는 이모가 울기 직전임을 눈치챈다. 존도 알아차리고 아내의 손에 자신의 손을 포갠다. 에드워드가 말한다.

"다리가 아파서요. 실례해도 될까요?"

"그러렴."

존이 말한다. 마침내 소파 위쪽의 사각형 창문이 어두워지더니 점점 짙어진다. 존이 거실 문간에 서서 말한다.

"잘 시간이구나, 꼬마. 위층에 올라가는 걸 도와줄까?"

에드워드는 지난 이틀 밤과 같은 대답을 한다.

"다리가… 계단 때문에 긴장이 돼서요. 아래층에서 자도 괜찮을까요?"

"물론."

잠시 후 레이시가 담요와 베개를 들고 와서는 귓가에 '잘 자'라고 속삭인다. 부부가 계단을 오르는 발소리와 침실 문이 닫히는 소리가 들린다. 에드워드는 일어나서 현관으로 걸어가 문을 열고 밖으로 나간다. 잔디밭을 가로질러 이모네 진입로를 지난다. 동작이 굼뜨다. 밤 10시. 밤공기가 뺨을 부드럽게 스치고 팔에 털이 곤두선다. 교외 동네와 도시의 공기가 사뭇 다른 게 느껴진다. 여기서는 동물들 소리가 나고, 나뭇잎이 바스락댄다. 멀리서 나는 차 소리 앞에 적막이라는 담장이 서 있다. 다리를 끌고 이웃집 잔디밭을 지나 현관 앞 계단으로 올라간다. 그늘에 휩싸인 집은 방금 나온 집과 거의 똑같이 생겼다. 문을 두드린다. 잠시 조용하다가 중년 여성이 문을 연다. 베사가 눈을 가늘게 뜨고 어둠 속을 본다.

"에드워드? 무슨 일이니?"

에드워드가 대답한다.

"들어가서 쉐이를 만나도 될까요?"

다시 조용해진다. 에드워드의 머리에 기억 하나가 파고든다. 기억은 이런 식으로 나타났다. 도둑이 경고 없이 잠긴 문으로 불쑥 들어오듯 그렇게 말이다. 비행기에 타기 몇 주 전, 형제는 아파트 건물의 엘리베이터에 올랐다. 아빠 몰래 집에서 빠져나온 참이라 둘은 씩 웃는다. 로비에 내려가면 경비원이 고개를 저을 것이다. 그는 말하겠지.

'어이 꼬마들, 아버지가 전화하셨어. 당장 올라가서.'

하지만 엘리베이터가 내려갈 때 에드워드와 형은 기타 치는 시늉을 했다. 에드워드는 생각한다. '형이 살았어야 해, 내가 아니라.'

베사가 어깨 너머를 쳐다보며 소리친다.

"쉐이, 미 아모르(mi amor, 내 사랑), 얌전하게 입었니?"

위층에서 쉐이의 목소리가 들린다.

"왜요?"

베사는 대답하지 않는다. 그녀는 에드워드를 데리고 거실을 지나 계단을 오른다. 열린 문틈으로 침대에서 베개에 기대앉은 쉐이가 보인다. 구름무늬 분홍색 파자마 차림으로 책을 들고 있다.

"안녕."

에드워드가 인사한다.

쉐이는 요란하게 매무새를 가다듬는다. 베사가 현관문을 열었을 때처럼 쉐이도 안경을 쓴 채 눈을 가늘게 뜨고 그를 쳐다본다.

"음, 안녕?"

베사가 말한다.

"쉐이, 오늘 캠프에서 있었던 일을 에드워드에게 말해주렴."

베사가 어깨에 손을 내리자 에드워드는 그 느낌이 좋으면서도 움찔한다.

"내가 왜요?"

쉐이가 말한다.

베사는 말없이 의중을 전달하려고 딸을 빤히 보고, 에드워드는 그걸 알아챈다. 또 자신이 왜 여기 왔는지도 조금은 알게 된다. 다른 아이와 있고 싶어서, 긴장하면서 관찰하는 걱정스러운 어른들의 눈길을 피하려고 왔다. 베사는 잘될 거라는 투로 밝게 말한다.

"캠프에 참여해봤니, 에드워드?"

"이거 참 이상하네."

쉐이가 말한다. 베사는 딸에게 한숨을 짓는다. 에드워드가 대답한다.

"나랑 얘기하지 않아도 돼. 싫으면 하지 마."

"내가 곧 자야 해서."

에드워드는 두리번대다가 창가의 안락의자를 발견한다.

"저기 잠깐 앉아 있으면 되겠네."

에드워드는 몸이 둔해진다. 침을 삼킨다. 심호흡을 크게 하고 나서 다시 말한다.

"딱 몇 분만."

쉐이와 베사는 다시 긴 시간 복잡 미묘한 눈 맞춤을 한다. 에드워드가 의자로 간다. 물을 헤치고 나가는 기분이다. 카펫 위로 목발을 질질 끈다. '왜 카펫은 이렇게 푹신할까?' 에드워드는 속으로 중얼댄다. 베사가 말한다.

"내가 레이시에게 전화하마, 네가 여기 온 걸 알려야지."

"이거 참 이상하네."

쉐이가 중얼댄다. 베사가 방에서 나갈 즈음 에드워드는 잠들었다.

다음 날 잠에서 깼을 때, 빛이 너무 강해서 눈을 깜박이는 것 외에는 아무것도 할 수가 없었다. 눈을 깜빡이는 사이 자신이 누구인지, 무슨 일이 있었는지, 여기가 어디인지 알 수 없었다. 빛에 적응되고 뇌가 공포에서 벗어나 정신이 든 후에야 쉐이의 방에 자신이 혼자 있다는 걸 깨달았다. 무릎에 초록색 담요가 덮여 있다. 집에 혼자 있는 느낌이다. 벽, 열린 문간, 전부 썰렁하다. 그대로 앉아 긴 시간을 보낸다.

이모네 현관문을 두드리니 레이시가 문을 연다. 에드워드가 말한다.

"나한테 화났어요?"

그녀는 우스꽝스러운 표정을 짓는다.

"내가 어떻게 너한테 화낼 수 있겠니? 들어가서 쉬어라. 오늘 오후에 진료 예약이 있어."

에드워드가 소파에 앉자, 레이시는 커피 테이블에 쿠션을 놓고 아픈 다리를 올리게 해준다. 뭔가 떠올라 에드워드가 말한다.

"갈 데가 있는데 나 때문에 못 나가는 거 아니에요? 직장이 있는데 나 때문에 못 나가나 해서요."

이모는 에드워드의 발이 놓인 쿠션의 귀퉁이를 바로잡으면서 대답한다.

"아냐. 전에는 직장이 있었지만 임신하고서 일을 그만뒀어. 누워서 쉬었거든. 작년에."

"아."

레이시는 방 안을 둘러보고 에드워드는 생각한다. 여기는 이모의 공간이었지. 낮은 커피 테이블에 잡지가 쌓여 있다. 눈에 들어오는 것마다 임신이나 육아 관련 잡지들이다. 이모는 이 집에서 혼자 지내며 태어날 아기를 생각했을 것이다. 머리에서 딸각 소리가 나자 에드워드는 위층 아기방에서 나온 것처럼 일어나 나가고 싶어진다. 하지만 쉐이는 캠프에 가 있고 다리가 쑤셔서 아픈 데다 딱히 갈 데도 없다. 레이시가 말한다.

"다른 직장을 찾을까 생각 중이었지. 일거리를. 아직 일자리를 구하지 못하던 참이었어."

그녀는 숨을 고르려는 듯이 말을 멈춘다. 그러다가 묻는다.

"주방에서 뭘 좀 갖다 줄까?"

"아뇨, 괜찮아요."

에드워드는 연속극을 본다. 한 여자가 낙태할지 말지 고민하면서 울고, 그녀의 어머니는 남편과 헤어져야 할지를 고민한다. 에드워드는 한 시간 한 시간을 새로운 방식으로 의식한다. 그 시간들이 차곡차곡 쌓여 하루를 이루고, 7일이 한 주라는 덩어리가 되는 걸 어렴풋이 느낀다. 한 주 한 주가 모여 52주가 되면 비로소 1년이다. 비행기에 오른 날은 6월 12일이었다. 그러니까 지금은 7월 말일 것이다. 시간이 흐른다.

의사는 헛기침을 해대는 사람이었다. 그는 황소개구리 울음소리를 내면서 진료실에 들어왔고, 족히 10초간 그 상태로 에드워드와 레이시 앞에 서 있었다. 그가 드디어 헛기침을 끝내고 흡족한 표정을 짓는다. 그가 말한다.

"사건 이후 4킬로그램쯤 줄었구나."

사건? 에드워드는 순간적으로 혼란스럽다. 그러다가 이해한다. 레이시가 말한다.

"좋지 않은 징후죠."

의사가 똑같이 말한다.

"좋지 않은 징후지요."

한쪽 벽면이 나비 실사다. 에드워드는 의사가 벽화를 설치하고 후회했는지 궁금하다. 저렇게 큰 나비는 아름답지 않다. 크기와 낯선 모양이 누구나 최대한 멀찍이 서게끔 만든다.

"아이에게 아이스크림이든 캔디든, 뭐든 원하는 걸 사주시죠."

의사가 말하고 강조하듯 헛기침을 한다. 그리고 말을 잇는다.

"영양가를 따질 때가 아닙니다. 성장기 소년인데 체중이 줄면 큰일 납니다. 열량이 필요합니다. 체중이 500그램만 줄어도 수액을 맞게 할 거야, 에드워드. 그 말은 재입원한다는 뜻이지."

집으로 가는 차에서 이모가 말한다.

"제발 뭘 먹을 수 있겠는지 생각해봐."

에드워드는 뱃속이 말라붙은 기분이다. 살아 숨 쉬는 게 전혀 없다. 음식은 불필요할 뿐 아니라 부적절한 것 같다.

레이시는 대형 편의점의 주차장으로 들어간다. 엔진을 끄고도 운전대를 잡고 있다. 그녀는 에드워드가 처음 보는 눈빛으로 자신을 쳐다보고 있다. 레이시가 울 것 같은 목소리로 말한다.

"제발 이러지 마. 내가 너를 제대로 보살피지 못하는 걸 언니가 알면….”

에드워드가 대답한다.

“아니에요, 이모.”

더 할 말을 찾으려고 앞을 봤지만 편의점, 감자칩, 맥주, 판매, 주차 같은 말만 보인다. 이모가 차에서 내려 저만치 걸어가고, 에드워드는 뒤뚱뒤뚱 따라간다. 편의점에 들어서자 레이시가 말한다.

“진열대를 전부 지나갈 거야. 역하지 않은 게 있으면 여기 담아.”

에드워드는 초콜릿 진열대를 쳐다본다. 크런치, 캐러멜 맛, 너트초콜릿, 다크초콜릿, 화이트초콜릿, 밀크초콜릿. 조던이 좋아하던 트윅스를 고른다. 에드워드가 초콜릿을 바구니에 담자 이모의 어깨가 조금 내려간다. 감자칩 코너. 랜치, 바비큐, 나초 치즈, 딜 피클, 할라피뇨, 짠맛, 구운 맛, 쐐기 모양, 평평한 모양, 사워크림과 양파 맛. 엄마가 좋아하던 종류를 고른다. 소금과 식초를 뿌린 맛이다. 다음 진열대는 과일 맛 롤업, 육포. 그리고 커피 코너. 아무것도 바구니에 담지 않는다. 그다음은 시리얼들이 진열된 긴 선반이었다. 에드워드는 생각한다. 우유만 붓지 않으면 괜찮을 거야. 음식의 형태가 변한다는 생각을 참기 힘들다. 흐물흐물한 걸 견디기 어렵고, 거품이 생기는 것은 다 싫다. 수프, 스튜, 스무디, 청량음료가 거기 속한다. 아이스크림은 녹고, 그것마저도 마음이 불편하다. 가장 단조로운 색깔의 시리얼 상자를 고른다.

"이거면 되겠어요?"

이모에게 묻는다.

"일단 시작이니까."

집에 돌아오자 레이시는 사온 식품들을 커피 테이블에 늘어놓는다. 그러더니 접시와 숟가락을 들고 돌아온다. 에드워드는 소파에 앉아 지켜본다. 다리가 쑤신다. 쿠션을 받쳤는데도 아프다. 무릎 위 근육과 힘줄에 심장이라도 있는지 무릎이 욱신댄다.

레이시는 먼저 트윅스의 포장을 벗긴다. 초콜릿의 가운데를 잘라서 한쪽을 접시에 올린다. 그다음 시리얼 상자를 열어서 고리 모양의 시리얼을 한 수저 접시 끝에 담는다. 다음으로 감자칩 두 조각. 이모와 조카는 말없이 접시를 바라본다. 레이시가 말한다.

"앞으로 한 시간 동안 이걸 다 먹었으면 좋겠어. 그러면 앞으로 이 양만큼을 덜어줄게. 알았지?"

에드워드가 고개를 끄덕인다. TV를 켠다. 토크쇼에서는 테이블에 둘러앉은 여자들이 서로 웃고 떠든다. 에드워드는 감자칩의 끝을 갉아먹기 시작한다. 입안이 톱밥처럼 껄끄러워서 앞니로 초콜릿을 긁어먹는다. 입에 감자칩이 몇 개나 들어가는지 알아보려고 형이랑 잔뜩 쑤셔 넣던 기억이 난다. 가족과 식탁에 둘러앉았을 때 등 뒤로 해가 지고, 스테레오에서 바흐의 곡이 흐르던 모습이 떠오른다. 아무 기억도, 아무 생각도 하지 않으려고 고리 모양 시리얼을 반으로 깨문다. 존재하는 모든 게 납작하다. 이제 에드워드는 자신을 납작하다고 느낀다.

10:02 A. M.

항공기의 무게는 73.5톤이다. 날개폭은 124피트(1피트는 30센티
미터 - 옮긴이). 금속판, 압출, 주조, 주괴, 볼트, 날개보로 제조된다.
36만 7,000개의 개별 부품으로 구성되며 제작 기간은 2개월이
었다. 여객기가 하늘을 날려면 28만 파운드의 추진력이 필요하
다. 브루스는 에디를 지나 창문을 내다본다. 그가 말한다.

"아빠가 처음 비행기를 타본 것은 네 나이 때였어. 우린 내가
만난 적 없는 숙부의 장례식에 가는 길이었어. 하늘에서 구름을
보자마자 비행기 밖으로 나가 구름 위에서 춤추고 싶더라고."

에디는 오렌지주스 컵을 들여다본다. 짜증스러운 표정이었지
만 진짜 짜증이 난 건 아니다. 조던이 반항적인 십 대가 되자 동
생도 화, 짜증, 분노를 흉내 내고 있다는 걸 브루스는 안다. 그런

데 에디는 영 어색하다. 그의 성미도, 호르몬과도 맞지 않는 짓이다.

"난 비행기 탑승이 세 번째에요, 아빠."

에디가 말한다.

브루스는 생각한다. 이번에는 구름의 구조를 이해하고 싶다. 구름을 파악하고 이해하고 싶다. 언제 이렇게 변했을까? 언제 춤추고 싶은 마음이 구름의 치수를 공책에 적고 싶은 마음으로 변했을까? 그는 사춘기를 떠올린다. 열세 살 시절, 더 수줍은 열두 살 시절. 해마다 점점 쭈뼛대고 말수가 줄었다. 하지만 자신이 시험을 쉽게 잘 치르는 두뇌를 가졌다는 걸 늦게라도 깨달았을 때는 뛸 듯이 기뻤다. 주위 소음, 이상한 관습, 예측 불가능한 사람들을 이해하는 데 쓸 수 있는 좋은 두뇌를 가졌음을 알고 짜릿했다. 눈에 보이는 가장 심오한 대상이 수학이어서 거기 뛰어들었다. 숫자와 방정식은 정리, 이항식, n차원, 괴상한 그룹들로 이어지다가 20대에 접어들자 수학을 이용해 우주의 부분들을 하나로 묶기 시작했다. 이전에 누구도 생각하지 못한 일이었다. 그는 어깨 너머를 본다. 조던이 박자에 맞춰 고개를 까딱이면서 천천히 통로를 걸어간다. 부부 싸움 중에 제인이 브루스에게 말했었다.

"당신은 커리어를 더 힘껏 밀어붙여야 해요. 왜 내가 가족을 짊어져야 되죠? 왜 대학 등록금을 — 알다시피 35만 달러라는 눈이 튀어나올 액수 — 내가 책임져야 되고, 당신은 수학으로 단을 쌓고 거기 예쁘장한 구슬이나 주렁주렁 매달면 되는 거냐고요."

제인은 남편의 연구를 여전히 이해하지 못하지만, 브루스는 아내를 탓하지 않는다. 수학 분야에서도 그가 뭘 연구하는지 이해하는 사람은 고작 일곱 명 정도이기 때문이다. 그게 순수 수학의 길이다. 박사학위라도 있어야 그나마 수학자들의 서식지인 특별한 토끼 굴에 기어들 희망이 생긴다. 또 개별 프로젝트-필생의 작업-는 수학 문외한에게 무의미해 보일 것이다. 세밀하지만 응용하지는 못하는 수학 연구의 일부처럼 느껴질 것이다. 연구자가 죽고 오래 지나, 있는 줄도 모르던 분야에서 이 연구가 극도로 중요하다는 사실이 밝혀진다. 순수과학은 꿈의 영역이며, 실낱같은 연구 결과는 후대의 출중한 석학에게 넘겨진다.

수학의 문외한들이 연구와 관련된 질문을 하면, 브루스는 윌리엄 해밀턴 경의 경우를 즐겨 인용한다. 이 아일랜드 수학자는 1840년에 산책길에서 대 발견을 하자, 그 공식을 더블린의 브룸 다리에 펜나이프로 새겼다. 이것이 '사원수의 발견'이었고 해밀턴 경 당대에는 무용지물로 판명되었지만 150년 후 비디오 게임을 만드는 데 일조했다. 프랑스 수학자 피에르 페르마는 1640년에 소위 '소정리'를 발전시켰지만 당시에는 쓸모없다가 21세기에 컴퓨터의 RSA 키 암호방식의 토대가 되기도 한다.

"정상적인 수학을 하지 그래요? 실제로 응용 가능한 종류 말이에요. 전문가들이 뭔가 수립하는 데 도움이 되는 종류 말이죠."

제인은 말했다. 그녀가 말하는 종류는 돈이 되는 일이라는 뜻으로 들어도 무방했을 것이다. 컬럼비아대학교에서 정교수가 되었다면 많은 문제가 해결됐을 것이다. 가족이 이 비행기에 타는 일 없이 뉴욕에 있을 테고 말이다. 브루스는 한숨을 쉬면서 다시 어깨 너머를 확인한다. 조던이 일부러 시간을 끄는 게 보인다. 아들은 아빠를 진땀 나게 만들고 싶어 한다.

조던은 몸을 까딱까딱하며 통로를 걷는다. 귓가에 들리는 음악에 맞춰 몸을 움직인다. 손등에 평화 심벌을 그린 동생 또래 여자애가 창가 좌석에서 조던을 쳐다본다. 조던은 손을 흔든다. 이 자유로운 순간을 만끽하고 싶다. 아빠 옆에 안전벨트를 매고 앉으면 입씨름이 벌어질 테고, 그는 LA를 생각하면서 그곳 생활이 어떨지 궁리할 것이다. 또 마히라가 그리울 테고.

그것은 별것 아닌 일에서 시작되었다. 어느 날 조던이 편의점에서 음료를 사는데, 마히라가 배시시 웃었다. 그가 맘에 들고, 전부터 그를 좋아했다는 의미의 미소였다. 조던도 마주 웃었다. 어느새 그는 뭐가 뭔지도 모르면서 소녀에게 키스하고 있었다. 조던은 편의점에 갔을 때 마히라의 삼촌이 없으면 그녀와 뒤쪽 비품실로 갔다. 둘은 콩 통조림 더미와 두루마리 화장지 상자들 틈에서 키스하고, 키스하고, 또 키스했다. 대화는 하지 않았다. 둘의 언어는 미소, 따뜻한 눈빛, 마히라의 뺨에서 머리칼을 떼어 주는 몸짓, 스무 종류의 키스로 이루어졌다. 키스는 '안녕'부터

'널 원해'(그게 무슨 뜻인지 모르겠지만), '네 입술이 어떤 맛인지 알고 싶어'까지 다양했다. 조던은 키스가 속도, 깊이, 강렬함에서 다양하게 변형될 수 있다는 것을 상상도 못했었다. 마히라에게 몇 시간 동안 키스해도 싫증나지 않을 것 같았다. 편의점 밖에서 마히라를 본 것은 딱 한 번, 중국 식당에서였다. 조던은 아빠와, 마히라는 삼촌과 함께였다. 두 사람은 미소 말고는 서로를 알은 체 할 수가 없었다.

조던이 이사 소식을 알리자 마히라는 잠시 눈을 돌렸다가 다시 쳐다보면서 평소와 다르게 그의 입술을 찾았다. 창고에서 나눈 마지막 세 번의 키스는 색달랐다. 키스는 '네가 그리울 거야'라고 말했다.

'우리가 어른이 되는 게 두려워.', '영원히 이런 상태면 좋겠지만 만약 네가 떠나지 않는데도 그럴 수 없다는 걸 알아.'

조던은 한숨을 쉬고 까딱거리며 말한다.

"잠시만요."

브루스가 통로로 비켜 서자 조던은 좌석에 들어가 앉아, 다시 '에드워드+조던=브루스'라는 등식을 성립시킨다. 조던은 고개를 젖히고 눈을 감았다. 여전히 음악이 귀에 흐른다. 아무에게도 마히라에 대해 말하지 않아 다행이다. 마히라는 그만의 것이다. 그의 비밀스러운 역사다. 키스 상대가 많아질수록, 검색기계 통과를 거부하는 횟수가 늘어날수록, 주장이 커질수록, 예상외의 모습이 될수록 아빠가 그의 인생에 세워놓은 등식은 거짓으로 판명될 거라고 조던은 생각한다.

애들러 가족과 통로를 사이에 두고 앉은 벤자민은 비치용 잡지를 좌석 포켓에 도로 넣는다. 앉은 자세를 고치려 하지만 그럴 공간이 없다. 불편하다. 배변 백을 테이프로 붙인 옆구리가 쑤신다. 수술 후 입원한 몇 주간 좋았던 것은 약물밖에 없었다. 이전에는 가장 센 약물이라야 이부프로펜(류머티즘 등의 치료에 쓰이는 스테로이드성 소염 진통제 – 옮긴이)이 다였지만, 입원해서 낮에 진통제를 투약하고 밤에 수면제를 복용하니 기분 좋은 몽롱함에 취해 지낼 수 있었다. 개빈과 벌인 싸움에 대해 생각했지만, 생각은 현실성이 없었다. 연극 보듯 그걸 바라봤다. 거구의 흑인 사내가 비쩍 마른 금발 백인을 빙빙 돌리는 광경을.

이 비행, 고향 행 마지막 탑승이 아쉽게도 그를 깨웠다. 투약을 중단하고 맨 정신으로 돌아오니 몸뚱이의 통증과 머릿속 생각들이 고통스럽게 느껴진다. 순간순간 통증이 허리띠까지 내려와, 몸에 기폭장치라도 달린 건 아닌지 살피게 했다. 논스톱 비행을 어떻게 견딘단 말인가?

LA로 후송되는 것은 수술을 한차례 더 받기 위해서고, 차후 사무직에 배치될 것이다. 앞으로는 야전 근무를 할 수 없다. 몸에서 약 기운이 빠지니, 그는 다음 수술대에서 죽기를 바란다. 매일 책상 앞에 몸을 욱여넣고 사느니 그 편이 나을 것이다. 나아도 훨씬 낫겠지. 게다가 이제 자신이 낯설고, 이 이방인이 살 자격이 있는지에 대해서도 확신이 없다.

창밖의 구름이 이전보다 한 단계 짙다. 객실도 보드라운 입술의 아가씨, 세상을 떠난 어머니, 수줍은 십 대 소년, 주먹질한 기억에 휩싸여 더더욱 어둑어둑하다. 플로리다는 여러 장면, 사라진 사람들, 승객 각자의 배후에 촘촘히 깔린 매 순간을 훤히 그릴 수 있다. 답답한 공기를 폐부가 꽉 차게 들이쉰다. 그녀에게 과거는 현재와 마찬가지로 똑같이 소중하며 가까이에 있다. 하루 종일 한 가지 기억을 떠올린다면 그게 바로 현재 아닐까? 누군가는 현재에 살고, 누군가는 과거에 머무르려 한다. 어느 쪽이든 선택할 수 있다. 플로리다는 풍성함에 만족하며 숨을 들이쉬고 내쉰다. 린다가 자리로 돌아오자 플로리다가 손을 토닥이며 말한다.

"아가씨를 보니 누군가 연상되네요. 그게 누군지 기억해내려고 애쓰는 중이에요."

"그래요?"

"세부의 내 가게에서 보살폈던 혁명군이었을 거예요. 필리핀에서. 대부분 청년이었지만 싸움터로 뛰어드는 적극적인 아가씨도 드문드문 만났거든."

플로리다는 그 가게의 북적대는 뒷방을 그린다. 그녀는 가게 앞쪽에서 쌀과 콩을 팔거나 교환하면서, 부상 입은 혁명가들에게 담요를 씌워 뒷방에 감추어주었다. 그녀는 오밤중에 침실에서 카티푸네로스(필리핀이 스페인의 식민 지배를 당한 시기에 폭동을 일으킨 세력 ─ 옮긴이)의 비밀 집회를 열었다. 스페인군과 싸우다가 부상당하거나 병든 병사들이 찾아왔지만 다들 아직은 아이였다. 그들은 그녀를 '탄당 소라(필리핀 혁명가 멜초라 아퀴노를 부르던 말-옮긴이)'라고 불렀고, 그녀는 어린 병사들에게 똑같이 속삭여주었다. '너는 특별해.', '너는 계속 살아가며 위업을 이룰 거야.'

플로리다는 이 기억이 자랑스럽다. 그 생을 잘 살아냈으니까. 물론 고매한 삶은 아니었다고 자인하는 생들도 있다. 예를 들어, 지금 앉아 있는 이 인생은 그녀에게서 멀찍이 물러난 느낌을 준다. 린다가 빤히 쳐다보며 묻는다.

"그게 언제였는데요? 버몬트에서 살았다고 말씀하셨던 것 같은데요."

"아, 200년 전이죠."

플로리다는 옆자리 승객을 뜯어보며 말을 잇는다.

"내가 늑막염을 치료해 줬던 소녀가 있었어요. 아가씨를 보니 그 소녀가 생각나네요."

린다는 미친 사람 보듯 그녀를 쳐다본다. 플로리다가 한숨을 쉰다. 설명해줄 때도 있고 그냥 지나칠 때도 있지만, 이 아가씨는 많은 도움이 필요해 보인다. 플로리다가 말한다.

"이번이 내 첫 번째 생이나 첫 번째 육신이 아니거든요. 난 여느 사람들보다 장구한 기억을 갖고 있어요. 전생을 대부분 기억할 수 있어요."

"어머나. 그런 일을 들어보긴 했어요."

린다의 못 믿겠다는 말투에 플로리다는 개의치 않는다. 지금 인생의 부모는 필리핀에서 부부 의사였지만 조지아주 애틀랜타로 이민 와 세탁소 주인과 가정주부 노릇을 하고 있다. 그들 역시 딸의 전생 이야기를 믿지 않았었다. 플로리다는 고교 시절에 부모에게서 벗어나서 드럼 세트를 가진 남자친구와 남부로 갈 생각에 무척 행복했는데, '남자친구'와 '대도시'라는 꿈에 취한 시절이었다. 린다가 아랫입술을 깨문다. 이 예쁘장한 아가씨는 자신을 추해 보이게 하는 데 일가견이 있는 듯하다. 화장이 너무 짙고 표정도 과장되게 짓는다. 입은 가만히 있는 때가 없고 눈썹을 치뜨고, 뺨을 홀쭉하게 했다 빵빵하게 했다 한다. 뭔가 하려고 애쓰는 듯 얼굴을 일그러뜨린다. 플로리다가 다시 린다의 손을 토닥인다.

"잘될 거예요. 캘리포니아에서 이 남자랑 결혼하고 싶은 게 맞지요? 그러면 비행기에서 내려서 그와 결혼해요. 그러면 짜잔, 새 인생이 시작될 거예요. 아가씨가 좇는 게 바로 새 인생이잖아요?"

린다는 모기 소리로 대답한다.

"그이에게 청혼 받을 거라고 100퍼센트 확신할 수가 없어요."

플로리다가 싱긋 웃는다.

"아가씨, 인생만사 100퍼센트 확신할 수 있는 일이 어디 있나요. 확신한다는 사람이 있다면 거짓말쟁이지."

그녀가 앉은 자세를 획 바꾸자 치맛단에 달린 종들이 짤랑댄다. 바비는 그녀가 소형 알람시계를 줄줄이 매단 것 같다고 말하곤 했다. 그러면 그녀는 답했다.

"내가 여기서 누구를 깨우려는 걸까, 새들?"

벤자민은 안전벨트를 매고 앉아 생각에 잠기는 게 넌더리 난
다. 머릿속을 진정시키는 데 필요한 동작을 취할 수가 없다. 마
지막 순찰에서 벌어진 총격을 떠올리지 않으려 했지만 부상당
한 밤이 납득된다. 개빈과 싸운 후 몇 주 동안 그는 점점 질척댔
다. 한눈을 팔았다. 기본적으로 자지 않았고 그로 인해 매사 악
화되었다. 마지막 순찰을 돌 때 총격을 당한 것은 반사 신경이
무뎌져서 손쉬운 먹잇감이 됐기 때문이었다. 그는 나뭇가지들
속에 자리 잡은 발포자를 실제로 봤다. 그 자의 눈을 빤히 바라
보면서 총에 맞았다.

개빈을 생각한다. 개빈은 보스턴 출신 백인으로 6개월 전에
그의 소대에 들어왔다. 벤자민은 겉모습만 보고도 그가 대학에
다녔고, 아마도 부모를 골탕 먹이기 위해 입대했을 거라는 사실
을 알 수 있었다. 벤자민 같은 직업 군인들 사이에는 그런 사람
들이 수두룩했다. 만약 죽지 않았다면 개빈은 일정 기간 복무하
다가 제대했을 것이다. 어쩌면 회계사가 되었겠지. 애들을 축구
경기에 태워다 주는 아버지가 되었을 것이다. 개빈은 철테 안경
을 쓴 옅은 금발 청년이었다.

평소 벤자민은 백인 군인들 근처에 얼씬대지 않았다. 어디나
비슷했지만 특히 군대에서는 스스로 인종을 분리했고, 벤자민

은 비슷하게 생긴 무리와 어울리는 게 더 편했다. 사실 그와 친구가 되고 싶어 안달하는 사람은 아무도 - 흑인, 백인, 라틴계, 아시아계 할 것 없이 - 없었다. 자신이 뻣뻣하고 좀 겁나는 존재로 알려진 걸 벤자민은 알고 있었다. 할머니인 롤리에게 그의 무표정이 그다지 친근하지 않다고 들은 적도 있었다.

어느 날 밤 그와 개빈이 화장실 청소에 투입되었다. 화장실은 볼썽사나운 상태였다. 벽마다 뭔지 모를 짙은 얼룩들이 묻어 있었고, 바닥은 끈적거렸다. 소대가 새로운 지역으로 이동할 거라는 소문이 도는 데다 불확실한 상황이니 이런 종류의 작업을 할 동기 부여가 되지 않았다. 벤자민과 개빈은 양동이, 걸레, 약품 냄새가 나는 세척 용액 통을 들고 화장실로 들어갔다. 그들은 문간에서 멈췄고, 벤자민은 이를 악물었다. 개빈을 쳐다보니 똑같이 각오를 다지는 표정이었다. 두 사람은 일에 몰두했고, 꼬박 3시간 동안 화장실 전체의 묵은 때를 벗겨냈다.

청소가 끝나자 때에 절고 땀범벅이 된 채 개빈이 말했다.

"결국 우리가 이 엿 같은 일을 해냈네."

그가 벤자민에게 주먹을 내밀었고 벤자민은 빙그레 웃으면서 주먹을 내밀어 마주쳤다.

"우리가 본때를 보여줬지."

그가 말했다.

그날 밤 둘은 친구가 되었고, 대단할 것 없는 소소한 일이었지만 벤자민에게 '소소한' 것은 의미 있는 일이었다. 두 사람은 진짜 대화를 나누었고, 대개 개빈이 벤자민에게 물으며 그의 대답에 관심을 보여서 가능했다. 벤자민은 자신이 부모에 대한 기억이 없고, 롤리는 진짜 할머니가 아니라는 것을-그녀는 계단통에서 네 살인 벤자민을 발견해 거두었다-털어놓았다. 개빈은 아버지가 치과를 물려주고 싶어 하지만 자신은 치아를 보면 욕지기가 난다고 벤자민에게 말했다. 그래서 태어나기도 전에 정해진 미래를 피해 입대했다고 말이다.

개빈이야 두루두루 친하게 지내기에 벤자민과의 우정이 군 생활의 소소한 부분이었지만, 벤자민에게는 특별한 일이었다. 개빈은 마리화나를 즐겨 피웠고-몇 주간 작전이 전혀 없었고, 권태로운 지휘관들은 마리화나와 비디오 게임 같은 것에 눈을 돌렸다-그럴 때면 아홉 살짜리들이 좋아하는 언어유희 농담을 하곤 했다. 벤자민은 마리화나를 피우지 않았지만 개빈이 피울 때마다 곁을 맴돌았고, 다른 병사들이 농담을 듣고 신음할 때도 그는 정신없이 깔깔댔다.

일등석 여승무원이 그의 좌석 옆을 지나면서 미소 짓는다. 씰룩씰룩. 그녀의 양쪽 엉덩이에 스피커가 달린 것처럼 움직이는 소리가 벤자민의 귀에 들린다. 주위 남자 승객들이 줄지어서 그녀의 걸음에 맞춰, 춤을 추며 따라가는 것만 같다.

그는 줄줄이 앉은 민간인들을 힐끗 둘러본다. 삐져나온 셔츠 자락, 올챙이배, 하릴없는 잡담…. 여승무원은 매무새가 단정하고 유니폼 차림이라 마음에 든다. 벤자민은 민간인들의 너저분한 차림새와 일사불란하지 않은 삶이 혼란스럽다. 옆자리의 나이 든 부인과 통로 건너의 흐트러진 애 아빠에게 옷차림을 단정하게 하라고 일러주고 싶다. 셔츠 자락을 바지 안에 넣는 게, 반듯하게 앉는 게, 5킬로그램쯤 감량하는 게 뭐가 그리 어려울까?

입술을 굳게 다문다. 똑바로 앉아 있을 수가 없다. 단거리를 달리고 푸시업을 하거나, 목적의식을 갖고 어딘가 성큼성큼 걸을 시간이 잠깐이라도 있으면 좋으련만. 옆구리를 더듬어 배변백이 제자리에 있는지, 아직도 자신이 그 몸뚱이인지 확인한다.

2013년 7월

그날 밤 존과 레이시가 위층으로 올라가자, 에드워드는 마침내 텅 빈 거실에 자신을 슬픔과 멍한 기분을 풀어놓을 수 있었다. 피곤하지 않았다. 10시간 전과 똑같이 끔찍한 기분이고 말똥말똥했다. 그는 중얼댄다.

"틀림없이 호르몬에 문제가 있어. '내분비선'이란 단어와 관련이 있겠지."

사람들의 일상에는 주기가 있다. 해가 뜨면 일어나 눈을 비비고, 허기를 느껴 시리얼을 먹고, 일과에 임하다가 해가 지면 기력을 잃기 시작한다. 다시 식사하고 TV를 보다가 하품을 하고 침대로 올라간다.

에드워드는 소파 한가운데 앉아서 그림자들에 묶이고 에워싸인다. 위층에서 세면대 물소리, 변기 물소리가 들린다. 이모부가 잘 준비를 한다. 에드워드는 다시는 그러지 않겠다고 다짐했었지만 어쩔 수 없이 일어나서 집에서 나와 잔디밭을 가로지른다. 베사가 문을 열어주자 에드워드가 말한다.

"죄송해요."

"무슨 소리. 네가 앉아서 쉴 수 있게 의자보다 편안한 자리를 찾아봐야겠는걸."

베사가 대답하고 에드워드를 계단으로 안내한다.

이번에 쉐이는 티셔츠와 운동복 바지 차림이다. 머리를 질끈 묶었다. 쉐이는 에드워드를 보자 고개를 끄덕인다. 소녀가 말한다.

"오늘 캠프에서 네 생각을 했어. 이렇게 찾아와줘서 반가워."

"정말?"

소년은 안심하면서 삐걱대는 목소리로 되묻는다. 쉐이가 가라고 하지 않는다는 뜻이다. 베사가 자리를 비켜주자 램프를 켠 방에 둘만 남는다. 에드워드는 의자에 주저앉는다. 옆의 책꽂이에 목발들을 조심스럽게 기대 세운다.

"왜 진작 그 생각을 못했는지 모르겠어."

쉐이가 침대에 무릎을 꿇고 앉아 말한다. 흥분한 표정이다.

"너도《해리포터》를 읽어봤지?"

에드워드가 고개를 끄덕인다. 조던은《해리포터》시리즈를 생일선물로 받자, 도서관에서 같은 시리즈를 대출하면 형제가 동시에 읽을 수 있겠다는 아이디어를 냈다. 둘은 몇 주간 계속 2층 침대에 누워 몇 시간씩 책을 읽었다. 조던은 침대 2층에서 소리치곤 했다. "와, 에디, 아직 202쪽까지 안 왔니?" 형제는 스네이프가 진짜 나쁜 사람인지를 두고 장시간 토론하기도 했다. 주방 식탁에서 1갤런(부피의 한 단위 – 옮긴이) 들이 사과주스 병을 거의 비우면서 열띤 논쟁에 빠져들자 – 조던은 책에 나오는 모든 악인 중 스네이프가 핵심이라고, 심지어 기원이라고 주장한 반면 에디는 스네이프가 근본적으로 선하다고 옹호했다 – 아빠는 둘을 떼어놓고 진정시켜야 했다. 브루스가 냅다 소리쳤다.

"더 이상의 당분 섭취는 금지야! 그리고 스네이프가 뭔데 이 난리지?"

쉐이가 매트리스에서 가볍게 몸을 움직이며 에드워드를 응시한다. 에드워드는 그 시선이 불편하다. 쉐이가 말한다.

"난 네가 정신이 아득해질 말을 할 거거든. 준비됐어?"

에드워드의 내면에 뚫린 구멍이 더 깊어지고, 입속에 싫증의 맛이 감돈다.

"그럴걸?"

"넌 해리포터랑 똑같아."

에드워드는 뭐라고 대꾸해야 할지 몰라 쉐이를 쳐다본다.

"자, 잘 들어봐. 어릴 때 해리는 그 누구도 목숨을 건지지 못할 공격을 받고도 살아남았어, 맞지?"

에드워드는 대답을 요구받고 있다는 걸 알아챈다.

"맞아."

"볼드모트는 해리의 부모를 죽였지만, 해리를 죽이지는 못했지. 아기였는데도 말이야. 어떻게 그런 일이 가능한지 아무도 이해하지 못했어. 그런데 해리가 살아남았다는 사실이 많은 사람들을 겁먹게 하고, 넋이 나가게 했지."

쉐이는 안경 너머로 눈을 깜빡인다. 그러더니 덧붙인다.

"TV에서 의사가 네가 탄 비행기 사고의 생존 확률은 0퍼센트라고 말하는 걸 봤어."

에드워드는 침을 삼킨다. 성실한 학생처럼 쉐이의 생각을 따라간다. 볼드모트는 비행기 추락사고. 죽은 엄마와 아빠는 죽은 해리의 부모. 해리는 에드워드 자신.

"이모부는 내가 생존한 이유가 좌석 위치 때문이라고 생각한다던데. 좌석이 잔해와 분리되어서라고…."

쉐이는 고개를 젓는다. 에드워드는 소녀를 물끄러미 쳐다본다. 안경, 보조개, 단호한 표정.

"다쳐서 흉터가 남았니?"

남아 있다. 왼쪽 정강이 중간에서 아래로 깊은 흉터가 있다. 에드워드가 바짓가랑이를 올린다. 삐쭉 빼쭉한 분홍색 흉터가 도톰하다.

"그거 흉하네."

쉐이가 흡족한 말투로 중얼대더니 말을 잇는다.

"그러니까 너도 해리포터처럼 흉터를 갖고 있어. 그리고 이모랑 이모부가 너를 키우게 됐지. 페투니아 이모가 언니가 마법사인 걸 얼마나 질투했는지 기억하지? 레이시 아줌마는 네 엄마를 무진장 질투했어. 작년에 레이시가 침대에 누워 휴식을 취할 때 엄마는 날 보내 말동무를 하게 했는데, 네 엄마의 업적을 떠벌리며 그녀는 아주 서글픈 말투였지."

에드워드의 머리 뒤에는 어두운 창이 있었고, 잔디밭과 거리의 적막감이 느껴졌다. 달리는 차들은 아이나 사슴을 칠까 봐 염려되는 듯 천천히 달렸다. 쉐이의 말을 곱씹으니 살짝 욕지기가 밀려든다. 흔들리는 배에 발을 디딘 것처럼 멀미가 나는 것은 쉐이의 흥분 때문일까? 어느 쪽이든 에드워드는 아침에 아무것도 먹지 못할 걸 안다.

"어쩌면 넌 특별한 능력을 가졌어. 그런 사고에서 살아난 걸 보면 틀림없이 넌 마법사일 거야."

"아냐."

에드워드가 망설이지 않고 대답한다. 쉐이가 말한다.

"해리도 자신이 특별한 능력을 가졌다는 걸 몰랐잖아. 해리는 더즐리네 계단 밑 작은 방에서 무려 11년간 살다가 사실을 알았다고."

쉐이가 협탁에 놓인 시계를 쳐다보면서 말을 잇는다.

"8시간 동안 자려면 3분 후에는 누워야 해. 사람이 적어도 8시간은 자야 되거든. 넌 여기서 잘래, 아님 집에 갈래?"

"여기서. 그래도 된다면."

에드워드가 말한다. 그 말이 끝나기도 전에 불이 꺼진다.

에드워드가 만나는 정신과 의사는 비쩍 마른 닥터 마이크다. 그는 늘 야구 모자를 쓰고 있고, 금은으로 된 꽃장식이 화려한 시계가 책상 위에 놓여있다. 대화가 소강상태에 접어들자 에드워드는 탁상시계의 바늘을 찬찬히 살핀다. 자체 계측 시스템으로 작동되는 시계 같다. 이 진료실에 온 게 다섯 번째인데 시계는 한동안 멈추었다가 주변 세상을 따라잡으려고 성큼성큼 뛰어나간다.

"새로운 일이 있니?"

닥터 마이크가 묻는다. 에드워드가 대답한다.

"아뇨. 다만, 제 체중이 준다고 이모랑 이모부가 불안해해요."

"너도 그게 불안하고?"

에드워드는 어깨를 으쓱한다.

"아니요?"

상담 시간이 내키지 않는다. 의사는 그런대로 괜찮은 사람 같지만 그가 할 일은 에드워드의 뇌를 속속들이 파헤치는 것이고, 방어하는 게 에드워드가 할 일이다. 지금 자신의 뇌는 너무 아프고 여려서 깃털만 스쳐도 견디지 못할 테니까. 정신과 의사를 막는 것은 진 빠지는 일이다. 너무 오래 침묵이 지속되자 에드워드가 입을 연다.

"먹어야 된다는 건 알아요."

닥터 마이크는 펜을 책상의 이쪽에서 저쪽으로 옮겨 놓는다.

"내 아내가 임신했는데 주치의는 생리학적, 의학적으로 세상에는 세 부류의 인간이 있다고 말했지. 남자, 여자, 임산부. 나도 같은 논리를 너에게 적용하고 싶구나, 에드워드. 성인, 어린이, 그리고 네가 있지. 이제 스스로 아이라고 느끼지 않지?"

에드워드는 고개를 끄덕인다.

"하지만 몇 년 동안은 어른이 되지 않을 거야. 너는 다른 존재고, 우린 네가 어떤 사람인지 알아낼 필요가 있지. 내 아내는 엽산을 섭취하고 수면을 더 많이 취할 필요가 있어. 체내 혈액량이 임신 전보다 많거든. 네 머리가 딸각대고 음식이 싫어진 건 자신을 보호하기 위해 뇌를 멍하게 만드는 방법을 스스로 찾아낸 거야."

"옆집 애는 날 마법사라고 생각해요. 내가 해리포터 같다고 해요."

닥터 마이크는 모자챙을 매만진다. 에드워드는 그 몸짓을 야구에서 슬라이드를 하라거나, 도루하라거나, 터치아웃 시키라는 사인으로 기억한다. 이게 어떤 의미의 사인인지 기억나지 않자 겁이 난다. 팀 전체를 실망시킬 것만 같아서.

"그거 흥미롭구나."

그 순간 에드워드는 쉐이를 언급한 걸 후회한다. 새 친구 – 쉐이를 친구라고 해야겠지? 매일 밤 한방에서 자는데 친구가 아니면 뭘까? – 가 못마땅해할 텐데. 입 밖에 내니 어이없는 얘기로 들리지만 쉐이는 어이없는 아이가 아니다. 에드워드는 남은 힘을 모두 모아 화제를 바꾸려고 애쓴다.

"사모님은 왜 피가 더 많아졌죠?"

닥터 마이크는 에드워드를 지긋이 바라본다.

"왜 바나나의 식감을 견디지 못하지? 전에는 아주 좋아했다면서?"

"모르겠어요."

"바로 그거야."

에드워드는 궁금하다. 의사가 대머리인지 – 머리통의 옆쪽과 모자 아래로는 머리가 있다 – 혹은 보기 싫은 흉터가 있어서 모자가 필요한지. 대놓고 물어보면 실례일까. 에드워드가 말한다.

"내가 어떤 사람인지 말해야 되나요?"

"아니, 그건 우리가 함께 알아봐야지."

닥터 마이크가 대답한다.

밤이 내리자 에드워드는 하늘과 함께 더욱 침잠한다. 내면의 무덤덤함이 가면이 되어 반발도, 책임감도 없이 집 현관을 나와 계단을 내려간다. 그리곤 잔디밭을 가로질러 옆집 계단을 오른다. 베사는 문을 열어주지만, 이번에는 에드워드가 들어가도록 비켜나지 않는다. 소년은 그녀를 올려다본다. 베사는 작달막하고 엉덩이가 펑퍼짐한 체격에 검은 눈썹이 두껍다. 집에서 스페인어 소설을 영어로 번역하는 일을 한다. 존은 베사를 '스핏파이어(불같은 성미를 가진 여자 – 옮긴이)'라는 별명으로 부른다. 그는 쉐이가 아주 어릴 때 베사의 남편이 그들을 떠났다고 에드워드에게 말해주었다. 에드워드는 '떠나요?'라고 반문했다. '이사를 떠났지. 이제 그 사람은 가족의 일원이 아니야'라고 존은 대답했다.

이 말을 듣고 에드워드는 온갖 떠나는 방식을 떠올렸다. 현관문으로, 창문으로, 차로, 자전거로, 기차로, 배로, 비행기로. 떠나는 것은 그의 가족이 당한 일과 사뭇 달랐다. 떠남은 선택이었다.

"에드워드, 미 아모르."

에드워드가 눈을 가늘게 뜨고 베사를 본다.

"네?"

"네가 쉐이를 좋아해서 내가 무척 기쁘다고 말해주고 싶구나. 그 아이는 친구가 없거든. 쉐이는 예절을 성가셔하지, 나도 마찬가지지만. 난 쉐이가 여자애가 할 법한 말을 하게 하려고 애쓰지만…"

베사가 한숨을 쉬고 나서 말을 잇는다.

"내 걱정은 그게 아니지. 쉐이는 인형을 좋아한 적이 없어. 늘 무례하게 구는 걸로 끝나지. 여자애들과 주먹다짐을 자주 했고. 난 쉐이가 지나치게 많은 책을 오랫동안 읽을 때도 그냥 내버려뒀어. 아이는 외로웠거든."

에드워드가 대답한다.

"저는 쉐이를 좋아해요."

사실 좋아하는 것과는 아무 관계도 없다. 에드워드에게 쉐이는 산소와 같다. 산소는 좋아하는 게 아니다, 필요할 뿐이다. 베사가 옆으로 비켜선다.

"우리에게 고마워할 필요가 없다고 일러두고 싶구나. 넌 이미 축복이란다. 네가 이모에게 도움이 되리란 걸 난 첫날부터 알았지. 딱한 레이시는 아기를 가지려고 노력하면서 병들어갔거든. 이제 보살필 사람이 생겼으니 잘 됐지."

에드워드는 그게 아니라고 고개를 저으려다 그만둔다. 이모 집에 온 것이 이모를 돕는 것과는 정반대라고 생각했다. 여기 와서 레이시를 방해했고, 이제 이모는 조카 옆에서 아등바등한다. 이따금 이모의 얼굴은 에드워드의 감정만큼이나 우중충하고, 가끔 에드워드는 그녀가 저만치 있는 남편에게 벼락처럼 분명하게 화가 난 걸 알았다. 또 어떤 때는 퇴근한 남편에게 아이처럼 달라붙고 매달리기도 했다. 에드워드는 자신이나 이모나 똑같이 엉망진창이라고 느꼈다. 또 이모가 엉망인 이유 중에 에드워드 자신도 포함돼 있다고 생각했다.

그림책과 흔들의자가 있는 아기방을 떠올린다. 첫날 거기 들어섰을 때 몸이 홱 젖혀지는 경험을 했다. 당장 나오고 싶었고, 사방의 벽이 레이시의 슬픔과 자신의 슬픔을 감당하지 못할 걸 알았다. 세상의 빛을 보지 못한 아이들과 이 세상 사람이 아닌 부모들. 에드워드는 베사를 따라 계단을 오르면서 셀 수 없을 만큼 많은 유령들이 자신을 쫓아오는 걸 느낀다.

에드워드의 아침은 소파에서 접시를 들고 시작된다. 이제 접시에 짭짤한 크래커가 더해졌다. 어느 오후, 존이 접시에 올려준 짭짤한 크래커가 가장 먹을 만한 음식이 되었다. 바삭한 크래커에 뿌려진 소금. 씹지 않아도 되는 음식이다. 첫 아침 접시를 비운 후 에드워드와 레이시는 물리치료를 받으러 간다. 진료 예약들 틈틈이 이모는 세탁물 바구니를 들고 계단을 오르내린다. 점심시간이 되면 에드워드에게 두 번째 접시를 준 다음, 나란히 앉아 연속극을 시청한다. 병원을 중심으로 펼쳐지는 내용인데, 레이시는 십 대 때 언니와 매일 이 드라마를 봤다고 말한다. 에드워드가 놀라서 묻는다.

"그럼 평생 이 배우들을 봤던 거예요?"

"보다 안 보다 했지. 네 엄마는 루크에게 홀딱 반했어."

레이시가 귀걸이를 한 짝만 한 따분해 보이는 대머리 남자를 가리킨다. 그의 평생의 사랑인 로라는 과거 회상 장면에서는 청초하고 예쁘장했지만, 이제 처량한 표정의 통통한 여인이 되었다.

"시간을 보내기에 딱 맞는 드라마는 아니지."

이모가 말한다. 연속극은 더디게 진행되고 자주 엉뚱한 방향으로 빠지지만 에드워드에게 적당한 속도다. 등장인물들은 고민을 제시한 다음 더듬더듬 해결책을 찾아간다. 대부분의 장면이 병실이나 왠지 모르지만 시내 선창가에서 펼쳐진다. 조카와 이모는 말없이 화면을 응시했다. 에드워드가 평범한 아이인 시절이었다면 이런 진지함이 우스웠을 것이다.

이모부가 퇴근해 집에 오면 에드워드는 이모가 발끈하는지를 살핀다. 존은 늘 불안한 표정으로 들어서고, 그게 아내의 속을 뒤집는다는 걸 에드워드는 안다. 저녁 식사 후 레이시가 위층으로 올라가면, 이번에는 존이 에드워드와 나란히 앉는다. 그는 태블릿이나 컴퓨터를 두드린다. 거의 늘 스크린을 켜두고 있다.

에드워드는 무릎에 접시를 올려놓고, 피아노를 치던 때처럼 머릿속으로 숫자를 세서 씹는 시간을 계산한다. 먹어야 되는 이유를 바꿔야만 음식을 삼킬 수 있었다. 전에는 허기지거나 좋아하는 음식이라서 먹었지만 말이다. 이제는 재입원을 피하고 이모 내외를 걱정시키지 않으려고 먹는다. 크래커의 모서리를 돌리면 머릿속에서 메트로놈이 움직인다. 한 박자, 두 박자, 세 박자, 네 박자.

접시에 담긴 음식을 절반쯤 먹었는데, 몸 안의 무덤덤한 느낌이 이불보처럼 펄럭인다. 문득 이모부가 태블릿으로 하는 작업이 펄럭이는 느낌과 관련이 있는 걸 깨닫는다. 옆쪽을 쳐다보지만, 늘 그렇듯 존은 스크린을 조카의 시선에서 비껴지게끔 놓았다.

"거기서 뭘 하시는 거예요?"

에드워드가 묻는다. 평소 존은 굼뜨게 움직이고 늘 완전히 무언가에 집중하지 못하는 것처럼 보였다. 하지만 이건 조카의 직접적인 질문이었다. 말수 없고, 콜로라도 병원에서 의식이 돌아온 후 생존에 관련된 질문만 했던 아이가 묻고 있다. 존은 똑바로 앉느라 균형이 흔들린다. 그 결과, 태블릿이 양손에서 빠져나가 바닥에 떨어진다. 존이 요란하게 숨 쉬면서 태블릿 쪽으로 몸을 숙인다. 에드워드는 과장된 숨소리의 어떤 면이 재미있다. 간지럼 타는 것 같고, 웃음이 난다. 존이 바닥에서 기는 자세로 동작을 멈춘다. 에드워드도 얼어붙는다. 웃음에 죄책감, 수치심, 혼란의 찬물이 끼얹어진다. 접시를 밀어낸다. 머릿속의 '이불보'에 손을 뻗어 다시 단단히 여민다. 존은 아직 바닥에 있고, 몸을 뒤척여 앉는 자세를 취한다. 그가 말한다.

"업무에 주로 아이패드를 사용해."

"아."

존이 말한다.

"에드워드, 웃어도 괜찮아. 웃음은 좋은 것이거든. 넌 정상적인 일상으로 돌아가야 해."

에드워드는 몸이 쑤신다. 정신과 의사의 말을 존에게 전할 뻔한다. 닥터 마이크는 에드워드가 다른 부류의 인간이라고 말했다. 여느 남자애가 아니다. 세포들과 두 개의 안구, 고장 난 다리가 뭉쳐진 덩어리다.

"500그램쯤 늘었어요."

에드워드는 자신의 의기양양한 말투에 스스로 놀란다.

밤의 일정도 있다. 9시쯤 쉐이의 집에 나타나 창가 의자에 앉아서 한 시간 정도를 보낸다. 10시, 두 사람은 번갈아 욕실에서 양치질을 하고, 에드워드는 쉐이의 방 가운데 청색 침낭을 편다.

10시 15분에 쉐이가 전등을 끈다.

"캠프는 어땠어?"

에드워드가 부목을 댄 다리를 앞으로 뻗고 안락의자에 앉아 묻는다.

"지겨워. 너는 캠프에 가지 않아도 되니 행운아야."

"나야 갈 수가 없지. 제대로 못 뛰는데."

쉐이가 무릎에 놓인 메모장을 보다가 고개를 든다.

"네가 완벽하게 건강해도 사람들은 네가 하고 싶은 대로 하게 해줄걸. 당장 네가 차 열쇠를 달라고 부탁하면 엄마는 넘겨줄 거야."

"아니, 안 그러실 거야."

"한 번 시도해볼래?"

에드워드는 베사에게 다가가서 부탁하는 상상을 한다. 고개를 젓는다. 쉐이는 실망한 표정을 짓는다.

"그러니까 내 요점은, 평범한 아이의 규칙이 너한테는 적용되지 않는다는 거야. 넌 그걸 고맙게 여겨야 해. 왜냐하면 아이의 규칙은 대부분 진짜 시시한 데다, 죄다 어른들이 우월감을 과시하려고 만든 조항들뿐이거든. 캠프 교사는 내가 점심시간에 책을 못 읽게 해. 독서가 반사회적이라고 말하지만, 사실은 그 여자가 요제프 괴벨스기 때문이라고 난 생각해."

"그게 누군데?"

"나치. 책을 태운 작자."

쉐이는 메모장으로 관심을 돌려 몇 줄 적는다. 에드워드는 매일 밤 쉐이가 메모장에 글을 쓰는 것을 지켜본다. 에드워드 자신과 잠재적인 마법 능력에 대해 쓴다는 의심이 들지만, 겁나서 정말 그런지는 묻지 않는다. 다친 다리를 살피면서 쉐이가 글쓰기를 멈추기를 기다린다. 캠프에 대해 물은 이유는 사람들이 서로 그런 질문을 한다는 걸 알기 때문이다. 오늘 하루 어땠어? 기분은 괜찮아? 하지만 멍청한 질문을 던졌고, 쉐이는 짜증스레 대답했다. 이 어색한 대화의 이면에 그가 모르는 언어가 있는 게 느껴진다. 마법, 두 사람의 나이, 쉐이의 외톨이 생활, 감정 기복, 비행기 사고, 쉐이의 메모.

쉐이가 글쓰기를 멈추고 말한다.

"네 의심하는 표정이 훤히 보여."

에드워드는 순진한 표정을 지으려고 애쓴다.

"뭐?"

"그래 봤자 소용없어. 어른들이 못 보는 것들을 난 볼 수 있거든. 네 안에 뭐가 있는지 누구보다 먼저 볼 수 있다는 뜻이지."

은밀한 대화의 전류와 실제 전류가 한순간 합해진 것처럼 방안 공기가 응축된다. 진짜 에드워드가 – 늘 대화에서 '적절한' 말을 하려고 애쓰는 에드워드가 아니라 – 말한다.

"내가 평범한 아이라는 게 밝혀지면 넌 실망할 거야."

쉐이가 대꾸한다.

"그러기엔 이미 늦었어. 넌 정상적인 아이가 될 수 없어."

이 말이 사실처럼 느껴져서 에드워드는 안도한다. 에드워드가 질문이라도 한 듯이 쉐이가 대답처럼 덧붙인다.

"나도 정상은 아냐."

"잘됐네."

에드워드는 대답하는 자신의 말투에서 적극성이 묻어나자 얼굴을 붉힌다. 쉐이는 수첩으로 관심을 돌리고, 에드워드는 숨쉬기가 쉬워진 걸 의식한다. 가슴팍이 느슨해졌다. 시계가 10시를 알리자 목발을 챙겨 욕실로 향한다. 두 사람은 각자 침대와 침낭 속으로 들어가고, 쉐이가 말한다.

"어른들이 언제까지 너를 여기서 자게 놔둘지 모르겠어. 식품점에서 어떤 부인이 엄마한테 그걸 묻더라고. 우리가 틴에이저도 아니고, 아이도 아니니 어른들은 거북한 거지. 곧 너를 이곳에서 잘 수 없게 만들려고 하겠지. 다들 용납되는 방식으로…."

쉐이는 이 대목에서 양손의 검지와 중지를 굽혀 따옴표를 만들어 보이고 말을 잇는다.

"일반적인 방식으로 행동하기를 바랄 거야."

에드워드가 친구를 빤히 쳐다본다.

"내가 어디서 자는지 동네 사람들이 어떻게 알아?"

"소문. 유언비어. 누가 알겠어?"

그 순간 쉐이는 친구의 표정을 알아차리고 다시 말한다.

"아니, 걱정하지 마. 네가 원하는 만큼 계속 여기서 자도 되니까. 내가 사람들을 쫓아낼 거거든. 내가 그건 좀 잘해. 아주 짜증

나게 굴 수도 있거든."

대형 봉투가 우편물로 도착한다. 두께가 족히 5센티미터는 된다. 레이시는 봉투를 거실 소파로 가져온 후에 에드워드 옆에 털썩 앉는다. 봉투를 뜯자마자 종이가 바닥에 툭 떨어진다. 레이시가 큼직한 파란색 바인더를 꺼낸다.

"뭐에요?"

에드워드가 묻는 동시에 겉면에 적힌 문구를 읽는다.

"2977편 승객 개인 소지품."

"세상에."

레이시가 중얼댄다. 안내문이 있다. 애들러 일가의 소지품인지 확인해주면 돌려주겠다는 내용이다. 레이시가 바인더의 중간쯤을 펼치자, 참 장식이 달린 금팔찌 사진이 나타났다. 밑에 설명이 적혀있다. 에펠탑과 테디 베어 모양의 참 장식이라는 내용이다. 에드워드가 말한다.

"이해가 안 돼요. 사고가 났는데도 이 물건들은 무사했다는 건가요? 이렇게 많은 것들이?"

레이시가 고개를 끄덕인다.

"녹지 않고요? 혹은 폭발하거나?"

그녀는 바인더를 손가락으로 톡톡 건드린다.

"쭉 넘겨볼래?"

에드워드의 귀에서 딸깍딸깍 드럼 소리가 난다.

"아뇨, 됐어요. 지금은 싫어요."

얼마 후, 이모 내외가 주방에서 다투는 소리가 들렸다. 존은 레이시가 아이 앞에서 바인더를 열어봤다고 화를 낸다. 이모부가 말한다.

"맙소사. 아이를 보호하는 게 우리가 할 일이잖아. 애가 얼마나 낙심하는지 몰라서 그래? 닥터 마이크도 아주, 대단히 조심해야 된다고 말하잖아."

레이시가 날카로운 목소리로 대꾸한다.

"아이에게 거짓말하고 싶지 않아요. 난 아이가 정보를 알고 스스로 이해할 수 있어야 된다고 생각해요."

부모님도 주기적으로 다투곤 했지만, 이모네의 부부싸움은 좀 달랐다. 더 애처롭고 더 절박하게 느껴졌다. 부부가 체력과 장비 모두 부족한 상태로 산비탈에 있는 것처럼 느껴진다. 누군가 손을 놓치면 언제라도 떨어질 것을 아는 사람들 같다. 이모부가 말한다.

"에드워드는 아무것도 이해할 준비가 되지 않았어. 너무 급하다고."

"당연히 아이는 준비가 되지 않았어요. 이 힘든 일을 두고 누군들 준비가 되겠어요."

존은 분위기를 바꾸려는 듯 소리를 낮춘다.

"레이시, 진정해."

잠시 침묵. 그러더니 그가 말을 잇는다.

"이제는 날 곰으로 부르지 않네."

하지만 레이시는 분위기를 전환할 수 없거나 의지가 없는 듯하다. 오히려 더 성난 말투로 쏘아붙인다.

"내가 일처리를 제대로 못 한다고 면전에 대고 공격할 필요 없어요. 난 아이에 대해 아는 게 없고 에드워드도 그걸 알아차렸겠죠. 여기서 자지 않으려는 걸 보면."

"아이 앞에서 조심해야 된다는 것뿐이야. 생각해보라고, 그래서 전화선도 뽑았잖아."

이 말을 듣고 에드워드는 처음으로 깨닫는다. 여기 온 후 한 번도 전화벨 소리를 들은 적이 없다. 이모 내외가 누구의 전화를 피하는 건지 궁금하다. 레이시가 말한다.

"그 지겨운 인간이 시신 확인에 유전자 샘플이 필요하다고 또 이메일을 보냈어요. 제인이 다니던 치과에 연락해 샘플을 요청해야 해요."

제인. 에드워드는 생각한다. 자신처럼 이모도 형제자매를 잃었다는 걸 그제야 깨닫는다. 제인, 조던. 제인, 조던.

"그 메일을 나한테 보내. 내가 답장을 쓸 테니까."

"이건 내 일이에요. 제인은 내 언니니까."

두 사람의 대화가 멈춘다. 부부가 방에서 나갔거나, 에드워드의 귀가 그들의 대화를 듣지 않기로 결정한 것이다.

에드워드가 좋아하지 않는, 지나치게 강렬한 햇살과 여름이 요동친다. 헛기침하는 의사는 다리와 체중 때문에, 닥터 마이크는 심리적 문제 때문에 만난다. 정상적으로 걷기 위해서 물리치료사도 만난다. 에드워드는 산 사람 중 누구도 자신의 사고 전 걸음걸이를 모르거나 기억하지 못한다고 생각한다. 물론 자신도 잘 모른다. 하지만 조던의 걸음걸이는 기억난다. 형의 걸음걸이는 항상 눈에 띄었다. 그는 보폭이 컸고, 사뿐사뿐 걸었다. 남들보다 중력의 작용을 덜 받는 것 같았다. 대화하면서 나란히 인도를 걸을 때 형이 공중에 떠 있던 기억이 난다. 엄마가 '조던이 뛰어 오르네!'라고 말한 적도 있다. 에드워드는 무릎을 굽혀서 폴짝 뛰어본다. 물리치료사가 말한다.

"어, 친구. 그거 뭐야? 앞으로 나아가는 동작에만 집중하면 좋겠는데. 높이가 아니라."

오후에는 물리치료사가 내준 숙제를 한다. 집 앞 거리의 끝까지 걸어갔다가 돌아오는 것이다. 처음 며칠간은 레이시와 함께 걸었지만, 지금 그녀는 현관 계단에서 그를 기다린다. 물리치료사가 혼자서 균형 잡는 법을 다시 배워야 된다고 말했기 때문이다. 거리 끝에 몇 명이 모여 있다. 십 대 몇 명, 수녀, 노인들…. 모두 퍼레이드를 기다리는 표정을 짓고 있다.

에드워드는 자신이 그 퍼레이드임을 안다. 구경꾼들이 뭐라고 떠들어도 듣지 않는다. 손을 흔들어도 보지 않는다. 구경꾼들 쪽에는 눈길도 주지 않고, 목발 하나를 앞으로 당겨 한 발 한 발 움직이는 데만 집중한다. 귀에서 덜컥대며 메트로놈 소리가 난다.

지나는 집집마다 시계 가는 소리가 들린다. 속으로 중얼댄다.

'최악의 퍼레이드네.'

어느 날 저녁, 에드워드는 우연히 존의 태블릿을 깔고 앉았다. 태블릿은 담요에 덮인 채 소파에 놓여있었다. 기기를 꺼내서 검은 스크린에 얼굴을 비춰본다. 이모부는 회의하러 갔고, 이모는 침대에 누워있다. 더 나이 든 얼굴이 보이고, 이 검은 유리는 잿빛 마음까지 보여주는 듯하다. 영화 속 악당 같은 얼굴을 마주본다. 악랄해 보일 정도다.

부모님은 아들들에게 휴대전화를 못 쓰게 했다. 형제는 메시지 수신기를 갖고 있었기 때문에 긴급 상황이 생기면 엄마와 아빠가 연락할 수 있었다. 부모님 모두 태블릿을 가지고 있었고, 아들들이 교육적인 게임에 사용하는 것만을 허락했다.

에드워드는 작동 버튼을 누른다. 네 자리 패스워드 스크린이 나타난다. 풀어볼까? 큰 호기심을 느끼며 도전한다. 아빠가 시도할 법한 방식으로 접근한다. 브루스가 깊은 애정을 갖고 숫자를 대했기에 ─숫자들이 동네 술집에 모인 별난 집단이라도 되는 듯이─ 머릿속을 숫자로 채우니 후끈해진다. 패스워드가 될 만한 숫자를 궁리하자니, 아빠에게 물려받은 유전자를 쓰는 기분이다.

레이시가 태어난 연도를 입력한다. 1974. 스크린이 흔들리며 거부한다. 존이 태어난 연도를 입력한다. 1972. 아니다. 한 번만 더 틀린 번호를 입력하면 존에게 실제로 기기를 사용 중인지 확인하는 메일이 전송될 것이다. 태블릿을 내려놓는다. 한동안 생각에 잠긴다. 아빠는 말하곤 했다.

'숫자는 아무렇게나 구성되지 않아. 패턴과 의미를 선호하지.'

에드워드는 태블릿을 다시 집어서 항공편명을 입력한다. 2977.

스크린이 선명해진다. 두려움이 밀려오자 에드워드는 소파에서 일어난다. 집에서 나가 후텁지근한 밤공기를 헤치고 옆집 계단을 올라 쉐이의 방으로 간다. 방에 들어갔을 때, 쉐이는 책상에 앉아 있었다. 에드워드는 안전핀이 없는 수류탄이라도 되는 것처럼 태블릿을 건넨다. 쉐이는 적당히 진지하게 태블릿을 받는다. 에드워드는 친구의 어깨 위로 몸을 굽히고 패스워드를 입력한다. 두 사람은 떠오르는 홈페이지를 쳐다본다. 우측 하단 구석에 빨간 원이 있고, 아래에는 '플레인 트리(plane tree, 플라타너스 나무를 뜻하며 'plane'은 비행기라는 뜻도 있음 - 옮긴이)'라는 문구가 적혀있다.

쉐이가 바라보자 에드워드는 고개를 끄덕인다. 쉐이가 심벌을 클릭하자 링크 목록이 나타난다.

— 희생자 유가족

— 에드워드 트위터

— 에드워드 페이스북

— 에드워드 구글알리미

— 쪽지

쉐이가 낮은 목소리로 묻는다.

"어디서 난 거야?"

"이모부 거야."

쉐이가 찡그리자 보조개가 팬다.

"저기, 내가 여기 들어가서 읽어보고 너한테 내용을 말해줄 수도 있어. 네가 직접 읽지 않아도 돼. 내가 너라면 싫을 것 같거든."

쉐이가 말한다.

에드워드는 방을 가로질러 침대에 가서 주저앉는다. 이 방에 허다하게 왔지만 처음으로 침대에 앉아보는 것이다. 푹신한 매트리스가 체중을 받아 삐걱댄다. 여기 누워 눈을 감고 잠들면 좋으련만. 하지만 이 방에서도 잠은 좀처럼 이루기가 어렵다. 에드워드는 매일 밤 무의식에 손을 뻗는다. 무의식이 마치 강에 있는 바위여서 강한 물살 속에서 붙잡으려 애쓰는 기분이다. 이

126

따금 바위에 손끝이 닿으면 간신히 쪽잠을 잤다. 그래도 밤새 푹 자지는 못했다.

에드워드가 속삭인다.

"조던에 관련된 정보가 있어?"

쉐이의 옆얼굴만 보인다. 쉐이가 스크린을 두드린다.

"조던과 관련된 링크들로 만들어진 파일이 있어. 사고 후 조던을 다룬 페이스북 페이지가 생겼고. 여자 둘이 만든 것 같아. 조던과 아는 사이는 아닐 거야. 사진이 있어."

"보고 싶어."

쉐이가 스크린을 든다. 밝은 오렌지색 파카를 입은 조던이 환하게 웃고 있다. 집 근처 편의점 밖에서 찍은 사진이다. 머리칼이 삐죽 곤두섰다.

"내가 찍은 사진이야."

에드워드가 말한다. 쉐이가 태블릿을 내리고 말한다.

"조던은 사망자 명단에 있고, 네 형으로 나와 있어. 여러 사이트들과 사고를 다룬 신문 기사들 속에. 그게 다야."

쉐이가 심호흡한다.

"뭐야?"

에드워드가 묻는다. 예기치 않은 희망이 가슴팍을 스친다.

"구글 검색에서 네 이름을 클릭해봤는데 결과물이 12만 개가 넘어. 에드워드. 12만 개."

"그렇구나."

에드워드는 달리 뭐라고 해야 할지 모르겠다.

"조던은 겨우 4만 3,000개야."

"그냥 꺼줘. 부탁이야."

에드워드가 말한다.

쉐이가 태블릿을 바로 꺼주자 에드워드는 친구의 빠른 반응이 고맙다. 집 밖에 자신을 지켜보는 사람들이 있다는 것은 익히 알고 있었다. 그런데 온라인상에서, 모든 사람의 휴대전화와 태블릿, 컴퓨터 속에서도 그럴 줄은 꿈에도 몰랐다.

두 사람은 교대로 욕실을 사용하면서 잘 준비를 한다. 에드워드의 초록색 칫솔이 유리컵에 담겨 있고, 세면대 옆에 쉐이의 파란색 칫솔이 놓여 있다. 에드워드가 욕실에서 나오니 쉐이가 파란 침낭을 바닥 가운데 펼쳐놓았다. 에드워드는 다친 다리 때문에 몸을 굽혀 침낭 위에 앉는다.

"내일 일찍 일어나야 해. 이모부가 눈치채기 전에 아이패드를 제자리에 갖다 둬야지."

"존이 알면 화낼까?"

쉐이가 묻는다. 에드워드는 생각에 잠긴다.

"아닐 거야."

"이모랑 이모부가 네가 여기서 자는 걸 싫어하는 것 같니?"

에드워드는 생각하지 않고 대답한다.

"이모는 그래."

쉐이가 고개를 끄덕이고 안경을 벗는다. 그 순간 다른 얼굴이 된다. 뭔지 모르게 흐릿하고 연약해 보인다. 하루 중 유일하게 쉐이가 당차 보이지 않는 순간이고, 에드워드가 매일 밤 노리는 순간이기도 하다. 쉐이가 불을 끄기 전에 에드워드가 말한다.

"네 아빠는 어디 계셔?"

쉐이가 안경에 손을 뻗다가 손을 내리고는 에드워드 쪽을 쳐다본다. 또렷하게 보이지 않는 게 분명하다. 흐릿한 형태와 색깔만 보일 것이다.

"우리 아빠는…"

쉐이가 꺼낸 두 마디가 어색하게 들린다. 말이 이어진다.

"내가 두 살 때 날라버렸어. 소식을 직접 들은 적이 없어. 엄마는 서부 어딘가에서 새 가정을 꾸렸을 거라고 짐작해."

콜로라도라고 에드워드는 속으로 중얼댄다. 이제 소년에게 서부는 거기다. 병원의 흰 벽, 목발 짚은 부인, 머릿속에서 헤엄치는 감각. 아마 쉐이의 아빠는 하늘에서 비행기가 추락하는 광경을 봤으리라. 쉐이는 그가 날라버렸다고 말한 반면 에드워드의 가족은 떨어져 버렸다.

쉐이가 말한다.

"그 사람이 우리가 싫다면 나도 그 사람이 싫어."

"제정신이 아닐 거야. 엄마랑 널 버리다니."

에드워드가 말한다.

"엄마 말로는 아빠가 결혼한 이유는 딱 하나였대. 아들이 멕시코 여자랑 결혼하는 걸 반대하는 어머니를 화나게 하려고."

에드워드는 쉐이의 그늘진 얼굴을 보면서 더 많은 말을, 설명을, 답을 기다린다. 내면에 숭숭 뚫린 구멍들을 채울 뭔가를. 하지만 쉐이는 전등 스위치를 끄고, 에드워드는 어둠 속에 조용히 홀로 남겨진다.

10:17 A. M.

허공에 걸린 시간에서 단조로움이 묻어난다. 일정한 공기의 질
과 온도, 한정적인 소음들, 움직일 수 있는 제한적인 공간. 일부
승객들은 이 한계 속에서 평소에 누릴 수 없었던 휴식을 취한다.
휴대폰 전원을 끄고 컴퓨터는 수하물로 부쳤다. 연락 두절 상태
를 즐기거나 기내 모니터로 시트콤을 보면서 키득댄다. 하지만
비행을 휴식으로 받아들이지 못하는 승객들은 지상과 단절된
상태가 싫어서 불안감이 증폭된다.

　제인은 마크 앞을 빠듯하게 지난다. 일등석은 좌석 간격이 넓
어, 옆 사람이 일어날 필요가 없지만 제인은 그가 일어나 비켜주
는 게 예의라고 생각한다. 그녀의 엉덩이가 그의 얼굴을 직통으
로 지나가니까. 통로에서 허리를 펴고 힐끗 돌아보니, 마크의 시

선은 컴퓨터 스크린에 쏠려 있다. 탑승 이후 여승무원에게 홀딱 반한 이 남자는 고개도 들지 않는다. 제인은 속으로 중얼댄다. '에고, 내 성적 매력이 빵점인가 보네.'

통로를 지나 일등석과 이코노미석 사이의 빨간 커튼을 젖히고 나간다. 만석인 이코노미 구역의 승객들은 다들 불편해 보인다. 제인은 얼른 모반을 누른다. 일등석에 타면서 죄책감이 들지 않는 사람도 있을까? 그녀의 옆자리 승객은 죄책감을 느낄까? 아마 아닐 거라고 그녀는 확신한다.

"엄마!"

에디가 외치자, 제인의 시선이 소리를 따라 세 남자에게 쏠린다. 흰 머리 하나, 사방으로 뻗친 곱슬머리 둘. 그녀가 에디에게 손을 흔든다. 에디와 헤어졌다 만날 때마다 배앓이를 해서, 그녀의 품에서 울던 아기가 기억난다. 요람에서 흐느끼던 아기, 브루스의 목마를 타던 아기가 떠오른다. 에디는 생후 3개월간 좀처럼 자지 않았고, 그때는 제인의 인생에서 가장 암울한 시기였다. 호르몬 불균형에 시달리고 젖이 퉁퉁 불었다. 매일 매 순간 낭패감에 빠졌다. 아기를 잘 달래지 못했고, 조던이 아는 엄마가 아니었다. 세 살 난 조던은 산발을 하고 수유용 잠옷을 걸친 엄마를 두렵고 슬픈 눈으로 물끄러미 바라보았다. 제인은 자신이 주저앉고 있다는 걸 의식했다. 어떤 상황이든 힘차게 걷어차고 일어설 수 있다고 장담했건만 그게 아님이 증명되었다. 그것은 그녀가 생각하는 여성도, 되고 싶은 여성도 아니었다.

어른이 된 후, 줄곧 순탄한 길을 밟았다. 원하는 것을 결정하고 차지했다. 문예지에 게재된 소설들부터 브루스, TV 드라마의 대본을 쓰는 고소득 일자리와 첫 아이까지. 그런데 에디가 태어나고 그녀는 가슴팍에 젖 얼룩이 진 채, 자지도, 쉬지도, 생각하지도 못하고 꼼짝없이 소파에 붙들려 있었다. 달래지지 않아 울기만 하는 아기 때문에. 하지만 시간이 지나 울음을 멈춘 에디는 방긋방긋 웃는 상냥한 아기로 변해 형을 쫓아 온 아파트를 기어다녔다. 조던보다 더 자주 품을 파고들었다. 아침이면 제인은 아기가 가슴을 타고 올라와 퍼붓는 뽀뽀로 잠에서 깼고, 그러면서 자연스럽게 우울증도 사라졌다. "음마, 음마, 음마."

조던은 늘 관심을 받았다. 형으로서 더 빠르고, 강했고, 매사에 먼저였지만 형제는 한 팀으로 움직였다. 조던이 뜻대로 되지 않아 화를 낼 때 진정시키는 사람은 에디였다. 에디가 피아노 치기를 좋아하자, 조던은 동생이 연주할 곡을 몇 곡 썼다. 에디는 레고로 주방에서 현관까지 이어지는 도시를 만들기도 했다. 레고 집착이 시작되자, 조던은 동생이 대도시를 더 정교하게 설계하는 것을 돕기 위해 도서관에서 건축 서적을 대출했다. 또한 조던이 소소하게 브루스를 거역할 때마다 에디는 얼른 나서서 '죄송해요, 아빠'라고 말했다. 에디의 상냥하기 그지없는 말투에 브루스의 부아가 가라앉았다. 제인은 에디는 어려서 많은 화와 눈물을 비워냈기 때문에 더 출렁대는 조던의 배를 뒤따라가며, 웃으며 성장하리라 믿고 싶었다.

"다들 잘하고 있어?"

제인이 그들이 앉아있는 열에 도착해서 묻는다. 세 사람이 고개를 들어 그녀를 바라본다. 똑같이 심각한 표정이다. 조던이 말한다.

"일등석 음식이 더 괜찮을 거예요. 디저트를 남겨서 우리한테 줄 수 있어요?"

"물론이지."

그녀가 아들들에게 미소 짓는다. 남편을 쳐다보기가 겁난다. 일을 제때 끝내지 못해서 가족들과 앉지 못한 걸 그가 언제까지 참아줄지 알 수 없다.

"대본에 외계인이 나와요?"

에디가 묻는다.

"아니."

"잠수함은?"

"아니."

"돌연변이 원숭이는?"

"나와. 몇 마리 있지."

"너희 엄마는 러브스토리를 쓸 거야."

브루스가 말한다. 이것은 남편이 그녀의 점을 꾹 누르는 방식이다. 제인은 10년째 쓰고 싶은 영화 시나리오가 있었지만 – 한 시간 내내 조용히 대화가 오가는 내용 – 돈벌이가 되는 각색 일감 때문에 계속 미루고 있다. 이제 그 영화가 마음을 찌른다. 가

상의 커플이 첫 키스를 하려는 순간 – 그녀가 쓰기 전까지는 존재하지 않을 순간 –을 그리다가 고개를 젓는다. 연인을 가슴에 안은 남자가 고개를 돌려 제인을 응시한다. 그의 눈이 말한다.

'서둘러요. 시간이 흐르고 있다고요.'

머리 위에서 스피커가 켜지고 안내방송이 흘러나온다.

"기장입니다. 저희 비행기는 앞으로 20분 동안 작은 폭풍우를 지날 예정입니다. 기체가 가볍게 요동칠 수 있으니, 승객들께서는 자리로 돌아가서 안전벨트 사인이 꺼질 때까지 앉아계시기 바랍니다."

에디가 팔짱을 끼고 창으로 몸을 돌린다. 아들의 눈에 눈물이 고이는 걸 제인은 보지 않고도 안다. 이 이사는 가족 모두에게 스트레스고, 에디는 비행하는 동안 엄마와 앉고 싶었을 것이다. 제인이 에디의 좁은 어깨에 대고 말한다.

"미안하다, 아가. 자리에 갔다가 금방 다시 올게."

"디저트요. 점심이 나오면 잊지 말고 디저트를 챙겨두세요."

조던이 말한다. 제인과 조던은 공들여 만든 복잡한 악수를 나눈다. 마무리까지 5초나 걸리고, 태연한 표정을 유지하는 것도 규칙의 일환이다. 미소가 허용되지 않는다. 악수를 마치자 조던이 흡족하다는 듯이 엄마에게 고개를 끄덕인다. 제인은 매번 악수를 끝내면 안도한다. 마치 악수가 자신을 아들의 친한 친구로 남게끔 만들어주는 시험 같다. 정기적으로 재시험을 보고, 한 군데만 틀려도 길가에 버려질 것 같다는 게 문제지만.

제인은 좌석으로 돌아가다가, 종들이 달린 치마를 입은 거구의 부인과 마주쳤다. 두 사람 모두 옆으로 서서 상대가 좁은 통로를 지날 수 있도록 도왔지만, 몸이 닿을 수밖에 없었다. 일순간 코가 스치다가 어깨가 마주친다. 허리 아래서 가만히 종이 울린다.

"치마가 좋아요."

제인이 말한다. '좋아요'가 틀린 표현인 줄 알지만 적합한 어휘가 떠오르지 않는다. 엉겁결에 얼굴을 붉히면서 당황한다. 플로리다는 제인을 위아래로 훑으며 단추를 채운 카디건과 청바지, 턱선 길이의 머리를 바라본다. 그녀가 말한다.

"고마워요. 저기서 아들들과 있는 걸 봤어요. 아이들이 사랑스러워요."

제인이 미소 짓는다.

"전에는 사랑스러웠죠. 지금은 어떤지 모르겠네요."

"흠, 내가 보기에는 사랑스러운데요."

"감사합니다."

대화가 끝난 게 확실하지만, 제인은 머뭇대다가 걸음을 옮긴다. 그 망설임의 순간, 말을 더하고 싶었지만 적절한 말이 생각나지 않았다. 자리에 앉아 안전벨트를 매는 동안에도 좀 전의 오렌지색 카펫에 서서 적당한 표현을 찾는 기분이 든다. 속으로 중얼댄다.

"이러고도 대사를 써주고 돈을 벌다니, 사람 잡을 사기꾼이 따로 없군."

벤자민은 두 여자가 통로에서 스치는 광경을 지켜본다. 그의
자리에서 여섯 걸음쯤 앞에 둘이 서 있다. 대화는 들리지 않지만
애들 어머니의 뺨이 발그레해지는 게 보인다. 그녀가 맞은편에
앉은 흰 머리의 아버지와 두 아들과 나누는 대화를 들었다. 그에
게 이런 핵가족 – 부모님과 자녀 둘로 구성된 백인 가족 – 은 늘
박물관의 전시물 같다. 그들의 대화는 행복한 가족이 태어나면
서 받은 대본을 외워 무대 위에서 연기하는 것처럼 들린다. 벤자
민은 어머니가 돌아가자 눈물짓는 막내를 보면서 이런 생각을
멈출 수가 없었다.

'너 진짜 사람 맞아? 어머니는 제자리로 돌아가는 것뿐인데
눈물을 흘리다니.'

이런 타입의 가족이 있는 줄은 알았지만 그의 고향에서는 보
지 못했다. 군 장병들은 대개 이상적이지 않은 환경에서 성장했
다. 아무도 자신의 가정이 아주 행복했다고 말하지 않았다. 벤자
민의 내력은 그저 그랬지만, 그보다 못한 경우도 많았다. 소속
부대 상병은 부하들에게 묻곤 했다.

"누가 그 총을 손에 쥐어줬지? 너야, 네 아빠야?"

두 여자가 스쳐 지나고, 필리핀 부인이 그의 옆을 지날 때 치
마에서 종소리가 났다. 통로 건너 아버지가 맏아들의 팔을 붙잡
자 아이가 깔깔댄다. 눈앞의 광경을 이해하려 애쓰다가 떠올린

단어는 '편안'이다. 저 가족은 서로 편안하다. 아무도 경계하지 않고, 조바심내거나 조심할 필요 따윈 없다. 벤자민은 아버지가 아들들을 때린 적이 없다는 걸 알 수 있다. 폭력이 잔잔한 연못에 던져지는 돌이라면, 벤자민은 잔물결을 보는 데 이골이 났고 저들에겐 그런 낌새가 전혀 없다.

개빈도 이런 가정에서 성장했다. 그가 그렇게 느긋하게 친구를 사귀고, 말장난에 능한 것도 그 때문이었다. 치과의사인 아버지는 손이 곱고 날카롭게 웃는 사람이었겠지. 벤자민은 상냥한 어머니를 상상한다. 쿠키를 굽고, 타고 다니는 스테이션 왜건에 최고급 타이어를 끼우는 주부를. '그런 부모님을 만나고 싶었을 텐데'라는 생각이 든다.

플로리다는 멀어지는 지친 기색의 어머니를 지켜본다. 안아주거나 얼른 어깨라도 만져주고 싶었다. 그녀의 존재 자체가 손길을 달라고 아우성치고 있었다. 지나치게 머리를 쓰고, 신중한 계획에 과하게 몰입하는 사람들은 그렇다. 플로리다는 부인의 남편을 봤다. 수재형 유대인이다. 얼추 정기적으로 괜찮은 부부생활을 하지만, 포옹하거나 서로 이해하며 보내는 시간은 없는 부부가 그려진다. 그렇게 꽉 막혀 사는 이들에게는 치유력 있는 약물이 도움이 될 수 있다고 플로리다는 믿는다. 스스로 경계를 허무는 방법을 모르니, 경계를 허물어줄 필요가 있는 것이다. 그녀가 그런 환각제를 갖고 있었다면 부인의 핸드백에 슬쩍 넣어

췄을 텐데 말이다.

플로리다가 자리에 앉을 때 비행기가 심하게 요동쳤다.

"무슨 일이에요, 아가씨?"

그녀는 말을 붙이면서 이 아가씨에게는 어떤 약물도 권하지 않겠다고 다짐한다. 린다 역시 뻣뻣하지만 산만한 양상이다. 신경들이 얽히고 갈라져서 기의 흐름이 엉망이다. 환각제가 그나마 정상적인 면모를 풀어놓으면 알몸으로 비명을 지르며 거리를 누비리라. 린다가 창에서 시선을 돌려 큰 눈으로 플로리다를 바라본다.

"제가 왜 이런 말을 하는지 모르겠어요. 하지만 달리 말할 사람이 없으니, 이 말을 꼭 해야겠네요."

"그래요."

"임신했어요."

플로리다는 젊은 아가씨를 바라본다. 바비는 아기를 갖고 싶어 했다. 그녀는 아기를 낳아주지 않으려고 몰래 피임을 해야 했다. 아기가 진지한 화제로 떠오를 즈음, 그녀는 훤히 알았다. 바비는 자신이 사랑으로 보살펴줄 자녀가 아니라, 그의 이미지대로 만들어지고 지시에 복종할 만한 자녀를 원했다. 플로리다는 그와 그의 꿈에 많은 부분을 양보했지만 바비는 그녀가 견지하는 소소한 것들 - 그녀의 생각, 노래, 매일의 숲 산책 - 을 헌신부족의 죄로 치부했다.

사회 붕괴, 달러화 폭락, 기상이변 같은 대재앙 이후 생존하기 위해서는 제자들이 필요하다고 바비는 믿었다. 플로리다는 아이를 낳으면 남편에게 밀려날 것이라 믿었다. 그는 그녀를 가족에서, 그의 계획에서 밀어내리라. 그리고 결국엔 그의 인생에서 밀어낼 터였다.

쌍둥이 빌딩이 테러를 당했을 때 바비는 맨해튼 다운타운(맨해튼의 무역 센터 쌍둥이 빌딩이 있던 구역. 지금은 금융가가 있음 - 옮긴이)의 보험회사에서 근무했다. 그는 퇴사한 후에 양복을 팔고, 브루클린에서 웨이터로 일했다. 그리고 거기서 플로리다와 만났다. 그녀는 침술원에서 안내직원으로 일했고, 여성 블루스 밴드에서 노래했다. 바비에게 끌린 것은 그가 진실의 중요성에 대해 말해서였다. 바비는 다방면에 박식했고, 섹시한 작은 엉덩이를 가졌다. 자본주의가 해악인 이유를 정확히 설명할 줄 아는 사람이었다. 이웃의 92세 노부인이 50년간 산 아파트에서 쫓겨나게 생긴 상황을 말하면서, 새 고층 건물을 지어 돈을 더 벌기 위해 벌이는 짓이라고 지적했다. 또 그게 플로리다나 친구들이 건강보험료를 감당하지 못하는 이유였다. 업계는 의료 서비스를 제공하는 데 관심이 없었고, 보험은 가입자에게 보험료를 최대한 받아내도록 설계되었다. 바비는 모든 것을 정확하게 설명할 수 있었고 - 플로리다는 논쟁을 하다가 '아이고, 내 말이 무슨 뜻인지 알지?'라며 얼버무리는 허우대 멀쩡한 멍청이들을 수두룩하게 알았다 - 탄탄한 엉덩이는 덤이었다.

'점령하라' 시위(2011년 자본주의가 특히 청년 빈곤층을 가난으로 몰

아가는 데 반대해 월 스트리트의 주코티 공원 시작되어 번진 시위 – 옮긴이)
가 시작된 첫 주에 두 사람은 함께 주코티 공원에 가서, 4주 후
블룸버그(당시 뉴욕 시장 – 옮긴이)가 쓰레기차를 들여보낼 때까지
머물렀다. 바비는 몇 가지 기획 위원회에 소속되어 자주, 또 따
로 회의에 참석했다. 플로리다는 시위대가 먹을 음식을 만들고
담요, 칫솔, 콘돔, 탐폰을 배부했다. 또 한 밴드에 합류했다. 그게
그해 가을에 했던 일 중 단연 최고의 것이었다. 선량하고 희망
넘치는, 노력하는 수많은 이들이 순수한 목소리로 노래하는 것.
플로리다는 오래전부터 음악의 힘을 믿어왔지만 이제 그 증거
가 눈앞에 있었다. 사람들은 불행하고 노예화된 삶을 바꾸고, 심
지어 떨쳐내려고 이 공원에 모여 더 나은 세상을 노래했다. 노
래는 그들의 현재를 만들었고, 플로리다가 처음 보는 것들을 만
들어냈다.

비행기가 꿀렁대고 팔걸이를 잡은 린다의 손이 하얗게 질린다.

"아직 현실을 감당할 준비가 안 됐어요."

"현실이라…."

플로리다가 중얼댄다. 그녀는 생각한다. 이게 여자들을 규정
짓는 주제지. 아기를 갖는 것. 아기를 가질 건가요? 아기를 가질
수 있나요? 아기를 갖고 싶은가요?

"다 괜찮을 거예요."

플로리다는 무대 경험을 동원해서 자신 있게 말했지만, 의구
심을 들킨 모양이다. 린다의 얼굴에 의심이 가득한 걸 보면.

2013년 9월 5일

학교까지는 세 블록밖에 안 되었지만 베사는 항상 우리를 차로 데려다준다.

"극우파와 골통들이 따라붙어 온갖 말을 떠들어댈 거야."

그녀는 백미러를 보면서 말을 잇는다.

"하지만 크리스마스쯤 되면 널 잊고 내버려 둘 테니, 일시적인 현상인 걸 알아두렴. 기자들이 관심 갖는 기간은 초파리가 살아 있는 시간과 비슷하거든. 최악은 종교인들이지. 예의 바르게 미소 지으면서 동화 같은 얘기를 늘어놓고 가버리니까."

레이시는 조수석에 앉아 있다. 돌부처로 변한 것처럼 우두커니 앉아있는 이모가 에드워드는 이상하다. 그날 아침 존이 욕실에 있을 때, 레이시는 주방 식탁 위로 몸을 숙이고 속삭였다.

"내가 '제너럴 호스피털(General Hospital, 종합병원을 무대로 펼쳐지는 드라마 시리즈 - 옮긴이)'을 녹화해둘 테니 방과 후에 같이 볼래?"

에드워드가 고개를 끄덕이자 레이시도 고개를 끄덕이며 짐짓 심각한 표정을 지었다. 에드워드는 자신이 없는 집에서 이모가 하루 종일 무얼 할지가 궁금하다. 레이시의 어깨 너머로, 그녀 역시 똑같은 궁금증을 느낀다는 걸 알 수 있었다.

에드워드는 베사 역시 레이시를 흘끔대는 걸 눈치챈다. 오늘이 이들에게 매우 중요한 날이라는 생각이 든다. '이들'에는 레이시, 베사, 쉐이, 존이 포함된다. 차가 출발할 때 존은 진입로에 서서 손을 흔들었다. 그들이 돌아오지 못할 위험한 여행이라도 떠나는 듯이. 이것이 보통 사람들의 모습임을 상기시켜준다. 어색한 분위기도 그 때문일 것이다. 정규 학교에 다닌 적은 없지만, 등교 첫날인데도 다른 날보다 더 불편하거나 불안하지는 않다. 심장박동이 규칙적이고 머릿속은 덜컹댄다. 심호흡한다.

"전에 교회에 다녔죠, 엄마?"

쉐이가 말한다.

"철이 들기 전이지. 멕시코에 살 때는 세녀를 당했거든."

쉐이가 안전벨트를 맨 채 꼼지락댄다. 모녀는 학교에 입고 갈 옷 때문에 사흘간 신경전을 한끝에 이상한 합의에 이르렀다. 베사가 고른 분홍색 러플 치마와 쉐이가 고른 파란색 야구 티셔츠가 그것이다. 하지만 쉐이는 등교하면서 머리 땋는 것을 엄마에게 맡겼고, 에드워드는 그날 아침 현관문 앞에서 그 과정을 지켜보았다. 베사는 딸의 머리 안쪽으로 손을 넣었고, 쉐이는 머리를 젖히고 고양이처럼 흐뭇하게 눈을 감았다. 모녀는 차분했고 드문 경우지만 평화로운 분위기가 흘렀다. 쉐이가 말한다.

"엄마가 에드워드를 불안하게 만들잖아요. 불안할 것 없는데. 이 학교 애들은 다 멍청하거든. 에너지를 소모할 가치가 없는 애들이야. 내가 잘 알지, 다섯 살 때부터 그 애들이랑 지냈으니까."

"난 불안하지 않아."

에드워드가 말하지만, 아무도 믿지 않으리란 걸 안다. 쉐이가 말한다.

"홈스쿨링이 훨씬 좋았지. 종일 앉아 책을 읽을 수 있잖아."

에드워드가 어깨를 으쓱한다. 아빠는 아들들이 아주 어려서부터 학교 교육 체계에 반대했다. 브루스는 말했다.

"다양한 집단이긴 하지. 그런데 25명을 한 교실에 몰아넣으면 아무래도 교육이 비효율적이지. 똑똑한 아이는 다른 애들이 진도를 못 따라간다는 사실 때문에 진도가 늦어지지. 또 학생 수가 많다는 이유로 당국은 학교를 공장처럼, 아니 감히 말하자면 교도소처럼 운영하거든. 아이들을 줄 세우고 종소리에 따라 움직이게 만들고, 하루 한 번 높은 담이 둘러진 운동장에서 뛰도록 허락하니까. 이런 상황은 깊은 사고나 창의성을 끌어내지 못한다고. 어떤 주제에 몰두하기 시작하는 참인데 종이 치면 거기서 서둘러 빠져나와야 되고."

브루스는 머리를 문질렀고 이것은 그가 흥분할 때의 습관이었다. 그가 덧붙여 물었다.

"이게 이해가 되니?"

여덟 살인 조던과 다섯 살인 에드워드는 어깨를 으쓱했다. 하지만 종일 수학 문제지에 매달리거나 피아노 연습을 하고 생각에 몰두한 날 밤이면 한 사람이 어둠에 대고 말하곤 했다.

"이보다는 학교가 낫겠어."

그 순간 에드워드가 말한다.

"쉐이와 같은 반이면 좋을 텐데."

이모가 골라둔 회색 바지와 흰 남방셔츠를 입었다. 처음 보는 옷이었고, 원래도 옷을 잘 알아보지 못하는 편이었다. 사고 후, 레이시는 옷장을 통째로 사다시피 했고 제인과는 다르게 옷을 입혔다. 사고 전에는 밝은 색 옷을 많이 입었고, 카고팬츠와 형에게 물려받은 헐렁한 반팔 티셔츠를 주로 입었다. 이제 다림질한 청바지, 흰 티셔츠, 정장 바지까지 입고 있다.

베사는 예의주시하면서 학교 앞에 차를 세운다. 그녀가 말한다.

"아이구야. 아무 걱정할 것 없어요. 너랑 쉐이가 같이 있을 거니까. 우리가 벌써 손써두었지."

학교는 벽돌로 지은 큰 건물이었다. 그들은 중학교 입구에 차를 세웠고, 고등학생들은 건물 끝에 있는 문으로 들어가 맨 위두 층에서 수업을 받는다. 중학교는 건물의 하층부를 사용한다. 에드워드는 쉐이의 파란 등을 주시하고, 균형을 잡으려고 애쓰며 – 이제 목발은 쓰지 않지만 한 다리에 힘이 없다 – 안으로 들어간다. 영화에서 본대로 상상한 학교 풍경과 실제 풍경이 다르지 않다. 앞쪽 입구 옆으로 사무실 두어 곳, 타일 벽, 사각형 사물함들, 줄줄이 늘어선 교실 문…. 그러나 에드워드가 어려서부터 공부하던 환경과는 전혀 다르다. 그는 거실 소파에 몸을 기대어 공부하거나, 이층 침대에서 책을 읽거나, 아빠가 저녁식사를 준비하는 동안 주방 식탁에서 수학을 공부하곤 했다.

웃고 떠들면서 긴 복도를 내려가는 학생들 속에서 에드워드는 조심스레 걷는다. 어른들이 '천천히 움직여라!', '조심해라!', '순서를 기다려라!' 이야기하며 경고한다.

"얘들아! 몸을 가만히 좀 둬!"

한 어른이 소리친다. '나한테 말하는 게 아니야'라고 에드워드는 생각한다. 귀에서 다시 소리가 난다. 그리고는 어느새 교실이다. 쉐이 옆자리에 앉아, 선생님이 칠판에 적는 삼각형 면적 구하기 공식을 쳐다본다. 이미 아는 공식이다. 몇 년 전에 아빠에게 배웠다. 몇 분 후, 그는 자신이 이 반을 가르칠 수도 있다는 걸 깨닫는다. 에드워드에게 수학은 숨쉬기만큼이나 단순하다. 이후 다른 교실에서 다른 자리에 앉아 있을 때, 보라색 옷을 입은 여교사는 에드워드만 빼고 교실 안을 샅샅이 둘러보는 것 같았다. 그러다가 어느새 시끌벅적한 구내식당. 쉐이가 쟁반 챙기는 걸 도와주고, 에드워드는 자신의 바지 색과 같은 미트로프(쇠고기, 양파 등을 다져서 빵 모양으로 만들어 오븐에 구운 음식 – 옮긴이)를 쥐처럼 갉아먹는다. 구름 같은 벌떼가 윙윙대며 따라다니는 느낌이다. 소음이 거슬린다. 소음이 천장에서 떨어지는 동시에 바닥에서 솟는 것 같다. 쉐이가 테이터 탓(다진 감자와 양파 등을 뭉치고 빵가루를 입혀 튀긴 음식 - 옮긴이)을 포크로 집으면서 말한다.

"여기가 그레이트 홀이라고 상상해봐. 해리가 처음 등교한 날에도 모두 해리에 대해 수근댔어."

"난 수근댈 일을 한 적이 없어."

"그거라면 너도 해리 못지않거든."

쉐이는 에드워드가 여전히 쳐다보는 걸 알고 다시 말한다.

"너는 생존자니까."

'아, 그렇지'라고 에드워드는 생각한다.

식당에서 나오는데 누군가 에드워드의 어깨를 두드린다. 뒤를 돌아보니 콧수염을 기른 갈색 피부의 남자가 서 있다.

"아룬디 교장 선생님."

쉐이가 말한다.

"잘 지내니, 쉐이? 에드워드, 내 방에서 얘기 좀 할까?"

그가 쉐이를 보면서 다시 말한다.

"에드워드를 다음 수업 교실로 안전하게 보내주마. 걱정 말아요, 꼬마 숙녀님."

에드워드가 교장을 따라 복잡한 복도를 지나, 두 개 층을 올라갔다가 다시 어딘가로 내려왔다. 여기 학생들은 얼굴이 부어서는 일그러진 표정을 짓고 있다. 에드워드는 이곳이 고등학생들의 구역이라는 걸 깨닫는다. 남학생들의 목소리가 더 우렁찬 저음이다. 옆에서 학생 두 명이 씨름하는 시늉을 하자 에드워드는 움찔한다. 하지만 교장이 지나가자 다들 소리를 낮추고 똑바로 선다. 몇 명은 안녕하시냐고 인사한 다음 에드워드를 쳐다본다. 아룬디 교장은 얼룩덜룩한 유리문이 있는 방으로 들어선다. 두 사람이 들어간 후 문이 닫히자 복도의 소란이 잦아든다.

방과 창틀에 다양한 크기의 화분들이 줄지어 있고, 천장에는 더 많이 걸려 있다. 큼직한 잎이 달린 것들도 있고, 가냘프고 키가 큰 것들도 있다. 작은 분홍 꽃이 핀 화분도 있다. 방에서 축축한 흙냄새가 난다. 이 온실의 가운데에 놓인 책상이 생뚱맞아 보인다. 아룬디 교장이 빙그레 웃는다.

"자연을 실내로 끌어들이는 게 좋아서 말이다. 난 정원사다운 기질이 있지."

그가 양손을 앞으로 모으면서 계속 말을 잇는다.

"저, 에드워드. 평소 새 학생이 학교에 오면, 나는 첫날 수업을 시작할 때 스피커로 그 사실을 알리고 전교생에게 전학생을 환영해달라고 당부하지. 네 경우, 그러지 않은 것은 네게 더 이상의 관심이 필요하지 않고, 그것이 바람직하지 않다고 생각해서란다. 하지만 네가 여기서 더 편안히 지낼 수 있도록 내가 도와줄 일이 있는지 알고 싶구나."

"없을 거예요."

에드워드가 대답하면서 생각한다. '난 어디서도 편안하지 않

은걸요.'

잠시 조용한 사이, 교장은 에드워드의 머리 위쪽을 본다. 서류
장에 놓인 오렌지꽃을 살피는 것 같다. 그가 말한다.

"봄에 표준화 시험을 쳤더구나. 아버지께서 시험을 보게 하셨
겠지. 성적이 아주 높더구나. 한 학년 진급해도 될 정도로 높았
지."

에드워드가 똑바로 앉는다.

"한 학년 진급하고 싶지 않아요. 쉐이랑 함께 있고 싶습니다."

"이모 내외분도 네가 그렇게 말할 거라고 하셨지. 그렇게 해주
마."

교장이 기대하는 눈빛으로 쳐다보자 에드워드가 말한다.

"감사합니다."

"한 가지 묻고 싶은 게 있는데."

에드워드는 그것이 사고와 관련된 질문이란 걸 알고 마음의
준비를 한다.

"화훼에 대해 어떻게 생각하니?"

에드워드는 조금 지나서야 질문의 뜻을 파악할 수 있었다.

"식물을 말하시는 건가요?"

교장이 고개를 끄덕이며 말한다.

"우리 생태계의 기초 말이다."

사실 에드워드는 식물에 대해 생각해본 적이 없다. 엄마가 주
방에 뒀던 접란을 늘 가구처럼 여겼다.

"매년 몇몇 학생에게 이 예쁜이들을 키우는 걸 도와달라고 부탁하지."

교장이 방안을 가리키면서 덧붙인다.

"혹시 네가 첫 번째 자원봉사자가 될 수 있을까?"

"그럴게요."

에드워드가 말한다. 그 외에 다른 대답이 있을 것 같지 않다.

"언제 돌봐야 하는지는 나중에 알려주마. 이제 가 보거라. 그리고 학기 중에 문제가 생기면 언제든 나를 찾아오렴, 에드워드."

하교 시간, 레이시와 베사가 차에서 아이들을 기다린다. 학교 출입문 앞에 주차된 차량 줄의 맨 앞에 있어서 다행이다. 주차장에 차들과 인파가 빼곡하다. 베사가 에드워드를 살핀다.

"오늘 귀찮은 일은 없었지?"

에드워드가 고개를 끄덕이고는 뒷좌석에 올라탄다. 베사가 북적대는 주차장을 가리키며 말을 잇는다.

"이 동네에 지루한 정신병자가 얼마나 많은지 보라니까. UFO라도 나타난 것처럼 야단법석이야."

그녀의 말은 틀리지 않았다. 온 동네 사람들이 모두 모인 것 같다. 주차장의 모든 시선이 이 차에 쏠린다. 학교 역사상 최다 학부모가 마중 나온 날일 것이다. 어머니, 아버지, 할머니, 할아버지, 이모, 삼촌 할 것 없이 등장했다. 다른 도시에 사는 친척들까지 개학 첫날 조카의 손자를 데리러 왔다. 십 대들은 건물 주변을 서성이거나 동생을 데리러 중학교 구역으로 비집고 들어간다. 평소에는 시간이 없다는 핑계로 데리러 오지 않으면서 말이다. 사람들은 보지 않는 척 연기했지만 그마저도 어색하다. 한 부부는 뻔뻔하게 입을 벌리고 에드워드를 쳐다본다. 수많은 휴대폰이 에드워드 쪽을 향해 있다. 한 청년은 구식 카메라를 들고 나뭇가지에 앉아 있다. 여기저기서 수근댄다.

"저기 있네. 저 남자애야. 저 아이."

에드워드는 휴대폰과 카메라를 의식하면서 구글 검색 결과 수를 떠올린다. 그리고 속으로 중얼댄다.

"12만 하나, 12만 둘. 셋, 넷, …일곱, …스물하나."

뻣뻣한 옷을 걸친, 비쩍 마르고 시무룩한 아이의 사진이 떠오른다. 다양한 각도에서 찍힌 오늘의 이미지가 급증하겠지. 에드워드는 이들이 사진을 인스타그램, 페이스북, 텀블러, 트위터에 업로드 하는 상상을 한다.

"다들 할 일이 이렇게 없나?"

레이시가 말한다.

"골통들."

베사가 중얼댄다. 교통체증에 차는 거북이처럼 기어갔다. 친근한 할머니처럼 생긴 여자가 에드워드 쪽 창에 휴대폰을 들이대고 셔터를 누른다. 그러고 나서는 사과 조의 미소를 짓는다.

베사가 몸을 숙이며 경적을 누르자 그 부인이 깜짝 놀라 차에서 떨어진다. 레이시가 말한다.

"저기 우리 치과의사가 있네요. 자녀가 없는 게 확실한데."

에드워드는 무슨 말인가 하고 싶다. 자신을 염려하는 이들에게 괜찮다고 말해주고 싶다. 그런데 완전히 방전된 것 같았고, 턱이 움직여지지 않았다.

마침내 차가 학교 주차장에서 빠져나가자 쉐이가 말한다.

"여러분, 나는요? 내 7학년 첫날에 대해서는 아무도 묻지 않을 거예요?"

차 안에 긴장이 풀리면서 세 여자가 웃음을 터뜨린다. 레이시는 하도 웃어대서 눈물을 닦아야 될 정도도. 학교에서 한 블록 떨어진 곳에 늘어선 수녀들을 지나자 차 안에 더 큰 웃음이 터진다. 검은 수녀복 차림의 수녀들이 한 줄로 서서 차를 향해 목례했다.

저녁 식사를 하며 레이시가 말한다.

"다음 주 수요일에 이삿짐 트럭이 도착할 거야."

존과 에드워드가 그녀를 바라본다. 저녁 메뉴는 라자냐와 샐러드다. 에드워드는 빠진 체중 4킬로그램 중 3킬로그램을 회복했고 서서히 정상적인 식사를 시작했다. 가끔은 실제로 허기가 느껴졌고, 뱃속에서 무언가를 갉아먹는 감각에 놀랐다. 이모가 한입에 최대한 높은 칼로리를 섭취할 수 있게끔 준비하는 걸 안다. 어느 날 아침 식탁에서 존이 우유 맛이 이상하다고 불평하

자, 레이시는 우유가 진해지도록 캐슈너트 가루를 탔다고 털어
놓았다. 존은 미친 사람 보듯 아내를 쳐다봤고 에드워드는 키득
댔다. 새 몸이 된 후로 두 번째 웃음이었다.

"우리, 이사 가요?"

에드워드가 겁먹은 기색을 감추지 못하고 묻는다. 레이시가
얼른 대답한다.

"아, 아니야. 미안. 표현을 제대로 못 했네."

"우리가 이사하는 게 아냐."

존이 에드워드의 어깨에 한 손을 올리고 말한다.

"오마하에서 임대한 창고에 보관했던 이삿짐을 ─ 짐을 어떻게
할지가 결정될 때까지 이삿짐센터는 짐을 그곳에 보관했다 ─ 여
기로 운송할 거야. 가구 같은 큰 물건은 팔 거지만 개인 물품은
화요일에 여기 도착할 거야."

"짐들을 어디 둘 계획이야? 지하실에 충분히 들어갈걸. 아래
층에 있는 가재도구 몇 가지를 치우면 될 거야."

존이 말한다.

"난 위층에, 에드워드의 방에 들여놓을 생각이었어요."

레이시가 조카를 쳐다보면서 말을 잇는다.

"그래도 괜찮겠니? 지하실은 너무 어둡고, 짐을 뒤져 정리하
려면 시간이 걸릴 것 같아서."

에드워드는 잠시 혼란을 겪다가 질문을 이해한다. 아기방에
서 자본 적이 없고 앞으로도 그럴 테지만, 이모는 그 방의 주인

이 에드워드라고 믿고 싶은 모양이다. 에드워드가 대답한다.

"그럼요. 괜찮아요."

레이시가 말한다.

"나랑 상자들을 살펴보자. 물론 네 물건도 그 안에 있어."

"그러던가요."

에드워드가 대답한다. 순간 트럭에 실려 늦은 오후 중서부를 지나는 이삿짐을 떠올린다. 엉뚱한 방향으로 향하고 있다. 원래 이삿짐은 뉴욕에서 LA로 가기로 되어 있었다. 그런데 도중에 멈춰 3개월간 발이 묶였다가 이제 되돌아오는 것이다. 에드워드는 안에 든 물건이 아니라 종이 상자의 겉면을 떠올린다. 뉴욕 아파트 거실에 차곡차곡 쌓여 옮겨지기를 기다리던 광경. 엄마는 몇 주에 걸쳐 짐을 차곡차곡 쌌고, 아들들이 셔츠나 책을 꺼내려고 상자를 뒤지는 걸 보면 악을 썼다.

에드워드는 그 상자들과 엄마를 떠올리지 않기 위해 뇌를 멍하게 만든다. 식탁에서 일어나도 될지 양해를 구한다. 거실에 들어서자 소파에 놓인 존의 태블릿이 보인다. 본능적으로 집어서 쉐이의 집으로 가고 싶다. 하지만 한동안 꼼짝 않고 서서 태블릿을 쳐다본다. 이제 존은 부엌에 혼자 남아 커피 주전자에 내일 아침 마실 커피를 담는다. 뮤지컬 곡을 나직하게 흥얼댄다. 존은 레이시의 고칼로리 음식을 먹은 후 살을 빼려고 조깅을 시작했고, 브로드웨이 뮤지컬 몇 편의 곡을 다운로드 한 후 뛰면서 듣는다. 이제 위층에 올라가거나 시리얼을 부으면서 '오페라의 유령'이나 '헬로', '돌리!'의 한 소절을 부를 수도 있다.

"돈 크라이 포 미, 아르헨티나."

에드워드가 부엌에 다시 들어가자 존이 흥얼댄다.

"당분간은 제가 인터넷에 접속하지 않는 게 좋을 테죠."

에드워드는 어떻게 말을 이어가야 할지 몰라 말을 끊는다.

"그 의견에 나도 동감이야."

존이 말한다.

"하지만 혹시 제가 알아둬야 될 게 있다면 가끔 알려주실래요? 이모부가 결정하면 될 것 같은데…."

'하지만 이모부가 온라인에서 항공기 사고와 날 트래킹 하는 걸 알아요'라는 말은 어떻게 해야 될지 난감하다. 그 말을 하려면 태블릿 훔친 걸 인정해야 하는데….

존이 팔짱을 끼고 조리대에 기대선다.

"인터넷에서 너와 관련해 벌어지고 있는 일들을 계속해서 대략적으로 알려달라는 거구나. 네가 일일이 찾거나 읽지 않아도 되도록."

"그러면 좋죠, 네."

이모부는 해줄 수 있는지 고심하는 듯 한참 동안 에드워드를 살핀다.

"네가 학교에 다니기 시작했고, 따라서 다시 사회로 돌아왔으니까 새 사진들과 동영상 한두 개쯤이 등장하리란 건 너도 짐작하겠지. 하지만 새로운 내용이 더 나오지는 않을 거야, 에드워드. 사실에 기초한 내용은 없을 게다. 사고 이후 쭉 그랬듯이 곳곳에서 널 봤다거나 안다는 주장이 나오겠지만 거짓일 뿐이지."

"사람들이 저를 어디서 봤다고 하는데요?"

존이 한숨을 쉰다.

"천지 사방에서. 애팔래치아 등산로에서 몇 주간 너와 노란 래브라도 뒤에서 하이킹했다고 주장한 사람도 있었지. 네가 플래시드 호수에서 수영했다고도 하고, 뉴욕의 미술관에서 너를 봤다고도 하고. 영국 에든버러에서 관광 중이더란 말도 있었지."

에드워드는 자기도 모르게 말한다.

"쉐이랑 인터넷에서 조던을 검색해봤어요."

존은 한동안 말이 없다가 대꾸한다.

"관련 내용이 많지는 않지?"

"네."

존이 말한다.

"내가 그렇게 하마. 거기 뭐가 있는지 제한된 범위 내에서 알려줄게. 하지만 네가 모르는 정보 – 또는 사실 – 는 있을 수 없다는 걸 알아두면 좋겠다. 네 삶은 네 안에서 일어나니까. 다들 쥐뿔도 모르고 하는 말들이야. 인터넷은 조작하는 망종들과 한심한 인간들이 넘쳐나는 공간이지."

그가 말을 쉬었다가 덧붙인다.

"난 인터넷을 좋아하지만, 아니 적어도 전에는 그랬지만, 그곳이 진실을 찾으러 갈 만한 공간은 아니다."

에드워드의 입에서 질문이 튀어나올 뻔 한다. '그럼 진실을 찾으려면 어디로 가야 하죠?' 하지만 너무 거창한 질문이라 목구멍에 걸려서, 대신 밤 인사를 하고 옆집으로 간다.

닥터 마이크의 진료실 창밖에는 반들대는 초록색 잎이 빼곡한 나무가 있다. 똑같은 갈색의 나무줄기들이 튼실하다. 주변 나무들보다 더 나무다워 보이는 것이, 마치 재주 있는 무대미술가가 설치한 영화 세트 같다. 나무가 가짜일 수도 있다는 생각이 에드워드의 마음속 깊은 곳에 있는 무언가를 즐겁게 만든다. 자신의 절반이 플라스틱으로 조립되어 '비극을 극복하는 인간 소년'의 역할을 실행하기 위해선 매시간 조작되어야 할 것 같다. 늘 앉는 의자에 앉아 의사의 어깨 너머로 나무를 바라본다. 닥터 마이크가 말한다.

"떠오르는 기억들은 그 비행에서 나오니, 아니면 이전의 일들에서 나오니?"

"이전이요."

"기억나는 몇 가지를 말해보렴. 어떤 것도 좋아. 조각난 기억이든, 다른 뭐든."

에드워드가 잠깐 눈을 감자, 피아노에 펼쳐진 악보가 보인다.

"새 피아노곡을 익히기 시작하던 참이었어요. 라벨의 '스카르보'라는 곡이었죠."

"네가 피아노를 친 줄은 몰랐네. 그 곡에 대해 말해주렴."

에드워드는 찡그린다.

"아직 시작하기 전이었어요. 선생님은 내가 그 곡을 배울 준비가 덜 됐다고 말했어요. 아주 빠른 트레몰로가 있고 옥타브를 넘나드는 부분이 많은 데다, 주요부에 오른손 겹음 스케일들이 나온다고."

에드워드는 양손을 내려다본다. 손목 관절이 유난히 하얗다. 매일 오후, 몇 시간씩 피아노 연습을 하던 그 손이 아닌 것 같다. 이제 피아노 앞에 앉으면 전에 배웠던 어떤 곡도 연주하지 못할 게 확실하다. 손가락의 느낌이 달라졌고, 사고 이후 머릿속에서는 어떤 음악도 흐르지 않는다. 의식적으로 생각해보지는 않았지만, 음악이 돌아오기를 기다렸음을 이제야 깨닫는다. 목줄을 풀고 달아난 개를 기다리듯이. 하지만 음악은 돌아오지 않았고 앞으로도 그럴 것이다. 사라져버렸다. 에디는 음악적인 아이였지만 에드워드는 아니다.

닥터 마이크가 말한다.

"그러니까 본격적으로 피아노를 쳤구나."

"그 이야기는 하고 싶지 않아요."

문장 말미에 억양이 높아진다. 평소 이 진료실에서 늘 단조로운 억양으로 말했기에 자신도, 의사도 놀란다.

"이모랑 이모부한테는 말하지 마세요."

에드워드가 말한다.

"두 분은 네가 피아노 치는 걸 모르시나?"

"'쳤던' 걸이죠. 안다고 해도 잊어버렸겠죠."

닥터 마이크는 하고 싶은 말이 있는 표정을 지었지만 이내 멈춘다. 에드워드가 말한다.

"이 모든 게 별로예요."

"어떤 모든 게?"

"예전에는 좋았어요. 이젠 끝났고요. 왜 그 이야기를 해야 되죠?"

의사가 대답한다.

"지금 당장 해야 할 필요는 없지. 난 네가 기억 전부를 차단하지 않기를 바랄 뿐이야. 기억들이 좋다는 것은 그것들이 그만큼 강력하다는 뜻이거든. 여기서 새로운 기초를 닦을 때, 네가 그 기억들을 떠올릴 수 있고, 어느 시점에 거기서 기쁨을 얻을 수 있다면 그게 주춧돌이 될 수도 있지. 아주 튼튼한 벽돌들처럼 말이야."

에드워드는 의자에 몸을 기대고 눈을 감는다. 흐트러진 자세로, 닥터 마이크를 보지 않은 채 말소리만 듣는다.

"오늘은 그만할까?"

"네, 그만해요."

에드워드가 대꾸한다.

수요일 오후, 학교에서 돌아오니 집 밖에 네모난 흰 트럭이 서 있다. 건장한 남자 두 명이 대형 상자를 나눠 들고 낑낑대며 잔디밭을 지난다. 에드워드는 반사적으로 몸을 돌린다. 쉐이가 손뼉을 치면서 말한다.

"짐 푸는 걸 돕고 싶어요."

"나도 거들게요. 오늘 안으로 짐을 다 풀 수 있을 거예요."

베사가 똑같이 단호하게 말한다. 레이시가 난감한 표정으로 대답한다.

"아, 저기, 난…오늘 오후에 정리를 시작할 생각은 안 했거든요."

에드워드가 고개를 끄덕인다. 이모와 함께 '제너럴 호스피털'을 볼 시간이다. 루크와 로라의 아들인 러키가 실종된 상황이었다. 쉐이가 엄마에게 말한다.

"전체 목록을 만들어야 돼요. 각 상자에 담긴 내용물을 적는 거죠."

"그렇고말고. 그러면 물건들을 어떻게 처리해야 할지 결정할 수 있지."

베사가 응수한다. 레이시와 에드워드가 눈짓을 주고받는다.

"그럴까요?"

레이시가 말한다. 이모와 조카는 힘없이 옆집 모녀를 따라 안으로 들어간다. 레이시의 예상보다 훨씬 많은 상자들이 아기방 바깥 복도까지 나와 있다. 베사는 자신의 집에서 의료용 메스와 같은 도구들을 한가득 들고 돌아온다.

"구경할 필요 없어. 그러고 싶지 않으면."

쉐이가 에드워드에게 말한다. 에드워드는 고개를 끄덕였지만 움직이지는 않는다. 쉐이가 옆면에 유성매직으로 '1'이 적혀 있는 상자를 여는 모습을 지켜본다. 엄마가 그 숫자를 적는 걸 봤었다.

"주방 도구네."

쉐이가 말하며 상자에서 종이를 꺼내더니 덧붙인다.

"어머, 목록 표야."

쉐이는 감탄하듯 고개를 저으며 말을 잇는다.

"아주 꼼꼼하게 정리되어 있네. 상자 안의 품목은 커피잔, 음료수 컵, 포크, 디저트 접시."

엄마가 좋아하는 머그컵이 거기 있을 것이다. 옆면에 빨간 풍선이 그려진 그 컵은 그녀가 좋아하는 프랑스 영화에 나오는 물건이다. 길쭉한 모양에 이가 빠진 유리잔은 에드워드가 가장 좋아한 컵이기도 하다. 그리고 더 작은 컵들은 가족 모두가 밤에 마실 물을 담아 침대 옆에 놔두는 용도로 사용되던 것들이다.

에드워드는 몸을 돌려 나간다. 베사와 쉐이의 등 뒤에서 얼쩡대는 이모 앞을 지난다. 레이시의 얼굴은 창백하고, 주근깨가 도와달라는 작은 비명들처럼 도드라졌다. 그녀가 조카의 팔을 쓰다듬고, 사과 조의 눈빛을 던진다. '내가 생각이 짧았어'라고 말하는 것 같다.

에드워드의 내장 위로 그 이불보가 당겨진다. 아래부터 시작해서 복부 위로 당겨지더니 가슴까지 올라온다. 다림질한 회색 정장바지를 힐끗 내려다본다. 흰 브룩스 브라더스(미국의 고급 의류 브랜드-옮긴이) 셔츠의 단추도 보인다.

"레이시."

레이시는 조카가 자신의 이름을 부르자 놀란다. 순간 에드워드는 자신이 이모를 부른 적이 거의 없다는 걸 깨닫는다. 매일 오후 두 사람은 소파에 나란히 앉지만 대화는 하지 않는다. 에드워드는 이모를 좋아하지만 이모부보다 예측 불가능하게 느껴지고, 엄마를 연상시켜서 고개를 돌리고 싶다. 잘 포착되지 않긴 하지만 어떤 각도에서 이모는 80퍼센트 정도 엄마를 닮았다. 하지만 대부분의 모습은 엄마의 상실을 상기키기는 실망스런 20퍼센트다. 때문에 필요한 게 생기면 이모부 쪽으로 마음이 기운다.

"응?"

이모가 대꾸한다.

"상자에 담긴 옷들을 갖고 싶어요, 나랑 형이 입던 옷들이요. 이모가 괜찮으면 그걸 입고 싶어요."

"아."

조카를 훑어보던 레이시의 표정이 곧 변한다. 그녀가 말을 잇는다.

"네가 이 옷을…. 이해해. 당연하지."

"내가 그 상자를 푸는 중이야. 금방 옷을 찾아줄게."

쉐이가 상자 더미 속에서 외친다.

그날 밤 에드워드는 예전의 체크무늬 파자마 바지와 형의 빨간 티셔츠를 입고 침낭에 눕는다. 이모가 사준 옷들은 이미 봉투에 담아두었다. 필요할 때만, 가끔 레이시의 비위를 맞춰야 될 때만 그 옷을 입을 작정이다. 그 외에는 몸에 맞고, 더 잘 어울리는 옷을 입을 것이다. 이전에 입었었거나 형의 체취가 살짝 밴 옷들 말이다.

쉐이가 읽는 구절에 귀를 기울인다. 두 사람은《해리포터》시리즈를 읽는 중이고, 매일 밤 쉐이가 한 챕터씩을 낭독한다.

"있지."

쉐이가 문단의 끝에서 말한다.

"응."

에드워드가 졸린 목소리로 대꾸한다.

"그 상자들을 봤을 때 흉터가 아팠니?"

"아니."

"음."

쉐이는 실망한 표정 없이 말을 잇는다.

"중요한 걸 만나면 네가 느끼겠지. 그럴 거라는 걸 알아."

에드워드는 눈을 감는다. 쉐이의 목소리에 귀를 기울인다. 낭독을 잘한다. 적당한 대목에서 극적인 목소리로 변하고, 더 큰 효과를 줘야 할 때는 소리가 낮아진다. 조던도 책을 읽어주곤 했다. 정기적이진 않았지만 소설에서 웃기거나 소름끼치는 대목이 나오면 읽어주었다. 살에 닿는 잠옷의 촉감이 보드랍다. 가만히 눕자, 이층침대에서 자던 아이로 돌아간 척할 수 있었다. 위층에 형이 누워 있다.

어느 날 아침, 이모가 말한다.

"상자들 속에 따뜻한 외투가 있었니?"

그제야 에드워드는 겨울이 가까워 오는 걸 안다. 옷장에 가서 조던의 오렌지색 파카를 꺼낸다. 너무 헐렁했지만 긴 소매를 내리니 장갑처럼 내려오고, 후드는 얼굴을 다 감싸줘서 마음에 들었다. 계절의 변화를 의식하지 않으려고 애쓴다. 혼자서 맞이한 첫 가을이 지나간다. 혼자서 맞는 첫 겨울이 다가온다. 생일, 크리스마스, 하누카(유대인들의 새해 명절 – 옮긴이)가 성큼 다가왔다. 닥터 마이크는 의식하지 못한 채 시간이 흐르는 경험을 '푸가 상태'라고 설명했다.

"트라우마 희생자들에게 흔한 증세야. 몇 시간, 때로는 며칠의 흐름을 놓치지. 생활은 하는데 뇌가 경험을 등록하지 않는 것과 같아. 뇌가 기록하지 않는다고나 할까, 주의를 기울이지 않지."

"매일 푸가 상태였으면 좋겠어요."

닥터 마이크가 어깨를 으쓱하며 말한다.

"네가 연말연시를 견딜 수 있도록 내가 도울 수 있다면 그렇게 하겠는데."

의사의 이런 친절에 울고 싶었지만 쉽게 울어지지 않는다. 입원 생활 이후 거의 울지 않았다. 머릿속에서 눈물이 어느 관으로 흘러야 할지 판단하지 못해 눈물길이 막힌 것 같다. 눈물 고인 콧속이 아프다. 이제 콧잔등을 문지른다.

"그만해도 될까요?"

"안 돼."

"안 돼요?"

"지난주에 너 대신 조던이 살았어야 한다고 말했지. 왜 그런 생각을 하니?"

에드워드는 입 밖으로 소리를 낼 수 없어서 온몸으로 신음한다. 지난번 상담 치료 때 선홍색이었던 창밖의 나뭇잎은 색이 옅어지고 끝이 말렸다. 일부는 이미 땅에 떨어졌다. 에드워드는 닥터 마이크의 눈길을 의식하며 입을 연다.

"왜냐하면."

"왜냐하면?"

에드워드는 생각한다. '왜 이렇게 채근해요?'

닥터 마이크가 모자챙을 만진다. 이제 그것이 어떤 사인이 아니라 습관에 불과하다는 걸 에드워드는 안다. 생각 없이 하는 행동이다. 의사가 말한다.

"미안, 에드워드. 하지만 더 이상 차단하도록 내버려 둘 수가 없어. 바깥에서는 그래도 돼. 하지만 여기서는 안 돼."

'그냥 나가도 돼'라고 에드워드는 생각한다. 하지만 짜증스러운 목소리로 대꾸한다.

"조던은 제대로 된 사람이었으니까…, 자기가 누군지 알았죠.

다들 조던을 좋아했어요. 형은 이미 일을 하고 있었어요. 중요한 일들이요. 공항에서 검색기계 통과를 거부한 것 같은 일을. 육식을 중단했고….."

에드워드가 말을 흐린다.

닥터 마이크가 말한다.

"비행기 사고가 났을 때 넌 열두 살이었어. 조던은 열다섯 살이었고. 나이 차가 상당하지. 형이 열두 살이었을 때도 검색기계 통과를 거부했니?"

에드워드는 잠깐 생각한다.

"아뇨."

"열다섯 살이 되면 많은 일을 선택해야 돼, 에드워드. 넌 아직 겨우 열두 살이야. 거기서 생존했다는 이유만으로 넌 이미 형보다도 큰 관심을 끌고 있지. 사람들은 너랑 대화하고 싶어 해, 그렇지 않니?"

사실이다. 에드워드는 매주 수요일 오후, 교장실에 가서 낡고 파란 물뿌리개를 들고 화분에 물을 준다. 그 사이 아룬디 교장은 화분마다의 이름과 역사를 말해준다. 또 과학 실험 시간에 키 작은 남학생은 개구리를 해부하면서 어른이 되면 오페라 가수가 되고 싶다고 말하기도 했다. 서류를 제출하러 서무실에 갔을 때 만난 직원은 자신이 조지아에서 태어났는데 매일 방과 후 언니와 야생 악어 두 마리에게 먹이를 준다고 말했다.

"악어들이 원더 브레드(미국의 대중적인 식빵 제조사 – 옮긴이)를 가장 잘 먹더라고."

옆 사물함을 쓰는 여학생은 여섯 살짜리 여동생이 있는데 한 번도 큰 소리로 말한 적이 없다는 것을 말해줬다.

닥터 마이크가 말한다.

"사람들은 자신의 특별한 점을 너에게 알려주고 싶어 해. 네가 특별한 경험을 했기 때문이지."

에드워드는 딱히 대답할 말이 없어서 잠자코 있었다. 의사의 말은 사실이다. 그걸 부인하느라 시간을 낭비하지는 않을 작정이다.

어느 날 오후, 쉐이가 책을 두고 나와 다시 학교로 들어가자 에드워드는 인도에 혼자 남겨졌다. 스쿨버스들이 떠나고 주차 장에는 드문드문 차가 있다. 크리스마스 방학이 코앞이다. 에드워드는 오렌지색 파카를 입고도 덜덜 떤다. 파카가 너무 헐렁해서 사방에서 바람이 들어온다. 몸을 굽혀 정강이를 긁는다. 생채기가 아무는 단계에 접어들어 사람을 성가시게 했다. 오늘 아침에는 흉터가 입술을 꼬집은 모습이었다. 약한 피부가 덧나지 않게 상처를 살살 긁는다.

순간 남자 목소리가 들렸다.

"안녕, 에드워드. 너는 날 모르겠지만 내 이름은 게리야."

에드워드는 잠시 균형을 잃었지만 똑바로 서기 위해 애쓴다. 다시 양발을 딛고 서니, 몇 걸음 앞에 청바지와 두꺼운 스웨터

차림의 중년 남자가 서 있다. 그가 안경 너머로 눈을 깜빡인다.

"내 여자 친구가 그 비행기에 탔었거든. 성가시게 했다면 사과하마. 캘리포니아에서 여기까지 운전해서 왔어. 네가 겪은 일들이 무척 존경스러워."

에드워드는 주위를 둘러본다. 근처에는 아무도 없다.

"혹시 비행기에서 내 여자 친구를 봤는지 궁금하네? 네 자리랑 가까웠던 것 같은데. 내가 좌석 배치도를 살펴봤거든. 모두 네가 좌석 위치 덕에 생존했다고 말하더라고. 린다가 네 근처에 앉았거든. 아마 두어 줄 앞에. 통로 맞은편 쪽에."

에드워드는 침을 삼킨다.

"어떻게 생긴 분인데요?"

"스물다섯 살이고 백인이지만 그 말은 할 필요가 없겠지. 예전에 한 교수님은 백인들이 백인이라고 밝히지 않으면 인종차별주의자라고 말했거든. 흑인들은 늘 자신이 흑인이라고 밝히니까 말이야. 린다는 금발이었어."

그가 눈을 끔뻑이며 덧붙인다.

"잠깐. 이런 멍청이를 봤나."

게리가 주머니에 손을 넣어 휴대폰을 꺼낸다. 손가락으로 스크롤을 내리더니 전화기를 에드워드에게 내민다. 그 힘이 너무 세서 에드워드는 순간적으로 움찔하다가 젊은 금발 여성의 사진을 쳐다본다. 카메라를 향해 미소 짓고 있다. 레이스로 된 스웨터를 입고 공원 벤치에 앉아 있다. 에드워드는 속이 뒤틀린다.

닥터 마이크의 말이 떠오른다. 떠오르는 기억들은 비행에서의 것이니, 아니면 그 이전의 것이니? 사고 이전만 기억하려 애썼지만 이 여자의 사진이 그럴 수 없게 만든다. 그녀가 똑똑히 기억난다. 몇 줄 앞에 앉은 승객이었다. 화장실 앞에서 조던과 줄을 섰다. 그녀는 옆을 지나면서 에드워드에게 미소 지었다. 카메라를 향해 지은 미소와 똑같은 것이었다. 손에 사진을 든 게리는 좀 차분해졌다. 그가 말한다.

"그날 청혼할 계획이었어. 약혼반지를 공항에 가져가려 했지."

"이분을 봤어요."

에드워드가 말한다. 어른이 듣고 싶을 말을 상상하면서 계속 말한다.

"좋아 보였어요. 흥분한 것 같았어요. 행복하고."

게리의 표정을 보니 예상이 맞은 모양이다.

"고맙다."

게리가 말한다.

에드워드는 떨려서 파카 주머니 깊숙이 손을 넣는다.

"그걸 물어보려고 여기까지 운전해서 왔어요?"

게리가 고개를 끄덕인다.

"직장에서 휴가를 주기에 아파트에 틀어박혀 스프라이트를 홀짝이며 답을 알고 싶은 질문 목록을 작성했지. 제정신이 아니었는데, 한 가지 질문에는 네가 답해줄 수 있겠다는 생각이 스치더구나. 그래서 차에 올라탔지."

에드워드는 이해할 수 있었다. 게리가 물었다.

"무례한 질문일 수도 있겠지만, 네가 괜찮은지 궁금하구나."

병원에서 의식을 찾은 후 괜찮으냐는 질문을 자주 받았고, 그때마다 거북했다. 이모, 간호사들, 의사들, 교사들 - 다들 기대감에 찬 목소리로 물었다 - 모두 그랬다. 지금 또다시 주차장에서 낯선 사람에게 이 질문을 받았는데도 거리낌이 없자 스스로도 놀랐다. 게리는 정해진 답을 기다리고 있지 않다는 게 느껴졌다. 그가 기대하는 것은 진실이고, 그게 에드워드가 진실을 말하게끔 한다.

"실은 아니에요."

에드워드가 대답한다. 그리곤 잠시 입을 다물었다가 다시 묻는다.

"괜찮으세요?"

게리가 신중한 표정을 지으면서 대답한다.

"아니."

찬 공기 속에서 둘은 한동안 조용하다.

게리가 입을 연다.

"사실 난 육지에서 정상적인 생활을 하면서 결혼하리란 생각은 해본 적도 없어. 린다를 만나기 전까지는 그랬지. 그런 건 바라지도 않았어."

게리가 잠시 눈을 감고, 에드워드는 그의 얼굴에 떠오른 고통의 주름들을 본다. 에드워드의 몸과 마음에도 - 상실이 새겨

놓은 - 똑같은 주름들이 있었고, 그걸 깨닫자 온몸이 부르르 떨렸다.

"하지만 너랑 이야기하길 잘했다. 지난 몇 달 중 지금이 가장 괜찮은 순간이구나."

게리는 확신하듯 고개를 끄덕이고는 다시 덧붙인다.

"시간을 내줘서 고맙다, 에드워드."

그가 몸을 돌려 걸음을 옮기기 시작한다.

"잠깐만요."

에드워드가 말한다.

게리가 걸음을 멈추고 몸을 돌린다.

"지금 운전해서 캘리포니아로 돌아갈 거예요?"

"그래. 난 고래를 연구해. 녀석들이 날 기다리거든."

게리가 말한다.

'고래들이 이 사람을 기다리는구나'라고 에드워드는 생각했고, 몇 주가 지나서야 그 문장이 이상하다는 걸 알았다. 게리가 차에 올라타 출발하는 모습을 지켜보았다. 그때 쉐이가 돌아왔고, 둘은 집으로 향한다.

나중에 이 일을 쉐이에게 말해줘야겠다고 생각한다. 그럴 것이다. 하지만 집으로 돌아가는 동안은 흉터가 욱신대고 찬 공기가 목에 진득하게 달라붙는다. 금발 여성과 고래들을 떠올리니, 이것을 말로 옮겼을 때 자신이 음절들 속으로, 공기 입자들 속으로, 주변의 한기 속으로 녹아들어갈까 두렵다.

11:16 A. M.

진회색 하늘이 점점 어두워지면서 비를 뿌리기 시작한다. 무색의 가벼운 빗물이 동체 외부를 톡톡 친다. 조종실에서 와이퍼가 작동되고, 나란한 작은 타원형 창들이 물에 씻긴다. 비는 여객기에 큰 영향을 주지 않지만, 최고 고도에서 비가 창문에 들이친다는 것은 오늘의 비구름이 유난히 높고 짙다는 뜻이다. 보통 구름은 2,000~1만 5,000피트 사이를 떠다니고 항공기는 3~4만 피트에서 주행하기 때문이다.

승객들은 날씨로 관심을 돌린다. 빗방울과 어두운 하늘을 보자 졸음이 와서 씨름하던 책을 덮는 사람들도 있다. 이들은 좁고 불편한 좌석을 집의 침대처럼 바꿀 마법 버튼이라도 찾는 것처럼 좌석을 유심히 살핀다.

벤자민은 눈을 감고 기억과의 실랑이를 멈춘다. 자포자기한 기분이고 포기는 질색이지만 기운이 없는데 커피를 여섯 잔이나 마셔 말똥말똥하니 달리 생각을 돌릴 곳이 없다. 통로 건너편의 가족은 조용해졌고 아버지는 잠들었다.

싸움이 벌어지기 전 한 달 내내 조용했고, 그것은 캠프의 장병 전원이 권태로워 미칠 지경이었다는 뜻이다. 총기를 닦고 또 닦았고, 종일 비디오 게임을 했다. 병사들은 할 일이 생긴다는 이유만으로 야간 수색을 기대할 정도였다. 아프간이 공격한다는 소문이 돌았지만 사실이 아니었고, 벤자민은 캠프의 끝에 서서 인간과 나무를 혼동하며 숲을 들여다보았다. 바람이 불어 나뭇가지가 사람 팔처럼 흔들리자 그는 총을 움켜쥐었다.

벤자민, 개빈, 다들 저지라고 부르는 백인 군인이 오후 늦게 순찰을 돌았다. 그날 이 시간쯤 세 집단이 합세해 잠복한다는 소문이 돌았다. 막사에 과일과 야채가 떨어졌는데 보급은 다음 날 아침에나 가능할 터였다. 벤자민은 자신의 몸이 진득한 콘플레이크, 오트밀, 햄버거 덩어리가 된 것 같았다. 혀의 감각이 이상했다.

"한숨 좀 그만 쉬라고. 너 때문에 불안해."

개빈이 말했다.

"난 한숨을 쉬지 않았는데."

벤자민은 개빈에게 코를 풀었다는 말이라도 들은 것처럼 놀랐다.

"주둥이 닥쳐."

저지가 말했다. 그는 늘 뭐라고 말할지 몰라 '주둥이 닥쳐'가 중간은 가는 대답이라고 생각하는 부류였다. 상황에 따라 다양한 말투로 이 말을 반복했다. 심각하게, 아이러니하게, 발끈하면서. 이번에는 싫증 나는 투였다.

개빈이 말했다.

"한숨 쉬고 있었어. 종일 한숨을 쉬어대지. 오늘 아침 양치를 하면서도 거울에 대고 한숨을 쉬더라고."

벤자민이 걸음을 멈추었다. 개빈을 노려보았다. 그 표정에 주눅 들지 않는 사람이 없다는 걸 경험으로 알았다. 롤리한테 배운 표정이었다. 할머니가 길모퉁이에서 미치광이 루터에게 그 표정을 짓는 걸 봤다. 벤자민은 자신의 표정을 보지 못했지만, 잔인하고 위협적이었을 거라는 사실은 알았다. 상대의 입을 다물게 하는 표정이었다.

"난 한숨을 쉬지 않았어."

저지가 휘파람을 불었다. 그의 습관적인 세 가지 반응 중 두 번째였다. 저지의 '나는 이번 파병을 살아서 끝내고 싶을 뿐'이라는 레퍼토리 세 가지는 '주둥이 닥쳐', 낮은 휘파람, '개새끼'였다.

개빈은 위축되지 않았다. 그가 말했다.

"한숨 쉬었어."

벤자민과 개빈이 서로 노려보았고, '한숨'이라는 단어가 만화 속 말풍선처럼 허공에 떠 있었다. 벤자민은 한숨을 쉬지 않았다는 데 가진 것 전부를 걸 수도 있었다. 또 그럴 것 같지는 않지만 한숨을 쉬었대도 그랬을 터였다.

"뭐라고?"

그가 물었다.

"아이고, 개새끼들."

저지가 달래는 투로 말했다.

"네가 한숨을 쉬었다고 말했어. 아마 한심했겠지."

개빈이 흙을 툭툭 찼다. 몇 주째 비가 오지 않았다. 그들은 메마른 적막에 포위되어 지냈다. 개빈이 한마디 덧붙였다.

"여기는 젠장 맞게 한심하니까."

벤자민은 내장이 터진 느낌이었다, 고장 난 엔진에서 뻘겋고 뜨거운 증기가 새 나오는 기분. 개빈에게 달려들어 셔츠를 움켜잡고 내던졌다. 개빈은 저만치 떨어져서 한 바퀴 구르다가 멈췄다. 이미 안경은 벗겨졌다. 개빈이 비틀대며 일어나다가 단거리 육상선수 자세로 주저앉더니 벤자민에게 달려들었다. 움직임이 마치 소형 기관차 같았다. 그는 벤자민의 복부를 가격해 숨을 못 쉬게 했다.

벤자민은 아연실색해서 헉헉댔다. 내 몸이 마치 다른 사람 몸 같았다. 꿈을 꾸고 있다는 생각을 했다. 꿈에서 비척비척 개빈에게 다가가 그를 번쩍 들고 바닥에 매다꽂았다. 개빈의 머리가 땅에 부딪히는 소리가 났다. 멀리서 저지가 고함을 질렀다.

"개새끼들아! 당장 튀어오지 못해! 스틸먼이 개빈을 죽이겠어!"

벤자민은 야구선수가 홈 플레이트에 들어가듯 달려들었다. 개빈을 말라빠진 흙바닥에 짓눌렀다. 그를 노려보면서 말을 생각해내려 애썼다. 개빈을 겁먹게 하고 사과하게 만들 말을. 벤자민이 한숨을 쉬지 않았다고, 결코 한숨을 쉬지 않을 거라고 인정하게 만들 말을.

그 순간, 개빈의 파란 눈과 갓 면도한 턱을 보자 몸속의 붉은 온기가 새로운 무언가로 변했다. 강력한 것, 그가 통제할 수 없는 것으로. 내면의 벽이 터져서 온갖 크기의 돌멩이가 된 것 같았다. 각각의 돌은 욕망이었고, 그는 안달 나는 극렬한 갈망들로 만들어진 해변이었다. 신선한 샐러드와 잘 빠진 운동화가 탐났고, 지속적인 죽음에 대한 공포가 끝나길 바랐다. 개빈의 뺨을 쓰다듬어 얼마나 보드라운지 알아보고 싶었다. 그럴 수 있었다. 다가오는 군홧발 소리가 들렸다. 벤자민은 몸을 숙였고 개빈의 얼굴이 코앞에 있었다.

그 순간 병사들이 개빈과 그를 떼어놓지 않았다면 벤자민은 이상스러운 짓을 벌였을 것이다. 스스로 그걸 알았고, 개빈도 알았던 것 같다. 벤자민은 얼른 일어나 억지로 험악한 표정을 지으며 자리를 떴다. 숲에서 떨면서 몇 시간 동안을 숨어 있었다. 자정이 지나 침상에 기어들었을 때, 어두운 막사에서 누군가 '호모'라고 속삭였다. 2주 후, 그는 수면 부족 상태로 다른 수색대원들보다 몇 보 뒤에서 걷다가 옆구리에 총을 맞았다.

통로 건너편에 앉은 젊은이가 말을 걸자 크리스핀은 마뜩치 않다. 젊은이가 말한다.

"선생님의 책을 읽었습니다. 그 책의 홍보 순회를 하실 때 강연하는 것도 봤습니다. 제가 다니는 대학에 오셨지요. 연예인이 따로 없었어요."

크리스핀은 고개를 끄덕였다. 이 몸으로 전국을 돌며 무대에서 열정적으로 소리쳤다니 스스로가 놀랍다. 적당한 직원을 고용하라, 군살을 빼라, 성장하는 비즈니스를 굳건하게 유지하라고 외쳤다. 강연장에 들어가려면 피켓 부대를 지나야 될 때가 많았는데 인파가 아래위로 흔드는 손팻말에는 이렇게 쓰여 있었다. '이윤보다 사람이 먼저다', '다른 세상이 가능하다', '기업의 탐욕이 아닌 인간의 요구' 얼토당토않은 허풍이 빤히 보였다. 큰 그림을 볼 줄 모르는 얼간이들이었다. 루이자는 흐뭇해서 독설이 난무하는 신문기사를 오려 우편으로 보내곤 했다. '개자식에게' 그녀의 모든 메모는 이 문구로 시작했다.

이 젊은이가 자신을 빤히 보는 그 눈빛을 크리스핀은 익히 안다. 아니 그것은 그가 만들어낸 눈빛이다. 그 눈은 말한다. '난 배고프고 간절하고, 당신보다 똑똑해. 그러니 내 앞에서 비켜.' 이제 그 눈빛이 크리스핀을 지치게 만든다. 새는 바퀴에 구멍이 하나 더 뚫린다.

"전 부인이 몇이나 되나?"

크리스핀이 묻는다. 젊은이의 눈빛이 어두워진다.

"한 명입니다. 선생님은 네 명이시죠."

"한 명을 유지할 수 있도록 애쓰게. 착한 전 부인 한 명 말이야. 네 명은 돈이 많이 들거든. 미루지 말고 서둘러서 정신 차려 정리하라고."

그는 기침을 하고서는 소리 낮춰 덧붙인다.

"난 이 비행기에 빌어먹을 간호사를 대동하고 혼자 타 있네."

젊은이는 어리둥절한 표정을 짓더니 동정하는 기색을 보인다. 그는 크리스핀이 치매인가 의심한다.

"잘 지내시는 것 같은걸요."

젊은이가 말한다. 새빨간 거짓말이다. 크리스핀은 눈을 감고 쉬고 싶지만 거짓말로 응수한다. 그는 여전히 경쟁력 있고, 이 애송이에게 한물간 노인네 취급을 당하고 싶지 않다.

"그 승무원과 잘 돼가는 것 같더군."

젊은이의 눈이 크리스마스트리처럼 환해진다. 공략이 먹혔다.

"그렇게 생각하십니까?"

크리스핀이 고개를 끄덕인다.

"패를 잘 쓰면 여승무원이 두 번째 부인이 될 수도 있겠더군."

젊은이가 웃음을 터뜨리고, 그 소리가 놀랍도록 귀에 익다. 크리스핀이 12시간 일한 후 집 현관문을 열면 들리던 소리다. 주방, 침실, 놀이방에서 기쁨이나 승리에 찬 웃음소리가 터졌다. 한 아이가 아빠에게 와락 달려들곤 했다. 곧 그는 아이들 모두를 바닥에 눕혔다. 팔다리가 엉기고 맨발과 배를 드러낸 아이들의 웃음소리가 오케스트라처럼 동시에 온갖 기쁨을 드러냈다. 훗날 '개자식에게'라는 서문의 쪽지를 받을 무렵, 그는 새 부인과 단둘이 살았고 매일 밤 집은 적막했다.

조던은 동생을 찬찬히 바라본다. 에디는 빗방울이 들이치는 창에 손을 대고 한동안 가만있다가 손을 뗀다. 이 동작을 몇 번이고 되풀이한다. 조던은 손목시계를 들여다본다. 열세 살 생일에 아빠에게 받은 선물인데, 각각 다른 시간을 재는 사각형 몇 개가 있고 1초의 100분의 1 단위까지 잴 수 있다. 조던은 3분간 동생의 동작을 살핀다.

"뭔 개수작이야?"

그가 말한다. 아빠는 잠들었다. 브루스가 깨어 있었다면 조던의 언어 사용을 지적했을 것이다. 그는 아들들에게 욕을 해도 괜찮지만 효과를 낼 경우에만 국한된다고 가르쳤다. 한 번은 브루스가 이 주제를 강의하고 있을 때 제인이 들어왔다. 그가 말했다.

"너희가 화난 상태고, 합리적인 주장을 하다가 지쳤는데 아직도 강렬한 감정을 전달하고 싶으면 '이런 개 같은!'이라고 말해도 괜찮아. 내가 반대하는 것은 이 효과적인 표현을 입버릇처럼 떠드는 경우지. 흔히 '무슨 개 같은 짓이야?'라고 말하는 것처럼. 그건 강렬하지 않아. 개가 그 문장에서 무슨 효과를 내지?"

제인이 문간에서 기침을 하고 말했었다.

"미안한데, '이런 개 같은!'이라고 말해도 괜찮다고요?"

에디는 놀란 표정을 짓는다. 손을 무릎 위로 내린다.

"뭐가."

에디가 중얼댄다.

"어떻게 했냐고."

"하다니 뭘?"

"손을 유리에 정확히 20초간 대고 있다가 10초간 뗐어. 그런 다음 그걸 1초도 틀리지 않고 반복했거든. 21초나 11초인 적이 없다고."

에디가 대답한다.

"어, 모르지. 생각 없이 그냥 한 건데."

조던이 동생을 가만히 바라본다. 피곤해 보인다. 둘 다 몇 주간 잠을 설쳤다. 캘리포니아에 가본 적이 없고, 독립전쟁 격전지와 몇 군데 역사 유적지를 답사했던 때를 제외하면 뉴욕 아파트의 이층침대가 아닌 곳에서 자본 적이 없다.

"분명히 피아노랑 관계있을 거야."

에디는 싱긋 웃는다. 형은 툭하면 피아노를 핑계나 변명거리로 삼는다. 자신이 음악성이 없다는 게 마음에 걸려서겠지. 그가 작곡하는 곡들은 전부 폭탄이 터지고 분노하는 – 자신의 능력 부족을 욕하는 – 분위기의 것들이다. 조던은 이 사실을 아빠가 알았다는 게 더욱 짜증 났다. 어느 날 오후, 조던이 작곡 중일 때 브루스가 어깨 너머로 그를 쳐다보면서 말했다.

"좋은 성과를 낸다면 어떤 동기든 도움이 된단다, 아들. 낙심은 강력한 동기가 되기도 하지."

이때 조던은 자신이 작곡한 곡들이 전부 별로라는 걸 처음으로 깨달았다. 그는 생각했다. '에디는 재능을 가졌어. 난 분노를 가졌고.'

"형 눈이 이상하고 번들거려."

"시끄러워."

조던이 말한다.

"얘들아. 이게 무슨 일이야?"

브루스가 깨서는 바다코끼리처럼 몸을 일으키며 말한다. 형제는 여전히 서로 쳐다보고 있다. 조던은 마음이 편해진다. 급작스러운 변화였지만 다행이다. 불쑥 몸을 굽혀 에디의 귀에 마히라에 대한 얘기를 전부 속삭이고 싶어진다. 몇 주째 그러고 싶었다. 여태 동생에게 비밀이 없었고, 이 비밀은 그의 일상을 바꾸고, 많은 생각을 끌어냈기 때문이다. 그런데 첫 키스 이후의 비밀이 쐐기 역할을 했다. 이것이 형제 사이에 전에 없던 간극을 만들었다.

조던은 양손으로 에디의 귀를 감싸고 얘기를 시작하고 싶지만 입이 떼어지지 않는다. 서로 조금만 떨어져도 상처받는다는 걸 조던은 안다. 형제는 함께 카펫에서 뒹굴며 유아기를 보냈고 이제 함께 어른이 되어간다. 무형의 덩어리였던 둘이 두 개의 큰 바위가 되었다.

"아뇨, 아빠. 별일 없어요."

에디가 말한다. 절대 이것을 이해하지 못할 아이를 달래는 듯 동정 섞인 말투다.

2014년 1월

1월 1일, 에드워드는 형의 옷을 최대한 겹겹이 껴입는다. 팬티, 내복, 양말, 긴팔 티셔츠, 반팔 티셔츠, 집업, 털모자, 아주 큰 빨간 컨버스 운동화. 주방에 들어가니 레이시와 존이 등을 보이고 서 있다. 부부는 나란히 창가에 서서 나직하게 대화한다. 나직하지만 차분한 말투는 아니다. '밀어내는' 말투라고 에드워드는 생각한다. 레이시가 말한다.

"당신은 나한테 공청회에 참석하고 싶은지 묻지도 않았죠."

"그런 생각을 못했네. 가고 싶어?"

존이 말한다. 레이시가 고집스럽게 고개를 젓고는 말한다.

"사실 난 애가 여기 살고 싶은지도 모르겠어요. 이건 당신 얘기예요, 좋을 게 없어요. 당신은 왜 거길 가려고 하죠?"

존은 지지대가 필요한 것처럼 조리대에 기대 서 있다.

"아이를 보호하기 위해 모든 정보를 수집하는 게 내 책임이야. 애한테 무슨 일이 닥칠지 내가 알아야 돼. 내가 모르는 게 있으면…"

"당신은 날 보호하는 거라고 말했었죠. 작년에."

레이시가 씩씩대면서 말을 잇는다.

"그건 내가 포기하는 데 동의하지 않으면 더 이상 대화하지 않겠다는 뜻이었고."

"이건 달라. 그때는 정보가 없었어, 이유를 몰랐다고. 의사들은 당신의 몸이 아기를 받아들이지 못하는 이유를 몰랐어. 하지만 지금은 정보가 있어. 그래서 NTSB가 공청회를 여는 거고."

존이 잠시 말을 끊었다 잇는다.

"내가 임신 시도를 중단하자고 한 건 의사가 당신이 죽을 수도 있다고 말했기 때문이었어."

"난 중단했어요."

"그런 일이 생겨서 관둔 거지."

"하지만 당신의 보호는 도움이 되지 않았어요."

레이시는 마지막 말을 내뱉고 급히 몸을 돌리다가 문간에 서 있는 에드워드를 발견한다. 그녀의 침울한 표정이 놀란 표정으로, 억지로 웃는 표정으로 변한다.

"어머! 잘 잤니?"

이모가 억지로 밝은 표정을 짓는 것이 에드워드는 속상했다.

잘 자지 못했지만 고개를 끄덕인다. 에드워드는 늘 잠을 설치고, 레이시는 그걸 알면서도 이 순간만큼은 다르기를 기대한다. 에드워드는 이모를 돕고 싶다.

그녀가 말한다.

"존, 에드워드가 옷을 얼마나 많이 입은 줄 알아요?"

존은 장난감 로봇이 수면 모드에서 깨어나듯 움찔움찔한다. 맞장구치지만 목소리에 힘이 없다.

"탐험에 나서는 사람 같네."

에드워드는 속으로 외친다. '오늘은 엄마, 아빠와 형이 맞이하지 못하는 새해의 첫날이라고요. 그걸 모르겠어요?' 이모와 이모부를 찬찬히 살폈다. 역시나 그런 생각은 하지 못하는 눈치다. 이건 마치 에드워드 혼자 얼음판 위에서 스케이트를 타는 것과 같다.

존이 말한다.

"사실 우리는 너랑 이야기하고 싶었어. 변호사들에게 들은 몇 가지 소식을 알려주려고."

레이시는 삶은 계란을 들고 창가에, 존은 저쪽 벽에 걸린 달력 옆에 서 있다. 에드워드는 생각한다. '기하학적으로, 내가 이 방에서 부부싸움의 중심에 있네.' 갈대로 만든 팔이 무게에 짓눌리듯 몸이 휘는 느낌이다.

"토스트 한 쪽 먹을래?"

레이시가 묻는다.

"아뇨, 괜찮아요."

에드워드가 대답하자 존이 말한다.

"해서, 변호사들 말인데 대개의 보상금이 복수의 보험사와 결정되었다는구나. 희생자 유족 대부분은 가족을 잃은 위로금으로 100만 달러쯤 받을 거야. 너는 500만 달러를 지급받는데, 이유는…"

그가 잠시 말을 끊었다가 잇는다.

"너는 더 지급받아. 보상금은 네가 스물한 살이 될 때까지 신탁되지."

레이시가 달걀을 식탁에 대고 두 번 톡톡 두드린다. 에드워드는 달걀껍데기에 생긴 작은 균열을 바라본다.

"이런 대화를 들으니까 병원이 생각나네. 그때도 전부 이상한 말처럼 들렸지."

"상당한 액수야."

존이 말한다.

에드워드는 돈이 실제로 앞에 쌓여 있기라도 한 것처럼 식탁에서 몸을 뗀다. 병원도 기억난다. 공중에 매달린 원색 양말을 신은 발, 허공을 메우는 낮은 소리, 왜 대통령이 하늘에서 떨어진 소년과 대화하면 좋겠다고 생각했는지 모를 일이었다.

존이 말한다.

"그 생각을 머리에서 밀어내는 게 좋을 거야. 넌 이제 막 열세 살이 되었으니."

겨우 몇 주 전 케이크를 먹는 것으로 에드워드의 열세 살 생일을 맞이했다. 조용한 축하였고 아무도 생일축하 노래를 부르지 않았다. 에드워드의 눈빛이 간곡히 말렸기 때문이다. 굳이 생일을 챙겨야 된다면 얼른, 조용히 끝내야 했다.

"스물한 살이 되려면 8년이나 지나야 되고 돈이 아직 실제로 있지도 않거든. 거칠 절차가 더 남아 있지. 혹시 NTSB 공청회에서 이런 얘기가 나올 경우에 대비해 미리 알려주고 싶었어."

존은 토스트에 저지방 버터를 바르면서 계속 말한다.

"그런 얘기가 나오지 않기를 바라지만, 혹시 네게 알려주지 않은 게 밝혀지면 곤란하니까."

"난 그런 거 필요 없어요."

에드워드가 말한다.

"알았어. 워싱턴 디씨에 갈 짐 챙기는 걸 도와줄까?"

짐을 싸는 내내 쉐이가 곁에 있었고, 에드워드는 그게 내키지 않는다. 쉐이는 다가올 공청회에 대해 얘기하고 싶고, 에드워드는 아니었기 때문이다. 이미 몇 달 전에 공청회에 참석하기로 결정했지만 생각하고 싶지 않다. 쉐이의 말이 귀에 들어올 때마다 머릿속에서는 원초적인 목소리가 '가, 아무 생각 말고'라고 속삭였다.

쉐이가 말한다.

"영화 속 법정 장면이랑 비슷할걸. 살인범의 신원이 밝혀지는 장면 말이야."

"꼭 그렇진 않을걸."

에드워드는 형의 티셔츠를 전부 소파에 늘어놓는다. 그리고 두 벌을 골라 가방에 넣는다.

"사람들이 비행기가 추락한 이유를 설명하겠지? 블랙박스를 찾았으니 무슨 일이 벌어졌는지 다 알 수 있어."

'난 그 비행기에 있었어.' 에드워드는 속으로 말한다. 순간 처음으로 거기, 그 좌석에, 내가 형 옆에 있었다는 생각을 밀어내지 않는다. 눈 깜빡할 사이에 지나가버린 생각이지만 항공기 주변의 풍경이 그려진다. 하늘, 날개, 다른 승객들.

쉐이가 말한다.

"아, 나도 같이 가고 싶다. 유족들이 다 올 텐데. 게리도 참석할 거고. 네 흉터가 이상해질 텐데."

쉐이가 손뼉을 치더니 말을 잇는다.

"네가 초능력을 갖고 있다 해도 놀랍지 않아. 네가 항공기 잔해 근처에 있으면 진실이 드러나겠지. 모선을 방문하는 거랑 비슷하거든."

지난주 상담 시간에 닥터 마이크는 말했다.

"마지못해 가는 것 같구나, 에드워드. 워싱턴에 가지 않아도 되는 걸 알고 있지?"

에드워드는 의사가 알아들을 만한 언어로 대답했다.

"가고 싶어요."

'가고 싶다'는 적절한 표현이 아니었다. 에드워드가 확신하는 것은, 자신이 가겠다고 대답했으니 간다는 것이었다. 쉐이가 말한다.

"확실히 집중해. 가능하면 메모하고. 내가 모든 걸 알아야 널 도울 수 있으니까."

에드워드가 고개를 끄덕인다. 쉐이가 말한다.

"거기서 아무도 널 해치지 못해. 다시는 아무도 널 아프게 하지 못해. 넌 이미 모든 걸 잃었어, 그렇지?"

이 말을 들은 에드워드는 깜짝 놀란다. 뭐라고 말해보려 애쓴다.

"아무도 날 해치지 못해?"

"그럼."

쉐이가 대답한다.

에드워드가 이모부와 집을 나서기 직전, 쉐이는 병사를 전쟁터에 보내는 지휘관처럼 친구의 등을 때린다. 레이시가 차까지 따라가고, 존이 먼저 차에 탄 사이 그녀는 조카를 힘껏 포옹한다.

"이모한테 행운을 빌어줘. 오늘 취직 면접이 있거든."

레이시는 미소 짓지만 걱정스러운 표정이다. 그녀가 다시 말한다.

"나도 소일거리가 필요하잖아? 누구나 그렇지."

"행운을 빌어요."

에드워드가 말한다.

"용기를 내야 해서 네 엄마의 블라우스를 입었지. 난 더 강해지고 싶어, 에드워드. 나를 위해서, 그리고 너를 위해서."

에드워드는 알아보지 못했지만 이제 레이시가 입은, 작은 장미가 그려진 셔츠가 눈에 들어온다. 엄마가 적어도 일주일에 두 번씩은 입던 옷이다. 익숙한 옷을 보니 침을 삼키기가 힘들었고 순간적으로 분노가 치민다. '그건 이모 옷이 아니라 엄마 옷이에요!' 하지만 거의 동시에 분노가 수그러든다. 자신도 형의 옷을 입은 마당에 레이시가 언니 옷을 입은 걸 잘못이라고 말할 수 있을까? 또 그 셔츠가 이모에게 엄마의 용기를 준다는 사실도 흥미롭다. 형의 옷을 입으면 어떤 힘이 생기는지 궁금해진다. 그런 식으로는 생각해본 적이 없다. 빨간 운동화, 오렌지색 파카, 파자마는 형을 가까이 두는 수단일 뿐이었다. 이제 에드워드는 조던의 파란 줄무늬 스웨터를, 이모는 엄마의 블라우스를 입었다. 레이시가 그를 끌어당겨 마지막으로 포옹할 때, 에드워드는 '우린 누굴까?'라는 생각을 했다. 제인, 조던, 제인, 조던 순의 포옹에서 벗어나 차에 뛰어들듯 올라탄다. 목적지까지는 차로 4시간이 걸리고, 회색 고속도로가 이어진다.

프린스턴을 지날 때 존은 손목시계를 힐끗 보면서 말한다.

"지금쯤 이모는 면접을 보겠네. 우리가 좋은 생각을 해야겠다."

에드워드는 안전벨트를 맨 채 편한 자세를 찾느라 뒤척인다.

"이모부는 이모가 취직하길 바라세요?"

"난 레이시가 행복하길 바라지. 너도 점점 좋아지고 있잖아?

그러니까 레이시도 계속 집에 있을 이유는 없지."

에드워드는 생각한다. 내가 점점 좋아지고 있나? 이 질문에 답할 수 없을 것 같고, 아빠가 작문 과제를 채점하면서 했던 말이 떠오른다.

"구체적으로 표현해야 해. 더 낫다니 그게 무슨 뜻이야? 무엇보다 나은 거야?"

나무에서 낙엽이 떨어지고 하늘은 무색이다. 뉴저지를 벗어난다는 안내판이 연달아 나타나더니 델라웨어에 진입했다는 표지판이 나온다. 존이 브로드웨이 뮤지컬 곡을 선택하라고 한다. 에드워드는 사운드트랙 목록을 훑어보며 어떤 게 가장 덜 달달하고 나른하지 않을지 궁리한다.

"렌트?"

"탁월한 결정이야."

존이 말하고, 두 사람은 여정 내내 빈곤한 젊은 예술가들이 감정을 쏟아내는 노래를 듣는다. 그날 밤 호텔에서 둘은 한 방에 묵고, 에드워드는 어둠 속에 누워서 이모부가 코 고는 소리를 듣는다. 차를 타고 오면서 평소보다 중력을 더 받는 것처럼 몸이 쑤셨다. 차에서 내리면 그 감각이 멈추기를 바랐고, 한동안 괜찮았는데 어둠이 찾아오니 감각이 되살아난다. 에드워드는 바스락대는 이불 속에서 움찔거린다. 이 감각은 퇴원 후, 전과 다르게 아팠던 경험을 상기시킨다. 병원이 외골격 역할을 했는데 그게 없으니 허약해진 것이다. 양손으로 이마를 누르면서 똑같이 압박하려 한다. 호텔 침대 속에서, 낯선 어둠 속에서 이따금 히터 작동되는 소리와 이모부의 씨근대는 숨소리를 듣는다. 닻이 올라가고 이곳은 '아무' 공간, '아무' 시간도 될 수 있다. 그 '아무'가 무섭다. 간신히 잠이 들었지만 다시 의식 속으로, 공포 속으로 들어갔다. 여기가 어디지?

아침에 오트밀을 먹으면서 존이 말한다.

"우리가 신호를 정해야 될 것 같아. 공청회 중에 네가 빠져나오고 싶은 경우에 대비해서. 나오고 싶으면 언제든 나와도 돼."

"신호요?"

에드워드는 닥터 마이크와 야구 모자를 떠올린다.

"'이 안은 덥네요'라고 말하면 되겠다. 네가 그 말을 하면 우린 거기서 나올 거야."

"진짜로 거기가 더우면 어떡해요?"

존이 에드워드를 쳐다본다.

"그럴 땐 그 말을 안 하면 되지."

"아, 알았어요. 좋은 생각이에요."

공청회는 워싱턴 디씨 시내에 있는 NTSB 컨퍼런스센터에서 열렸고, 도로들이 폐쇄되어 몇 블록 떨어진 곳에 주차해야 했다.

"공사 중일 거야."

걷기 시작하면서 존이 말한다. 건물이 있는 블록에 접어들자 보행자들이 많아져 두 사람은 인파를 뚫고 지나가야 했다.

"무슨 생각 하니?"

존이 자신에게 묻는 것처럼 중얼댄다.

에드워드의 팔에 털이 곤두선다. 하지만 이유를 따져볼 틈도 없이 한 남자－진한 애프터 셰이브 냄새를 풍기는－가 몸을 돌리고 예의 바르게 말한다.

"잠깐 너의 팔을 만져 봐도 될까? 아내가 그 비행기에 있었단다."

에드워드가 처음 한 생각은 그것이 거짓말일 거라는 것이다. 남자가 인도에서 거짓말을 늘어놓는다. 하지만 곧 남자의 말이 신호탄이 되어 다른 사람이 말을 걸어온다.

"안녕, 에드워드? 성가시게 해서 미안하지만 혹시 내 동생을 봤을까?"

어떤 여자가 휴대폰을 내민다. 검은 곱슬머리 여자가 웃고 있는 사진이다.

"아."

에드워드가 탄식한다.

"동생 이름은 롤리나인데."

여자가 말한다. 다른 방향에서 또 다른 전화기가 불쑥 나온다. 중년의 아시아 남자 사진이다. 부스스한 행색에 파란 눈을 가진 남자가 인화된 사진을 내민다. 백발이 굽슬굽슬한 노부인이 신경질적으로 웃고 있는 사진이다. 그가 묻는다.

"내 어머니를 알아보겠니?"

에드워드는 사람들이 가리키는 곳을 쳐다본다. 휴대폰 화면,

얼굴들. 대답을 해야 된다고 생각하면서도 그러지 못한다. 마치 언어를 잊은 것만 같다.

귓가에 말소리 ― 겹겹이 쌓인 단어들 ― 가 들린다. 딸, 엄마, 사촌, 친구, 남자친구….

누군가 말한다.

"난 유일한 생존자를 다룬 다큐멘터리를 만들고 싶거든. 인터뷰해주겠니?"

존이 에드워드의 팔을 잡아 오른쪽으로 끌어내서, 보도를 벗어나 세탁소로 들어간다. 존은 문의 잠금장치를 건다.

"난 킥스타터(자금을 모으는 인터넷 사이트 ― 옮긴이)가 있거든!"

그 사내가 유리문 밖에서 외친다.

"이보쇼!"

카운터 뒤의 남자가 소리치다가 창밖에 몰린 카메라들과 인파를 보고는 입을 다문다. 그가 묻는다.

"둘 중 한 사람이 유명인인가요? 유명한가 보네. 영화에 나와요?"

에드워드가 창문에서 얼굴을 돌린다.

"벽에 걸 사인을 받을 수 있을까요?"

"아니요."

에드워드가 대답한다.

존이 안전위원회에 전화하자 경비요원이 세탁소로 찾아왔다. 그는 두 사람을 뒷문으로 데리고 나가, 사람들이 에드워드에게 달려들지 못하도록 막아줬다. 사람들이 경비요원 앞으로 손을 뻗어 에드워드의 팔이며 어깨를 만졌다. 휴대폰과 사진 세례가 더 거세진다. 사방에서 에드워드의 이름을 부른다. 누군가 말한다.

"비행기에서 걸어 나오는 기분이 어땠니?"

어느 부인이 강한 남부 사투리로 성모송(가톨릭에서 성모마리아에게 바치는 중요한 기도 - 옮긴이)을 읊는다. 에드워드가 외우고 있는 유일한 기도문이다. 뉴욕 놀이터에 진을 친 여자 노숙자가 단골 벤치에 앉아 종일 외치는 기도였다. 가끔 조던은 방정식을 풀거나 책을 읽는 에디에게 살그머니 다가와 귀에 성모송을 외웠었다. '은총이 가득하신 마리아님, 기뻐하소서. 주님께서 함께 계시니.' 에드워드는 마지막으로 형이 장난하던 때를 생생히 기억한다. 귀에 기도문을 읊고 돌아서는 조던의 등에 운동화를 벗어 던졌고 형제는 깔깔댔다.

뒤에서 누군가 외친다.

"이 아이가 흑인이라면 누가 콧방귀나 뀌었을까? 당신들, 그거 알아? 애가 백인이니까 다들 재림 예수로 여기는 거야!"

안전요원이 문을 당겨 연다. 앞에 선 존이 먼저 건물로 들어간다. 에드워드가 들어가기 직전, 안전요원이 말한다.

"하이파이브하자. 그 사고에서 생존하다니, 대단한 일이었지. 정말 대단했어!"

에드워드는 요원과 하이파이브 하고 - 달리 도리가 없어서 -

건물 안으로 피한다. 뒤에서 베이지색 철제문이 닫힌다. 이모부와 다른 한 명의 보안요원을 따라 썰렁한 복도를 지난다. 보안요원은 홀의 한쪽에 줄줄이 놓인 접이식 의자들을 가리키면서 기다리라고 말하고 사라진다. 존과 에드워드는 의자에 앉는다. 발소리가 들리지 않자 에드워드는 두 사람의 숨소리에 귀 기울인다. 존은 서로를 진정시키려는 듯 일부러 천천히 숨을 들이쉬고 내쉰다. 에드워드는 생각한다. 쉐이가 틀렸어. 아플 수 있다. 지금 아프다.

존이 말한다.

"여기는 안전해. 여긴 지하층이거든. 공청회는 3층에서 열리지. 모퉁이만 돌면 엘리베이터가 있으니 그걸 타면 돼."

존이 이 말을 하며 안심하는 것처럼 보였고, 에드워드는 이모부가 무엇보다도 정보를 선호한다는 사실을 깨닫는다. 존에게 세상을 돌아가게 하는 것은 데이터, 통계, 시스템이다.

이모부가 계속해서 말한다.

"공청회가 정시에 시작한다면 10분 후네. 우린 늦지 않았어. 보통 한 시간쯤 진행된다고 해. 최대가 90분이고."

에드워드가 말한다.

"공청회에 가지 않을래요."

"무슨 말이야?"

"가고 싶지 않아요. 가고 싶다고 생각했는데 사실은 아니었어요."

"에드워드?"

존이 말한다.

에드워드는 설명하고 싶었지만 무슨 말을 해야 할지 난감하다. 몸속에서 어떤 변화가 생겼다고 말하면, 존이 경각심을 가질 게 뻔하다. 하지만 이건 사실이다. 어제 차에서부터 시작된 일이다. 몸 안에서 이불보가 벗겨졌다. 인파 속을 걸으면서 남은 실오라기들마저 사라졌다. 은총이 가득하신 마리아님. 에드워드는 자신이 공청회장에 있는 걸 상상할 수 없다는 걸 깨닫는다. 참석하지 않을 것이라는 걸 쭉 알았을까? 그랬다면 나는 왜 여기 왔을까?

새롭게 의식하고 새롭게 깨어난 기분이다. 지도상의 깜빡이는 점을 찾듯, 이 건물, 이 층, 이 철제 의자에 앉아 있는 자신을 찾아낸다. 100퍼센트 워싱턴 디씨에, 진짜 주가 아닌 이곳에 있다. 이모부 옆에 앉아 있다. 내가 이모 집에서 자지 않는 진짜 이유를 깨닫는다. 놀랍도록 흔연스럽게 알게 된다. 진짜 엄마, 아빠가 아닌 엄마, 아빠 이미지와 함께 사는 걸 견딜 수가 없다. 한때 진짜 엄마, 아빠가 있었지만 모두 잃었다. 또 존과 레이시의 자식인 척하려고 애쓰기도 너무 힘들다. 그들의 진짜 아이는 태어나지 못했고 에드워드는 아기도 아니다. 전혀 다른 존재다. 몸을 숙여 양손에 이마를 묻는다. 이모부에게 속으로 말한다. 죄송해요.

존이 헛기침을 하고 말한다.

"오늘 공청회에서 발표되는 내용은 공개되는 기록이야. 인터넷을 비롯해 사방에 게시될 거야. 다만, 난 먼저 듣고 네가 궁금해할 게 있을지도 모르니 메모하고 싶었어. 그런데 네가 그냥 가고 싶다니, 괜찮아."

에드워드가 말한다.

"이모부는 공청회에 들어가셔야 해요. 나중에 제가 궁금한 게 있을 거예요. 쉐이가 메모를 하라고 부탁했으니 이모부가 해주세요. 저는 여기서 기다리면 돼요. 안전요원이 문을 지키잖아요. 별일 없을 거예요."

존은 눈이 휘둥그레져서 아이를 응시한다. 그가 입을 연다.

"저기, 이모는 널 여기 데려오는 걸 못마땅해했어. 네가 오고 싶어 했는데도. 레이시의 말을 들을 걸 그랬네. 내가 너무 고집이 세지."

에드워드는 존의 속상해하는 모습이 마음에 걸린다. 똑같이 보일 자신의 모습도 싫었다. 에드워드가 말한다.

"곧 청문회가 시작돼요. 이모부가 꼭 가셔야 해요."

"내가 그냥 가는 것보다 참석하는 게 더 낫겠니?"

"네."

존이 방에서 나가자 에드워드는 딱딱한 의자에서 꼼짝도 하지 않는다. 허리에 항공기 안전벨트를 맨 느낌이다. 항공기의 축축한 창을 손바닥으로 누를 때처럼 손이 차다. 창을 누르다가 손을 뗀 기억이 난다. 옆에서 형의 온기가 느껴진다. 기억이 아닌 실제 같다. 철제의자에 앉아 항공기 안전벨트가 허리를 누르는 감각에 젖는다.

위층에 있을 희생자의 어머니, 아버지, 형제자매, 배우자, 친척, 친구, 자녀들의 심장박동이 느껴진다. 몸이 유족의 슬픔과 함께한다. 지하층에 있기를 잘했다 싶다. 사람들은 비행기 유리창을 주먹으로 두드리지만 에드워드는 이곳 아래층에 있다. 거기 속하지 않으니까. 죽은 이들, 나오지 못한 이들, 모든 걸 알고, 또 아무것도 모르는 이들에 속하지 않으니까.

한 시간 후 진짜 발소리가 들려서 고개를 드니 존이 성큼성큼 다가오고 있다.

"공청회가 방금 끝났다."

존이 어깨 너머를 힐끔대면서 말을 잇는다.

"곧장 여기서 나가야 해. 옆문에서 안전요원을 만날 거야. 수백 명이 참석해서 방에 다 들어가지 못할 정도였어."

에드워드는 알아듣고 고개를 끄덕인다. 수백 개의 심장 박동을 듣고 있었으니까.

"대부분 너를 보고 싶어서 참석했고, 난 그게 화나는구나."

존이 그 사람들을 쓸어버리려는 듯 손을 젓고는 계속 말한다.

"공청회에 참석한 분의 차와 운전기사가 뒤쪽에 있어. 그 차를 얻어 타고 우리 차까지 갈 거야. 그렇게 하면 인파를 피할 수 있어."

그가 앞장서서 문으로 향하다가 어깨 너머로 말한다.

"메모를 많이 했어. 조사단이 발표하면서 제시한 슬라이드들을 다 촬영했지. 우리 차에 타면 보여줄게."

이모부의 말이 끝나기도 전에 에드워드는 고개를 젓는다.

"괜찮아요. 보지 않아도 돼요. 왜 비행기가 추락했는지는 듣고 싶지 않아요."

존이 힐끗 쳐다본다. 하지만 아무것도 정확한 것 없이 시간을 보낸 지금 상황에서는 이게 옳은 대답이기에 에드워드는 만족스럽다. 인생 최악의 날에 대해 시시콜콜 알고 싶지 않다. 자신이 원하는 게 뭔지 알아보기 위해 워싱턴에 왔다는 생각도 든다. 사고를 둘러싼 드라마의 일부가 되고 싶었을까? 인도에서 군중에 에워싸이고 싶었을까? 특별히 선택받은 사람이라는 말을 듣고 싶었나? 공청회가 알려주는 정답들을 알고 싶었을까? 미소 비슷한 걸 지으면서 존을 따라 밖으로 나간다. 어느 모로 보나 대답은 '아니다'라서 안심이다. 무언가 – 항공기나 동체가 파손되어 타고 있는 현장 – 로부터 떨어져 나가는 기분이다.

두 사람은 인도를 가로질러 긴 승용차의 열린 문으로 들어간다. 차가 리무진 종류라고 판단된다. 정장 차림의 남자가 운전석에 앉아 있다. 에드워드의 맞은편에는 날씬한 노부인이 앉아 있다. 흰 머리를 틀어 올렸고 벨벳 원피스를 입었다. 그녀가 앞으로 양손을 포개고 턱을 든다. 사람이 이렇게 품위 있게도 앉을 수 있다는 걸 에드워드는 그동안 알지 못했다.

노부인이 말한다.

"어서 오너라, 에드워드. 내 이름은 루이자 콕스란다."

"안녕하세요."

에드워드가 인사한다. 부인이 운전사에게 말한다.

"벤틀리를 가져오길 잘했군, 보. 크기가 장점이라니까."

"그렇습니다, 부인. 신사분의 차가 멀지 않은 곳에 있습니다."

이미 차는 도로로 들어섰고, 건물과 인파로부터 스르르 멀어지고 있다. 내면이 편안해지자 에드워드는 울음이 터질까 걱정됐다. 이 화려한 노부인 앞에서 울고 싶지는 않다. 그녀가 조심스럽게 장갑을 벗고 소년에게 미소를 짓는다. 루이자가 말한다.

"아들이 셋인데, 그 아이들이 네 나이 때 거기 앉은 모습이 눈에 훤하구나. 오합지졸이 따로 없었지. 아들들은 너처럼 청바지를 입으려 했지만 난 양복 재킷과 넥타이 차림을 하게 했지. 원하는 대로 하게 놔둘 것을. 아들들은 화난 꼬마 사장들 같았어. 마치 제 아빠처럼."

"도와주셔서 정말 감사합니다. 어떻게 감사를 드려야 할지…."

존이 말한다. 부인이 손을 저을 때마다 손가락의 반지들이 번쩍인다.

"내가 좋아서 한 일인걸요. 주차한 차에 도착하면 쉽게 빠져나갈 수 있을 거예요."

루이자가 에드워드에게 관심을 돌린다. 마치 소년이 자물쇠고 그녀는 그걸 열려고 작정한 사람 같다. 에드워드는 그녀가 무례하게 쳐다본다고 생각했다.

"공청회에 들어오지 않은 건 현명했어, 젊은이. 서커스가 따로 없었고, 네가 참석했다면 구경거리가 됐겠지."

에드워드는 안전벨트를 허리 위로 당겼지만, 접속 장치가 좌석에 박혀서 채워지지 않았다.

"부인, 이 안전벨트는 고장인가요?"

에드워드가 묻자 존이 말한다.

"안전벨트를 맬 필요 없어. 몇 블록만 더 가면 되는걸."

"안전벨트를 매야 해요."

에드워드가 말한다. 루이자가 몸을 숙여 안전벨트 꽂는 부분을 빼준다. 에드워드가 찰칵 소리를 내며 벨트를 채운다. 소년은 부인에게 감사의 목례를 한다. 차가 좌회전 후 우회전한다. 모든 도로가 일방통행이다. 존이 말한다.

"어떤 상황이 벌어질지 제가 잘 몰랐던 것 같습니다. 이렇게… 이렇게 많은 유가족들이 참석할 줄은 예상하지 못했어요."

루이자가 살짝 웃는다.

"희생자들 중 내 전남편이 있었어요. 크리스핀 콕스라고 들어본 적 없나요? 이혼한 지가, 아, 어디 보자… 40년이 다 됐네요."

에드워드는 안전벨트를 잡고는 제대로 작동되는지 확인한다. 철저히 경계하니 세상이 몹시 위험해 보인다.

"전남편분이 제가 다니던 대학에서 강연하신 적이 있어요. 오래전이지요."

존이 말한다. 루이자가 대꾸한다.

"크리스핀은 멍텅구리였어요. 암에 걸렸는데, 사고가 나지 않았다면 아마 병마와 싸우며 더 오래 멍텅구리로 살았을 거예요."

"그분을 좋아하지 않으셨어요?"

에드워드가 묻는다. 루이자가 대답한다.

"글쎄, '좋다', '싫다'보다는 훨씬 복잡했죠. 하지만 거의 항상 그를 미워했어요."

"저기, 제 차가 있네요."

존이 차 쪽으로 몸을 숙였고, 벤틀리는 그 방향으로 다가간다. 이제 인도도 정상적인 풍경이다. 에드워드 애들러에게 관심이 없거나, 그를 모르는 보행자들이 제 갈 길을 가고 있다.

"저는 우리 가족을 미워하지 않았어요."

에드워드가 말한다. 루이자가 소년을 가늠하듯 쳐다본다. 눈이 짙은 청색이다. 그녀가 말한다.

"그랬다니 안타깝구나. 미워했다면 한결 수월했을 텐데, 그렇지 않을까?"

존이 에드워드 앞으로 팔을 뻗어 문을 열었고, 두 사람은 차에서 내려 열린 창으로 부인을 쳐다본다.

"만나서 반가웠다, 에드워드 애들러. 네가 괜찮다면 계속 연락하마."

"괜찮아요."

에드워드가 대답한다. 루이자가 반지 낀 손을 흔들고, 창문이 스르르 올라가더니 벤틀리가 출발한다.

뉴저지에 돌아오니 모든 게 전과 달랐다. 집을 비운 사이 공기가 변했는지 더 텁텁하고 약간 시큼한 맛이 났다. 매일 아침 레이시가 건네는 우유가 불쾌하게 차다. 에드워드는 전에 없이 세균에 신경 쓰고, 음식의 냄새를 맡은 다음 – 시어졌는지, 너무 익었거나 상했는지 확인한 후 – 먹는다. 다시 쉐이의 방에 들어가니 마음이 놓였지만, 침낭은 비좁고 자다가 뒤척이면 침낭 안쪽의 상표가 흉터를 스쳤다. 이제 조던의 옷에서는 형의 체취나 몇 달간 담겨 있던 상자의 냄새가 나지 않는다. 대신 이모가 쓰는 플로랄 향 세제 냄새가 났다.

에드워드는 더 이상 머릿속이 딸각대지 않는 걸 깨닫고, 새로운 고요를 몇 시간씩 시험한다. 머리를 천천히 이쪽저쪽 기울이거나 아래위로 끄덕여보고, 심지어 엄마를 떠올려 봐도 전처럼 딸각대지 않는다. 몇 가지 증상 – 피로감, 몸속의 이불보, 딸각 소리 – 이 동시에 사라진 것 자체를 또 하나의 증상으로 볼 수도 있을까?

떠나 있던 며칠 사이 쉐이의 얼굴도 변해서, 두세 가지 알 수 없는 새 표정이 생겼다. 가끔 쉐이는 점심시간이나 사물함 앞에서 불쑥 어떤 표정으로 에드워드를 쳐다본다. 그러면 에드워드는 말한다.

"미안."

그럴 때마다 쉐이가 대답한다.

"그만해. 사과하지 마, 넌 잘못한 게 없어."

하지만 공청회장에 들어가지 않아 쉐이가 아직도 실망해있다는 걸 안다. 집에 돌아온 날 밤에 사정을 전하니 쉐이는 얼굴을 붉히며 말했다.

"그래도 들어갔다면 굉장히 흥미로웠을 텐데."

에드워드는 쉐이를 따라 학교 복도를 걷다가, 문이 쾅 닫히거나 스피커가 직직대면 하루에도 몇 번씩 깜짝 놀라곤 한다. 학교가 생각했던 것보다 더 시끄러웠다. 어느 날 오후, 한 남학생이 바로 옆에서 '미친 새끼!'라고 소리치더니 '진정하셔, 너한테 한 말이 아니야'라는 표정을 지었다. 에드워드는 비틀대며 가까운 빈 교실에 들어가 의자에 앉아야 했다.

늦은 오후, 1주기 추모회와 관련된 편지가 도착했다. 2977기 희생자 유가족 일부가 추모 위원회를 구성했고, 항공사에서 비용을 지불하겠다고 제의했다. 사고 발생 1년이 되는 날, 콜로라도주의 사고 현장에 추모비가 건립될 예정이다. 콜로라도주가 부지를 기증했다. 추모비는 영원히 거기 남을 것이다.

편지에 기념비 설계도면이 동봉됐다. 어떤 미술가가 금속 새 형상 191개를 항공기 모양으로 설치했다. 은빛 새들로 이루어진 제트기 조형물이다.

"진짜 끔찍하네. 아름답기도 하고."

레이시가 그림을 보면서 말한다. 존과 에드워드가 워싱턴 디씨에서 돌아온 날, 그녀는 지역 아동병원에 파트타임 자원봉사자 관리자로 고용됐다는 소식을 알렸다. 어린 환자들에게 책을 읽어주고, 신생아들을 안아줄 인원이 충분하도록 자원봉사자들을 배치하고 관리하는 업무를 맡았다. 레이시는 당당한 표정으로 에드워드에게 말했다.

"이제 내가 진짜 '제너럴 호스피털'에서 일하는 거라고."

에드워드는 자신의 생활에 못마땅한 변화가 생기기 때문에 이모의 취업이 싫다는 말을 하지 않는다. 여기 온 후 줄곧 커피 테이블 아래에 있던 임신 잡지들이 이제 치워진 걸 안다는 말도 하지 않는다. 이모가 매일 출근 전과 퇴근 후, 전과 달리 집 안을 돌아다닌다는 말도 하지 않는다. 레이시는 목적의식이 뚜렷한 발걸음으로 이 방 저 방 부산스럽게 돌아다녔다. 이제 에드워드와 함께 TV를 보지도 않는다. 이모가 잽싸게 움직이는 소리에서 낯선 사람의 기척이 들린다.

"개막식에 가고 싶니?"

존이 에드워드에게 묻는다.

"아뇨."

"그래, 아니라니 솔직히 마음이 놓이네. 유가족들이 모일 거야."

존이 염려를 감추지 못하고 말해서 에드워드는 빙긋 웃을 뻔했다.

"너무 버거운 일이지."

레이시가 말한다. 그 문제가 일단락되었는데도 세 사람은 가

만히 서서 – 해가 지면서 방이 어둑어둑해진다 – 하늘로 향한 새
들의 그림을 물끄러미 쳐다본다.

그해 여름, 쉐이가 캠프에 간 낮 시간에 에드워드는 TV를 본
다. 의사는 캠프에 참석할 수 있다고 말했지만, 에드워드는 망설
이는 말투를 알아차렸다. 야구장에서 뛰거나, 구슬 공예를 하거
나, 피구를 하는 자신의 모습을 상상할 수 없었으니까. 알고 보
니 집에서 혼자 지내는 게 퍽 만족스럽기도 했다. '제너럴 호스
피털'을 보면서 등장인물들에게 말을 건다. 제이슨에게 조폭 소
니 밑에서 일하면 안 된다고 말하고, 앨런에게는 딸에게 더 다정
하게 대하라고 말한다.

지난여름보다 진료 예약이 줄어서 TV 시청 시간은 늘었고,
점심식사 후에는 소파에서 낮잠을 잔다. 결국 에드워드를 집 밖
으로 끌어내기 위해서 존이 그를 일터에 데려간다. 두 사람은 빈
굴속 같은 사무실에 들어가, 이 컴퓨터 저 컴퓨터 옮겨 다니면서
드라이브에 데이터를 백업한다.

"이 사람들은 파산했거든."

존이 구석에 있는 사람들을 향해 고갯짓하면서 말을 잇는다.

"9개월 전에 내가 이 컴퓨터들을 세팅할 때·회사 사람들이 무
척 들떴었는데 안타까운 일이지."

쉐이도 에드워드를 집에서 내보내려고 애쓰는 눈치다. 일주
일에 이틀, 캠프에서 돌아온 후 도로 끝에 있는 놀이터에 가자고

에드워드를 조른다.

"넌 신선한 공기를 쐬어야 돼. '제너럴 호스피털'보다 중요한 게 많다고."

에드워드는 어깨를 으쓱거리며 의구심을 표하지만, 그네에 앉아 옆에서 쉐이가 조잘대는 말을 듣는 것도 나쁘지 않다. 눈 위로 손을 올려서 햇빛을 가리고, 애들이 심각한 표정으로 모래 상자에서 모래를 파는 모습을 지켜본다.

8학년이 시작된 후에도 둘은 일주일에 한두 번씩 방과 후 놀이터에 간다. 에드워드는 개학이 싫지 않다. 매 교시마다 교실을 옮기는 정해진 일과가 싫지 않다. 여름 동안 교장이 새로 들인 양치식물 화분 두 개에 감탄하고 매주 수요일 오후, 교장실에 가서 화분에 물을 준다. 매일 방송되는 '제너럴 호스피털'을 예약 녹화해서 하교 후에 돌려보기도 한다. 10월 중순 럭키 역을 맡은 배우가 드라마에서 빠지고 새 배우가 역할을 대신할 예정이다. 그날 오후 늦게 그네를 타면서 에드워드는 이 부당한 조치를 쉐이에게 설명하려 애쓴다.

"화면 하단에 간단히 공지한 것 외에는 아무도 그 변화에 신경 쓰지 않았어. 다른 배우들은 새 배우가 마치 똑같은 럭키인 것처럼 행동하더라. 완전히 다른 사람인 게 빤히 보이는 데도. 새 배우는 원래 럭키보다 체중이 10킬로그램은 더 나가거든. 거의 안 닮았어. 그런 것들이 완전히 가짜처럼 보였어."

"그냥 연속극인데 뭘."

쉐이가 발로 땅을 차서 그네를 밀어낸다. 늘 에드워드보다 높이 올라간다. 어떤 순간에도 다리를 굽혀 속도를 늦추지 않는다. 쉐이가 계속해서 말한다.

"그 드라마에 나오는 여자들 전부 주요 부위를 성형했어. 이제 모니카는 얼굴을 제대로 움직이지도 못할걸."

에드워드는 쉐이를 보며 인상을 쓰고는 생각한다. '그게 정말이야?'

에드워드가 말한다.

"새 럭키가 어떻든 상관없어. 이제 다시는 그 드라마를 안 볼 거야."

"진짜 럭키가 돌아올지도 몰라. 영화배우로 실패할 테니까."

에드워드는 짜증이 나서 윽박지를 뻔했다.

"아냐, 아닐 거야."

쉐이가 고개를 돌려 친구를 본다. 쉐이가 그네를 타고 멀어져 살짝 흐릿하게 보인다.

"전부터 물어보려고 했는데 말이야. 이번 여름에 추모식에 가기 싫은 이유가 비행기를 타기 싫어서였니?"

에드워드는 흙바닥에 발을 댄다. 앞뒤로 왔다 갔다 할 때마다 한 발이 바닥을 스친다.

"그런 이유도 있었지."

쉐이의 질문에 놀랐고, 그 생각을 다시 하니 가슴이 저릿하다. 주방에서 이모 내외와 대화한 후, 추모식을 떠올리지 않으려고 자신을 억제했다. 공청회장에서 빠져나오면서도 사고와 관계된 모든 생각에서 빠져나오려고 애썼다. 그런데 쉐이가 그것에 대해 물었고, 대답은 다시 공항이나 검색대에 들어가거나 안전벨트를 매는 것을 상상도 할 수 없다는 것이다. 그 일련의 움직임이 가당치 않은, 순리에 어긋나는 일로 여겨진다. 비행기에 타는 일은, 양팔을 퍼덕여 이 놀이터에서 날아오르는 것만큼이나 불가능한 일이다. 에드워드는 지상에 속해 있다. 지상에 발이 묶여버렸다. 쉐이가 말한다.

"다시 그런 일을 당할 가능성은 없어. 넌 비행기에 타도 기본적으로 안전이 보장되는 사람이야."

"그렇게 돌아가는 게 아냐."

에드워드가 무게중심을 바꾸자 그네가 삐걱댄다. 한마디 덧붙인다.

"그게 '도박사의 오류'라는 거야."

"그게 뭔데?"

"도박사들은 장시간 돈을 잃었으니까 이제 언제라도 딸 수 있을 거라 확신하지. 그런데 그건 틀린 생각이야. 당연히. 연달아 열 번을 졌다 해도 이번 판의 승률은 여전히 50퍼센트거든."

"그거 흥미롭네."

쉐이가 아치를 그리고 올라가면서 고개를 젓힌다. 쉐이가 계속 말한다.

"왜냐하면 난 너랑 있으면 늘 방탄복을 입은 기분이거든. 너랑 있으면 안전할 것 같아."

　에드워드는 제대로 알아듣지 못한다. 형의 기억에 빠져든다. 가끔 이런 경우가 있고, 떠오르는 기억들을 잘 넘겨야 된다는 걸 안다. 유일한 방법은 쭉 기억해나가는 것이다. 위층 침대에 베개를 베고 누운 조던을 떠올린다. 작곡할 때 집중하느라 이마를 찌푸리던 조던을 떠올린다. 비행기 옆자리에 앉은 조던을 본다. 다시는 비행기에 타고 싶지 않은 작지만 솔직한 이유는, 마지막에 앉았던 좌석이 형의 옆자리였기 때문임을 알고 있다.

"서로 삶의 노고를
덜어주기 위해서가 아니라면
무엇 때문에 사는가."

— 조지 엘리엇(소설가)

2장

더플 백과 숨겨진 이야기

11:42 A. M.

점심 서비스 직전, 베로니카는 객실 앞쪽 구석의 갤리(항공기의 조리실 - 옮긴이) 옆에서 잠시 쉰다. 늘 이 순간이면 담배를 피우고 싶다. 기이한 욕구다. 4년 전 끊었고, 연기가 폐를 채우는 감각이 그리운 것도 아닌데 철제 조리대에 엉덩이를 걸치고 작은 창을 내다볼 때면 꼭 담배 생각이 간절해진다.

LA에서 며칠간 머물게 될지가 궁금하다. 이틀, 사흘? 나흘째 비행 중이고 아직 다음 주 일정표를 받지는 않았지만 며칠 휴무일 것이다. 새 비키니를 입고 풀장 옆에 눕고 싶다. 남동생의 컨버터블(뚜껑이 열리는 승용차 - 옮긴이)을 타고 달리며 머리를 흩날리고 싶다. 비행 중 가장 아쉬운 건 바람이다. 기내 공기는 승객들의 말처럼 나쁘지 않다. 베로니카는 사람들이 사실을 먼저 파악하지 않고 의견만 쏟아내는 게 못마땅하다. 항공기는 객실의 통기 밸브에 모인 공기의 50퍼센트 가량을 외기의 신선한 공기와 섞는다. 이 공기가 필터를 통해 살균된 후 객실에 공급된다. 그러니 항공기의 공기는 청결하고 전혀 불평거리가 안 되지만, 그래도 베로니카는 공기가 공급되기까지의 과정을 느낀다.

항공기에서 내려서 호흡할 때마다 색다른 공기 맛에 감사한다. 공기에서 잔잔한 바람이나 팝콘 냄새, 폭우를 예고하는 묵직함이 배어난다. 그녀는 모두가 감지하지 못하는 대기의 미묘한 맛을 안다. 잠수함 근무자들과 우주인이나 알 법한 느낌이다. 지상에 있는 거로는 성에 안 차는 사람들, 지상을 벗어나야 자유로운 이들만이 안다. 베로니카는 어느 정도 속박 없는 외계를 즐기지만, 이곳은 그녀의 집이다. 3만 피트 상공에 가장 충만한 그녀가 있다.

몸을 펴고 손으로 엉덩이를 쓸어내린다. 라이오넬과 헤어진 후 몸을 만지는 손길이 없었다. 섹스를 안 한 지 한 달이나 되었고, 개인적으로는 최장 기록이다. 연애를 하지 않을 때는 같은 건물 1층에 사는 마리화나 쟁이나 대학 동창인 옛 애인과 관계를 했다. 그런데 요즘에는 너무 바쁘거나 심란해서 그러지 못했다. 점점 외로움을 타서 미남 승객을 슬쩍 스치는 것으로 위안을 삼곤 했다. 일등석의 금융계 남자까지도 - 평소라면 너무 빤질대고 안달해서 그녀의 취향이 아니지만 - 몸속의 뭔가를 눌러댄다. 베로니카는 고개를 젓고, 승객용 점심이 든 대형 서랍을 당긴다. 쟁반들을 카트로 옮긴다. 그녀는 엉덩이를 최대한 좌우로 씰룩대면서 아주 천천히 걸어 객실로 들어간다. 모든 승객의 시선을 끌면서 금전등록기에 동전 넣듯 눈길을 던져준다.

이코노미석 승무원이 브루스 옆에 나타난다.

"특별식부터 드리겠습니다."

브루스가 눈을 깜빡이며 그녀를 바라본다.

"특별식이요?"

조던이 테이블을 무릎 위로 내리며 말한다.

"제거에요. 감사합니다."

"형은 왜 특별식을 받아?"

에디의 물음에 조던이 대답한다.

"비건(육식뿐 아니라 유제품, 달걀도 금하는 엄격한 채식주의 – 옮긴이)용 식사야. 엄마가 티켓을 예약할 때 모두의 점심식사를 신청했는데, 난 비건으로 주문해달라고 했거든."

승무원이 건네준 쟁반에는 애플소스 컵, 후무스(병아리콩을 갈아서 기름 등으로 버무린 음식 – 옮긴이) 샌드위치, 당근 몇 조각이 담겨 있다. 브루스가 묻는다.

"이제 비건이니?"

"비건이 된 지는 몇 주 됐어요. 아빠가 유제품으로 만든 음식을 제가 피하는데도 전혀 눈치를 못 채시던데요?"

조던이 샌드위치의 비닐 포장을 벗긴다. 이사는 가족 모두에게 힘든 일이야. 조던은 그 감정을 표현하는 것뿐이야. 십 대들은 다 저래. 진정하라고. 브루스가 속으로 중얼댄다.

브루스는 오래전부터 가족의 식사를 준비했고, 조던은 유치원에 다닐 무렵, 주방에 나타나 음식 만드는 걸 도와줄지 물었다. 이후 부자는 요리 파트너가 되었다. 처음에 조던은 아빠가 준 버터용 나이프로 말랑한 채소를 썰었다. 접시에 음식을 담았다. 파스타가 잘 익었는지, 소스에 소금을 더 넣을지 간을 봤다. 열 살이 되자 브루스를 도와 레시피를 선택했다. 하누카에 대비해 〈본 아페티(Bon Appetit)〉(주로 식료품을 다룬 미국의 월간지 – 옮긴이)를 구독했고, 레시피들을 전부 살피면서 만들고 싶은 레시피가 실린 페이지의 귀퉁이를 접었다. 에디는 피아노를 치거나 책을 읽다가 주방에 와서 둘이 만든 음식을 시식하고 엄지를 치켜들었다. 브루스가 떠올리는 행복은, 주방에서 조던과 나란히 음식을 만들면서 옆방에서 들리는 에디의 피아노 연주를 듣는 순간이었다. 그 장면이 자주 되살아나서 행복감을 주었다. 그때마다 그는 이 순간을 당연하게 여기지 말아야겠다고 생각했다.

그리고 1년 전, 조던은 윤리적인 이유로 베지테리언이 되겠다고 선언했다. 닭가슴살 요리, 일요일의 햄버거, 볼로네제 파스타, 대합찜을 먹지 않았다. 브루스는 조던과 나머지 가족들이 다르게 먹는 것이 싫어서, 〈베지테리언 타임스(Vegetarian Times)〉를 구독하며 매일 저녁 고기 없는 식사를 준비했다. 가끔 자신과 에디, 제인이 먹을 햄버거를 만들고, 조던을 위해 베지버거를 만들었다. 곁들임으로 초리조(향신료와 마늘을 넣어 강한 맛을 낸 스페인 소시지 – 옮긴이)나 판체타(돼지 삼겹살에 소금, 후추, 향신료를 발라 숙성시킨 이탈리아식 베이컨 – 옮긴이)를 식탁에 올리면 조던이 피했다. 힘든 일이었고 속으로는 못마땅했지만 그럭저럭 넘겼었다. 하지만 비건은 전혀 다른 이야기다. 그가 말한다.

"달걀이나 유제품을 안 먹는다고? 치즈도 전혀 안 먹어?"

조던이 대답한다.

"처음부터 비건으로 갈 걸 그랬어요. 내가 윤리적으로 약했어요. 낙농 농장에서 소들이 심하게 학대받아요. 인공수정을 이용해 반복적으로 임신하고 송아지들을 떼어가죠. 또 우유를 원래 양의 열 배나 생산하도록 유전적으로 조작되어 젖이 붇고 심한 통증에 시달리며 살아요. 젖소들은 정상적인 수명보다 일찍 죽고 있어요."

조던이 고개를 저으면서 한마디를 덧붙인다.

"끔찍하죠."

"윽."

에디가 괴로워한다.

"닭들이 어떤 꼴을 당하는지는 듣고 싶지 않죠?"

"맞아. 안 듣고 싶다."

브루스가 말한다. 조던은 옆에 앉은 아빠를 평가라도 하듯 눈을 가늘게 뜬다.

"스스로 윤리적인 겁쟁이라고 인정하는 거예요?"

브루스가 충격을 받아 머뭇거린다. 아내의 말이 귀에 들리는 듯하다. '이건 당신이 자초한 일이에요. 아이들이 비판적인 사고를 하길 바란다고 말한 사람은 당신이었다고요.'

에디가 형의 어깨를 친다.

"아빠한테 못되게 굴지 마."

"난 못되게 구는 게 아냐."

"조던이 옳아. 있는 사실을 말한 거야. 한 사회의 구성원으로서 우리가 동물들을 좋지 않은 방법으로 다루니까."

브루스의 말에 조던이 응수한다.

"또 인간은 다른 포유류의 젖을 먹는 유일한 종이라는 점에 주목해야 해요. 새끼 고양이가 염소젖 먹는 거 봤어요? 생각해보면 인간이 소젖을 먹는 건 역겨운 짓이에요."

브루스는 눈을 비비며 생각한다. 뭘 요리해야 되나? 그가 만드는 베지테리언 음식에는 모두 치즈나 크림이 들어간다. 가슴에 무거운 돌이 얹힌 기분이다. 캘리포니아에서 살 집의 부엌 사진을 봤다. 반짝이는 스테인리스로 꾸며진 부엌의 넓이는 뉴욕 아파트 주방의 두 배다. 거기서 요리할 기대에 잔뜩 부풀었는데…. 일주일간 가족들이 좋아하는 음식을 만들어 새집에 익숙한 냄새가 가득하면 다들 편안해지는 데 도움이 될 거라고 생각했다. 그의 시무룩한 표정을 눈치챘는지 조던이 말한다.

"아빠가 비건이 되어야 된다는 말은 아니에요. 계속 동물들이 불필요한 고통에 시달리게 하고 싶으면 그렇게 하세요."

"고맙구나, 너무너무 고마워."

브루스가 대꾸한다.

음식 쟁반을 받으면서 린다는 점심을 신청한 것을 후회한다. 치킨 샌드위치의 닭 비린내가 코를 스친다. 아무리 고개를 돌려도 냄새를 피할 수가 없다. 같이 나온 당근은 칙칙한 오렌지색인데다 시들시들하다. 유일하게 마음에 드는 것은 차가운 콜라 캔이다. 옆에 앉은 플로리다는 큰 가방에서 샌드위치를 꺼내 먹는다. 그리고 흥얼대며 여성 패션지를 넘긴다. 플로리다가 말한다.

"아가씨가 타이어 바람 빠지는 소리를 내네. 마음을 가라앉혀야 해요. 뭘 좀 먹을 수 있겠어요?"

"아뇨, 못 먹겠어요."

린다가 대답한다. 플로리다가 복부를 가리키면서 말한다.

"초기에는 어떤 일이 생길지 몰라요. 그러니까 나라면 대학 등록금 때문에 안달복달하지 않겠어요."

린다의 가슴팍이 조여 온다. 1년에 2만 6,000달러 넘게 벌어야 한다. 캘리포니아에 가면 일자리를 찾을 계획이었지만, 임신하고 일하는 게 옳은 걸까? 다른 생각이 머리를 스친다. 린다가 말한다.

"방사선이 많은 곳에 있으면 안 되겠죠?"

"그게 무슨 말이에요?"

"제가 엑스레이 기사거든요."

플로리다의 표정이 변한다. 그녀가 린다의 손을 토닥이면서 말한다.

"마리는 친한 친구였어요. 진짜 말썽꾼이었지. 나랑은 두 집 건너에 살았어요."

린다가 눈을 깜빡인다.

"마리요?"

"퀴리. 남편과 방사선을 발견한 마리. 그 분야에 종사하니 퀴리에 대해 들어봤을 거예요."

"세상에."

린다가 중얼댄다. 웃어야 되겠지만 걱정 때문에 재미있는 농담에도 시들하다. 그녀는 가난하고, 직장도 없고, 아버지는 더이상 돈을 주지 않겠다고 경고했다. 거기다 직장 생활 내내 방사선 세례까지 받았으니 아기가 손전등처럼 깜빡깜빡하며 태어나면 어쩌나 걱정이 되었다.

"물론 마리는 그 물질 때문에 죽었지요. 하지만 그것을 늘 주머니에, 침대 옆 협탁에 놔두더군요. 결국 현명하지 못한 처사로 밝혀졌지만."

창밖에서 비가 내린다. 린다는 비바람 속으로 나가고 싶었다. 이 여자의 이상야릇한 인생사에서 벗어나 비에 젖고 싶다. 그러면 지난 5년간의 방사선과 필름, 초음파를 씻어낼 수 있으련만. 씻어내고 싶었다.

벤자민은 화장실 앞에 줄을 서 있다. 기내 화장실을 이용하는 일이 없기를 바라서 아침에 깬 이후 가능한 한 물을 마시지도 않았다. 소변은 캘리포니아에 도착할 때까지 해결하지 않을 작정이었다. 하지만 솔직히 수술 후, 매일을 이런 식으로 지내왔다. 탈수에 이를 때까지 물을 마시지 않는다. 옆구리에 매달린 소변주머니를 보는 게 싫다. 주머니의 꼭지를 돌려 내용물을 변기에 쏟는 어색한 동작도 질색이다. 예전에는 어느 자리에서든 가장 강한 사람이었지만 이제 내장을 살갗 속에 담지 못하고, 밖에 차고 다닌다. 모든 게 새고 있다.

벤자민은 누군가 뒤에 와서 서는 기척을 느낀다.

"안녕하세요."

남자 목소리다. 남방셔츠를 입은 부유한 백인 남자가 서 있다.

"안녕하세요."

벤자민은 상대가 대화할 엄두를 못 낼 법한 말투로 대꾸한다. 하지만 이 남자는 눈을 반쯤 감고 목을 돌리는 품이 그의 의도를 눈치 못 챘거나 그럴 의향이 없다. 그가 말한다.

"가만히 앉아 있지를 못하겠네요."

"그렇죠."

"일등석 화장실을 사용해도 되지만 좀 걸어야 되겠어서요."

벤자민은 대꾸하지 않는다. 이 작자는 자기 말이 불쾌하게 들리는 걸 알고 있을까?

"실례합니다, 손님."

베로니카가 옆으로 서서 그들 앞을 지난다. 그녀는 기울어진

총처럼 왼쪽 엉덩이를 든 채 벤자민에게 말을 건다.

"괜찮으시겠어요? 제 도움이 필요하면 말씀하세요."

"괜찮습니다."

그가 대답한다. 베로니카는 고개를 끄덕이고는 통로를 걸어간다.

"아는 사이입니까?"

백인 사내가 묻는 도중 목소리가 갈라진다. 그가 베로니카를 쳐다보는 표정에서 늑대가 연상된다. 사내가 튀어나온 눈으로 굶주린 사람처럼 그녀를 응시한다. 마치 베로니카가 햄 덩어리로 바뀔 것처럼 말이다. 맙소사, 나도 저 여자를 갖고 싶으면 좋을 텐데. 벤자민은 속으로 중얼댄다. 기체가 발밑에서 가만히 흔들리고 빗줄기가 창을 때리는 그 순간, 그는 안다. 여승무원과 옆 남자 중 택해야 한다면 그는 남자를 고르리란 것을. 개빈 한 명이라고, 일탈이었고, 정신적인 문제였을 수 있다고 자신에게 변명했지만 사실은 개빈 이전으로 거슬러 올라간다. 적어도 군대 기숙학교 시절, 주위에 여자애들이 없어서 좋다고 느꼈다. 아주 어려서부터 여자애들은 그를 묘하게 슬프게 만들었고, 볼록한 엉덩이를 가진 여승무원은 그를 비참하게 만든다.

"아닙니다, 모르는 사이입니다."

벤자민이 대답한다.

"들어가시죠."

사내가 말하면서 화장실 문 위의 '비어 있음' 표시를 가리킨다.

"먼저 쓰셔도 됩니다."

"정말입니까? 그럼 그러지요."

사내는 옆으로 서서 그의 앞을 지나갔고, 잠시 어깨가 스치는 순간 벤자민은 몸이 동요치는 것을 감지한다. '이놈의 신세'라고 속으로 중얼댔다. '이놈'에는 월 스트리트의 냄새를 풍기는 자식과 개빈, 허리에 찬 소변주머니, 곧 받을 수술이 포함된다. 또한 계속해서 서글픔을 느껴야 되는 현실과, 롤리에게 떠밀려 군대 기숙학교에 들어간 후 지켰던 규칙을 계속 지켜야 한다는 사실도 포함된다. 몸속 깊이 새로운 동요가 일어난다.

플로리다는 샌드위치를 다 먹은 후, 비닐을 돌돌 뭉친다.

"고기에 강황을 조금 뿌리는 것도 비법인데."

린다의 눈길을 의식하고 플로리다가 말한다.

"향신료인가요?"

그녀가 들고 있는 비닐은 버몬트의 부엌에 있던 것이고 칠면조와 토마토도 마찬가지다. 플로리다는 주방 개수대 앞에 서서 토마토를 썰었다. 창으로 햇빛이 쏟아져 가장 좋아하는 자리다. 마당 끝 너머로 산맥이 보였다. 그녀가 샌드위치를 만드는 동안 바비는 두 번이나 주방을 지나갔다. 그는 아내가 집을 비운다는 것은 알았지만 정확한 기간은 몰랐다. 플로리다는 이스트빌리지에 사는 여자 친구의 브라이덜샤워에 간다고 말했다. 정말 브라이덜샤워가 있었고 플로리다는 초대받았다. 하지만 그녀는 옷장 안쪽에 있는 하이킹부츠의 바닥에 LA행 편도 비행기티켓을 넣어두었다.

"맞아요, 향신료."

플로리다는 작은 비닐뭉치를 가방에 넣고 말을 잇는다.

"난 햇빛을 즐기러 캘리포니아에 가는 거예요."

그녀가 창문에 손짓하고는 다시 덧붙인다.

"이 비가 파란 하늘이 열릴 길을 닦아준다고 생각하고 싶네요."

"왜 거기 가시는데요? 휴가차 가세요?"

플로리다가 어깨를 으쓱한다.

"거기 아는 사람들이 있나요?"

"찾아볼 만한 옛 친구가 두엇 있긴 해요. 난 실체였던 적이 없고 지금도 마찬가지예요. 여러 장소들도 그렇고. 해안가의 구불구불한 보도에서 롤러블레이드를 타고 싶어요. 영화에 곧잘 나오는 그런 길 있죠?"

"네."

린다가 대답한다.

"그래요, 그걸 하려고 LA에 가는 거예요."

"하지만 결혼하시지 않았나요?"

린다가 플로리다의 손을 쳐다보자, 그녀도 자신의 손을 본다. 왼손 약지에 심플한 은반지를 끼고 있다. 플로리다는 반지를 뺄까 고민했지만 반지가 마음에 드는 데다 관절이 굵어서 빼기도 어려웠다. 바비와 결혼할 무렵에는 손가락이 지금보다 더 가늘었다. 플로리다가 말한다.

"난 떠났어요. 더 악화되기 전에. 여러 생을 살아봐서 본능을 믿어야 된다는 걸 아니까. 남편이 아직 일말의 애정을 갖고 있을 때 난 떠나왔어요. 우린 막다른 길에 접어들었거든요."

린다는 한동안 가만히 있다가 대꾸한다.

"남편이 해안가의 구불구불한 보도에서 롤러블레이드를 타기 싫어했다는 뜻인가요?"

웃음이 터진 플로리다는 깜짝 놀란다. 주변 사람들도 놀랐을 것이다. 그녀는 재미있을 때면 조용히 있지를 못한다. 앞에서, 통로 건너서 승객들이 고개를 돌린다. 그런데 린다의 다른 쪽 옆에 앉은 여자는 계속 자고 있다. 플로리다는 몸을 굽히고 깔깔 댄다. 바비가 작업대에 청사진들을 펼치고 앉은 광경이 그려진다. 각각 다른 재난에 대비한 세세한 생존 계획서다. 달러화 하락, 지구온난화로 인한 물 공급 제한, 극단적인 기상 상황, 인민당의 봉기로 인한 정부 전복, 극우파 경찰국가화 등이다. 바비는 열세 가지 상세한 계획안에 복잡한 '만약, 그러면' 시나리오들을 기록해두었다. 플로리다가 숨을 몰아쉬며 말한다.

"바로 그거에요. 그이는 롤러블레이드를 타기 싫어했고, 난 타고 싶거든요."

그러고 보니 남편을 떠난 어떤 이유보다도 그게 중요해 보인다. 플로리다는 옆에 앉은 아가씨를 새로운 눈으로 본다. 린다의 내면에 어떤 지혜가 깃들어 있을 것만 같다. 결혼 생활을 하면서 그 청사진들이 변한 것도 사실이다. 처음 그 계획안들을 만든 목적은 모든 사람들, 적어도 친구들과 뜻이 맞는 이들을 구하기 위해서였다. 하지만 세월이 흐르고 버몬트에서 점점 소외되어 살면서 계획은 부부만을 위한 것으로 – 처음에는 살짝, 그러다 본격적으로 – 수정되었다. 혹은 바비만을 위해서라고 플로리다는 의심하게 되었다.

"안타깝네요."

린다가 말했다. 플로리다가 그녀에게 미소 지으며 말한다.

"모든 것에는 끝이 있어요. 그러니 슬퍼할 것 없어요. 그 순간에 뭐가 시작되는가가 중요할 뿐이죠."

"이 순간에요?"

"바로 그거에요."

마크는 화장실에 다녀온 후 두어 번 통로를 오르내린다. 찡그리고 계속 자판을 두드리는 옆자리 승객이 스트레스를 준다. 자리로 돌아오다 덩치 큰 군인을 지나면서 주먹 인사를 하고 싶었지만 자칫 인종차별로 보일까 염려되어 대신 목례를 한다. 그는 자신이 군인이고 교육수준이 더 낮아 무시당하는 것이라고 느낄까? 하지만 무시해서가 아니다. 군인이 자기 관리에 능한 사람이라는 걸 마크는 알 수 있다. 프로로 보인다. 또한 마크도 프로다. 크리스핀 콕스가 잘나가던 시절에 프로였다는 것도 두말하면 잔소리다. 이 남자들이 마크에게는 형제다.

마크는 일등석으로 돌아간다. 자리에 앉으려다가 한 바퀴를 더 돌기로 한다. 두 아들과 흰 머리 남편이 있는 부인은 투지가 없다. 투사가 아니라 전전긍긍하는 부류다. 자식을 키우는 어머니인 그녀가 그의 기운을 빼고 있다. 마크는 통로 가운데서 걸음을 멈추고 눈을 감는다. 베로니카가 어디 있는지 느껴보려고 한다.

"다 괜찮으시죠?"

뒤에서 그녀가 묻는 소리가 들린다.

"아, 그럼요."

사실이다. 자리에서 일어나기 전에 카페인 알약을 먹어서 기분이 좋다. 사실 아주 좋다. 베로니카는 '그 머릿속을 내가 훤히 들여다보고 있다'는 눈빛으로 자신을 쳐다본다. 그런 여자들이 있다. 그래서 마크는 결정한다. 젠장, 생각을 말해버리는 게 낫겠네. 하지만 남들은 못 듣게 작은 소리로 속삭인다.

"내가 지상에서 가장 하고 싶은 일은 당신에게 키스하는 거예요."

잠시 침묵이 흐른다. 냉방기가 돌아가고 누군가 과자 봉지를 소란스럽게 뜯는다. 다른 누군가가 크게 재채기를 하고, 이 침묵 상태에서 일이 아주 곤란해질 수도 있다는 걸 마크는 깨닫는다. 베로니카가 역겨운 눈길을 던질 수도 있고, 당장 좌석으로 돌아가라고 요구할 수도 있다. 성희롱으로 고소하거나 소송까지 할 수도 있다. 그런데 그때 그녀가 작은 소리로 속삭인다.

"우린 지상에 있지 않습니다, 손님."

마크의 머리에서 재기가 번뜩인다. 그가 응수한다.

"그게 더 낫죠."

2015년 6월

사고 발생 2년 후, 물리치료사와 헛기침이 습관인 의사는 에드
워드의 건강이 양호하다고 진단한다. 이건 쉐이와 여름방학 캠
프에 참가해야 한다는 뜻이다. 에드워드는 야구 경기에 빠져도
캠프 교사들이-겨우 두어 살 위-상관하지 않는다는 걸 알고,
점수기록원으로 나섰다. 관람석이나 그늘에 앉아서 계속 점수
를 기록하는 것이다. 또한 그리기와 공작은 매우 즐겁다. 각종
풀, 공예용 끈, 매직펜, 동그란 눈알을 앞에 두고 쉐이 옆에 앉아
흉측한 것들을 신나게 만들고 나면 마음이 진정된다.

　　하지만 의사의 진단이 주변 분위기를 느슨하게 만들었고 에
드워드는 적응하기가 힘들었다. 8학년이 끝날 무렵, 교사들은
에드워드가 과제를 하고 토론 시간에 발언하기를 기대했다. 이

모는 처음으로 집안일을 시켰고 - 설거지와 본인 옷 세탁하기 -
병원에서 야근할 때 냉동피자를 오븐에 데워 이모부와 먹게 했
다. 베사는 무거운 식품 봉투를 차에서 옮겨달라고 부탁하고, 가
끔은 '아직도 내 딸이랑 계속 붙어 다녀야 되니?'라는 의심의 눈
길을 던지기도 했다. 어른들 모두 에드워드의 등을 쿡쿡 찌르고
곁눈질한다. 그들은 온몸으로 말했다. '위기는 끝났어. 넌 살아
가야 해. 그래야 우리도 각자의 인생을 살 수 있지.'

하지만 여전히 잠을 이루려고 버둥대고, 가까이 있음을 느끼
기 위해 형의 옷을 입어야 되는데, 다시는 가족을 만날 수 없는
데 어떻게 위기가 끝났을 수 있을까? 그래서 레이시가 적극적인
눈빛으로 '캠프는 재미있었니? 마음에 들었어?'라고 물으면 에
드워드는 짜증을 숨길 수밖에 없다. '아뇨, 캠프가 싫어요'라고
속으로만 쏘아붙인다. 그래도 이 새로운 경험이 못 견딜 정도는
아니라서 다행이라고 생각한다. 이모를 피해, 쉐이의 집에서 전
보다 오랜 시간을 보낸다. 그대로 내가 낫길 바라는 어른들의 바
람도 이해가 된다. 그가 어떤 경험을 했는지 남들이 어떻게 제대
로 알 수 있을까? 그래도 이모는 남들보다 잘 알아야 한다고 에
드워드는 생각한다.

여름이 끝나고, 레이시는 조카의 고교 생활이 시작되는 것에
티가 날 정도로 흥분했다. 이런 반응은 정말 이상했다. 중학교
시절과 다를 게 전혀 없기 때문이다. 에드워드와 쉐이는 교장 선
생님도, 학교 건물도 똑같은 학교에 등교한다. 다만, 교실이 모

두 건물 맨 위의 두 층에 있다는 것만이 달라졌다. 에드워드에게 특별한 변화는 한 가지, 이제 체육 수업을 면제받을 수 없다는 것이다. 전에는 체육 시간에 자습실에서 책을 읽거나 공책에 낙서를 하면서 느긋한 시간을 보냈었다.

고등학교의 대형 체육관은 4층 뒤쪽 구석에 있다. 첫 수업 직전, 에드워드는 교사실로 가서 담당 교사에게 말한다.

"제가 빨리 달리지 못하고 가끔 균형을 잃거든요. 체육관 관람석에 앉아 구경하는 게 좋을 것 같아요. 대신 스코어를 기록해 드릴 수도 있어요. 시키시면 스톱워치로 기록을 잴 수도 있고요. 뭐든 측정할 수 있습니다."

체육 교사의 이름은 투헤인이다. 땅딸막한 체구에 짧은 갈색 머리, 목에 호루라기를 건 여교사는 서류 판에서 고개도 들지 않는다.

"이건 운동팀이 아니야, 학생. 체육 수업이라고. 수업 중에 넘어지는 사람이 너 혼자는 아닐 거야. 5분 남았네. 적당한 복장으로 갈아입고 득달같이 뛰어와 노란 줄에 서는 게 좋을걸."

"하지만…"

"하지만 따윈 없어."

에드워드가 옷을 갈아입고 탈의실에서 나왔다. 쉐이가 기다리고 있다.

"체육 수업은 농구로 시작될 거야. 농구 해본 적 있니?"

에드워드와 조던은 가끔 동네 놀이터에서 농구대에 공을 던졌다. 에드워드가 고개를 젓는다.

"아빠는 조직화된 스포츠를 좋게 보지 않았어."

"네가 농구를 좋아하게 될지도 몰라. 난 머저리의 손에서 공을 낚아채는 게 좋거든. 농구에서는 그게 합법적으로 가능해. 규칙이 그래."

쉐이가 에드워드를 곁눈질하면서 덧붙인다.

"네가 스포츠에 소질이 있을지도 몰라."

"그럴 리 없어."

쉐이가 어깨를 으쓱한다. 체육복 반바지를 입으니 다리가 서늘하다. 워낙 성장속도가 빨라서 늘 팔다리가 아프다. 여기 있는 게 싫다. 에드워드가 말한다.

"내가 숨은 능력을 가졌다는 기대는 그만해, 알았지? 난 대단한 마법사가 아니라고."

"이제 그런 기대는 안 해."

진담인 걸 안다. 《해리포터》 시리즈는 먼 과거가 되었고, 두 친구는 그 가능성 ─ 그 유치함 ─ 을 떨쳐냈다. 둘은 성장하고 있었다. 에드워드는 쉐이도, 자신도 실망스럽다. 서글픔이 밀려들어 마음의 준비를 하는데 불쑥 분노가 치밀어 놀란다. 말을 할 때면 못된 말투가 나온다.

"내가 장담하는데 나는 농구를 제대로 못 할 거야."

"아이참, 알았어."

쉐이가 중얼댄다. 에드워드는 얼굴을 붉히며 쉐이를 따라 코트로 간다. 아이들이 모인 곳에 가서 선다. 수업이 시작되자 체육관에 공명이 무척 심하다. 반복되는 호루라기 소리, 농구공이 바닥을 치는 소리, 발자국 소리, 아이들의 몸이 그의 몸에 쾅 하고 부딪치는 소리. 실내의 소음 크기, 다급한 느낌의 소음이 그가 외면하려 애쓰는 기억들을 소환한다. 에드워드는 코트를 가로지르면서 심장이 뛰는 소리를 듣는다. 아무도 공을 패스하지 않도록 딴 곳을 쳐다본다. 공이 튕겨져 품으로 들어오자 온몸이 마비된다. 막 터질 수류탄이라도 되는 듯이 공을 내던진다. 체육 교사가 두 번 고함친다.

"애들러, 엉뚱한 방향으로 갔잖아! 돌아서!"

에드워드는 벽시계가 멈추었다고 확신한다. 퀵샌드(사람이나 물건이 빠지면 나오지 못하는, 움직이는 모래 – 옮긴이)에 빠진 듯 이 시간에서 빠져나가지 못할 것만 같다. 시간이 그를 통째로 삼켜버렸다. 영원히 땀을 흘리고, 공포에 사로잡힌 채로 이 체육관에서 오락가락하겠지. 한 아이가 몸을 부딪치자 에드워드는 무분별하게 행동한다. 몸을 돌려 상대의 가슴을 친다. 상대가 남학생이 아니라, 마거릿이라는 동양인 여학생임을 그제야 안다. 아이가 바닥에 주저앉는다. 투혜인 선생님이 외친다.

"애들러, 당장 코트에서 나와! 앉아 있어!"

그날 밤, 에드워드는 존과 레이시에게 말한다.

"체육 수업을 면제해달라는 편지를 써주셔야겠어요. 더 튼튼해질 때까지 딱 몇 달간만요. 수업이 너무 위험해요."

"위험해?"

존이 묻고는 아내를 쳐다보면서 말을 잇는다.

"체육 수업이 우리 어렸을 때랑은 달라졌나?"

"편지를 써주시지 않으면 매번 배가 아픈 척할 거예요. 다시는 체육 수업을 받지 않을래요."

에드워드가 말한다. 레이시가 답한다.

"아가, 물론이야. 편지를 써줄게."

그날 밤 에드워드는 쉐이의 방에 들어서자마자 자신의 발을 물끄러미 내려다본다. 머릿속에서는 아직도 농구공이 바닥을 치는 소리가 선명하다. 쉐이에게 말한다.

"내가 멍청하게 군 게 너무 속상해."

의도와 달리 화난 말투가 된다. 귀에서 나는 공 소리보다 크게 말하려던 것뿐인데.

"마거릿한테 무슨 감정이 있어?"

에드워드는 농구장에서 느낀 감정을 설명할 방법을 생각해내려 애쓴다. 신경에 불이 붙는 것 같았다고, 심지 하나하나에 불이 당겨지는 기분이었다고 설명하고 싶다. 체육 수업 후에 마거릿에게 사과했다. 마거릿은 아무 대꾸도 하지 않고 노려보더니 그대로 가버렸다.

"적어도 넌 마거릿을 밀어도 아무 책임도 지지 않는다는 걸 알지. 왜냐하면 너는 너니까."

쉐이가 말한다.

"누굴 한 번 밀었다고 어떤 누가 벌을 받겠어."

"대부분 벌을 받을걸. 난 남자애를 한 번 쳤다가 정학당한 적
도 있어."

에드워드가 빤히 쳐다본다.

"네가 정학을 당했다고? 언제?"

"네가 여기 오기 직전에. 그 애가 이사를 가서 지금은 우리 학
교에 안 다녀."

쉐이가 손에 든 책을 덮으면서 말을 잇는다.

"그 아이가 수업시간마다 낮게 흥얼거려서 짜증이 나 미칠 것
같았어. 더는 못 참겠더라고."

"그래서 때렸어?

"흠, 네가 여기 오기 전에 난 따분했고, 따분한 건 질색이거든.
재미가 필요했어. 여섯 살 이후 해마다 도망칠 뻔했지. 매번 다
른 계획을 세우고 다른 타이밍을 노렸어. 그런데 어느 시점에 더
이상 가출할 수 없다는 걸 깨달았어. 그럼 엄마가 죽을 테니까.
그런데도 계획을 세워야 했어. 신경을 돌려야 했거든."

에드워드는 여기 온 첫 주에 현관 계단에서 베사와 나눈 대화
가 생각났다.

"아줌마는 네가 어릴 때 가끔 여자애들을 때렸다고 말하셨어.
내가 너랑 친구가 된 걸 고마워하셨고, 내가 여기 오는 걸 미안

해할까 봐 과장하신다고 생각했는데."

"엄마가 과장한 게 아니야."

"뭐에서 신경을 돌려야 했는데?"

쉐이는 신음하더니 대답한다.

"모르겠어. 매년 크리스마스에 인형을 사주고 내가 인형을 갖고 놀길 바라는 엄마. 하루도 빼먹지 않고 5시 15분에 맞춰 먹는 저녁식사. 우리 집 닭고기 일정표 알아? 우린 닭고기 일정표가 있거든. 월요일에는 튀긴 닭고기, 수요일에는 구운 닭고기, 금요일에는 바비큐 닭가슴 고기. 변함없이 그래."

에드워드는 매일 밤 자는 방이 아닌, 전혀 다른 방에 와있는 기분이 들었다. 7학년 첫날 쉐이를 따라 학교 복도를 내려갈 때, 쉐이가 어떤 남자애를 팔꿈치로 미는 걸 본 기억이 난다. 또 쉐이는 그를 구경거리처럼 쳐다보는 아이들에게 인상을 썼다. 예전에 있었던 일들에서 새로운 각도의 쉐이가 보인다.

쉐이는 다음 시합 전에 손을 터는 달리기 선수처럼 양손을 흔든다.

"이제 입 다물고 있고 싶지 않아. 너도 그걸 바라지 않을 거고."

쉐이가 말한다.

"맞아."

에드워드는 긴장됐지만 그렇게 답한다. 방 안 공기가 이상하다. 폭풍이 밀려올 것만 같다. 쉐이가 말한다.

"비행기 사고와, 네가 여기로 온 일은 내게 분명히 흥분되는 사건이었어. 그런데 지금은…"

에드워드가 고개를 끄덕인다. 이 말 다음에는 조금 다른 얘기가, 실망스러운 얘기가 이어지리라는 걸 안다. 공기가 느슨해지고 다른 종류의 가벼운 불편함과 권태가 들어설 자리가 생긴다. 에드워드는 가볍게 숨을 몰아쉰다. 지친 몸을 숙이고 양손을 무릎에 올리려다 멈춘다. 집중해야 한다. 그가 세상에 불만을 갖는 것과 쉐이가 그에게 불만을 갖는 것은 차원이 다른 문제다. 후자는 받아들이기가 힘들다. 지난 몇 달간 쉐이가 설렁설렁 반응하는 게 느껴졌다. 이따금 딱히 피곤하지 않은데도 침대 옆 램프를 서둘러 껐다. 캠프에서 에드워드와 다른 수업을 선택하기도 했다. 에드워드가 과외로 그리기와 공작을 신청하자 쉐이는 목공을 골랐다. 한두 번 점심시간에 쉐이는 다른 애들이 잔뜩 몰려 있는 테이블에 앉기도 했다. 에드워드는 가벼운 공포감을 느꼈다. 친구를 잃을 것만 같았다.

"내가 따분하게 굴어서 미안해."

말하면서도 툴툴대는 말투가 싫다. 쉐이가 어깨를 으쓱한다.

"너 때문이 아니야, 에드워드. 이번에는 그래."

쉐이의 표정이 위태롭다. 아스팔트 바닥에 뛰어내려 도망치고 싶은 것처럼 창밖을 내다본다. 에드워드는 체육관에서 자신이 쉐이에게 화내며 말한 것이 이런 상황을 초래했음을 안다. 자신을 돌봐준 쉐이에게 물러나라고 쏘아붙였으니…. 에드워드는 생각했다. '맙소사, 내가 무슨 짓을 한 거야?'

쉐이가 더 격한 표정으로 고개를 돌린다.

"너한테 할 말이 있어."

"당장 안 해도 돼. 내일 말해."

에드워드가 말한다. 무슨 말을 들을지는 몰라도 지금은 더 이상 감당할 수가 없다. 엄마가 쇄골의 모반을 엄지로 누르는 걸 본 기억이 난다. 제인은 아들이 보는 걸 알고 생긋 웃으면서 말했다. '시간을 되돌리고 싶으면 엄마는 여기를 눌러.' 여덟 살 에드워드는 엄마 말을 믿었고, 자신도 마법의 점을 갖고 태어났으면 하고 바랐다. 지금도 그는 똑같이 바란다. 잔뜩 겁먹은 채, 시간을 되돌릴 수 있기를 바란다.

"이 말을 너한테 하겠다고 엄마랑 약속했어. 아니면 엄마가 너한테 얘기할 거고, 그게 더 굴욕적이겠지."

도로에서는 요란한 경적이 울리고, 에드워드는 몸속에서 그 소리를 느낀다.

"이제 너는 내 방에서 자면 안 돼. 하지만 별일 아냐, 다른 건 변하지 않을 거야."

에드워드의 체온이 급격히 떨어지고 갑자기 피부가 차디차다.

"왜?"

"네가 여기 나타났을 때, 내 방에서 처음 자기 시작한 날, 엄마는 내게 약속을 받았어. 너랑 내가 아이에서 벗어나면 같이 자는 걸 그만두겠다고. 내가 여자가 되면 말이야. 웩."

쉐이가 양손으로 얼굴을 가린다. 그러더니 손가락 사이로 중얼댄다.

"그게 엄마식 표현이야."

에드워드는 협탁 옆의 시계를 쳐다본다. 8시 17분. 어떻게 아직도 계속 오늘일까?

그가 말한다.

"무슨 말을 하는 거야? 하나도 못 알아듣겠어."

"내가 생리를 한다고."

쉐이를 만난 후 워싱턴 디씨에 갔던 때를 제외하면 나는 매일 밤 어둠 속에서 집을 나와 이 방으로 왔다.

"그게 뭐?"

에드워드는 묻지만, 그것이 바로 베사가 신경 쓰는 일임을 안다. 그녀가 선을 그을, 이미 그은 지점임을 안다.

"네가 아기방에서 자기 싫은 걸 나도 알아. 하지만 지하실에 소파 베드가 있어. 넌 거기서 자면 돼. 침실로 꾸미는 걸 도와줄게. 지하실이 준비될 때까지 며칠 더 여기서 자도 돼."

에드워드는 눈을 깜빡인다. 대답해야 하는 걸 알고 중얼댄다.

"알았어."

"영원히 이럴 수 없다는 건 너도 나도 알았어."

에드워드는 속으로 중얼댄다. 난 아냐.

수요일인 다음 날에는 수업이 끝난 후 교장실에 간다. 에드워드는 파란 물뿌리개를, 교장은 식물 영양제 주머니들을 들고 한 바퀴 돈다. 마대 주머니들에 라벨은 없지만 그는 어떤 영양제가 들었는지 모두 안다. 몇 군데 잎사귀에 영양제를 문지르고 위쪽 적외선램프를 조절한다. 다른 화분들은 흙에 검지로 작은 구멍을 파고 영양제를 가만히 넣는다. 에드워드는 천천히 물을 뿌리고 흙 색깔의 변화로 물이 적셔졌는지 확인해야 된다는 걸 배웠다. 진갈색은 적당한 상태지만 새까맣게 진흙탕이 되면 물이 너무 많다는 뜻이다. 물의 양을 조절하는 데 몰두한다. 간밤에 잠을 못 자서 손이 덜덜 떨린다. 쉐이의 방에 누워 말똥말똥한 정신으로, 천장에 생긴 Y자 균열을 기억해두려고 했다. 또 쉐이가 자면서 뒤척일 때 나는 삐걱 소리도 기억해두고 싶었다.

"그 식물들의 이름을 말해줄 수 있겠니, 에드워드?"

교장은 에드워드보다 화분 세 개를 앞서 있다. 그는 어떤 식물의 잎을 쿵쿵대더니 냄새의 의미를 알아내려는 듯 고개를 갸우뚱한다. 이제 에드워드는 교장실에 가득한 식물들의 종류가 모두 다르지 않다는 걸 알고 있다. 처음에는 모두 다른 식물인 줄 알았지만 전부 고사리류로 세부적인 특징만 다르다. 아룬디 교장은 단순히 적극적인 원예가가 아닌, 고사리 전문가로 꼽힌다. 《동북 지역의 고사리: 석송과 속새를 포함해서》라는 제목의 책도 출간했고, 창틀 위 큰 꽃 화분들 사이에 그 책이 놓여 있다. 에드워드는 물뿌리개를 내려놓고 책상에서 스프레이 병을 집는다. 앞에 있는 주름 장식 모양의 화분은 물을 분사해주는 게 가장 좋다.

"이건 악어고사리고요."

"맞아."

에드워드는 화분의 이름을 차례로 말한다.

"보스턴고사리. 박쥐란. 그다음은 공작고사리 두 개. 도깨비쇠
고비."

에드워드가 눈을 가늘게 뜨고 구석 자리의 화분을 본다. 끈 같
기도 하고 깃털 같기도 한 잎이 달린 60센티미터 높이의 식물이
다. 그가 말한다.

"저것과 뒤쪽에 있는 것은 새둥지란입니다."

아룬디 교장이 대견한 듯 고개를 끄덕인다.

"난 대학원 졸업 후부터 이 앞쪽의 예쁜이를 키워왔지."

"더피고사리. 선반 위에 있는 것들은 프테라스, 저것은 캥거루
발톱(서부 오스트레일리아 원산의 꽃무릇과 식물로, 캥거루 발톱 모양으로
빨간 꽃이 핌-옮긴이)이에요."

"잘했다. 그럼 이 화분들과 다른 식물들의 차이점은 뭐지?"

"도관이 있고 포자를 통해 번식한다는 것입니다."

교장이 고개를 끄덕이고 미소 짓자 콧수염이 팽팽해진다.

"잘했다. 가르치는 재미를 주는 제자구나."

에드워드는 물주기를 마치고 가방을 맨다. 쉐이가 지하실 단
장을 도와주려고 집에서 기다리고 있다. 에드워드는 가방끈을
조절하고 천천히 숨을 고르며 시간을 끈다. 아룬디 교장이 구석
에 있는 가장 오래된 고사리에서 몸을 돌린다.

"벌써 4시가 됐나? 네가 가기 전에 할 말이 하나 더 있다, 에드

워드. 체육 수업을 빠졌다고? 투헤인 선생님한테 들었다."

"다리가 아파서요."

"음, 그래. 수업 시간에 있었던 일과 편지에 대해서도 들었지. 잠깐만 이걸 들고 있겠니? 진열대를 바로잡고 싶구나."

에드워드는 생각한다. 내가 여학생을 밀었다는 걸 아시는구나. 교장은 레몬더피고사리 화분을 건네고 진열대로 몸을 돌린다. 에드워드는 고사리를 내려다본다. 연두색, 15센티미터, 엄지손톱만한 잎. 화분을 가슴 앞에 안고 고사리의 중심부를 들여다본다. 얼굴을 가진 식물이 있다면 바로 이 종이다. 식물이 의심스러운 눈초리로 쳐다본다고 생각할 수밖에 없었다. 속으로 속삭인다. '동감이야.'

"그렇게 하면 어떨까, 에드워드?"

에드워드는 자신의 이름을 부르는 소리에 교장이 적어도 1분간 얘기했다는 걸 깨닫는다. 얼른 고개를 들고 화분을 교장에게 돌려준다.

"뭐라고 하셨어요?"

"웨이트 운동."

아룬디 교장이 좀 짜증스러운 표정으로 대답한다. 그러더니 덧붙여 말한다.

"체육시간에 수업에 참여하는 대신 체력 단련실에서 역기 운동을 하면 될 것 같아. 다친 다리로도 할 수 있는 운동이니 좋지. 체육관보다는 체력 단련실이 한결 조용해. 나라면 그쪽을 선택할 거야. 또 누구나 더 튼튼해진다는 건 좋은 일이고, 안 그래?"

"웨이트 운동이요?"

에드워드가 대꾸한다. 처음에는 그게 뭔지 파악하느라 쩔쩔 맸다. 손바닥만 한 수영복을 입고 몸에 기름을 바른 거구의 사내들이 연상된다. 아빠는 역기를 든 적이 없을 거고 이모부도 마찬가지일 것이다. 에드워드는 교장의 물렁한 뺨과 물렁한 몸통을 가만히 바라본다. 교장은 역기를 들까?

그 순간 비행기에서 본 군인이 기억난다. 둘은 화장실 밖에서 인사를 나누었고, 벤자민이 근육질 몸매를 가진 건 거의 확실했다. 역기 운동을 했을 테고 아무도 그에게 부딪치지 않았을 것이다. 그런 체격을 가졌으니 어디서든 안전했겠지. 그 항공기만 빼면. 에드워드는 앙상한 팔과 뼈가 불거진 손목을 내려다본다. 정강이의 흉터가 느껴진다. 체격이 더 크고, 튼튼하고, 그래서 안전한 자신의 모습을 상상해본다.

"그럴게요. 감사합니다."

목소리가 갈라진다.

저녁 식탁에서 레이시가 말한다.

"좋아하는 영화가 있니?"

"저요?"

에드워드는 접시를 내려다보면서, 이모를 실망시키지 않을 만큼 돼지갈비 먹을 방법을 궁리하고 있었다. 그날 쉐이에게 그런 통고를 받은 후 식욕이 줄었다. 몸속 불빛이 어둑해지며 하나씩 꺼지는 게 느껴졌다.

'괜찮니?' 오늘 점심시간에 쉐이가 물었다. 이 일을 이상하게 받아들이지 말라고, 다 괜찮다고, 우린 괜찮다고 말했다. 에드워드는 '나도 알아'라고 대답했지만 사실은 널빤지 위를 걸어가 상어가 득실대는 바다로 뛰어들라고 통고받은 기분이었다. 시시각각 나무 널을 걸어간다. 오늘이 쉐이의 방에서 자는 마지막 밤이 될 것이다. 내일, 뛰어내린다.

"그래, 이 녀석아."

레이시가 대답한다.

"이모는 있으세요?"

에드워드는 시간을 벌기 위해 묻는다. 딱히 좋아하는 영화가 없다. 어릴 때는 '정글북'이었다. 사고 이후 영화를 본 적이 있던가? '제너럴 호스피털'?

"철목련(Steel Magnolias, 1989년 허버트 로스가 연출하고 줄리아 로버츠 등이 출연한 여성영화 – 옮긴이)."

레이시가 대답한다.

"이모부는요?"

에드워드가 존에게 묻는다. 이렇게 방향을 돌리는 대화방식이 익숙하다. 닥터 마이크와 매주 이런 식으로 대화하니까. 불편한 질문을 받을 때마다 반문하는 식이다. 이번 주에는 쉐이나 잠자리를 옮기는 얘기를 피하기 위해 투자에 관한 책을 화제로 삼았다. 루이자 콕스의 운전기사가 이 책을 집에 가져왔다. 책 안에는 두꺼운 종이에 쓴 메모가 있었다.

'학교에서는 가르쳐주지 않지만 교육적으로 필요한 요소들이 있지. 이 책을 읽고 나서 정리된 생각을 써서 보내도록.'

공청회 이후 운전사가 전해준 두 번째 책이다. 첫 번째는 테디 루스벨트(미국의 제26대 대통령 – 옮긴이)의 전기였다. 쉐이와 함께 읽으면서 한두 페이지마다 멈추어 저자가 무뚝뚝한 대통령 때문에 정신이 나갔다고 비웃었다. 그리고 쉐이가 '우리 숙제해야지?'라고 말할 때마다 에드워드는 학교 과제가 아니라 정리된 생각을 – 너무 지루해서 첫 페이지도 못 넘긴 책에 대해 – 써서 콕스 부인에게 보내야 한다는 사실 때문에 자책했다.

하지만 닥터 마이크가 재미있게 들었으니 에드워드가 이긴 것이다. 정신과 의사를 매번 이기진 못 해도 – 평소 닥터 마이크는 1분쯤 맞장구치다가 핵심을 찌르는 질문을 던진다 – 이모 내외와의 대화를 주도할 자신은 있었다. 그들은 숙달되지 않아서 화제를 돌릴 능력이 없다.

"블레이드 러너. 23번 봤지."

존이 음식을 씹으면서, 영화와 관련된 따뜻한 추억이라도 있는 듯 슬쩍 웃는다.

"못 말려. 그게 뭐 자랑할 일이라고."

레이시가 말한다.

"아 그래?"

존은 포크를 아내에게 겨누면서 묻는다.

"그러는 당신은 '철목련'을 몇 번이나 봤는데?"

"그 영화는 고전이라고요."

레이시가 거만한 말투로 응수한다. 그러고는 에드워드에게 고개를 돌리고 말한다.

"네가 '스타워즈' 같은 히트작을 좋아하면 스타워즈 침구를 마련해도 좋겠다 싶어서."

에드워드는 머릿속으로 문장을 반복하며 의미를 파악하려 애쓴다.

"침구요?"

"네가 지하실에 있는 소파베드에서 잘 거라고 베사한테 들었거든. 우리가 저 밑에 아주 특별한 공간을 꾸밀 수 있을 거야."

저 밑에. 에드워드는 지하실을 떠올린다. 지금 앉은 자리의 바로 밑이다. 널빤지의 끄트머리에 서 있고 바람이 휘몰아친다. 이런 식으로 느끼는 자신이 싫다. 필요 이상으로 긴장하는 걸 알고 있다. 적어도 수면에 관해서는 그렇다. 단순히 잠자리를 다른 방으로 옮기는 것뿐이다. 쉐이의 침실과 지하실의 거리는 30미터도 채 안 된다. 여전히 아침마다 함께 학교에 등교할 것이다. 쉐이의 책 낭독을 들을 거고. 수면 위로 떠오른 변화들은 견딜 만했다. 그런데 수면 아래서, 출렁대는 물살 아래서 벌어질 일들이 마음을 괴롭힌다.

식탁 맞은편에서 이모가 환하게 웃어 보인다. 에드워드는 식욕이 없어져 포크를 내려놓는다. 내면이 어둠에 휩싸였다. 베사가 이모에게 정확히 뭐라고 말했는지 궁금하다. 쉐이가 생리를 한다고 말했을까? 아니면 내가 겁내는 진실을 말했을까? 쉐이가 넌더리 낸다고, 이제 방에서, 따라서 삶에서 나를 쫓아낼 핑 곗거리가 생겼다고?

에드워드는 투혜인 선생님이 들라는 쇳덩이를 든다. 그녀가 등을 펴라고 지시하자 등을 펴고, 그녀가 말하는 이상한 피트니스 용어들을 알아들으려고 노력한다. 체력 단련실은 체육관 바로 옆에 있다. 반들반들한 바닥을 지나는 학생들의 발소리가 들린다. 공을 드리블하는 소리, 호루라기 소리….

투혜인 선생님이 말한다.

"스쿼트를 하게 될 거야. 데드리프트(바벨을 바닥에서 대퇴상부까지 단숨에 드는 운동 - 옮긴이)를 할 거야. 벤치프레스(벤치에 누워 역기를 가슴높이까지 내렸다가 팔을 펴서 드는 운동 - 옮긴이)도 할 거야. 이것들은 복합 운동이야. 한 번에 하나 이상의 근육군을 운동한다는 뜻이지. 벤치프레스를 제대로 배우면 50킬로그램쯤 더 나가는 사람을 밀어낼 수 있어. 데드리프트를 하면 아이가 갇힌 자동차를 들어 올릴 수 있고."

"정말이요?"

에드워드가 묻는다. 차를 든 자신을 상상하려 애쓴다. 얼굴이 빨개지고, 힘들어 양팔을 부들부들 떨고 있다. 어처구니가 없다.

"정말이지."

"스쿼트는 뭘 해주는데요?"

"스쿼트는 온갖 걸 해주지. 스쿼트는 몸 전체를 힘들게 만들거든. 튼실한 다리를 갖고 싶니? 스쿼트를 해. 탄탄한 팔을 갖고 싶어? 스쿼트를 해."

그녀는 늘 심각해 보였지만 지금은 영원한 진리라도 선포하는 사람 같다. 벤자민 스틸먼은 틀림없이 스쿼트를 했을 것이다. 이 체력 단련실에 있는 모든 쇳덩어리 기구의 사용법을 알았겠지.

에드워드는 등에 나무 막대기를 대고 스쿼트를 한다. 투헤인 선생님은 자신이 너무 허약해서 진짜 덤벨은 고사하고 쇠막대도 들지 못하는 상태라고 지적했다. 에드워드는 주저앉으면서, 창밖에서 쉐이가 사나운 표정으로 자신을 보고 있다고 상상했다.

선생님이 말한다.

"애들러, 스쿼트는 궁둥이로 끝내는 게 아니야. 그건 그냥 앉는 거지. 적절한 자세로 발딱 일어나는 게 스쿼트라고."

적절한 자세로 발딱 일어나는 것. 에드워드는 머릿속으로 따라 말하고 그대로 하려고 애쓴다.

쉐이가 《황금 나침반》(필립 풀먼이 쓴 판타지 소설 - 옮긴이)의 한 챕터를 낭독하고, 9시가 되자 에드워드가 일어난다. 이 상황을 막을 만한 핑계를 궁리한다. 그런데 적당한 방법이 떠오르지 않는다. 자신은 쉐이가 가라면 가야 하는 처지니까. 쉐이가 소설을 낭독할 때 한 단어도 듣지 않았으니 내용을 따라잡으려면 그 부분을 다시 훑어봐야 한다. 몸속 근육들이 수백 개의 고무줄처럼 팽팽하게 흔들리고, 내일은 뻐근할 것이다. 에드워드는 친구를 쳐다보지 않는다. 그가 인사한다.

"그럼, 자, 잘 자."

"잘 자. 아침에 보자."

두 사람은 좀 큰소리로 인사를 나누고, 에드워드는 가방을 들고 비척비척 방에서 나온다. 베사가 보이지 않아 다행이다. 현관문으로 나와서 이모네로 가다가 그늘 속에서 – 쉐이의 방에서 보이지 않는 자리다 – 털썩 주저앉는다. 의도한 게 아니라 몸에 힘이 풀려서 그랬다. 속으로 중얼댄다. '이제 집이 없네.'

부모님과 형이 함께 산 뉴욕 아파트는 집이었다. 사고 후 몸뚱이가 쉐이의 방으로, 방바닥으로 자신을 이끌었고, 에드워드는 그곳을 은신처 삼아 점점 튼튼해졌다. 조던 옆에서 자다가 쉐이 옆에서 자게 되었고 거기서 위로를 받았다. 그늘 속에 버티고 선 이모의 집을 필요한 곳으로 느낀 적이 없다. 이제 그는 널빤지 끝에서 뛰어내려 상어가 득실대는 검은 물속에 있다.

땅바닥에 모로 누워 웅크린다. 9월 밤이 놀라울 만치 춥다. 검은 물과 검은 하늘에 빠져가며 눈을 감는다. 사고 후 이렇게 울어본 적이 없을 것이다. 뺨이 젖고 어깨가 들썩인다. 눈물이 주변의 바다 수위를 높인다. 파도가 솟구쳤다가 흰 포말로 부서지고, 게리나 고래를 만나게 될지가 궁금했다.

누군가 팔을 흔들었을 때, 그제야 에드워드는 자신이 졸았다는 걸 알아차린다.

"어머나, 세상에. 에드워드! 아프니?"

이모의 하얗게 질린 겁먹은 얼굴이 나타난다. 곧 그녀가 몸을 돌려 외친다.

"존! 존, 이리 와요! 존!"

에드워드는 생각한다. 겁먹은 목소리네.

레이시가 조카의 어깨를 잡는다.

"말할 수 있겠니, 에드워드? 어딘지 알겠어?"

움직이는 게 큰 고역이지만 고개를 끄덕인다. 몸뚱이가 납땜질한 쇳덩이 같다. 마침내 입을 달싹여 말한다.

"네."

이제 이모부도 나와서 몸을 굽혀 에드워드를 본다. 존은 낡은 체크무늬 파자마를 입고 있다.

"무슨 일이야?"

"모르겠어요. 애 좀 봐요. 병원에 가야 될까?"

"먼저 안으로 옮기자고."

존이 에드워드를 일으켜 세우고 한쪽 겨드랑이를 어깨로 받친다. 다른 쪽은 레이시가 어깨로 받친다. 땅을 딛고 서니 기억하는 것보다 더 높이 있는 느낌이다. 문자 그대로 몸이 분리되어 머리통만 둥둥 떠다니는 걸까? 부디 쉐이가 자느라 창가에 얼씬대지 않아서, 이모 내외에게 끌려가는 나의 꼴을 보지 않기만 바란다.

12:22 P. M.

사람들은 매년 일어나는 항공기 사고의 비율을 알면서도 비행기에 오른다. 사실을 '알지만' 합리화할 방안을 강구하며 가볍게 넘긴다. 가장 흔한 합리화 방법은 통계적으로 자동차 여행이 항공기 여행보다 위험하다는 사실을 강조하는 것이다. 매년 발생하는 자동차 사고는 500만 건인데 비해 항공기 사고는 20건에 불과하니, 사실상 비행이 더 안전하다는 것이다. 또 항공기 여행은 집단이 함께하는 행위라서 모종의 집단 신념 같은 것이 작동한다. 서로의 존재에서 위로를 받는 것이다. 나란히 어깨를 대고 앉아, 만약 위험한 것이었다면 이런 다수가 동시에 감수할 리 없다고 믿어버리는 것이다.

크리스핀이 기다시피 좌석으로 돌아갈 때, 기체 바닥이 흔들린다. 화장실에 다녀오는 데 20분 남짓 걸렸다. 변기에 앉아 오래 쉰 후에야 좌석으로 돌아갈 기운을 차릴 수 있었다. 그러면서 생각했다. 한 달 전만 해도 몸이 괜찮았는데. 그때는 나 같았는데. 이놈의 몸뚱이는 누구인지 모르겠단 말이야.

탑승 직전 담당 변호사인 새무얼스의 전화를 받았다. 동년배인데도 건강해서 70대 때 역도를 시작한 사람이다. 변호사는 크리스핀이 〈포브스〉가 매년 선정하는 미국 최고 갑부 100인에 선정됐다는 소식을 알린다.

"허."

크리스핀이 전화기에 대고 중얼댄다.

"축하합니다, 콕스. 괴물이십니다."

"허."

그는 다시 되뇌었다. 솔직히 무덤덤하다. 20년간 명단에 올랐고, 회사를 매각한 후 지난 10년간은 상위 50퍼센트에 들면서 매년 〈포브스〉의 발표를 기대했다. 달력에 날짜를 표시해두고 그날이 되면 활기차게 전화를 받았다. 등재 소식을 들으면 환호성을 지르며 책상을 두드렸다.

"콕스, 상태가 괜찮으십니까? LA에서 의료진이 즉시 치료에 들어간다고 들었습니다."

"어니에게 전화해. 내가 거기 도착해 유서 내용을 변경하고 싶다고 전하게."

"그러지요."

"왜 자식들에게 전부 남겨줘야 하지? 애들은 날 미워하는데."

"메트(뉴욕 메트로폴리탄 뮤지엄 – 옮긴이)는 회장님이 그쪽을 생각해주시길 기대합니다."

"썩을 놈들."

크리스핀은 수십 년간 메트 이사회의 일원이었지만 – 뉴욕 거물들, 그가 속한 사교 그룹 다수가 북적대는 회의는 즐거웠다 – 실내를 지날 때 그림에 눈길을 준 적이 없다시피 하다. 그와 루이자 모두 관련된 기관이라서 둘에게는 재미있는 결투장이었다. 루이자는 대학에서 미술사를 전공했고 컬렉터를 꿈꿨다. 90년대 중반, 한동안은 이사장이 되자 전남편을 회의에서 배제하기도 했다.

"어떤 계획이 있으십니까?"

크리스핀은 '잘 모르겠네'라고 말하고 싶지만 참는다. 그는 잘 모르겠다는 말을 하지 않는 사람이다. 불확실성은 약점이고, 약점을 보이지 않는 게 그의 방식이다. 크리스핀이 대답한다.

"루이자의 머리에 산을 통째로 떨어뜨릴까? 그러면 머리통이 개박살날 텐데. 망할 놈의 여편네, 내 돈을 긁어내는 데 평생을 바쳤지. 재산을 은쟁반에 담아서 줘볼까?"

그 모습을 상상하니 웃음이 난다.

상대편이 잠시 잠잠하다. 새무얼스는 루이자의 변호사이기도 했기 때문에 변호사다운 신중함을 발휘하여 왈가왈부하지 않는다. 그가 말한다.

"말씀하신 대로 하겠습니다, 콕스. 어니에게 알리지요."

이제 크리스핀은 고마운 마음으로 좌석에 앉는다. 창밖의 빗방울이 그의 재산처럼 지상으로 후두둑 떨어진다. 이것은 서글픈 생각이다. 돈은 ─ 그가 매달리지 않으면 ─ 아무런 의미가 없으니까. 인생이란 시간과 자신을 바친 돈, 후두둑 떨어지는 그 종잇장. 루이자에게 주고 싶지만 그녀는 현찰이 아쉽지 않다. 지금보다 돈이 더 많아진대도 티가 나지 않을 테니. 어느 친구의 말처럼 하루에 네 끼를 먹는 것도 아니고 말이다. 그도, 루이자도 하루에 네 끼를 먹지 않는다.

크리스핀은 늘 재산과 돈을 더 버는 데 필요한 요소에 대해 떠들었다. 이날 아침 변호사의 전화를 받기 전까지 그에게는 숫자가 중요했다. 그게 없어지면 뭐가 남을까? 통로 건너의 잔뜩 흥분한 젊은 녀석, 입력하는 글자 하나하나가 정말 중요한 것처럼 자판을 두드려댄다. 어쩌면 앞으로 중요하겠지, 어쩌면 지금 중요할 거고, 어쩌면 과거에 중요했을 것이다. 통증이 구슬들처럼 복부 주변을 굴러다닌다. 잠에 빠지면서 생각한다. 애들이 캠핑을 가자고 조를 때 가줄 것을.

브루스가 머리를 긁으면서 ─ 초조할 때 나오는 틱이지만 의식하기 때문에 틱이 아니라고 주장한다 ─ 일어난다. 그가 말한다.

"엄마가 어쩌고 있나 보고 올게. 얌전히 있어."

에디가 대답한다.

"아빠는 저희가 다섯 살인 줄 알아요?"

조던이 말한다.

"엄마한테 전해주세요. 디저트를 남겨준 건 고맙지만 우유가 들어가서 에디한테 줬다고요."

브루스는 한숨을 쉰다. 방금 꾼 꿈에서 에디가 다섯 살이었기 때문이다. 그는 소파에 앉아 아들을 무릎에 앉히고 《곰돌이 푸》를 읽어주었다. 에디는 아빠 가슴에 기댔고, 그 묵직함은 – 전적인 신뢰로 아이가 경계심 없이 체중을 고스란히 아빠에게 싣는 – 부모 노릇을 포기할 수 없게 하는 요소였다.

브루스는 에디에게 그 책을 처음부터 끝까지 열두 번도 넘게 읽어주었다. 아이들은 대체로 반복을 좋아하지만 에디는 유독 심했다. 글을 배우자 매일 밤 침대에서 스스로 《곰돌이 푸》를 읽었고, 좋아하는 영화인 '정글북'은 셀 수 없을 만큼 여러 번 봤다. 브루스가 에디가 다른 책을 많이 읽지 않는 것에 대해 걱정하면 제인은 말하곤 했다.

"에디의 취향이 고상하긴 하네요. 적어도 고전을 좋아하니까."

열두 살이 된 에디는 팔다리가 가늘고 길다. 이제 더 이상 통통하지 않다. 어색하게 포옹할 때면 그가 비바람에 노출된 어린 나무 같다. 이제 에디가 반복하고 싶은 일은 피아노 치기인 듯싶고, 이제 아빠가 책을 읽어줄 필요도 없었다. 에디가 원하지도 않았다.

브루스가 일등석 커튼을 젖혔다. 제인의 옆자리가 비어 있다.

"앉아요. 그 사람이 어디 갔는지 모르겠네."

아내가 말한다. 브루스는 옆자리로 들어간다.

"저분은 상태가 좋아 보이지 않네."

그가 통로 건너에 앉은 노인을 가리키며 말한다.

"분명히 유명한 거부일 거예요."

"거부라."

브루스가 중얼대면서 빙그레 웃는다. 그가 다시 말한다.

"거부라면 왜 여객기를 타겠어? 나라면 전용기를 구비하겠네."

제인이 대꾸한다.

"실은 야바위꾼, 사기꾼이에요. 그게 내 옆자리 남자한테 배로 먹히는 거죠. 딱 보면 안다니까."

"원고는 어떻게 되어가?"

브루스는 부담 주지 않는 투로 말하려고 애쓴다. 대화하고 싶을 뿐 싸울 의도는 없다. 저 멀리 이코노미석에 앉아 있으려니 아내가 그리웠다.

제인이 남편의 생각을 알아차린 눈치다. 늘 그렇듯이.

"미안해요. 다시 한번."

그녀가 남편의 손등에 손을 포개어 쥔다. 피부가 부드럽고, 쥐는 힘 때문에 브루스의 입가에 미소가 어린다. 아내에게 부아가 나면서도 동시에 사랑을 느낀다. 둘의 사랑이 비논리적이라는 걸 인정하는 데는 오랜 시간이 걸렸다. 불만과 저조한 기분, 제인의 독특한 미소는 그의 뱃속에 솟구치는 기쁨이다. 장차 아들들도 같은 종류의 비합리적 논리를 터득하길 바란다. 중국 식당

258

에서 조던의 표정이 떠오른다. 혹시 큰아들이 이미 그걸 알고 있는 걸까 하는 의구심이 들지만 곧 엉뚱한 생각으로 치부한다.

제인이 말한다.

"뭐예요? 무슨 생각을 했는지 말해 봐요."

"에디를 LA의 콜번 스쿨(LA 시내에 있는 음악과 무용 중심의 예술 학교 – 옮긴이)에 입학시켜야겠어."

제인이 눈썹을 치뜨고 대꾸한다.

"진심이에요?"

"당신도 찬성하지 않아?"

"네, 물론이죠. 난 에디가 재능이 있다고 보고, 그 아이는 피아노를 사랑해요. 하지만 그러면 에디가 당신 수업에서 빠져야 될 텐데."

"완전히는 아니야. 내가 수학과 역사를 봐줄 수 있어."

"조던이 외롭겠네."

"알아. 어떻게든 해봐야겠지. 아빠랑 일대일로 보내는 시간이 훨씬 많아지니 좋아할 수도 있어."

농담이었지만 부부는 그 의미를 알고 웃지 않는다. 제인이 브루스의 어깨에 머리를 기댄다.

"이 사람은 어디 갔어?"

브루스가 묻는다.

"일등석 승무원을 쫓아다니는 중일걸. 사랑에 빠졌나 봐요."

"여자가 예쁜가?"

그는 승무원을 떠올리려 애쓰지만, 단단한 트레머리 외에는 생각나는 게 없다. 제인이 눈을 가늘게 뜬다.

"솔직히 눈여겨보지 않았어요?"

그가 컴퓨터를 고개로 가리키며 묻는다.

"거의 끝나가?"

브루스는 자신의 불만스러운 말투를 의식하고는 스스로에게 실망한다. 이렇게 시시한 반응을 보이다니. 남편으로서, 인간으로서 더 나은 사람이 되고 싶다.

제인이 허리를 펴고 스크린을 쳐다본다. 줄줄이 놓인 활자들, 대본 포맷 속의 여백과 새롭게 생겨나는 대사들…. 그녀가 말한다.

"아뇨. 하지만 도착 전까지는 끝낼게요. 약속해요."

베로니카는 승무원 생활 중 두 번 이 일을 해봤다. 습관적인 것은 아니지만 어떻게 하는 게 최선인지는 안다. 마크에게 10분 후 뒤편 왼쪽 화장실로 - 객실에서 가장 눈에 안 띄는 위치 - 가라고 말했다. 그가 화장실로 가자 베로니카는 '안전벨트 착용' 사인을 켜 최대한 많은 승객이 앉아 있도록 만든다. 그런 다음 천장 스피커를 최고 볼륨으로 높여서 지직 소리가 울리게끔 한다. 자지 않던 승객들 모두가 고개를 들어 스피커가 달린 천장을 살핀다. 그녀는 스위치를 내려서 소음을 끄고 살그머니 화장실로 들어간다.

공간이 비좁아서 그녀와 마크는 달라붙어 선다. 문이 잠기자 환풍기와 조명등이 작동되어 형광등 불빛이 쏟아지고, 베로니카의 뒤통수와 거울의 거리가 5센티미터도 안 된다. 하지만 놀랄 만치 공기가 깨끗한 걸 보면 환풍기가 제대로 작동되고 있나 보다.

"말하지 말아요."

베로니카가 속삭인다. 마크가 양손으로 그녀의 뒤통수를 받치고, 목덜미 위 트레머리에 손가락을 넣는다. 베로니카는 솟구치는 욕망에 약간 놀란다. 머리에서 핀들을 다 빼버리고 싶지만 6분 내에 제자리로 가지 않으면 자리를 비운 사실이 밝혀질 것이다. 또 화장실에 들어올 때와 똑같은 모습으로 나가야 한다.

그녀는 몸을 흔들어 스커트를 올리고 팬티스타킹을 내린다. 마크가 허리띠를 푼다. 무언가 두드리는 소리가 나지만 화장실 문이 아니라 동체 옆쪽에서 나는 소리다. 베로니카는 생각한다. 저게 뭐지? 똑, 똑, 똑. 노크 소리거나 냉방장치 소리, 혹은 도관이 헐거워진 소리일 것이다. 그 와중에 마크가 입술을 파고들자 – 키스를 기막히게 잘한다 – 베로니카는 그의 엉덩이를 잡아 자신의 몸에 들어오게 한다. 그 순간 머릿속이 으르렁대고, 그녀는 립스틱 색처럼 빨개져서 복귀할 채비를 한다. 마크 라시오가 '당신이 필요할 것 같아요'라고 귀에 속삭이자, 베로니카는 그 말을 키스처럼 허공에 날려 보낸다.

조던이 동생의 옆구리를 쿡 찌르고 가까이 몸을 숙인다. 아버지는 아직 돌아오지 않았다.

"뭐?"

에디가 묻는다.

"일등석 승무원과 어떤 남자가 방금 화장실에 같이 들어갔어."

에디가 몸을 돌려 뒤쪽을 쳐다본다.

"그 사람들이 왜 그러겠어?"

조던은 낄낄대듯 웃는다.

"아마도 섹스를 하려고."

에디는 경악한 표정을 짓는다.

"비행기 화장실에서?"

"다른 승객은 아무도 눈치 못 챘을걸. 여자가 아무도 보지 못하게 천장 소음으로 주의를 돌려놨거든."

"형은 어떻게 봤는데?"

"항공기 좌석이 몇 열인지 세느라 그쪽을 보고 있었지."

에디는 심각한 얼굴로 생각에 잠긴다.

"어쩌면 남자가 아파서 여자가 도와주려고 따라갔을 수도 있잖아."

"어쩌면. 그런데 남자는 아주 건강해 보이던걸."

에디가 몸을 떤다.

"역겨워."

"음, 난 그 화장실에 들어가지 않을래, 절대로."

조던은 마히라를 떠올렸다. 바지 속이 팽팽해진다. 동생에게 들키지 않으려고 슬며시 테이블을 내린다. 통로를 걸어 자리로 돌아오는 브루스가 보인다. 아빠와 엄마가 섹스하는 모습을 생각하니 발기가 가라앉는다. 에디가 조심스럽고 신중하게 말한다.

"그래도 섹스가 좋으니까 화장실도 마다하지 않겠지. 그 생각을 하니 다행스럽네."

조던이 고개를 끄덕이면서 수긍한다. 동생이 에로틱한 꿈과 불편한 속옷 안 사정의 영역에 동참하기 시작한 게 기뻤다.

눈을 뜬 크리스핀은 여기가 어딘지 파악할 수 없다. 아, 비행기를 탄 것은 기억이 난다. 그건 확실하다. 그런데 어디로 가고 있지? 언제 탔더라? 평생 수백 번도 넘게 탑승했고, 회의와 컨퍼런스에 참석하거나 호화로운 휴가를 보내기 위해 지상보다 하늘에서 더 오랜 시간을 보낸 해도 많았다. 그는 이런 항공기를 몇 대라도 구입할 수 있었지만 늘 전용기를 거부했다. 민간 여객기는 승객들 속에 앉아, 그들이 어떻게 생각하고 처신하는지를 관찰할 수 있는 아주 드문 장소였다. 그는 늘 공항과 기내에서 보내는 시간을 소중한 시장조사 기회로 삼았다.

"올해가 몇 년도지?"

옆에 앉은 여자에게 묻는다. 그녀는 흰 카디건의 단추를 끝까지 채웠다. 여자가 말한다.

"손목을 주세요. 맥박을 재겠습니다."

"그건 됐소. 질문에 대답하라고."

"2013년입니다."

"난 1936년에 태어났지. 그러니 내 나이가…"

크리스핀은 눈을 감고 생각했지만 뇌가 계산을 거부한다. 이 여자는 간호사일 것이다. 그의 담당 간호사겠지. 그녀는 그럴 만한 권리가 있는 사람처럼 그의 팔을 잡아 손목 안쪽에 손가락 두 개를 댄다. 크리스핀은 내버려둔다. 뺄셈 능력과 함께 육체의 힘도 사라져버렸다.

"맥박이 실낱같네요."

여자가 작게 중얼댄다. 크리스핀이 고개를 끄덕인다. 그녀의 말이 아니라 머릿속 생각에 동의하느라 끄덕인다. 그는 실낱같다. 무슨 일이든, 여기가 어디든, 그는 안팎으로 실낱같이 버티고 있다.

"추우세요, 콕스 씨?"

그는 속으로 중얼댄다.

'그래, 지독히 춥구먼. 이제는 젊지 않아. 홀몸으로 어딘지 모르는 곳으로 날아가는군.'

옆자리 남자가 돌아오자, 제인은 그와 남편의 에너지가 비교되어 재미있다. 마크의 얼굴은 사나운 날씨에 산책 다녀온 것처럼 거칠고 불그레하다. 그는 안절부절못하며 볼펜의 꼭지를 눌렀다 뗐다 한다. 반면 브루스는 옆에 조용히 앉아 있었다. 남편의 생각을 짐작하려면 눈을 들여다봐야 했다. 브루스는 의중을 겉으로 드러내지 않았다.

"싸라기가 내리나 보네요."

그녀가 창을 가리키면서 말한다.

"말도 안 됩니다. 여름인걸요."

제인은 고개를 끄덕이면서 잿빛 구름과 빗줄기를 내다본다. 날씨가 어떤 경고를 하는 걸까? 궁금하다. 되돌리라고 말해주는 걸까? 러브스토리를 써. 더 소박하게, 적은 돈으로 살아. 레이시 옆으로 이사해도 돼. 동생이 늘 원하던 바잖아. 자매가 함께 아이를 키우자고.

하지만 결과적으로 레이시는 아기를 낳지 못했다. 제인은 매번 동생이 유산할 때마다 자신이 몹시 좌절하는 데 놀랐다. 물론 슬픈 내색을 하지는 않았지만 동생이 다시 임신할 때면 자신의 몸에 흥분감이 솟는 걸 느꼈다. 집안에 갓난아기가 나면 두 아들은 아기를 물고 빨며 예뻐하겠지. 그런 기대감에 들떠서 현기증이 일 정도였다. 예뻐할 갓난아기. 하지만 밀려드는 희망만큼이나 그 과정에서 동생이 잃을 수도 있는 것들이 두렵기도 했다.

제인은 통화하면서 레이시에게 말했다: 아이를 가족으로 맞을 수 있는 다른 방법도 있어. 내가 입양기관이나 대리모를 알아봐 줄까? 하지만 레이시는 임신 노력을 중단하지 않으려 했고, 제인은 그녀의 옆으로 이사해, 동생이 자신의 생명을 갉아먹는 모습을 보고 싶지 않았다. 게다가 교외 주택가나 슈퍼볼 파티는 질색이었다. 홈스쿨링을 하고 위험한 사고를 하는 가족을 수상하게 보는 눈길도 싫었다. 브루스는 어린이 집단 교육의 장점을 토론하는 지역 교육 모임에 불청객으로 등장해 따돌림받을 게 빤했다.

"미치겠네, 집중할 수가 없네요."

마크가 말한다. 제인이 대꾸한다.

"비행 중간이라 그래요. 난 항상 중간쯤에 무기력해져요. 앞으로 몇 시간을 더 타야 하고, 떠난 지도 몇 시간이 지난 시점. 진퇴양란이라고 느끼죠."

마크가 고개를 돌려 그녀를 쳐다본다.

"납득이 되네요."

그가 펜을 누르면서 말한다.

"결혼하신 지 얼마나 됐습니까?"

제인이 놀라서 빙긋 웃는다.

"그러니까… 16년이네요."

"맙소사. 긴 세월이네요. 그러면 외도하신 적은 없나요?"

제인이 생각한다. 무슨 이런 이상한 대화가 있을까? 하지만 항상 일등석 승객들은 서로에게 터놓나 보지? 서로 공통점이 많다고 짐작해서겠지?

"없어요."

마크가 고개를 저으며 중얼댄다.

"맙소사."

"결혼했어요?"

"한 번이요. 약 10분간이었지만요."

"웃기는 실수로 끝났나요?"

퉁명스러운 웃음을 짓고는 그가 말을 잇는다.

"네, 그렇다고 할 수 있죠. 하지만 코카인 과다 복용이라서."

"어머나."

제인은 코카인을 복용한 적이 없고, 결혼을 잘못하지도 않았고, 승무원에게 반한 적도 없다. 아쉬움이 가슴을 파고든다. 안절부절못하는 에너지를 발산하는 이 남자처럼 되고 싶진 않았지만 그래도 살면서 한두 번 옆길로 빠져보는 것도 좋겠다고 생각했다. 지금껏 늘 의도한 대로 살아왔기 때문에.

조던이 세상에 주먹질하는 태도를 보이니, 아들에게 이런 말을 해주지 못하는 게 아쉽다. 엄마도 잘 알아. 시애틀에서 WTO에 반대하는 시위를 하며 11월을 보냈거든(1999년 WTO 유치 반대 시위가 시애틀에서 열림 - 옮긴이). 하지만 그렇게 말할 수 없었다. 그녀의 저항은 고작 〈더 네이션(The Nation)〉(미국의 시사주간지 - 옮긴이)의 기사에 공감하며 고개를 끄덕인 정도였기 때문이다. 뒤죽박죽인 삶에도 장점은 있을 수 있다고 생각한다. 부부는 단정한 삶을 영위하고 있다. 그녀의 가장 큰 야망조차 - 작고 개인적인, 친밀한 영화의 시나리오 집필 - 간결하고 정갈하다.

마크가 눈을 비비면서 두리번거린다. 승무원을 찾는 게 분명하다. 제인도 그를 돕기 위해 목을 길게 빼본다.

2015년 12월

에드워드는 닥터 마이크의 진료실 밖에 있는 나무를 살핀다. 잿빛 껍질에 깊이 팬 자국들이 있다. 나뭇가지에 새잎이 돋지 않을 것만 같다. 새가 가지에 앉았다가 곧 날아간다. 닥터 마이크가 말한다.

"거기서 무슨 일이 벌어지는지 말해줄 수 있겠니? 문제가 뭔지 알면 내가 도울 수 있을 텐데."

에드워드는 생각을 통제하려는 노력을 중단했기에 무언가 생각이 떠오를 때마다 살짝 놀란다. 화려한 탁상시계가 째깍대는 소리를 들으면서 속으로 중얼댄다. '어느 때보다도 형이 보고 싶어요.'

"에드워드?"

닥터 마이크가 부른다.

"이모랑 이모부는 내가 이곳에 일주일에 두 번씩 오길 바라요. 그걸 잘 알지만 그건 선생님의 시간만 낭비하는 걸 거예요."

"넌 집 밖에서 쓰러졌어."

"3개월 전이에요. 별로 큰일도 아니었고."

"바깥 날씨가 더 추웠다면 얼어 죽었을 수도 있어. 큰일이야."

"난 죽지 않았을 거예요."

"그걸 어떻게 알아?"

에드워드는 새가 빙그르르 날아 돌아오길 바라며 나무를 바라본다. 하지만 여전히 잠잠하다. 하긴, 나에겐 빈 공간이 어울릴 것 같다. 그는 이제 빈 공간에서 혼자 잔다. 쉐이가 곁에 있지만 종일 혼자 걷는다. 정신과 의사에게 털어놓을까 고민한다. 쉐이는 여전히 친구지만, 체육관에서 물러나라고 말한 후 내밀한 관계는 – 그게 자신에게 산소 같은 존재였다는 걸 알았다 – 천천히 죽어갔다. 쉐이는 워낙 강하니까, 필요하면 떨치고 나가 다른 곳에서 공기를 찾을 수 있다. 하지만 에드워드는 쉐이처럼 강하지 않고, 이게 두 번째 기회인 걸 안다. 쉐이와의 사이에 뭐가 있든 그게 죽으면 그의 내면에 살아 있는 것도 죽는다.

닥터 마이크는 이런 얘기를 듣고 싶겠지만 에드워드는 말하고 싶지 않다. 창으로 고개를 돌려 눈을 감고, 나무의 눈길을 받는 기분에 젖는다.

이제 존은 지하실에서 에드워드가 잠자리에 들 때까지 자지 않는다. 문으로 고개를 내밀고 조카가 소파베드에 누워 이불을 덮었는지 확인한다.

"아무 일 없지?"

이모부가 물으면 에드워드는 고개를 끄덕이고 돌아눕는다. 한 시간 후, 이모 내외가 확실히 잠들면 에드워드는 일어나서 스웨터와 컨버스 운동화 ― 아주 추운 날에는 오렌지색 파카까지 걸치고 ― 차림으로 밖에 나간다. 쉐이의 침실이 보이지 않게 거리를 두고 동네를 몇 바퀴 돈다. 걷는 동안 지나친 집이 몇 채인지, 창이 몇 개인지, 하늘의 별이 몇 개인지 헤아린다. 움직이는 게 좋고, 검은 밤하늘과 나무들 사이의 검은 허공이 맘에 든다. 때로 숫자가 헷갈리면 눈을 감고 걷는다. 하지만 앉거나 눕지는 않는다. 혹시 추위 속에서 잠들어 어른들의 염려가 옳았다고 증명되면 곤란하니까.

어느 시점에 내면의 뭔가가 풀리면, 지하실의 소파베드로 돌아간다. 지하실은 조용하지 않았고 쉐이의 방과는 또 다른 소음이 들렸다. 집의 밑바닥이라 침대 위로 구조가 흔들리면서 소리를 내기 때문이겠지. 닫힌 창문 사이로 마른 잎이 바스락대는 소리가 들린다. 적어도 매일 밤 두 번은 시끄럽게 딱 소리가 나서, 에드워드는 일어나 앉아 그늘 속을 빤히 쳐다본다.

집 안이 어두운 건 싫다. 옆쪽 욕실의 전등을 계속 켜두고, 지하실의 기다란 창으로 뿌연 가로등 불빛이 비친다. 혼자 자는 것의 장점은 딱 하나, 쉐이를 깨울까 봐 조용히 할 필요가 없는 것이다. 자는 척할 필요도 없다. 침대의 이쪽에서 저쪽으로 굴러도 된다. 새벽 2시에 배에서 꾸르륵 소리가 나면 시리얼 바를 먹어도 된다.

체육 선생님의 날카로운 호루라기 소리가 들린다. 프랑스어 수업에서 쉐이와 어떤 여자애가 나눈 대화가 기억난다. 이번 금요일에 호숫가에서 열리는 파티에 대한 얘기였다. 긴 창을 내다보니 하늘이 밝아졌다. 또 하루가 시작된다.

투혜인 선생님은 '모양새'에 집착해서, 오른발을 1센티미터 움직이고, 엉덩이를 살짝 뒤로 내밀고, 양팔을 완벽히 똑바로 펴게 한다. 수업 중에 풋볼팀 주장 – 우람한 빨간 머리 남학생 – 이 체력 단련실에 들어온다. 그는 낮은 스쿼트를 하는 에드워드를 보고 씩 웃는다.

"보기 좋네, 애들러."

주장은 그렇게 말하면서 휴대폰으로 에드워드를 촬영한다. 체육 선생님이 그만하고 나가라고 지시했지만, 이미 늦었다는 걸 에드워드는 안다. 이미 주장의 친구들에게 사진이 전송된 후였다. 그날 하교시간, 에드워드를 만난 풋볼 팀원들은 집중하는 그의 표정을 흉내 내면서 스쿼트를 했다. 에드워드와 쉐이가 모퉁이를 돌았을 때, 수줍음을 타는 노란 머리 남자애가 스쿼트 자세를 취한다. 쉐이가 쏘아붙인다.

"너까지? 왜 이런 짓을 하니? 넌 멍청이가 아니잖아. 이러면 안 되지."

아이가 창백해져서 일어나 달아났다.

에드워드는 오후 내내 공책을 펼치고 펜을 들고 있었지만 아무것도 적지 않았다. 교사들이 아주 멀리서 말하는 것 같다. 쉐이와 집으로 걸어가면서 둘 사이에 아무 일 없었던 것처럼 행동한다. 쉐이도 뭔가 이상해서 짜증 내는 기색이 역력하다. 쉐이는 이 일이 잠자리를 옮긴 것과 관계된 줄은 알았지만 정확히 뭐가 문제인지 알 수 없었다. 에드워드는 생각한다. 우리 사이가 죽어가고 있어. 친구 관계가 오래가지 못할 거야.

쉐이가 묻는다.

"교장 선생님이 너한테도 만나자고 했니?"

"아니. 왜?"

"음, 내 성적이 떨어져서겠지. 대학에 진학하려면 최선을 다해야 된다고 잔소리할 거야."

"아닐걸, 아직 먼일인걸. 대학 아냐."

에드워드는 지쳐서 문장으로 말하지 못한다. 그가 덧붙인다.

"다른 일이야. 내 성적도 떨어졌어."

"흠, 교장은 너한테 그런 잔소리 안 할 거야. 넌 성적이 안 되더라도 어디든 원하는 대학에 입학할 테니까. 자기소개서에 사고를 언급하기만 하면 그걸로 다 될 걸…"

에드워드는 고개를 젓는다. 별빛 아래서 눈을 감고 걸을 수 있는 밤중이면 좋겠다. 한낮에는 피부가 가렵고, 쉐이가 모르고 늘 어놓는 말들을 듣기가 싫다. 눈을 감고 몇 걸음 걷다가 문득 생각이 나서 눈을 뜬다.

"왜 학교에 날 좋아하는 애가 없지?"

"무슨 말을 하는 거야?"

쉐이가 말을 멈추었다가 다시 잇는다.

"일부는 널 좋아해."

"그런 애들과 얘기해본 적 없어."

왜 전에는 이런 생각을 못 했을까? 여기서 산 2년 반 동안 애들이 자신을 내버려 두는 게 다행스러운 나머지 그 이유를 따져볼 엄두를 내지 못했다. 풋볼팀 주장과 못된 무리, 마거릿, 가까운 사물함을 쓰는, 향기 나는 챕스틱을 바른 여학생들을 떠올린다. 또 그가 다가갈 때마다 눈길도 주지 않고 – 규칙이라도 되는 듯 – 외면하는 아이들이 떠올랐다.

쉐이가 찡그리며 말한다.

"아이참, 완전히 멍청이들이니까 무시하면 돼. 애들은 널 행운아라고 생각해. 질투하는 애들도 있고."

에드워드는 분명히 잘못 들었다고 생각한다.

"행운아?"

집 앞길로 접어들면서 쉐이가 에드워드를 곁눈질한다.

"우리 학년에 부모가 감옥에 있는 애가 세 명이야. 식료품 스탬프(복지 제도의 일환으로 빈곤층에게 제공하는 식료품 쿠폰 – 옮긴이)로 식료품을 사는 애들도 많아. 또 알다시피 누구나 슬픈 사연은 있어. 그런데 너는 네 사연 덕에 유명하잖아."

에드워드는 찬 공기를 들이마신다. 쉐이가 사과하는 투로 말한다.

"게다가 애들은 네가 보험금을 받으면 부자가 될 특권층 백인이라고 생각하거든."

행운아. 에드워드는 머릿속으로 무게 재듯 그 말을 가늠한다. 밝은 전등이 꺼져서 내면이 더 어두워진 느낌이다. 쉐이의 말은 하나도 틀리지 않았다. 어쩌면 내가 멍청이지. 한 번도 생각해보지 못한 얘기다.

그날 밤 동네 산책을 마친 후, 그늘이 드리운 집 주변을 돈다. 풋볼팀 주장의 조롱하는 표정이 떠올랐고, 자신이 멍청이 같다는 생각이 들었다. 이런 생각이 날 때면 움직여야 한다. 다른 생각들도 떠오른다. 몇 주째 떠나지 않는 생각들이 어깨를 톡톡 두드린다. 내일이 열다섯 살 생일이다. 내일, 형이 세상을 떠난 나이와 동갑이 된다. 어두운 집 주변을 구석구석 연신 돈다. 차고가 보였고, 그 건물 주변도 돌아보려고 그쪽으로 향한다.

뒷마당은 길쭉하고, 차고는 집 건물 안이 아닌 뒤쪽 멀리에 있다. 생울타리와 가깝고 그 뒤로 숲이다. 차고 근처에 와본 적이 없다. 이모와 이모부 둘 다 차를 진입로에 세우기 때문이다. 이 건물을 눈여겨본 적이 없다. 무슨 용도인지, 안에 뭐가 있는지 궁금해본 적이 없다. 여기 이사 온 후 활동 반경이 좁았다는 걸 깨닫는다. 주방, 거실, 쉐이의 방, 놀이터, 학교.

이제 어둠 속에서 운동화가 밤이슬에 젖는 와중에, 고작 차고 지만 새 장소를 발견한 작은 만족감이 솟아오른다. 차고 주위를 걷다가 멈추고 창문을 들여다본다. 유리에 심각한 표정을 짓고 있는 유령 같은 얼굴만 떠오른다. 이모 내외가 주차 공간으로 쓰지 않고 무엇을 보관하는지가 궁금하다.

문이 잠겼으리라 짐작하며 문고리를 돌린다. 잠기지 않았다. 문고리를 비트니 열린다. 들어서니 어두운 실내가 뒷마당의 연장선처럼 느껴진다. 낮은 생울타리, 중앙에 집 모양의 구조물, 각종 검은 직사각형들, 손보지 않은 검은 잡초밭. 에드워드는 문 옆에 머문다. 어둠에 익숙해지자, 바로 오른쪽 움푹한 구멍에 걸린 손전등이 보인다. 존의 솜씨다. 그는 긴급 상황에 대비해 방마다 홈을 파고 손전등을 비치했다. 에드워드는 손전등을 빼서 스위치를 켠다.

차고 중앙에 작업대가 있고 옆면에 공구들이 걸려 있다. 깔끔하게 정리된 걸 보면 자주 사용하지는 않는 것 같은데, 존은 여기서 무엇을 만드는 걸까? 이모부가 낡은 테이블을 사포질하는 장면을 상상해보지만 영 어색하다. 더 다가가니 노트북 컴퓨터들이 쌓여 있다. 에드워드는 싱긋 웃는다. 그럼 그렇지. 여긴 가구를 만들거나 수리하는 곳이 아니었다. 작업대는 컴퓨터를 조립하고 분해하는 데 사용되고 있었다. 이모부가 차고 근처에 얼씬대는 걸 본 적은 없지만, 일찍 일어나니 다른 가족들이 깨기 전에 이곳에 왔을 것이다.

구석에는 흔히 노부인들이 쓰는 빛바랜 초록색 안락의자가 놓여 있다. 그 옆에는 책꽂이. 선반에 손전등을 비추니, 한 눈에도 전집인 두 작가의 책들만 꽂혀 있다. 제인 그레이와 루이 르 아무르. 다른 작가는 없는지 재차 확인했지만 없다. 이모부가 여기 와서 서부 소설을 읽는다고? 왠지 모르겠지만 모두 이모가 아닌 이모부의 물건이라는 확신이 든다. 집은 레이시의 영역이고, 에드워드는 그걸 확실히 알고 있다. 차고는 존이 아내가 집에 두지 못하게 하는 잡동사니를 보관하는 공간임이 분명하다.

초록색 안락의자에 털썩 앉아, 존의 자리에서 세상을 바라본다. 들어오길 잘했다 싶다. 지하실에 돌아가는 것을 미룰 작은 핑곗거리를 찾아서 다행이다. 오늘 밤 취침 시간을 미뤄서 열다섯 살로 깨어나는 걸 늦추고 싶다. 안락의자 옆에는 둥근 테이블이 있고, 여러 가지 색의 서류철들이 쌓여 있다. 발 주위에 커다란 군용 더플 백 같은 가방도 두 개 있었는데 가방 하나를 발로 건드리니 쉽게 움직인다. 안에 뭐가 들었는지는 몰라도 가뿐하다. 손전등 불빛을 비춰보니, 두 가방 모두 자물쇠가 채워져 있다.

맨 위 서류철을 무릎에 올려놓고 펼쳐본다. 존의 단정한 필체로 작성된 서류가 있고, 주방 조리대에 있는 장보기 목록과 비슷하다. 싱싱한 사과, 칠면조 가슴살, 두유, 초콜릿을 씌운 아몬드…. 하지만 이 서류는 장보기 목록이 아니었고, 각각의 이름 옆에 숫자와 알파벳이 적혀 있었다. 34B, 12A, 27C. 이름 다섯 개에만 옆에 숫자가 없었다.

서류를 잡은 손끝에 땀이 나기 시작한다. 이름이 191개라는 건 세보지 않아도 알 수 있었다. 탑승자 명단이다. 옆에 숫자가 적혀 있지 않은 다섯 명은 조종사 두 명과 승무원 세 명이다. 에 드워드는 명단을 훑으며 자신의 이름을 찾는다. 에드워드의 이름은 없었지만 형과 부모님의 이름이 반듯한 필체로 적혀 있다. 엄마의 좌석 번호는 나머지 애들러 가족과 다르다. 에드워드는 엄마도 우리랑 앉았으면 좋았을 걸 하고 생각한다.

탑승자 명단 밑에는 다른 문건들이 있었고, 일부는 맨 위 문건보다 두툼했다. 하지만 에드워드는 맨 위 서류를 들추지 않는다. 더 조사하지 않는다. 손에 손전등을 들고 서류철을 무릎에 펼쳐 놓은 채 그저 앉아 있다. NTSB 지하실 복도에서 이모부와 나란히 앉았던 때를 떠올린다. 그러니까, 아직도 정보를 모으고 계시네요.

서류철을 테이블에 갖다 두는 자신을 상상한다. 뇌뿐 아니라 몸도 이건 혼자 할 수 있는 일이 아니라는 걸 안다. 손전등을 문 옆에 꽂고 뒷마당을 지나 쉐이의 집으로 뛰어간다. 보이는 것들 중 가장 작은 돌을 고른다. 베사를 깨우거나 유리창을 깨뜨리면 곤란하다. 쉐이의 방 창에 계속 던지니, 결국 머리가 부스스한 채로 안경을 쓴 쉐이가 나타난다.

"대체 뭐야?"

쉐이가 창을 열고 묻는다. 엄마를 깨우지 않기 위해 들릴까 말까 한 작은 소리로 말한다. 다시 쉐이가 묻는다.

"괜찮아?"

"너한테 보여줄 게 있어."

에드워드가 대답한다. 쉐이의 얼굴이 환해지자 안도감이 밀려든다.

쉐이가 말한다.

"야, 생일 축하한다."

"아."

에드워드가 밤하늘을 올려다본다. 검은 장막에 별들이 총총 박혀 있다. 쉐이에게 묻는다.

"자정이 지났어?"

쉐이가 고개를 끄덕이자 에드워드는 느낄 수 있었다. 서로 대화 나눈 적은 없지만 쉐이는 이번 생일이 색다르고 복잡 미묘한 걸 알고 있다. 2분 후 쉐이가 운동복 차림으로 내려오자, 에드워드가 앞장서서 차고로 간다. 기분이 묘하고 기진맥진했지만, 뒤에서 쉐이가 소곤대며 질문을 퍼붓자 들뜬다.

"어쩌다 차고를 들여다보게 됐니? 왜 이 시간에 깨있는 거야? 산책을 갈 거면 나랑 가지 그랬어? 당연히 같이 갔을 텐데…"

차고에 들어선 에드워드는 손전등으로 의자를 비춘 다음, 책꽂이와 서류철 더미, 자물쇠를 채운 더플 백들을 차례로 비춘다.

에드워드는 안락의자 밑에 있는 작은 초록색 발판을 꺼내서 앉고, 쉐이는 안락의자에 앉는다. 그가 맨 위의 서류철을 향해 손짓하자 쉐이는 그걸 무릎으로 옮긴다. 쉐이가 서류철을 내려다보다가 다시 고개를 들어 친구를 본다.

에드워드가 말한다.

"왜? 서류철을 열어 봐."

"아니."

쉐이는 그 말을 하고 스스로 놀란 듯 천천히 말을 이어간다.

"아니라니?"

"네가 약속하기 전에는 안 열어볼 거야."

쉐이는 몸을 똑바로 펴면서 말한다.

"이제 이상하게 굴지 않겠다고 약속해. 지금부터 나를 정상적으로 대해야 해. 내일 아침에 다시 쌀쌀맞게 거리를 두면 안 돼."

쉐이는 말을 멈추고 더 나지막하게 덧붙인다.

"그러는 걸 더는 못 참아."

에드워드가 놀라서 친구의 눈을 들여다본다. 눈빛이 낯설었다. 그 순간 자신이 오랫동안 쉐이의 눈을 보지 않았다는 걸 깨닫는다. 지금까지 땅바닥을 보고, 시선을 돌리면서 마음속으로 자신과 실랑이했었다. 그 순간 이제껏 이상한 건 쉐이가 아니라 자신이었음을 안다. 쉐이가 둘 사이가 정상이었다고 말한다는 것은 정말 그렇게 생각한다는 뜻이다. 에드워드는 둘 사이의 뭔가가 깨졌다고 믿었지만, 실제로 깨진 것은 자신이었다. 뺨이 화끈 달아오른다. 멋대로 삶에서 가장 중요한 것을 망칠 뻔했다.

그가 말한다.

"미안해. 약속할게."

쉐이가 고개를 끄덕인다.

"좋아. 그리웠어, 괴짜 씨."

쉐이가 서류철을 펼치고, 에드워드는 탑승자 명단을 훑어보는 친구를 바라본다. 쉐이가 묻는다.

"이거, 내가 생각하는 그거야?"

에드워드가 달아오른 뺨을 손으로 누른다. 쉐이가 속삭인다.

"너는 여기 없네. 몇 번 좌석이었어?"

"31A."

쉐이가 명단을 다 본 후, 맨 위 서류를 들추자 금발머리 여자의 사진이 나타난다. 여자는 몸을 살짝 숙이고, 사진 찍은 사람을 기쁘게 하려는 미소를 짓고 있다. 에드워드는 여자를 알아본다. 그가 말한다.

"게리의 여자 친구야."

"어머, 가여운 린다구나."

쉐이가 중얼댄다.

다음은 제복 차림으로 웃음기 없는 벤자민 스틸먼의 사진이었지만 에드워드는 잠자코 있다. 쉐이에게 이 군인 얘기를 한 적이 없어서, 어떻게 벤자민을 설명해야 할지 모르겠다.

'이 사람을 만난 건 단 몇 분이었지만 하루에 적어도 한 번은

강인해지고 싶은 것도 이 사람 때문이야.'

어떻게 이렇게 말할 수가 있겠나? 멍청이나 미친 사람 같아 보일 것이다.

뒤에는 가족사진들이 있다. 엄마, 아빠, 지금 그가 입고 있는 파카를 걸친 조던…. 그다음, 종 달린 치마를 입은 덩치 큰 여자. 마치 팔을 허공에 뻗고 춤추는 모습 같다. 사진들이 – 특히 가족들의 사진이 – 너무 직접적으로 느껴져서 멀미가 난다. 이어서 모르는 얼굴들을 보자 마음이 놓인다. 낯은 익은데 누구라고 짚어낼 수 없는 사람이 많다. 그가 앉은 열을 지나 통로를 걸어간 승객들이겠지. 화장실 앞에서 같이 줄을 섰거나. 머리칼이 번질대고 부유해 보이는 남자를 알아본다. 활짝 웃고 있지만 곧 사진사에게 잘못을 지적할 것처럼 화가 많고 밉살스러운 인상이다. 쉐이가 부자 남자의 사진을 뒤집어 본 덕분에, 사진마다 뒷면에 메모가 되어 있다는 걸 알게 된다. 사내의 이름은 마크 라시오. 사진 뒷면에 사고 당시 나이와 생존 친척 명단이 적혀있는데, 마크의 경우 형제인 잭스 라시오 한 명으로, 그는 플로리다가 주소지다.

서류철에 담긴 많은 사진들 속에 군 장교 같은 얼굴의 사진이 두 장 있다. 하나는 수염이 희끗희끗한 채 미소 짓는 조종사, 다른 하나는 심각한 표정이지만 미남인 더 젊은 조종사다. 에드워드는 마음속에 그 얼굴들이 자리 잡는 걸 느낀다. 마치 피부 밑에 사람들이 탄 비행기가 있는 것만 같다. 양팔은 날개고 몸통은 동체다. 남녀 승객이 차례로 들어찬다.

사진들을 다 보자 쉐이가 서류철을 덮는다. 두 사람은 말없이 어둠 속에 앉아 있었다. 쉐이가 입을 연다.

"존은 워싱턴 디씨에서 돌아온 후 이걸 모으기 시작했을 거야."

"뭐야?"

에드워드는 서류철에 손을 올리고 대꾸한다. 서류철에는 정말 많은 것이 들어 있었고, 순간 그 속에 갇혀 있던 그는 친구의 말을 알아듣지 못했다.

"그때부터 존과 레이시가 각방을 썼어. 타이밍이 맞네."

에드워드가 친구를 빤히 본다.

"무슨 말을 하는 거야?"

"존이 아기방 침대에서 자는 걸 눈치 못 챘어?"

에드워드는 아기방을 떠올린다. 상자들이 잔뜩 쌓여있고 침대가 있었다.

"몰랐어…. 2층에 올라가지 않거든. 너는 이모부가 어디서 자는지 어떻게 알았어?"

쉐이가 머리카락을 모아 빙빙 돌려서 트레머리로 만든다. 손놀림이 놀랍게 민첩하고 정확하다. 전에도 알았지만 불룩한 쉐이의 가슴이 눈에 들어온다. 운동복 상의 위에 젖가슴의 윤곽선이 생긴다. 에드워드는 얼굴을 붉히고 시선을 떨군다.

"레이시가 엄마한테 말했으니까. 처음에는 부부싸움 때문이라더니 나중에는 존이 코를 골아서 따로 잔다고 말했대. 하지만 그게 진짜 이유일 리 없지. 엄마 말로는 레이시가 수면제를 복용하기 때문에 코 고는 소리를 들을 가능성은 없대."

에드워드는 그늘진 차고 안을 훑어본다. 이모부가 소설을 읽고 회로판을 검사하는 곳인 줄로만 알았다. 하지만 더 침울한 조사가 이루어지는 장소였다. 은밀한 비밀로 그늘이 부풀고, 그를 향해 손을 뻗는다.

"이모가 수면제를 복용한다고?"

"사고 후 의사에게 처방받았대. 대용량으로. 엄마는 약이 너무 독하다고 걱정해서."

쉐이는 친구의 표정을 보고는 위로의 미소를 짓는다. 그리고 말한다.

"걱정할 것 없어. 이제 보니 넌 아무것도 모르네. 앞으로 이모 부부에 대해 내가 알려주는 게 낫겠다."

일주일 전 프랑스어 시간에 한 학생이 교사의 출산이 임박한 걸 축하하기 위해 컵케이크를 가져왔었다. 에드워드는 교사의 배가 나온 줄도 몰랐던 걸 깨닫고 혼란스러웠다. 또 교사의 휴직 이야기가 오갔다는 것도 몰라서 어리둥절했다. 컵케이크를 들고 그 소식을 곱씹으면서, 어떻게 이런 분명한 일들을 놓칠 수 있었는지 의아했다.

"이모는 항상 일찍 잠자리에 드는데."

에드워드가 대화를 따라가려고 애쓰면서 대꾸한다.

쉐이가 고개를 끄덕인다.

"레이시는 저녁식사 직후에 약을 먹거든."

에드워드는 손바닥으로 서류철을 누른다. 거기 이모부가 모은 이름들, 얼굴들, 숫자들이 담겨 있다. 학교에서 그를 싫어하는 얼굴들을 모두 떠올린다. 또 놓친 게 얼마나 많을지 궁금했고, 조사해서 기록하려는 존의 본능에 공감한다.

쉐이가 말한다.

"이 말을 들으면 네 기분이 나아질지 모르겠지만, 넌 내가 의식하지 못하는 걸 알아차려. 오늘 밤 널 여기로 데려온 게 뭔 것 같아? 내 짐작에 넌 여기로 이끌렸어. 의미 있는 일이 계속되고 있다는 감을 잡았지."

에드워드는 그 의견을 거부하면서 고개를 젓는다. 하지만 동시에 쉐이가 아직도 그의 내면에 특별한 게 있다고 생각한다니 반가웠다.

"레이시는 존이 이런 일을 해서 화가 났겠지."

쉐이가 더 가까이 놓인 더플 백을 건드리면서 말을 잇는다.

"이 안에 뭐가 들은 것 같아? 분명히 그 비행과 관련된 물건이겠지."

그런 생각을 해본 적 없다. 에드워드는 큰 가방들을 의심스럽게 쳐다본다.

"열어봐야 해. 서류철도 더 있고. 하지만 내일까지 기다리자. 네 눈가가 아주 이상해 보여. 서두를 필요 없다고."

다음 날 저녁, 이모가 식탁 의자에 매단 풍선을 보고 에드워드
는 흥겨워 보이려고 애를 쓴다.

존이 말한다.

"이봐, 형님. 열다섯 살이야? 애들은 진짜 빨리 자란다니까."

에드워드는 억지로 미소 짓는다. 이모나 이모부가 조던의 나
이에 대해 말할지 궁금하다. 아마 하지 않을 것이다. 그러면 그
게 기억을 못 해서인지, 거기에 대해 뭐라고 말해야 할지 몰라서
인지 궁금해지리라.

식탁에 오기 전 쉐이가 다독이며 말했다.

"생일을 질색하는 줄은 알지만 이모 내외를 위해 분위기를 맞
추려고 애써 봐."

에드워드는 고개를 끄덕였다. 이 특별한 생일이 주는 의미가
불편하지만 쉐이와의 관계가 회복되어 감사했다. 차고에 있는
서류철이 쉐이에게 손을 내밀도록 해주었고 덕분에 인생을 망
치지 않았다. 아까 쉐이는 그를 보면서 안도한 기색으로 말했다.

"넌 다시 정상이 되었어."

에드워드는 포크로 스파게티를 말고 이모와 이모부를 자연스
럽게 관찰하려 한다. 옆에서 쉐이도 똑같이 그러고 있다. 에드워
드는 그날 아침 아기방의 싱글침대를 확인했다. 존이 거기서 잔
게 분명했다. 파자마가 의자에 걸쳐 있었고, 이불보가 쭈글쭈글
했다. 하지만 레이시가 남편을 싫어하는 것 같진 않다. 존에게
스파게티 그릇을 건네고, 열다섯 살이 첫 컴퓨터의 처리속도 같

다는 그의 농담에 웃는다. 문득 이모가 존을 날카로운 눈으로 보거나 조르는 아이처럼 존에게 매달리는 모습을 본 지가 한참 됐다는 생각이 스친다. 레이시는 더 안정적으로 변했지만 거리감도 더 생겼다. 쉐이는 생활이 불안정해진 존이 오싹한 습관―사고 관련 소식을 수집하는 습관―을 갖게 되었다고 추측했다. 하지만 이모가 변했고, 그로 인해 부부 사이의 균형이 깨졌는지 에드워드는 궁금했다.

"두 분은 어떻게 만났어요?"

쉐이가 묻는다.

"우리?"

레이시가 놀란 표정을 짓는다. 그녀가 말을 잇는다.

"이거 참. 어퍼이스트사이트(뉴욕 맨해튼의 구역―옮긴이)에 있는 이탈리아 레스토랑에서 만났지. 둘 다 아는 친구가 있어서 그가 소개했어. 그 후 대규모 만찬이 있었는데 둘이 나란히 앉았지."

"눈이 내리고 있었고."

존이 말한다.

"눈이 내리고 있었지. 그 후, 얼마 지나지 않아 결혼했어."

레이시가 미소 지으며 에드워드에게 말한다.

"네 엄마가 나한테 미쳤다고 말했지만, 둘 다 결혼할 준비가 되어 있었지."

쉐이가 실눈을 뜨고 쳐다보자 에드워드는 그녀가 무슨 생각을 하는지 알 수 있었다. '눈이 내리고 있었어. 레이시는 미소 짓고. 여전히 서로 좋아하는 것 같은데.' 하지만 에드워드는 그렇게 낙관하지 않았다. 부모님이 가끔 정상적으로 대화하다가 싸움을 시작하던 기억이 있다. 아빠의 이마에 핏줄이 솟고 엄마의 목소리가 몇 옥타브 높아졌다. 에드워드와 조던은 놀라서 언제 싸움이 시작된 거야? 하는 눈빛을 교환했다. 친부모의 부부 관계 양상도 이해하지 못하는데, 이모 내외의 관계를 어떻게 이해할 수 있을까? 게다가 이제 그는 조던의 나이가 되었고, 형이라면 조용히 있지 않았을 것이다.

에드워드가 이모부에게 말했다.

"왜 아기방에서 주무세요?"

이 질문에 모두가 얼어붙는다. 레이시는 냅킨으로 입가를 꾹 누르고 쉐이와 존은 음식을 입에 넣다가 멈춘다. 에드워드는 소강상태가 만족스럽다.

존의 뺨이 어두워진다.

"내가 코를 골아서 레이시에게 방해가 되기 때문에 거기서 자는 거야."

레이시는 냅킨을 주먹에 꼭 쥔다.

"왜 그게 궁금할까?"

분위기를 가라앉히려는 듯 말꼬리를 살짝 올린다.

에드워드가 대답한다.

"별일 없는지 궁금해서요."

이 대꾸가 다시 방 안의 공기를 바꾸고, 에드워드는 무언가 문제가 있음을 안다. 레이시와 존이 눈빛을 주고받는다. 쉐이가 헛기침을 하고 말한다.

"코골이를 멈춰주는 코 밴드가 있다는 글을 읽었어요. 아마 약국에서 살 수 있을걸요."

존이 말한다.

"고맙다, 쉐이. 알아보마."

"어디서 자느냐는 중요하지 않아."

이모가 똑바로 쳐다보며 말한다. 에드워드는 처음 몇 달이 지났을 때, 쉐이의 집에서 자는 걸 속상해하는 이모에게 자신이 했던 말이 떠올랐다.

"자, 케이크."

존이 명령하듯 말한다.

함께 생일축하 노래를 부르고, 존은 층층이 쌓인 케이크를 에드워드 앞에 가만히 내려놓는다.

"소원을 빌어."

존이 말한다.

소원은 위험하고 쓸모없다. 생일이 질색인 이유이기도 하다. 이모부에게 차고에 모아둔 자료들이 무슨 도움이 되느냐고 묻고 싶었지만, 대답을 직접 찾아야 할 것 같다. 에드워드는 생각한다. 나를 보호하려고 그런 일을 하는 거예요? 효과가 있을까요?

쉐이가 케이크를 칭찬하자 레이시가 말한다.

"할머니의 레시피인데 에드워드가 어릴 때부터 이 케이크를 좋아했지."

"맞아요."

에드워드는 맞장구쳤지만, 사실 이모는 조던과 자신을 헷갈린 것이다. 조던이 케이크를 좋아해서 엄마는 생일마다 이 케이크를 구웠다. 에드워드가 좋아하는 디저트는―부모님이 살아있을 때 생일에 먹었던―아이스크림이다. 하지만 너무나 흡족해하는 이모를 보고 에드워드는 차마 사실을 밝힐 수가 없었다. 형이 좋아하던 케이크를 포크로 떠서 입에 넣는다. 열세 살 생일에도, 열네 살 생일에도 이 케이크를 먹었다. 열여섯 살 생일에도 먹겠지.

존이 하품을 하고 일어난다.

"뭐 하는 거예요?"

레이시가 못마땅한 말투로 묻는다. 존이 놀라서 주위를 둘러본다.

"미안."

그가 다시 자리에 앉아 덧붙인다.

"무례하게 굴었네. 재촉하려는 뜻은 없었어."

"피곤하신가 봐요."

에드워드가 말한다. 이모부가 얼굴을 찡그리고, 그 표정을 본 에드워드는 불면과 악몽의 고통을 겪는 사람이 자신만이 아니라는 걸 알았다. 어둠 속에서 고요한 밤 혼자만 깨어 있다고, 자신에게만 안식이 허락되지 않는 줄 알았다. 그런데 아니었다. 두 십 대는 잔디밭을 지나 차고에 가고, 존은 어느 방에서 잘지 고심하고, 에드워드는 한 살 더 먹었다. 가족과 1년 더 멀어졌다.

에드워드와 쉐이는 자정에 차고로 간다. 어른들 모두 잠자리에 든 지 한 시간이 지났으니 들킬 염려는 없다. 쉐이가 더플 백을 운동화 발로 툭툭 건드린다.

"4~5킬로그램쯤 되겠네. 아님 7~8킬로그램쯤? 보기보다 무겁지 않아. 그리고 안에 종이 같은 게 들었어. 바스락대거든."

"존의 여름옷이거나 '굿윌(중고 기증품을 판매하는 자선단체 – 옮긴이)'에 보내려고 모아둔 물건일 수도 있어."

"그런 거라면 가방에 자물쇠를 채우지 않았겠지. 누가 그런 걸 잠그겠어. 분명히 중요한 게 들었을 거야."

두 사람은 자리를 잡는다. 에드워드는 안락의자 발판에, 쉐이는 안락의자에 앉는다. 오늘 밤에 서류철 보는 걸 끝내고 – 쉐이가 내용을 기록할 것이다 – 내일은 가방을 여는 데 집중할 계획이다. 한 서류철에 에어버스 A321과 관련된 정보들이 담겨 있다. 항공기의 도면, 날개와 엔진, 연료 사양의 수치들…. 항공기의 역사와 타 항공사들의 사용 빈도, 에어버스 A321의 동체 아래 사진들, 위에서 본 사진들, 공중에서 본 사진들…. 서류철의 맨 밑에는 사고현장 사진들이 있다. 에드워드는 그것들을 제대로 쳐다볼 수가 없다. 쉐이가 사진 뭉치를 받아 서류철에 다시 넣는다.

다른 서류철에는 소셜 미디어에 언급된 에드워드나 비행 관련 내용을 인쇄한 자료가 들어있다. 위쪽 절반은 '기적의 소년'이라는 이름의 페이스북 계정을 인쇄한 것이다. 계정의 아바타는 에드워드가 병원에서 찍힌 유일한 사진과 같은 모습이다. 머리에 붕대를 감고 옆을 보고 있다. 에드워드는 사진 속의 자신을 알아볼 수가 없다. 대부분의 포스트는 비행 관련 뉴스 기사들의 URL 링크였지만, 글도 포스트 되어 있었다. 이 글들은 같은 이름의 트위터 계정에 교차 포스트 되었다. 두렵다. 외롭다. 엄마가 그립다. 왜 내가 여기 있는지 모르겠다. 아마도 신이 날 구했겠지만 난 그저 아이일 뿐이다.

에드워드가 속삭인다.

"누가 이런 걸 썼을까? 어떻게 이런 짓을 해도 괜찮다고 생각할 수가 있지?"

쉐이가 대답한다.

"처음에는 나도 이 글들을 봤어. 인터넷에서. 물론 널 모를 때였고, 혹시 네가 병원에서 쓰고 있는 건가 궁금했어."

"트위터 계정을 만드는 건 고사하고, 침도 못 삼킬 때였는데."

에드워드가 말했다. 하지만 한편으로는 내가 했나? 하는 생각이 들기도 했다. 뇌가 알고 있는 게 확실한 사실이라고 자신할 수는 없다. 병원 침대에 누워서 다리를 깁스한 채 아이패드에 자신의 감정을 입력하는 모습을 상상해본다.

쉐이가 기도하듯 양 손바닥을 모아 손전등 불빛 아래로 가져간다. 그러더니 고개를 저으면서 속삭인다.

"다 살펴봤네. 이제 가야 해."

차고에서 나오기 전, 탑승자 명단을 다시 보고—둘 다 피해자들의 이름을 외우려고 애쓴다—첫 번째 서류철에 새로 들어온 사진을 확인한다. 어제 이후 존이 새로 첨부했다. 붉은 머리 여성이 흰 가운을 걸치고 목에 청진기를 두른 사진이다. 사진을 찍으려고 포즈를 취하는 게 거북한 표정으로 카메라를 응시하고 있다. 사진 뒷면에 이름이 적혀 있다. 닥터 낸시 루이스. 유족으로 부모님이 살아 있고 코네티컷 주소가 있다.

에드워드는 그녀를 알아본다. 기억이 잡다한 감정과 섞여서 목구멍이 뻐근하다.

"아는 사람이야?"

쉐이가 묻는다.

"아니."

에드워드가 대답한다. 하지만 마음이 아프다. 마지막으로 의사를 힐끗 다시 본 후, 서류철을 제자리에 놓고는 차고에서 나가 얼어붙은 잔디밭을 지날 때까지도 마음이 아리다.

다음 날 아침, 수학 수업 후 마거릿이 다가와서 말한다.

"계속 마음에 걸려서 확인해야 될 것 같아. 나를 밀어낸 일로 아무 곤란도 겪지 않았지?"

에드워드가 마거릿을 내려다본다. 지난 반년 새 8센티미터가

커서, 복도를 지날 때 반 아이들의 머리통이 내려다보여 스스로
도 계속 놀라는 중이다.

에드워드가 대답한다.

"그래. 진짜 미안해. 실수였어. 제정신이 아니었어. 그래서 다
시 체육 수업에 들어가지 않는 거야."

그러고는 한숨을 쉬었다. 풋볼팀 주장이 다가왔기 때문이다.
에드워드를 본 그는 이를 다 드러내 웃으면서 억지로 하이파이
브를 시키려는 듯 손을 올린다. 에드워드가 손을 들어 손바닥을
마주친다. 몸을 돌리니 마거릿이 못마땅하게 쳐다보고 있다.

"쟤랑 친구 아냐."

에드워드가 말한다.

"11학년과 12학년 때 AP(성적이 우수한 고교생이 대학 학과목을 이
수하는 과정 - 옮긴이)를 몇 과목이나 들을 거야?"

"모르겠는데."

에드워드가 놀라 마거릿을 쳐다보며 묻는다.

"넌 벌써 정했어?"

"일곱 과목."

"와."

달리 대꾸할 말이 없다. AP 강좌가 그렇게 여럿 개설된 줄도
몰랐다. 체육 시간에 마거릿을 민 게 후회됐다. 그랬다면 이 혼
란스러운 대화를 할 필요가 없었을 텐데. 목덜미에 땀이 송글송
글 맺힌다. 마거릿이 더 소리를 낮춰서 말한다.

"네가 탄 비행기에 아시아인이 열한 명 있었어. 그중 한 사람이 이모랑 같은 동네에 살았지."

그 말이 내면의 탑승자 명단이 각인된 부분으로 날아든다. 스펠링으로 볼 때 열한 명이 아시아인이리라 짐작하던 차였다. 마거릿은 확인시켜주었을 뿐이고, 퍼즐이 맞는 것 같아 고마웠다. 마거릿이 자신에게 다가온 이유가 이 얘기 때문임을, 이게 용건이었음을 에드워드는 알아차린다.

"그 이름들을 알아."

에드워드가 똑같이 나직하게 대답한다. 그 순간 마거릿이 이름을 외워보라고 요구할 거란 생각이 들었지만 마거릿은 만족스럽게 고개를 끄덕이고는 가버렸다.

12:44 P. M.

2977편은 이전 모든 항공기의 제트 기류를 뒤따른다. 펄럭이는
금속 날개를 양팔에 매고 나는 날개치기 비행기, 글라이더, 열기
구, 하늘의 증기 마차, 이지키얼 비행선…. 이 항공기의 탑승자
들은 모두 민간 여객기 시대에 태어났고, 따라서 하늘 위에 앉아
있을 수 있다는 사실을 어느 정도는 당연시한다.

　벤자민은 화장실에서 나와 자리로 돌아가기가 꺼려졌다. 몇
시간이나 비좁은 좌석에 처박히는 걸 견딜 수가 없다. 기내 뒤쪽
에, 통로에서 비켜선다. 우측 작은 창에 물줄기가 떨어진다. 그
가 보는 사이 물줄기는 약해지고, 찬찬히 비가 멎는다. 하늘이
숨을 쉰 것처럼 밝아온다. 몸이 하늘의 변화에 반응하는 듯 달
라진다. 탑승 후 처음으로 현실을 따져본다. 공항에 롤리가 마중

나올 것이다. 거기서 생각을 멈추고 속으로 중얼댄다. 어쩌면 그걸로 족하지.

열두 살 이후 할머니와 가까이 산 적이 없다. 어쩌면 인생의 초점을 할머니에게 보은하는 데 맞추면 될 것이다. 구제될 자격이 없는데도 롤리는 네 살인 벤자민을 구해주었다. 먹이고 입히고 씻겼다. 책을 읽어주었다. 말대꾸하거나 입을 다물면 호되게 혼냈다.

열한 살 때 벤자민은 롤리가 군 기숙학교의 전액 장학금을 받아냈다는 사실을 알았다. 그는 할머니를 화나게 하려고, 또 울음이 터질까 봐 입을 다물어버렸다. 롤리는 벤자민의 어떤 잘못보다도 침묵에 가장 크게 역정을 냈다. 그녀는 아침, 점심, 저녁 할 것 없이 악을 썼다.

"입 좀 열어, 녀석아! 유령처럼 다니지 말고! 이승에 있고 싶으면 말을 하라고! 내가 특혜를 베푸는 거야! 너를 여기서 빼내주는 거라고!"

벤자민은 계속 입을 다물고 생각했다. '난 여기가 좋아요. 여기가 내 집인걸요.'

이제 이 노부인에게 효도하는 데 힘쓰면 된다. 정시에 출퇴근하면서 신병을 모집하고, 서류 작업을 끝내고, 돈과 여가를 롤리에게 쓰면 된다. 함께 극장에 가도 좋겠지. 또한 롤리는 퍼즐 맞추기를 좋아해서 늘 주방 식탁에는 퍼즐이 널려 있다. 매주 새 퍼즐을 선물해도 좋으리라. 그러면 할머니는 싸구려 잡화점에서 산 낡고 짝이 안 맞는 퍼즐을 맞추고 또 맞추지 않아도 되겠지. 두 사람은 차를 타고 바다에 갈 수도 있다. 집에서 8킬로미터 거리에 바다가 있지만 그 동네 사람 누구도 그곳에 가지 않는다.

통로 건너편에 앉은 소년 – 동생 – 이 다가오더니 앞에 선다.

"화장실을 기다리세요?"

소년이 묻는다. 벤자민이 고개를 젓는다.

"아."

소년이 중얼거리고 바지 주머니에 손을 찌른다. 아이가 다시 말한다.

"뭐 좀 여쭤봐도 되나요? 군대에 있으세요?"

비쩍 마르고 걱정 많아 보이는 아이, 검은 머리가 부스스하다. 소년은 벤자민이 군 기숙학교에 입학했을 때 나이처럼 보인다. 벤자민은 그 나이 때 아는 게 쥐뿔도 없었다. 첫 학기부터 졸업반 선배들에게 놀림을 당했고, 의도가 비열한 걸 알았지만 모욕이 납득되지 않았다. 그들은 벤자민을 조롱했지만 어떤 부분이 놀림감이었을까? 다행히 크리스마스 방학 때 쑥 자라서 개학했을 때는 동년배보다 체중이 15킬로그램쯤 더 나갔다. 이후 선배들은 그를 건드리지 않았다.

하지만 벤자민은 사람과의 소통법을 터득하지 못했다. 전 과목 성적이 좋았지만 여전히 사회성은 바닥이었다. 더 약삭빨랐다면 장교가 되어 웨스트포인트(미 육군 사관학교 – 옮긴이)에 진학

할 계획을 세웠을 것이다. 그곳에는 주로 백인 남학생들이 갔지만 군 당국은 숫자를 맞추기 위해 유색인종의 선발에 늘 신경썼다. 그러나 벤자민은 오른손으로 악수하지 않았고, 어느 손으로 악수해야 하는지도 몰랐다. 고교 시절 내내 말없이 지냈고, 졸업 후 곧장 군사기초 훈련에 투입되었다. 자신이 누구인지, 뭘 원하는지 모를 만큼 거대한 혼란에 빠졌대도 놀랍지 않았다. 개빈을 떠올리니 깊은 아픔이 밀려든다.

"난 제대할 거야."

그가 말한다. 내면의 슬픔이 의심으로 변한다. 그 말을 다시, 이번에는 더 크게 내뱉는다. 허공에서 그 말이 어떻게 들리는지 알고 싶다. 벤자민이 말한다.

"난 제대할 거야. 집에 가는 길이야."

소년이 납득한다는 듯이 고개를 끄덕인다. 이 말이 납득된다고? 어떻게 이 말이 납득될 수 있지? 그는 다른 기술도 없고, 군 생활 외에는 아무 경험도 없다. 누구보다 라이플총을 잘 다루고, 완벽하게 대오를 이루어 행진하고, 34킬로그램을 군장한 채 숨소리도 내지 않고 숲을 행군할 수 있지만 그런 기술이 민간인의 삶에서 어떤 쓸모가 있을까?

소년이 말한다.

"틀림없이 스트레스가 많았겠죠. 언제든 죽을 수 있다는 걸 아니까."

그렇지. 벤자민은 생전 처음 듣는 말인 듯 속으로 중얼댄다. 아이를 유심히 본다. 그가 저렇게 어렸던 것은 아주 오래전 같다.

"학교에 다니니?"

"비슷해요. 아빠, 형이랑 함께 홈스쿨링 해요."

벤자민은 미소 짓지만, 아무도 웃음으로 보지 않을 만큼 무표정하다. 그가 묻는다.

"이름이 뭐야?"

"에디."

"난 벤자민."

"제가…."

아이가 화장실 문을 가리키며 말을 잇는다.

"만나서 반가웠어요, 써(Sir, 남자에게 붙이는 경칭 – 옮긴이)."

아이는 잠시 생각에 잠겼다가 마지막 호칭을 붙인다.

"나도, 에디."

벤자민은 화장실에 들어가 문을 잠그는 소년을 지켜본다.

린다는 쓰레기봉투를 들고 통로를 지나는 승무원을 쳐다본다. 서둘러요, 제발 빨리빨리. 그녀가 속으로 외친다. 손대지 않은 음식의 고약한 냄새에 갇혀 있다. 얼른 음식 접시가 치워지면 좋겠다. 잿빛 하늘이 사라지고 파란 하늘이 되면 좋겠다. 플로리다와 그 둔중한 몸매에서 벗어나고 싶다. 이 비행기에서 내리고 싶다. 내리는 순간을 상상한다. 낯선 사람들 속에서 꽃다발을 들고 기다리는 게리를 마주하는 상상. 로맨틱한 영화에 꼭 등장하는 장면이다. 여자가 립스틱을 바르고, 푹 쉬어 초롱초롱한 얼굴로 비행기에서 내린다. 그녀를 본 순간 남자의 눈이 휘둥그레진다.

린다는 아래를 내려다본다. 입을 때는 사각대던 옷이 이제 숨이 죽고 거무죽죽하다. 건조한 공기 때문에 손이 거칠거칠하다. 머리도―손을 올려 쓸어내리자마자 뻣뻣한 부분이 느껴진다―보기 좋은 모양새는 아닐 게 뻔하다. 게리가 실망해서 눈을 크게 뜨는 상상을 한다. 꽃은 시들었다.

"저 여자는 뭘 해서 먹고살 것 같아요?"

플로리다가 묻는다.

"누구요?"

플로리다가 린다의 오른쪽에서 자는 여자를 향해 손짓한다. 아직도 파란 스카프를 뒤집어쓴 채 자고 있다.

플로리다가 말한다.

"난 저렇게 잘 수 있는 사람이 부럽더라. 아주 오래전부터 불면증을 앓았거든요."

"틀림없이 피곤할 거예요. 투잡을 뛰느라 충분히 못 쉬었을지도 모르죠."

린다가 말한다.

플로리다는 계산이라도 하듯 눈을 가늘게 뜬다.

"아니. 비싼 구두를 신은걸요. 내 짐작에 애인 여럿을 만족시키려다 보니 과로한 것 같아요. 은밀한 사생활을 유지하려면 지칠 수밖에. 과도한 섹스는 말할 것도 없고."

린다가 입을 벌리고 깔깔댄다.

플로리다가 말한다.

"아가씨."

"네?"

"더 많이 웃어야 해요. 얼마나 듣기 좋은데."

"쉿, 저분이 깨겠어요."

린다가 말한다.

두 사람은 쓰레기봉투를 들고 옆에 서 있는 승무원을 보며 싱긋 웃는다. 린다는 승무원에게 접시를 내밀고 한시름 놓는다.

마크는 그 후유증이 싫다. 마약을 한 후의 후유증, 스파르타 경주(익스트림 스포츠를 즐기는 사람들을 위해 다양한 코스와 장애물로 구성된 경주 대회 – 옮긴이)를 뛰고 난 후의 후유증, 16시간이나 시장 동향을 주시한 후의 후유증 말이다. 작년에 결국 코카인을 끊은 것도 후유증 때문이었다. 두통, 피부 안쪽이 긁히는 감각, 안구 건조, 나른한 뇌…. 매번 기분 좋은 하이(마약에 취해 느끼는 황홀경 – 옮긴이)를 경험한 후 이런 증상들이 생긴다는 사실을 견딜 수 없었다. 하이에 들어가는 게 좋은 데다 어려움 없이 약을 구했고 – 사무실 신입 사원이자 장래가 촉망되는 인기 많은 청년이 딜러였다 – 취해서도 마음만 먹으면 놀랍게도 정상적으로 업무를 처리했다. 얼치기 코카인 상용자들을 많이 봤는데, 그들은 눈을 흉하게 뜨고 코를 문지르면서 말을 지나치게 빨리 지껄였다.

마크는 코카인을 해도 아무도 그 사실을 몰랐고, 이것이 자랑스러웠다. 뭐, 잭스 형은 알아챌 수 있었겠지만 그는 특별한 경우였고, 거의 만나지 않았다. 마크는 형을 생각하지 않으려고 애썼다. 잭스를 떠올리면 후유증 비슷한 기분에 빠졌고, 무슨 수를 써서라도 코카인 한 후의 느낌을 피하려고 했다.

좌석에 앉으니 그 감각의 경계에 선 것 같다. 산꼭대기에서 여전히 섹스와 아드레날린, 몽롱한 기분에 젖는다. 엔진을 이 수준으로 계속 가동하거나, 나가떨어져서 무의식에 빠져 후유증을 피하거나. 둘 중 하나여야 한다. 기내 수하물에는 그런 블랙아웃을 일으킬 약물이 없으니 대안을 찾아서 기분을 유지해야 한다. 주위를 둘러본다.

"괜찮아요?"

옆자리 여자가 어머니 같은 걱정 어린 눈빛을 던진다. 그는 생각한다. 맙소사, 아니요. 전혀요. 개수작은 사절이에요.

그는 일어선다. 다시 크리스핀과 티격태격하고 싶지만 노인네는 눈을 감고 있다. 피부가 투명하다. 종잇장 같은 살갗에 혈관이 불거졌다. 마크는 몸을 떤다. 질병, 고령, 노화, 그런 걸 어떻게 받아들여.

그는 조종실 문 옆의 갤리에서 베로니카를 찾아낸다. 사실 사방이 문인 게 의식된다. 감각이 극도로 예민해서 무엇도 그냥 지나치지 못한다. 대형 출입구가 뒤편 여섯 걸음 거리에 있고, 조종실 문은 왼편에, 일등석 화장실은 바로 등 뒤에 있다.

"이봐요."

마크가 매력적인 목소리로 들리기를 바라며 말을 건다. 매력적인 미소를 짓지만, 마치 명중하기 어려운 다트를 던지는 기분이다. 그는 모두 명중하지 못할 확률을 80퍼센트로 예상한다.

베로니카는 구석에 쭈그리고 앉아 셀로판지로 된 사각형을 접어서 용기에 담고 있다가 마크의 목소리를 듣자마자 일어남과 동시에 몸을 돌린다. 그 우아한 동작에 그의 숨이 멎는다. 소년 시절 그와 잭스는 자주 어머니에게 붙잡혀 발레 공연에 끌려가곤 했다. 마크는 투덜댔지만 속으로는 독특한 아름다움의 순간을 구경하는 게 좋았다. 발레리나의 피루엣(한 발로 서서 빠르게 회전하는 동작 – 옮긴이), 무용수의 품으로 뛰어드는 도약 같은 것 말이다. 그리고 3만 피트 상공에서 베로니카가 갤리에 이런 아름다움을 또다시 가져왔다.

"당신한테 고맙네요."

그가 말하고는 경악해서 속으로 중얼댄다. 당신한테 고맙네요? 환장하겠네. 얼빠진 머저리 자식.

"뭐라고 하셨어요?"

베로니카는 어리둥절한 표정을 짓는다. 느린 동작으로 그녀의 모습을 속속들이 바라보던 마크는 그녀가 몸을 돌릴 때 지은 서늘한 표정을 의식한다. 분명 그녀는 그를 밀어내고 자리로 돌려보낼 심산이었지만 혼란스러웠다. 마크가 말한다.

"할 일이 있군요. 존중하지요. 또 다시는 성가시게 굴지 않겠다고 약속합니다. 다만 내일 밤 저녁식사에 데려가고 싶어서요. LA에서."

베로니카가 그를 바라본다. 빨간 립스틱이 흠잡을 데 없고, 눈이 예쁘다.

"제발 좋다고 말해요. 한 번의 데이트."

그녀는 바로 대답하지 않는다. 그는 베로니카가 침묵을 노련하게 이용하고 있다는 걸 파악한다. 평소의 그와 달리 인내심을 발휘해 기다린다. 마침내 베로니카가 대답한다.

"좋아요. 한 번의 데이트."

"한 번의 데이트."

그가 되뇌자 가슴에서 엔진이 가동된다. 이 여자에게 진심으로 고마워하고 있다는 걸 깨닫고는 스스로 놀란다. 후유증은 사라졌다. 이 승리감을 즐길 것이다. 내일 밤 테이블을 사이에 두고 앉을 때까지는.

조던은 집중하려고 마음먹고 펼쳐진 책을 빤히 쳐다본다. 동생과 아빠는 스도쿠 퍼즐을 푸느라 연신 그의 얼굴 앞으로 책을 주고받는다. 조던은 둘의 이상한 취미에 끼고 싶지 않고, 책을 읽는 동안에는 아빠가 방해하지 않을 걸 안다. 안전지대에 있는 셈이고 훌륭한 책(오웬 미니를 위한 기도)이지만 집중할 수가 없다. 뇌가 계속 앞을, LA 쪽을 흘끔댄다.

에디와 달리 그는 이사 때문에 부모님과 실랑이하지 않았다.

동생은 울면서 계속 뉴욕에 살자고 애걸했다.

"여기가 우리 집이에요. 거기 가서 살 수 없어요. LA는 지진이
나요. 다들 차를 운전하고 다녀요. 우린 선크림을 발라야 할 거
예요."

부모님은 집에 피아노가 있고, 책도 많을 거라고 약속했지만
에디는 자기 물건이 절반 넘게 짐 상자에 담기고서야 결국 설득
을 포기했다. 햇살, 해변, 비키니 차림의 여자들이 있다는 게 조
던에게는 괜찮게 느껴졌다. 설마 그럴까 싶긴 했지만, 또래 아이
들이 주말에 타월과 도시락을 들고 바닷가에 나타나는지도 궁
금했다. 그곳 사람들은 잔디밭이 있는 주택에 살았다. 길모퉁이
에 편의점이 없겠지. 마히라도 없다. 마지막으로 그녀와 키스할
때, LA를 거쳐 앞으로 나아갈 때마다 새로운 마히라가 마법처럼
등장하리라는 생각을 했다는 걸 깨닫는다. 같은 문장을 네 번째
다시 읽으며 생각한다. '하지만 그들의 입술은 진짜 마히라의 입
술이 아니잖아.' 어떻게 전에는 이런 생각을 하지 못했을까? 아
무 여자하고나 키스하고 싶지는 않다. 제대로 된 사람이어야 한
다. 결국 마히라 말고는 아무와도 키스하지 않았다. 동생과 아빠
보다 앉은키가 커지도록 허리를 쭉 편다. LA의 햇살이 갑자기
하얗고 밋밋하게 느껴진다. 비키니 입은 여자들이 하얗고 밋밋
하게 느껴진다. 마히라의 선택을 받은 그는 행운아였다. 행운이
사라진다면, 만약 행운이 뉴욕과 마히라에 묶여 있다면 어쩌지?

그 순간 에디가 말한다.

"아빠, 모든 정수는 소수들의 곱으로 적을 수 있다고 가르쳐주신 걸 기억하세요?"

브루스가 고개를 끄덕인다.

"왜 그렇죠? 진짜 이상하잖아, 안 그래요? 모든 숫자가 다 그런가요?"

아빠가 에디를 바라본다.

"왜 그게 사실이냐고 묻는 거냐?"

조던은 이 비행기를 돌리고 싶다고 생각한다. 머리에 구멍이 난 것 같다. 바보 같고 어리게 느껴진다. 모든 행동이 가식적인 것 같다. 검색기 통과를 거부해서 이목을 끌었다. 비건용 기내식을 주문해서 관심을 끌었다. 아빠가 정한 취침시간과 규칙을 어길 때마다 관심을 끌었다. 그가 마히라에게 키스한 게 아니었다. 마히라가 그에게 키스한 것이다. 키스는 마히라의 아이디어였지, 그의 아이디어가 아니었다. 또 그 일은 비밀스러웠고 진정한 삶의 일부처럼 여겨졌다. 그게 아니라면, 마히라를 제외하면 조던은 허풍선이, 허깨비로 삶을 연기하는 것에 불과했다. 가슴 속에서 그 감정이 뜨거운 쇠처럼 고통스럽게 느껴졌다. 마히라는 그의 중심이었는데 – 지금도 그럴까? – 지금까지 그걸 제대로 모르고 있었다니!

브루스가 말한다.

"좋은 질문이구나. 그런데 난 정답을 몰라. 무슨 말이냐면, 무엇이 사실인지 몰라."

조던이 소설책을 덮는다.

"피곤하니?"

아빠가 묻는다.

착륙하면 마히라에게 메시지를 보내야겠다고 조던은 생각한다. '내 감정을 말할 거야.'

"봐, 비가 그쳤어."

에디가 들뜬 목소리로 말한다.

2016년 1월

에드워드와 쉐이는 더플 백 여는 일을 개학 이후로 미룰 수밖에 없었다. 베사가 크리스마스와 연말연시에 – 쉐이의 표현으로는 – 정신줄을 놓기 때문이다. 그녀가 그 기간에는 잠을 안 자기 때문에 두 사람이 비밀리에 차고에 드나들 수가 없는 것이다. 새벽 2시, 베사는 주방에서 폴포론(부드럽고 달콤한 쿠키 – 옮긴이)을 굽거나 와인을 마셨다. 그리고는 잠시 거실 소파에서 눈을 붙이고는 다시 선물 포장을 시작하거나 트리를 꾸몄다. 새해 첫날 친척들이 도착하기 전에 베사는 식당 벽마다 빨강, 노랑, 초록, 하얀색의 테이프를 붙이고 – 색마다 운이 다르다 – 판둘세(멕시코의 페이스트리 – 옮긴이)를 구웠다. 그리고 섣달그믐 자정, 현관문을 열고 작년의 악운을 빗자루로 쓸어냈다.

"매년 그랬나?"

에드워드가 물었다. 베사가 이렇게 연말연시에 부산을 떤 기억이 없어서였다. 쉐이는 힘없이 고개를 끄덕이면서 방에 가져갈 쿠키를 잔뜩 쌓았다. 방에 매일 쿠키를 최대한 많이 감춰두었다.

연말연시에 에드워드의 수면 습관은 더 나빠졌다. 단것을 많이 먹고, 차고에 못 가서 안달이 나서였다. 눈 밑에 다크서클이 생기자 이모는 얼른 좋아지지 않으면 병원에 데려가겠다고 말했다. 에드워드는 몸을 피곤하게 하기 위해 케일을 먹고, 잠자리에 들기 전에는 수면에 도움이 된다는 차를 마셨다. 그리고 지하실에 보관한 덤벨을 들었다. 매일 이모의 수면제를 한 알씩 훔칠까 고민했다. 물론 그 약으로 수면 문제는 해결되겠지만 약효가 겁났다. 한 알 삼켰는데 깨지 못할까 봐 불안했다.

개학 후 첫 월요일, 모든 수업 시간에 꾸벅꾸벅 졸았다. 마지막 수업이 끝나고 교장실에 가서 방학 동안 화분들이 어떻게 되었는지 확인한다. 평소처럼 문 안쪽에 놓인 물뿌리개를 집어 든다.

"새해 복 많이 받아라, 에드워드."

교장이 말한다.

"새해 복 많이 받으세요."

에드워드가 힘겹게 인사말을 한다. 순간적으로 목구멍에 자갈돌이 굴러다니는 것 같다. 그러고 보니 그날 거의 입을 다물고 지냈다.

봉의꼬리의 줄기를 살피면서 아룬디 교장이 말한다.

"전부터 물어볼까 했는데, 수학 클럽에 가입하면 어떨까?"

에드워드가 눈을 깜빡인다.

"저요? 어, 수학 클럽은 생각해본 적 없는데요."

"넌 수학에 소질이 있어. 한번 고민해보렴."

"아뇨, 사양하겠습니다."

"그럼 토론 클럽이나, 혹시 좋아하는 스포츠가 있니? 난 어릴 때 펜싱을 생각했는데, 펜싱 클럽에 들어갈 만큼 관심이 크진 않았지."

그때의 실패가 생각나는 듯, 그의 콧수염이 잠깐 처진다.

에드워드는 고사리 주변에 천천히, 그러나 계속해서 원을 그리며 물을 주는 데 집중한다. 그러다가 줄기 밑에 더 작은 원을 그린다.

"에드워드, 클럽에 가입하는 게 네게 좋을 것 같아서 말이야. 반경을 넓히는 거지. 정서적인 건강을 위해서는 공동체가 필요하거든. 인맥과 소속감이 필요하지. 인간은 고립된 상태에서는 발전하지 못하는 존재란다."

"저는 고립되지 않았어요. 이모랑 이모부가 있어요. 쉐이도 있고요."

에드워드가 대답한다.

"내가 소속된 식물 클럽은 한 달에 두 번씩 만나지. 서로 연구를 돕고 정보도 공유하고, 아주 맛있는 쿠키도 먹는단다."

에드워드가 대꾸한다.

"쉐이는 제가 자기소개서에 사고를 언급하기만 하면 어디든 원하는 대학에 합격할 수 있다고 생각해요. 정말 그럴까요?"

교장이 에드워드에게로 고개를 돌린다.

"쉐이가 그렇게 말하던?"

에드워드가 고개를 끄덕인다.

아룬디 교장은 콧수염을 쓰다듬는다.

"넌 그런 생각이 불쾌하고?"

"당연하죠. 공평하지 않아요. 제 성적이나 노력과는 상관없이 재난을 당했다는 사실만으로 합격한다는 뜻이잖아요."

"그걸 차별 철폐 조처라고도 부르지."

교장이 싱긋 웃는다. 그가 다시 말을 잇는다.

"그게 불쾌하면 더 열심히 공부해서 성적을 올리라고 권하고 싶구나, 에드워드. 네가 숙제를 제대로 하지 않는다고 들었거든."

"어느 클럽에도 가입하고 싶지 않아요."

교장이 그를 응시한다.

"그렇다면 하지 말아야지. 이런 권유가 자기소개서나 대입지원서를 염두에 둔 것이라고는 생각하지 마라. 내가 주로 염두에 두는 것은 고사리니까."

에드워드는 수면 부족이 심해 자신이 정보를 제대로 처리하지 못하는 것일까 염려된다.

"고사리요?"

"음, 뭐든 살아 있는 건 말이지… 음, 고사리는 성장하든지 죽든지 둘 중 하나지. 나는…"

교장이 잠시 말을 멈추고 생각에 잠기더니 말을 잇는다.

"…네가 계속 성장할 수 있도록 뭐라도 하고 싶구나."

에드워드는 저만치 선 교장의 친절을 느끼는 동시에 그의 팀이자 공동체는 차고의 서류철에 들어 있다고 생각한다. 비행기에서 죽은 191명. 그들의 얼굴이 사진 속에서 자신을 바라보고, 그들은 에드워드가 답할 수 없는 질문을 던진다. '왜 너는 생존했고, 난 아니었을까?'

"교장 선생님, 오늘은 이만해도 될까요?"

아룬디 교장은 계속해서 에드워드를 유심히 살핀다. 서글픈 얼굴로. 에드워드는 그의 깊은 슬픔을 알아보고, 자신의 슬픔 조각이 수면에 떠 오르는 걸 느낀다.

"의심이 생기면 책을 읽도록 해라."

교장이 말한다. 생각을 밝힐 마지막 기회를 잡은 사람처럼 재빨리 말한다. 그의 말이 이어진다.

"스스로 배우도록 해. 교육은 늘 나를 구제해주었단다, 에드워드. 신비로운 것들을 배우렴."

소년은 교장을 응시하고, 그 말을 믿는다. 교육이 그를 구제했다는 걸 믿는다. 한때 그가 구제받아야 되는 사람이었다는 걸 믿는다.

"감사합니다, 선생님."

에드워드가 인사하고 몸을 돌려 나간다.

집으로 오는 길에 에드워드는 덤불 속의 풀잎들을 구분할 수 있다. 층운이 하늘을 덮었고, 구름 한 덩이가 끝나고 다른 덩이가 시작되는 지점을 구분할 수 있다. 피로에 젖어 사물의 경계를 본다. 구석에 있는 옹이 진 나무는 아주 여러 부분으로 이루어졌다. 뿌리, 가지, 잔가지, 나무껍질의 불거진 주름. 학교의 겉모습 – 껍질 – 에 대해 생각한다. 정말 다양한 요소들이 기관을 구성한다. 의자, 사물함, 어려서 누군가에게 모욕당하면 우는 아이들, 교사들, 수위들, 온갖 소음, 성장하는 인간 군상의 움직임, 에드워드를 미워하는 학생들…. 그들은 인생이 통째로 하늘에서 추락한 에드워드보다 자신의 처지가 못하다고 자조한다. 그들의 적개심이 분하지 않다. 어쩌면 아빠가 감옥살이를 하고, 백인 동네에서 검은 피부로 살아가는 것이 더 힘들겠지. 최선을 다해 노력해도 숙제가 버거운 것이 더 힘들겠지. 정말 그럴지도 모르잖아?

진입로에 차가 없다. 이모는 병원에서 일하고 존은 근무 중이다. 쉐이는 방에서 책을 읽거나 숙제를 할 테고. 에드워드는 낮이지만 지금 차고에 가기로 결정한다. 더플 백은 건드리지 않을 것이다. 그는 생각한다. 그 '신비'는 쉐이와 풀어야 해. 바닥에 누워 있으면 되지. 아무도 못 볼 거야. 사진들 가까이 있고 싶다.

배가 고파서 우선은 간식을 가지러 집에 들어간다. 주방에 뛰어 든 순간, 그와 레이시 모두 놀란다.

"깜짝이야!"

"이모 차가 밖에 없던데."

비난조로 말하면서, 출근복 차림으로 – 멋진 바지와 엄마의 카디건 – 식탁에 앉아 존의 맥주를 손에 든 이모를 쳐다본다. 평소에 레이시는 맥주를 마시지 않는다.

"동료가 내려주고 갔어. 병원에서 직원의 퇴임 파티가 있었는데, 내가 샴페인을 몇 잔 마셨거든."

"아."

에드워드는 어떻게 해야 할지 몰라 가만히 서 있다.

"이리 와."

레이시가 말한다.

에드워드는 조리대에 놓인 과일 그릇에서 사과를 집어, 이모와 마주 앉는다. 늘 앉는 자리다. 허기보다는 뭔가 해야 해서 사과를 깨물어 씹는다. 두 사람은 한동안 말없이 앉아 있고, 에드워드는 문득, 자신이 하교할 시간이면 이모가 드라마 볼 채비를 하고 소파에 앉아 있던 기억이 난다. 두 사람 모두 '제너럴 호스피털'을 안 본 지 오래다. 나란히 앉아 시시한 드라마를 보면서 시간을 보내던 시절, 둘은 동면했던 것 같다. 이모도 그때의 낮 시간이 그리울까? 에드워드는 가끔 그립다.

"어젯밤에는 좀 잤니?"

"네."

거짓말이다.

"다행이네, 다행이야."

레이시는 평소보다 느리게 말하고, 조금 흐트러진 자세로 앉아 있다. 그녀가 말한다.

"내가 말했던가? 아기 병실에서 아기를 안고 있으면 가끔 네가 아기였을 때가 생각난다고? 넌 워낙 울어대서 기억에 남는 아기였지. 엄마, 아빠한테 네가 배앓이 시기에 어땠는지 들었니?"

에드워드는 사과를 입에 밀어 넣고 고개를 끄덕인다.

"네 엄마가 조던을 형부에게 맡기고 너만 데리고 여기 온 날이 기억나. 언니는 차에 타거나 분위기를 바꾸면 네가 달래질까 기대했지. 그런데 도움이 되지 않았어."

레이시가 얼핏 웃더니 계속 말한다.

"제인은 소파에 누워 잤고, 난 널 안고 집 안을 계속 돌아다녔지. 넌 내내 울어댔어. 그런데 난 걱정하지 않았어. 네가 울긴 해도 괜찮아 보였거든. 꼭 네가 무슨 분노 모드로 설정되어 있어서 소리를 질러야만 벗어날 수 있는 것 같더라고. 도움이 필요한 사람은 네 엄마였는데 난 도와줄 기회를 얻지 못했어. 늘 언니가 날 도와주려 했지."

에드워드는 그 모습을 그려보려 한다. 자신이 길고 힘든 시간을 보냈던 소파에서 젊고 지친 엄마가 자고 있다. 이모는 어깨에 아기를 안고 계속해서 집 안을 맴돈다. 엄마는 배앓이 시기 얘기를 여러 번 했지만, 그 때문에 뉴저지까지 온 일은 말해주지 않았다. 막내가 징징댄 일화를 말해준 이유는 해피엔딩을 얘기하기 위해서였다. 어느 날 아침, 깨보니 에드워드가 뺨에 키스 세례를 퍼부었다는 얘기를 하려고.

"난 엄마가 날 여기에 데려온 줄 몰랐어요."

"지금 생각하면 재밌는 일이지. 결국 너를 언니와 내가 나누게 되었으니."

레이시는 혼잣말하듯 중얼댄다. '나누다'라는 말에서 쓴맛이 났다. 레이시는 졸린 아기처럼 눈을 비빈다.

"은퇴한 부인은 병원 행정실에서 30년간 근무했어. 남편이랑 세계 여행을 떠날 예정이지. 대단하지 않아?"

에드워드는 반응을 보여야 될 것 같아서 고개를 끄덕였다.

"난 은퇴를 사랑하는 사람이 죽는 것과 비슷하다고 생각했어. 둘 다 내가 인생을 어떻게 살고 싶은가에 집중하게 만들지. 시작하게 해. 혹은 그래야 된다고 느끼게 만들지."

그녀는 에드워드를 쳐다본다. 조카를 제대로 응시하는 것 같다. 레이시가 말을 잇는다.

"네 엄마는 늘 영화 시나리오를 쓰고 싶어 했어. 취하면 그 이야기를 꺼냈지. 알고 있었니?"

"엄마는 비행기에서 대본을 쓰고 있었는데요."

"아니, 그게 아니야. 그거야 질색했던 시시한 각색 작업이지.

제인은 마음에 드는 소재가 있어서 오랜 세월 메모를 했지. 이따금 내가 제인 대신 그 시나리오를 쓰고 싶었지만 난 작가가 아니니 도리가 없었지."

에드워드는 공감하는 표정을 지으려고 애쓴다. 뭐라고 대꾸해야 할지 난감하다. 이모와 이런 대화를 하는 게 싫으면서도, 동시에 이 대화가 그가 모르던 갈증을 해소하는 시원한 물 한 잔 같다. '엄마 얘기를 더 해줘요'라고 속으로 외친다. 하지만 입 밖에 내는 순간 끝나리라는 걸, 더 많은 진실이 드러나지 않으리란 걸 안다.

레이시가 맥주병의 라벨을 뜯으면서 말한다.

"누군가 오늘 은퇴한 부인을 보면, 세계 여행을 떠날 거라고는 짐작도 못 할 거야. 결코 이 고장을 떠나지 않을 사람처럼 보였거든."

이모가 하품을 한다. 그러더니 묻는다.

"이모부가 어디 있는지 아니?"

"사무실에요?"

레이시는 어깨를 으쓱하고 술병을 저만치 밀어낸다.

"요즘은 그이를 잘 모르겠어. 낮잠을 자야겠다. 저녁 시간에 깨워줄래?"

에드워드는 고개를 끄덕인다. 이모가 주방을 나서기 전, 몸을 굽혀 뺨에 입 맞추자 깜짝 놀란다. 부드러운 입맞춤이었고, 레이시는 머리칼을 찰랑이며 몸을 편다. 평소 이모가 입 맞춘 적이 없어서 놀랐지만, 동시에 이 순간이 구분되는 것처럼 느껴져 놀랍기도 했다. 하늘에 깔렸던 구름처럼, 땅에 돋았던 풀잎처럼 말이다. 두 개로 구분된 현실이 보인다. 느껴진다.

이모의 키스는 엄마가 생전에 뺨에 하던 키스와 똑같았다. 의도와 진심이 깃든 입맞춤. 레이시는 언니 대신 시나리오를 쓰지는 못했지만, 이것은 할 수 있는 일이었다. 간절히 원했던 아기가 태어났다면 뺨에 이렇게 키스했겠지. 그것을 어떻게 알 수 있는지는 설명할 수 없었지만 안다. '소중하다'라는 말이 생소한 바람결에 실려 오듯 왔다가 사라진다. 이모도 가고 없다. 에드워드는 사과 씨를 손에 든 채 식탁에 혼자 남겨진다.

자정에 두 친구는 차고에서 더플 백들을 앞에 놓고 찬 바닥에 앉는다. 차고 안은 바깥과 다름없이 추워서 겨울 외투와 모자로 중무장했다. 하지만 에드워드가 떠는 것은 기대감 때문이다. 두 사람은 '드디어 여기 왔네' 하는 눈빛을 교환한다.

쉐이는 가방에 달린 콤비네이션 자물통을 검색했다. 인터넷은 쉐이의 영역이니까. 에드워드도 이제는 숙제 때문에 노트북 컴퓨터를 사용하고, 휴대폰도 갖고 있다. 휴대폰은 거의 쓰지 않지만 가끔 콕스 부인이 아들에게 배워서 메시지를 보낸다. 수학 시간에 진동음이 울리고 메시지가 떴다. '스무 살이 되기 전에 유럽에 가봐야 해. 아직 마음에 감동이 새겨질 때.' 어느 토요일 저녁에는 이런 메시지가 왔다. '읽은 책들을 메모뿐 아니라 목록으로 작성하렴. 나는 적지 않으면 전부 잊으니 메모가 중요하지.' 또 에드워드의 생일에 저축 채권을 선물하겠다는 메시지도 도착했다.

공부와 관련된 정보가 필요하면 구글을 이용하지만 사고 항공기, 본인, 가족을 검색한 적은 없다. 쉐이는 테크놀로지를 노인처럼 사용한다고 놀리면서도, 물론 상황을 이해한다. 지금처럼 수집해야 하는 정보가 있으면 쉐이가 처리한다. 인터넷으로 찾아보니 이 자물통은 저렴한 구형이었다. 즉, 비밀번호를 모르면 잘라버리는 게 최선이라는 뜻이다.

쉐이가 말한다.

"존 모르게 자물쇠를 자를 순 없어. 오늘 아침, 내가 자물쇠 여는 방법을 다룬 책을 갖고 있다는 게 기억났어. 서랍장 깊이 들어 있더라."

쉐이가 가져온 백을 당기면서 덧붙인다.

"이런 종류의 자물쇠에 도움이 될지는 모르겠어. 존은 왜 이런 싸구려 자물쇠를 달았을까?"

"넌 왜 자물쇠 여는 방법을 다룬 책을 갖고 있는데?"

"저기, 음, 가출 계획을 세울 때, 나라를 횡단하다가 남의 집 현관문을 열고 들어가 옷장 속에서 잘 작정이었거든. 그러면 숨을 곳이 생기니까."

에드워드는 자물쇠 여는 책을 겨드랑이에 낀 작고 야무진 쉐이의 모습이 마음에 든다.

"나라를 횡단해서 어디로 가는데?"

쉐이가 어깨를 으쓱한다.

"누가 알아? 말했잖아, 실제로는 감행하지 않을 줄 알았다고."

에드워드는 친구의 어깻짓에서 진실을 읽는다. 어린 쉐이는 아빠를 찾아 나설 계획을 세웠을 것이다. 서부로 아빠를 찾아가 화해하고 싶었을까? 꺼지라고 말하고 싶었을까? 둘 다였으리라 짐작한다.

그가 손전등을 가까운 더플 백에 비춘다. 자물쇠에는 가로로 네 자리짜리 다이얼이 있다. 맞는 번호를 돌려야 자물쇠가 열린다. 쉐이가 책을 무릎에 펼치고 책장을 넘긴다.

"가능한 모든 조합을 돌려봐야 되겠는데."

에드워드가 친구를 바라본다.

"1만 개나 돼."

"그럼 네가 해야겠다. 난 열불이 날 테니."

에드워드가 몸을 굽히고, 다이얼 한 줄을 돌린다. 몇 번 돌리니 숫자들과 아래 바퀴 사이의 마찰이 느껴진다. 맞는 번호임을 알려주는 빽빽한 정도를 찾아본다. 쉐이가 말한다.

"존이 바닥에 카펫을 깔았다면 좋았을 텐데. 언제까지 해야 될지 모르겠는데 엉덩이가 시려."

순간 에드워드의 머리에 퍼뜩 떠오르는 게 있다.

"잠깐 기다려봐."

자물쇠를 빤히 쳐다본다. 네 자리 숫자는 이모부가 입력했고,

그것은 무언가 의미 있는 번호라는 뜻이다.

"짐작이 돼."

에드워드는 네 자리 숫자 하나하나를 돌려 '2977'을 만든다. 순간 크게 딸깍하면서 자물쇠가 열린다.

"성공했네."

쉐이가 속삭인다. 그리고 몸을 숙여 더플 백의 지퍼를 연다. 시간이 더디 흐르고 에드워드는 지켜본다. 한편으로는 가방을 열고 싶지 않은 마음도 있다. 가방들을 구석에 그냥 두고 싶기도 했다. 쉐이의 호기심을 끄는 미스터리는 풀지 못한 숙제로 놔두고 싶었다. 영원한 궁금증을 택하고 싶었다.

"종이가 잔뜩 들어 있어."

정말 가방에는 봉투가 가득 담겨 있었다. 쉐이가 봉투 하나를 꺼냈고, 에드워드는 주소 위쪽에 손으로 쓴 이름을 읽는다.

에드워드 애들러

개봉하지 않은 편지다. 주소가 낯설다. 시내의 사서함 번호다. 심장박동이 빨라진다. 누가 편지를 보냈을까? 쉐이가 가방에서 또 다른 봉투를 꺼낸다. 역시나 같은 주소지의 에드워드 앞으로 온 편지다. 에드워드는 쉐이 앞으로 팔을 뻗어 가방에 손을 넣고 공간을 만든다. 이제 봉투 몇 장의 주소가 동시에 눈에 들어온다. 필체가 모두 다르다. 봉투 색도, 잉크도 모두 다르다. 아무 봉투나 집어서 보니, 2년 전 날짜의 소인이 찍혀 있다.

"전부 너한테 온 편지야."

쉐이가 차분한 목소리로 말한다. 정말로 모든 봉투의 수신자가 같다. 봉투가 이렇게나 많은데. 뇌에서 아드레날린이 솟구치고, 생각이 걷잡을 수 없이 이어진다. 뭔가가 퍼뜩 떠오른다.

"이모네는 집으로 우편물이 안 와. 우편물이 뭐구는 걸 한 번도 본 적이 없어. 내가 학교에 간 사이 이모가 받는 줄 알았어. 그런데 모든 우편물이 사서함으로 보내지고 있던 거야."

쉐이가 '대체 왜?'라고 생각하고 있다는 걸 에드워드는 안다.

"전에 바인더 때문에 두 분이 화를 냈고, 대판 싸웠어. 뭔지 몰라도 이것 때문이겠지."

에드워드가 말하면서 우표에 소인이 찍힌 사각 봉투 더미를 가리킨다. 그가 덧붙인다.

"다른 가방에도 편지 봉투가 꽉 차 있을까?"

"내가 열어볼까?"

"잠깐만."

쉐이는 침침한 빛 속에서 친구의 얼굴을 살핀다. 그는 생각한다. 불가능한 일이 얼마든지 일어날 수 있다는 걸 알아. 내가 봤고, 그 안에 있었으니까.

"뭔데?"

쉐이가 소곤댄다. 에드워드가 말을 하려니 모기 같은 소리가 난다. 꼭 크고 떠들썩한 대화 뒤에서 소통하려는 것처럼. 말하려면 새로운 음역대가 필요한 것처럼. 에드워드가 말한다.

"혹시 부모님과 형, 탑승한 희생자들이 보낸 편지면 어쩌지?"

쉐이가 깜짝 놀란 표정을 짓는다.

"영령들이 보냈다는 뜻이야?"

"항상 납득이 되는 일만 일어나는 건 아니거든. 그렇지? 만약 열어봤는데 납득이 안 되는 것들이 들어있으면, 넌 더 볼 거야?"

쉐이의 표정을 읽을 수 있다. 늘 그렇다. 이제 쉐이는 애처롭고 걱정스러운 표정을 짓는다. 친구가 부모님과 형이 보낸 편지들이길 바라고 있다는 걸 쉐이는 안다. 쉐이 역시 그런 편지들이길 바란다. 하지만 그런 불가사의를 목격한 적은 없다. 비행기가 하늘에서 추락할 때 거기 있지 않았다. 그 사고 후 엄마와 소파에 앉아 TV로 뉴스를 봤을 뿐이다.

"항상 납득이 되는 일만 일어나는 건 아니겠지."

쉐이가 말한다. 목소리가 부드러워, 단어들이 주위 선반에 쌓인 먼지 위로 살포시 얹히는 것 같다. 에드워드가 고개를 끄덕인다.

"열어 봐."

1:40 P. M.

기내에 진정한 고요는 없다. 엔진이 윙윙대고, 머리 위로 공기가
배출된다. 간간이 들리는 기침소리와 나직한 대화 소리, 음료 카
트의 바퀴 하나가 뻑뻑해서 딸깍대는 소리, 가끔 아이들이 악쓰
며 우는 소리…. 안전벨트와 좁은 좌석은 '가만히 있어!'라고 말
한다. 공기는 '들어봐'라고 말한다. 비행 중 가장 많은 승객이 잠
들었다. 일부는 재킷이나 담요를 뒤집어쓰고 거북이처럼 웅크
리고 잔다. 그들의 소심함을 비웃는 이들도 있다. 그들은 고개를
젖히고 입을 살짝 벌린 채로 잔다. 누군가 손 잡아주길 바라는
듯 팔을 통로로 툭 떨어뜨린 사람도 있다.

　베로니카는 일등석 통로를 누빈다.

　"음료수 좀 드릴까요?"

잠든 승객들을 깨우지 않으려고 노래하듯 속삭인다. 깨어 있는 승객 모두와 눈을 맞춘다. 눈 맞춤은 일등석 승객이 돈값만큼 대접받는다고 느끼게 만드는 가장 중요한 요소다. 베로니카는 마크를 얼른 힐끗 본다. 그의 옆자리 여승객이 물 한 병을 부탁한다.

"준비하겠습니다."

그녀는 고개를 돌려 노인과 간호사를 확인한다. 비행이 시작된 후 그 열의 불쾌한 분위기가 당황스럽다. 남자는 최고 수준의 갑부여서 누구에게든 대접받기를 기대한다. 베로니카는 아까 간호사가 우는 걸 보고, 노인이 화장실에 간 사이 슬쩍 너트 한 봉지를 줬다. 2등 시민으로 취급되는 경우가 워낙 많아서, 베로니카는 그 씁쓸한 기분을 안다. 구운 너트가 쓴맛을 지우지 못하는 줄은 알지만 간호사에게 혼자가 아니라고 말해주고 싶다. 엉덩이를 꼬집히고 찰싹 맞는 일을 셀 수 없이 당했다. 또 남자들은 미소 지으라고 말한다. 그녀의 표정이나 기분이 제 까짓것들과 무슨 상관이라고. 그녀가 통로를 지날 때 남자 승객이 흔연스럽게 몸을 숙여 발기한 성기를 엉덩이에 밀기도 한다. 툭하면 귀염둥이, 달링, 베이비로 불린다. 사무장이지만, 승무원 생활 6개월째인 루이스와 급여가 같다. 보드카 토닉에 취한 사내들의 음흉한 눈길을 받고, 심심풀이 장난감을 찾는 듯한 남자들에게 업무ー그녀의 능력은 뛰어나다ー에 대해 지적받는다.

물론 베로니카는 이런 상황을 처리하는 요령을 안다. 그녀는 환한 빛을 직접적으로 발산해서 남자들이 무시하지 못하도록 만드는 재주가 뛰어나다. 이 특별한 요령이 없는 여자들이 안쓰럽다. 간호사는 분명히 그런 부류다.

베로니카는 치마를 반듯하게 펴고 갤리로 돌아간다. 살짝 평정심을 잃는다. 업무의 불쾌한 면을 마음에 두다니 그녀답지 않다. 다시 경기에 뛰어들어야 한다. 마음을 가다듬기 위해 눈을 감다가 마크의 눈을 떠올린다. 남색 벨벳 같은 광택을 가진 눈이 반짝인다. 화장실에서 그의 눈을 보고 놀랐다. 예상치 못한 아름다움이 그녀를 흔들어댔다. 자신의 미모를 그에게 준다고만 생각했지, 되받을 줄은 짐작도 하지 못했다.

크리스핀은 뭔지 모를 감각이 차오르는 걸 느낀다. 수십 년간 한 번도 경험해보지 못한 감각이다. 어쩌면 어린 시절 이후로. 그 감각이 벽에 일렁이는 촛불처럼 내면에서 깜빡인다. 빛은 내면의 구불구불하고 어두운 복도를 지나간다.

그는 메인주의 작은 집에서 13남매 중 일곱째로 자랐다. 어린 시절 집에는 복도가 없었다. 두 걸음 걸으면 주방에 들어섰고, 두 걸음 더 걸으면 욕실, 두 걸음 더 걸으면 거실이었다. 작은 방에서 다섯 형제와 잤다. 종교에 심취한 사나운 맏형은 툭 하면 크리스핀을 바닥에 쓰러뜨리고 타고 앉아 성경을 낭독했다. 크리스핀은 거친 바닥에 뺨을 눌린 채 상욕을 쏟아냈다. 어머니 귀에 안 들리게 말했지만 형은 듣고 귀가 빨개졌다. 드물게 유년기를 생각하면 떠오르는 기억이었다. 마룻바닥에 짓눌려, 격렬하게 설교하는 형에게 욕설을 지껄이는 장면. 어른이 된 후, 그는 그런 복도가 있는 집보다 훨씬 좋은 집들에서 살았다. 늘 인테리어 디자이너를 고용했고 미적 감각을 타고난 여자들과 결혼했다. 아름다운 것을 직접 만들지는 못했지만 알아보는 안목이 있었다. 그의 집 복도들은 호화로운 벽지와 웨인스코팅으로 꾸며졌다. 화려한 벽과 샹들리에로 조명을 밝혔다.

촛불과 흉한 내부가 계속 그를 고향으로, 집에 TV가 없던 시절로 데려갔다. 저녁이면 온 가족이 라디오 주위에 앉아 잭 베니(미국 코미디언 – 옮긴이)의 프로그램과 뉴스를 들었다. 크리스핀은 늘 라디오와 가장 가깝게 앉았다. 스피커에서 나오는 부드러운 목소리는 이 고장과 눈 많은 메인주의 바깥세상을 들려주는 유일한 연결고리였다. 벗어나고 싶었다. 단어를 이어 말하게 된 순간부터 벗어나고 싶었다. 형제자매 대부분 고교 시절의 이성 친구와 결혼해서 동네 공장에서 일했다. 그에게 올라타던 맏형은 조경 사업을 시작했다. 하지만 크리스핀은 덫을 보면 눈치챘다. 기숙학교를 찾아서 지원했고, 장학금을 타냈다. 열네 살에 집을 떠나 다시는 돌아가지 않았다.

빛이 흔들린다. 아마도 초를 든 사람이 지친 것 같다. 발걸음이 느리다. 서두르는 것은 끝난 모양이다. 짓눌리는 기분. 바닥에 널브러져 형의 체중에 짓눌리는 느낌이다.

플로리다는 주변을 둘러본다. 승객들이 자리를 잡고 시간을 보낸다. 항공기가 렘수면 같은 상태에 접어든 듯 더 자주 웅웅 댄다. 플로리다는 고요 속에서 자신이 팽창되는 느낌을 맛본다. 주의력이 넓어지면서 자신을 – 생각을, 감정을 – 풀어 놓게 내버려 둔다. 그녀가 뉴욕의 브라이덜샤워보다 멀리 떠난 것을 바비가 알까? 휴대폰을 공항 휴지통에 버렸다. 바비는 무섭지 않지만 그의 치밀함은 공포스럽다. 그러니 빤한 흔적을 남기고 싶지 않았다. 잠재력이 크고 잠자리에서 환희에 차 비명을 지르게 만드는 남자와 결혼했다. 그런데 이 결혼은 낯선 사람과 사는 것으로, 예측불가의 남자와 사는 것으로 끝나고 말았다. 그녀를 가장 괴롭히는 것은 잘못된 판단이었다.

망친 것은 바비가 아니라 그녀였다. 경험이 풍부한데도, 남자들과 쉴 새 없이 춤을 췄는데도 지혜를 얻지 못했다는 사실이 서글펐다. 오랜 세월 환생할 때마다 발전했다고 믿으며 살았다. 사리를 분별했다. 무엇이 중요한지 알았다. 매번 중요한 것은 사랑이라는 것을 더 깊은 수준으로 터득했다. 그런데 이번 생에서는 사랑을 오독하고, 오해하고, 엉뚱한 사람에게 줬다. 플로리다는 옆에서 잠든 여자들을 힐끗 바라본다. 파란 스카프를 덮고 비싼 구두를 신은 여자, 금발머리가 얼굴을 덮고 입을 살짝 벌린 채 자고 있는 린다. 마치 어린 소녀 같다. 아기를 잉태한 어린 아가씨.

구불구불한 데크 산책로에서 롤러블레이드를 타는 자신을 떠올린다. 새 삶에 대한 계획은 없지만 가능성들이 있다. 밴드에 가입해도 좋겠지. 사람들과 음악을 만드는 일은 늘 그녀를 풍성하게 하고, 그녀에게는 그 풍성함이 필요하다. 타로카드 점을 볼 줄도 안다. 뻬어난 실력은 없지만 제법 잘 봐서 손님들은 점괘를 듣고 늘 만족감과 지혜를 안고 돌아간다. 그녀는 마주 앉은 상대에게 관심을 집중하고, 초미의 집중은 여간 힘들지 않다. 상대의 눈을 깊이 들여다보고, 그 사람 본연의 선량함을 찾는다. 별로 선량하지 않은 사람도 있고 불꽃 같은 선함을 가진 사람도 있다.

애매하지만 캘리포니아 계획의 기본은 사랑이다. 그렇다고 꼭 남자를 사랑한다는 건 아니다. 다시 결혼하는 일은 없을 것이다. 언쟁하거나 말없이 토라지는 결혼 생활 따위는 없으리라. 자신이 브로콜리를 좋아해서 그녀도 그러기를 바라는 남자와 사는 일은 없다. 옆자리 아가씨부터 시작해, 오며가며 마주치는 사람들을 모두 사랑할 것이다. 어머니가 간절히 필요한 린다에게는 어머니 역할을, 그 아기에게는 할머니 역할을 해주리라.

린다의 애인이 고래를 연구하는 과학자라고 말했을 때, 플로리다는 힐끗 자신의 미래를 봤다. 보통은 과거를 보지만 가끔은 미지의 땅을 잇는 철제 다리에 선 것처럼 앞에 펼쳐진 광경을 보기도 한다. 파도치는 바다 한가운데에서 보트에 탄 자신과 린다, 게리를 본다. 사방으로 낮은 수평선과 흰 물결이 보인다. 모두 병아리색 우비와 방수 모자 차림이다. 나란히 난간에 기대서서 같은 방향을 바라본다. 배에서 50미터 못 미치는 곳에 고래가 있다. 고래가 물 위로 뛰어올라 하늘로 물줄기를 뿜고, 다시 물속으로 들어간다. 인간들은 완전한 경이감에 사로잡혀 고래가 사라진 곳을 응시한다. 모두 기다림이 싫지 않다. 잠시 후 보상이라도 해주듯, 놀랍게 크고 아름다운 고래가 공중으로 뛰어오른다.

2016년 1월

조용한 차고에서 봉투 찢는 소리가 거칠게 들린다. 하얀 편지
지가 도톰하다. 쉐이가 조심스럽게 편지를 펼친다.

에드워드에게.

네가 부디 건강하게 부상에서 회복되는 중이길 바란다. 신
께서 네게 생명으로 축복하셨음이 분명해. 내 딸 낸시는 너
와 같은 비행기에 탑승했지. 외동딸이었고 그 아이의 죽음
은 제 아버지와 내게 구멍을 남겼어. 낸시는 어른이었지

만─마흔세 살─그렇대도 나에겐 여전히 아기였거든. 빨강 머리 소녀 말이야.

낸시는 뛰어난 내과의였지만 사진 촬영이 취미였어. 네게 부탁할 게 있어. 낸시를 위해 사진을 찍어달라고 부탁하고 싶구나. 딸은 모든 걸 찍었어. 간호사들, 고양이 비저스─지금 우리와 살고 있고 고양이도 우리만큼 큰 충격에 빠졌지─와 빌딩, 자연, 그 외 뭐든. 그게 낸시가 열정을 쏟는 대상이었어.

네가 딸 대신 사진을 찍고 있다는 걸 알면 내 마음이 치유될 거야. 카메라는 망가지지 않아서 전달받았지. 부담스러운 부탁이 아니길 바란다. 누구나 이따금 사진을 찍잖아? 그저 더 무거운 목적의식을 갖고 촬영해달라고 당부하는 거야.

건강하길 바란다, 에드워드. 고맙다.

저넛 루이스가.

쉐이는 눈이 휘둥그레져서 편지에서 고개를 든다.

"서류철에 있는 의사구나."

에드워드는 '구멍을 남겼어'라는 구절을 곱씹는다.

"다른 걸 읽을까?"

쉐이가 속삭인다. 이번에는 비행기에 탑승했던 여자의 남편이 보낸 편지다. 아내가 죽자 그는 세 아이와 남겨졌고, 세 아이에게 비행 중 어머니를 만났었다는 편지를 써달라는 부탁이 담겨있었다. 내용은 대충 이랬다.

아마 아내를 만나지 못했을 거라는 걸 나도 알아. 누가 비행기에서 모르는 사람들과 사귀겠어. 하지만 애들은 그걸 모를 거야. 애들은 네 말을 믿을 거야. 엄마가 그들을 무척 사랑하며 다들 잘 지내리라는 걸 믿는다고 말했다고 써줘. 찰리에게 보내는 편지에는 엄마가 계속 독서하기를 원했다고 덧붙여 주면 좋겠어. 막내에게는 계속 선하게 행동하라고 말해줘. 또 코노에게 엄마가 과학경시대회를 포기하지 않기를 바랄 거라고 말해줘.

편지에는 사진 한 장이 동봉되었다. 쉐이가 사진을 잡는다. 흑인 어린이 셋이 키 순서대로 서 있다. 위의 두 남자아이는 줄무늬 스웨터를, 막내인 여자아이는 줄무늬 원피스를 입었다. 아이들은 카메라를 보고 미소 짓고 있다.

"미에르다(Mierda, 스페인어로 '똥', 여기서는 '미치겠네!' 같은 욕설로 쓰임 – 옮긴이)."

쉐이가 말한다. 에드워드는 자신의 머리통을 농구공을 잡듯이 손가락을 쫙 펴서 감싼다. 머리가 지끈댄다.

"몇 통만 더 읽고 오늘은 그만하자."

쉐이가 말한다. 쉐이가 계속 편지를 읽으려는 이유가 그나마

나은 내용으로 이 일을 끝내고 싶어서임을 에드워드는 안다. 더 나은 게 뭔지는 모르겠지만.

다음 편지의 발신자는 사고로 딸을 잃은 어머니다. 딸의 꿈은 중국 만리장성을 걸으며 중국의 후예임을 기리는 것이었고, 제발 딸을 위해 이 꿈을 마음에 간직해달라는 것이 내용이었다.

편지는 대부분 무언가 부탁하는 내용이었다. 다음 편지는 소설을 쓰라고 요구했다. 그다음 편지는 런던으로 이주해 세인트제임스 공원이 내려다보이는 아파트에 살라고 조르는 내용, 어떤 어머니는 아들이 개그맨을 꿈꾸었다며, 위스콘신의 작은 마을에 죽은 청년의 이름을 딴 코미디클럽을 개업해달라고 부탁했다.

에드워드는 쉐이의 표정이 곧 자신의 표정이리라 짐작한다. 경악한 표정. 우리가 이걸 견뎌낼 수 있을까? 하는 생각이 든다. 억지로 목구멍에서 소리를 밀어내야만 말이 나온다.

"다 합해 몇 통이나 될까?"

"다른 가방에 든 것도 편지라면 수백 통."

쉐이는 같은 옷을 입은 세 아이의 사진을 들고서 대답한다. 그러더니 묻는다.

"왜 다들 너한테 이메일을 보내지 않았을까? 왜 모두 손편지를 썼지?"

"이모부가 내 이메일 주소를 이상하게 만들었거든. 온통 숫자랑 하이픈만 있어. 그러니 사람들이 이메일 주소로 날 찾을 수 없었겠지."

"이모나 이모부한테 우리가 편지 더미를 발견했다고 말하고 싶어?"

에드워드는 머리통을 감싼 손에 힘을 준다. 그리고 대꾸한다. "전부 이런 내용일까?"

카메라를 사라, 엄마 잃은 자녀들에게 편지를 보내라, 중국에, 영국에, 위스콘신에 가라.

"아니면 좋겠는데."

쉐이가 어둠 속에 대고 말한다.

마침내 지하실 방에 들어간 시간은 새벽 3시. 기계적으로 양치질을 하고, 불을 끄고, 이불 속으로 들어간다. 의무감으로 습관처럼 눈을 감는다. 이제 잠을 잘 수 있을 거라는 기대는 버렸다. 포기한 지 오래다. 하지만 눈을 감자마자 뭔가 다르다는 걸 느꼈다. 내면의 어둠이 새로운 색조를 띠었고, 거기 풍성함이 있다. 벨벳처럼 매끈하다. 발을 가만히 둘 수가 없다. 썰매를 타고 언덕을 내려가는 아이처럼 잠 속으로 미끄러진다. 가족들이 세상을 떠난 후 경험한 적 없는 기분이다. 안도감이 탁 터지는 느낌도 함께. 에드워드는 생각한다. 편지, 편지 때문임이 분명하다. 달라진 건 그것밖에 없으니까. 이해되지 않았지만 기진맥진해서 오래 신경 쓸 수가 없다. 마음이 놓인 나머지 다른 것들이 신경 쓰이지 않는다. 잠드는 동안 세포들이 신나서 윙윙댄다.

그날 밤 꿈은 실제 경험처럼 생생했다. 에드워드는 세상 저편의 산에 올라갔고, 정상에서 유가족과 영상통화를 했다. 그러다 이끼 낀 바위에 균형을 잡고 서서 남의 유골을 오리건주의 물살에 뿌렸다. 올림픽 경기장인 수영장에서 어떤 기록을 깨려고 수영하기도 했다. 한참 동안 이불 속에서 땀을 흘렸다. 몸을 굽혀 기도하는 자신을 봤다. 생전 취해본 적 없는 자세였다.

다음 날 멍한 상태로 수업에 들어간 에드워드는 누가 뭐라 해도 듣지 못했다. 두어 번 쉐이가 팔꿈치를 잡아 방향을 바꿔주었다. 에드워드는 친구가 이끄는 대로 가면서도 속으로 중얼댔다. '영어 수업을 받든, 사회 수업을 받든 다를 게 없는데.'

그날 밤 두 사람은 어른들 방의 불이 꺼진 후 15분간 기다렸다가 잔디밭을 지나 차고로 향한다. 안에 들어가자마자 에드워드는 더플 백의 자물쇠를 연다. 쉐이가 말한다.

"우리가 규칙을 정해야 될 거야."

"규칙?"

"하루에 열 통만 읽는다거나, 한 시간만 읽는다거나 그런 식의 규칙 말이야. 편지들이… 격해. 또 읽은 편지는 가져가야 될 것 같아. 당연히 가방은 여기 둬야겠지만, 남은 편지가 줄어들면 가방을 채워서 불룩해 보이도록 하면 될 거야. 읽은 편지의 내용을 기록해서 답장할 편지를 결정하면 되지."

"이모부가 눈치채지 않을까?"

"존은 이 편지들을 하나도 꺼내보지 않았어. 내 짐작에 존은 영원히 편지들을 가방에 담아둘 거야. 아니면 네가 더 컸을 때 주려는 걸까?"

에드워드는 이제 친구의 말을 듣지 않는다. 벌써 가방 깊숙이 손을 넣었다. 손가락을 움직여 봉투 하나를 집어 꺼낸다.

에드워드에게.

오늘 일출은 새벽 4시 55분이었고, 1주째 린다나 베시가 보이지 않아. 1년 넘게 새끼 흰긴수염고래가 목격되지 않았지. 동료들과 내가 생존한 마지막 흰긴수염고래를 추적 중일 수도 있어. 그건 정신이 번쩍 드는 생각이지. 어쩌면 그게 내가 마지막 출항 이후에도 배에서 내리지 못한 이유일 거야. 난 휴가를 써야 해. 기록들을 다른 과학자들에게 넘기고, 영화를 보고, 햄버거를 먹어야 되겠지. 그런데 그러고 싶지 않았어. 솔직히 말하자면 내가 이 고래들에게서 눈을 떼면 녀석들이 영영 사라질까 봐 걱정돼. 바보 같은 생각인 걸 알아. 하지만 린다가 죽은 후 내 육지 생활도 죽어갔어. 그러니까 내가 쓸모 있는 곳은 오직 여기밖에 없지.

아무튼 에드워드, 건강하길 바란다. 편지를 받아볼 수 있는 사람이 있다는 게 고마워.

행운을 빌며 게리가.

"오, 요거 좋다."

쉐이가 말한다. 안심한 기색이 역력하다. 쉐이가 덧붙여 중얼
댄다.

"안녕하세요, 게리."

"안녕하세요, 게리."

에드워드가 따라 말한다.

다음 편지는 희생자인 남자의 어머니가 병상에 있으니 앨라
배마의 집에 와서 포옹해달라는 용건이다. 에드워드는 죽어가
는 연약한 노부인의 몸을 끌어안는 상상을 한다. 편지를 다 읽고
쉐이에게 넘긴다. 쉐이는 차고에 공책을 가져와, 메모를 하고 요
구사항을 목록으로 만들려고 한다.

다음 두 편지는 희생자들의 직업을 이어받으라고 부탁한다.
간호사가 되었다가 바이올리니스트가 되어야 된다. 어떤 여자
는 에드워드에게 매일 밤 자기 전에 남편을 위해 기도해달라고
부탁한다. 편지에 손으로 쓴 시편 구절이 동봉된 걸 보면 자기
전에 읽으라는 뜻인 것 같다.

"네가 무슨 수로 이 많은 일을 하겠어."

쉐이가 말한다.

"혹시 할 수 있을지도 몰라."

편지를 읽는 도중에 계속해서 에드워드는 생각한다. 내가 그 일을 해야 해. 바이올린을 연주해야 해. 더 많이 웃어야 해. 낚시를 배워야 해. 모든 편지의 말미쯤에는 벌써 자신이 역할을 해내지 못한 기분이 들었다.

에드워드에게.

어머니가 최근 워싱턴에서 너를 만났지. 너와 이모부를 차까지 태워다주었을 거야. 어머니는 우리 형제나 내가 공청회에 동행하길 바랐지만, 이제 우리 모두 어머니가 무슨 요청을 하든 싫다고 대답하게 되어버렸지. 그분이 우리 유년기에 저지른 잘못에 대한 벌이야.

막냇동생은 재활시설에 있으니 바쁘다고 할 만했지. 그날 저녁 나는 뭘 했냐고? 윌리엄 블레이크(18~19세기의 대표적인 영국 시인-옮긴이)를 읽었어. 나는 시 분야로 두 번째 박사과정을 밟는데 학비를 어머니가 지불하게 해서 그분을 괴롭게 하고 있지. 그러면서 그게 다 어머니 잘못이라고 말해. 늘 예술이 얼마나 필수적인지를 강조하는 사람이 바로 어머니니까. 본인 자식들의 직업이 아닌 부자들의 취미로 필수적이라는 의미였겠지만.

시를 읽으면 부모 모두 잊게 되고, 공청회가 열린 날 오후에도 난 그러려고 애썼지. 난 항공기 사고를 잊으려 애쓰고, 내가 파괴적인 두 인간 사이에서 태어났다는 사실을 잊으려고 노력해. 그런데 네가 탔던 차에 내가 타고 있어야 마땅했다는 생각이 마음을 괴롭혀. 연로한 어머니를 그런 행사에 모시고 가는 게 자식 된 도리니까. 또 네가 아버지의 좌석 옆을 지나거나 공항에서 휠체어에 탄 그를 봤다면 마지막으로 그를 본 사람은 너지.

존재를 공유한다는 개념을 다룬 시가 있어. 내가 왜 이 편지를 보내는지 의아하겠지. 아버지가 돌아가신 후 난 매일 글을 쓰고 있어. 글을 연구만 하는 게 아니라 짓고 싶거든. 시를 쓰는 게 이상적이지만 힘든 날에는 편지를 쓰지. 오늘 네게 편지를 쓴 것은 나와 어머니, 아버지, 너를 살아 있는 점으로 연결하고 싶어서야.

해리슨 콕스가.

"콕스 부인에게 아들이 편지를 보냈다고 말할 거야?"

쉐이가 편지를 읽고 나서 묻는다. 에드워드는 고개를 젓는다. 이 편지는 다른 영역에 속한다. 어릴 때 악어에게 먹이를 주었다고 말한 학교 직원이나 커서 오페라 가수가 되고 싶다고 말한 실험 파트너의 경우와 비슷하다. 이런 얘기는 비밀, 고백이고, 그러니 신성하다. 이런 사연은 가슴에 묻을 작정이다.

더플 백을 들여다보는데 눈앞이 흐릿하다. 쉐이가 말한다.

"중단. 중단해야 해. 열 통 넘게 읽었어."

에드워드는 쉐이를 일으켜주면서 잉크가 얼룩진 손가락 끝을 본다. 차고에 들어왔을 때보다 더 나이 들고 체구가 커진 느낌이다. 정확히 설명할 순 없지만 쉐이도 달라진 것 같다. 나란히 차고에서 나와, 읽은 사연들을 안고 어두운 밤으로 들어선다.

"네가 이렇게 오래 버틸 줄 몰랐다."

체육 교사가 거울에 비친 에드워드를 보며 말한다.

막 역기 벤치에 앉은 에드워드는 투혜인 선생님의 말을 듣고 깜짝 놀란다. 기억하기에 그녀가 지시 아닌 말을 하는 건 처음이다. 쉐이가 옆에 있어서 이 말을 해석해주면 좋으련만. 교사의 말에 알맞게 반응하고 싶지만 말뜻을 종잡을 수가 없다.

"저기, 뭘요?"

에드워드가 묻는다.

"네가 그만둘 줄 알았거든. 교장실에 쫓아가서 너무 어렵다고 징징대리라 예상했지. 네가 이 방에서 운동한 지 2주 내에 자습실로 옮겨간다는 데 돈이라도 걸었을 거야."

에드워드는 여전히 혼란스러워서 고개를 젓는다.

"하지만 이게 의무 사항 아닌가요?"

투혜인 교사는 에드워드가 들 역기의 한쪽 끝에 작은 철제 원반을 밀어 넣는다.

"지금 칭찬하는 거야. 넌 몇 개월째 운동하고 있지. 예상보다 끈기 있네. 점점 튼튼해지고."

에드워드는 거울에 비친 마른 체구를 바라본다. 교사가 그의 마음을 읽었는지 찡그리며 말한다.

"근육이 보이지 않는대도 그건 문제가 안 돼. 겉으로 보이는 건 상관없어. 넌 정신을 가다듬었어. 40~50킬로그램을 들 수 있어. 객관적으로 힘이 세진 거야. 이제 시간 낭비 그만해."

에드워드는 벤치에 누워 양손으로 바를 잡는다. 등교 전에 차고에서 몰래 가져온 편지 몇 통을 읽었다. 디트로이트에서 온 편지에서 노부인은 그 비행기에 탄 스물일곱 살의 손자를 늘 내심 가장 예뻐했다고 말했다. 그녀는 탑승자 전원이 어찌 보면 이 세상에 과분한 좋은 이들이었는지 궁금하다고 했다. 이것에 대해 에드워드는 어떻게 생각하느냐고 물었다.

"들어."

투혜인 교사가 말하자 에드워드가 바를 들어 올린다. 기억은 나지 않지만 워싱턴에서 공청회가 열리던 날, NTSB 빌딩 밖에서 그의 뺨에 입 맞췄다는 여자의 편지도 있었다. 어떤 어머니는 딸을 너무 많이 혼낸 것에 대해 후회했다. 아이에게 탄수화물을 끊어야 된다거나, 머리가 꼴 보기 싫다고 말했다고 한다. 지금 생각하면 왜 아이 외모에 그리도 신경을 썼을까 싶다고. 또 부적절해 보이는 요구가 담긴 편지들도 있었다.

1분도 낭비하지 마. 네가 받은 이 선물을 낭비하면 안 돼.

반드시 의미 있는 삶을 살도록 해.

매일 죽은 이들을 추모하면서 살아.

인생을 어떻게 살라고 조언하는 편지들이 제일 싫다.

체육 교사가 말한다.

"게다가 네 나이 때는 신진대사가 타는 용광로 같거든. 이 만큼 규칙적으로 역기 운동을 계속하면 12학년이 됐을 때 근육이 10킬로그램 정도 늘 거야. 이제 역기를 내려, 천천히."

에드워드가 바를 가슴 쪽으로 내린다. 지금으로부터 3년 후, 가슴이 더 넓어지고 팔다리가 더 두꺼워진 자신의 모습을 떠올려본다. 더플 백 속의 열지 않은 편지들을 생각하면서 온몸이 쑤실 때까지 역기를 들었다 내리기를 반복한다.

저녁 식탁에서 에드워드는 이모부 내외가 심드렁하다는 걸 감지한다. 이모가 수면제를 어디 보관하는지는 몰라도, 병을 찾아 변기에 쏟고 싶다. 스스로의 힘으로 자야 한다고 이모에게 말하고 싶다. 비록 자신은 그러지 못했음을 알지만. 편지들이 잠을 선물했다.

말하지 않아도 이모부에게 마음이 간다. 존은 심란한 표정으로 식사 중 두어 번 휴대폰을 확인한다. 레이시가 질색하는 습관이다. 이모는 실눈을 뜨고 에드워드를 주시하면서 직장에서 시간이 더디 흘렀다고 말한다. 신생아실에서 평소보다 한 시간 더 아기를 안아주었다는 뜻이다.

"갓난아기 냄새를 맡아본 적 있니?"

레이시가 조카에게 묻는다.

"없을걸요."

"언제 나랑 병원에 가서 꼭 아기 냄새를 맡아봐야 해. 뭐라 말할 수 없이 좋단다."

에드워드는 읽을 편지가 너무 많다고 생각하며, 은근슬쩍 이모부 쪽으로 몸을 기울인다. 레이시가 강인해서 언니처럼 용감했다면 남편과 조카는 어떤 상황이었을까?

"아기 냄새 얘기는 사실이야."

존이 몇 박자 늦었지만 단호하게 말한다. 에드워드와 레이시가 쳐다보자 그의 얼굴에 경계하는 것 같은 표정이 떠오른다. 갈망과 엇갈린 시간대에 민감한 에드워드는 이 이상한 순간의 세 사람을 그려볼 수 있다. 레이시는 남편이 우연히 주먹질이라도 한 것처럼 쳐다본다. 몇 년 전에—자식을 안아보는 게 가장 큰 소원일 때—진심으로 듣고 싶었던 말이지만, 지금은 그때의 갈

344

망이 변했기에 남편의 말에 배신감을 느낀다. 존은 어리둥절하고 주눅이 들어서 아내와 조카를 응시하며 생각한다. 맙소사, 내가 다 망쳐버렸나? 에드워드는 차고의 편지들 속에서 살고, 그것은 질문들과 대답에 대한 갈망으로 귀가 터져버릴 것 같다는 뜻이다. 유가족이 밝히는 나약함이 낱낱이 느껴지고, 누군들 괜찮겠냐는 생각이 든다.

저녁 식사 후 밖에 나가니, 현관 앞 진입로에서 베사가 자신을 기다리고 있었다.

"어, 안녕하세요?"

에드워드가 인사한다.

"너와 내 딸이 무슨 꿍꿍인지 알고 싶다."

추운 날씨였지만 둘 다 겨울 외투를 입지 않았다.

"최근에 저희가 과제가 많았어요."

에드워드가 대답하고는 몸을 떤다.

"누굴 천치 취급하지 마라. 미 아모르."

베사는 늘 자신을 '미 아모르'라고 불렀지만, 작년부터는 약간 애정이 식었다고 느껴졌다. 어느새 에드워드는 키가 훌쩍 컸고, 베사는 목을 빼고 올려다보면서 짜증스러운 표정을 짓는다. 전에 쉐이는 엄마가 모든 아이를 사랑하지만 남자들은 믿지 않는다고 말했었다. 에드워드는 이제 자신이 젊은 남자처럼 보인다는 사실이 불편했다. 믿음직한 표정을 지으려고 애쓴다.

"쉐이한테 물어보셔야죠, 베사."

그녀가 눈을 동그랗게 뜨고 쳐다본다.

"벌써 물었지. 그럼 내가 너한테 먼저 왔을까 봐?"

에드워드는 한숨을 쉰다. 베사에게 거짓말로 둘러대는 것은 상상도 못할 일이다. 그녀의 얼굴이 어서 사실을 밝히라고 말하고 있다. 에드워드는 최소한 사실처럼 느껴지는 대답을 떠올리려 애쓴다.

"저희가 어떤 프로젝트를 진행 중이에요. 사람들을 돕기 위해서요."

베사가 노려본다. 딸과 너무 닮아 보여서 에드워드는 순간 웃을 뻔했다.

"오밤중에? 둘이 빌빌대고 돌아다니는 소리를 내가 못 듣는 줄 알아?"

에드워드가 말한다.

"아. 저기, 프로젝트가…"

"너랑 쉐이, 혹시 섹스하니?"

그의 표정이 대답이 되고도 남은 게 확실하다. 베사의 얼굴이 안도감으로 편안해진다. 그녀는 몸을 숙여 에드워드의 뺨에 손을 댄다.

"미안하다, 포브레치토(pobrecito, 가여운 꼬마). 네 마음을 아프게 할 의도는 없었어. 어찌나 겁나던지. 하지만 물론 내 짐작이 틀렸구나."

에드워드는 대꾸할 수 없었고, 얼굴이 달아올랐다. 베사가 웃으며 팔을 잡는다. 그녀는 에드워드를 집으로 데려간다.

"둘이 프로젝트를 진행한다니 반갑구나. 학교에 낼 과제겠지? 쉐이가 장학금을 받으려면 성적을 유지해야 되거든. 추가 점수를 받을 프로젝트라니 좋은 일이구나. 쉐이에게는 이 일을 말할 필요가 없겠지, 응?"

"네."

쉰 소리가 나온다. 베사가 에드워드를 집 안으로 밀고 들어간다. 계단 아래에 몇 분간 서서 심장박동과 체온을 안정시킨 후에야 쉐이의 방에 올라갈 수 있었다. 쉐이가 등을 돌리고 책상에 앉아 있어서 다행이다.

"막 한 통 끝낸 참이야."

쉐이가 돌아보지 않고 말한다. 에드워드는 침대에 걸터앉아 기다린다. 쉐이는 큰 봉투를 들고 몸을 돌린다.

"너 괜찮아? 햇볕에 탄 얼굴 같아."

"괜찮아. 답장이 몇 통이나 되는데?"

"오늘은 딱 한 통."

처음 더플 백을 열었던 날 아침, 쉐이는 아이들이 쓰거나 아이와 관련된 내용이 담긴 편지들을 모르는 척할 순 없다고 말했다. 쉐이가 답장을 써서 타이핑하면 에드워드가 서명하기로 합의했다. 쉐이는 처음 읽은 편지의 답장부터 썼다. 아버지가 세 자녀에게 특별한 메시지를 써달라고 부탁한 편지. 쉐이는 며칠 동안 편지 세 통을 쓰고, 또 고쳐 썼다. 쉐이는 '착오가 있으면 안 되잖아. 이건 중요한 일이야. 완벽한 답장을 써야 해'라고 말했다.

에드워드가 봉투에서 새 편지를 꺼내 훑어본다. 사우스캐롤라이나의 수녀에게 쓴 답장이다. 수녀는 편지에서 그가 구원받은 아름다움 덕분에 교회를 떠나지 않을 수 있었다고 말했다.

쉐이가 말한다.

"어린이는 아니지만 수녀님이 상냥한 분 같아서. 또 나이가 아주 많고. 너도 괜찮지?"

"누구한테 답장을 보낼지는 네 소관인걸."

"수녀님은 병원에서 찍힌 사진에서 네 머리를 보고 신에게 진정으로 구원받았다는 걸 알았대."

"내 머리?"

"아마 예수의 머리가 검고 반들대서 방금 기름을 바른 것처럼 촉촉해 보였나 봐. 그런데 네 머리가 꼭 그랬거든."

"내 머리가 촉촉해 보였다고? 이상하네."

"수녀님은 그게 하느님이 너에게 기름을 부었고, 그래서 네가 죽음에서 구원받은 증거라고 믿어."

에드워드는 웃을 뻔했지만, 기운이 없어 소리가 목구멍을 타고 입 밖으로 나오지는 않았다.

그가 말한다.

"난 내일 학교를 빼먹을 거야. 이모는 무슨 교육 때문에 종일 병원에 가 있을 테니 난 나머지 편지들을 봐야겠어. 자주 숨이 막히는 기분이 들어서."

"좋아, 나도 그럴게."

이럴 줄 예상했고, 대답도 준비해두었다.

"둘 다 빼먹으면 너무 빤해 보일 거야. 들킬지도 몰라. 난 결석을 한 적이 없으니까, 나만 빠지면 별일 없이 넘어갈 거야. 게다가 너는 성적을 유지해야 되잖아."

이 말을 하는데, 차도에서 베사에게 받은 힐난이 떠올라 얼굴이 달아오른다. 쉐이의 뺨에 보조개가 들어갔다. 좋은 징후가 아니다. 에드워드가 혼자 빠져나갈 계획을—사소한 일이지만—세운 게 쉐이는 못마땅하다.

쉐이와 눈을 맞춘다. 선택의 여지가 없다. 이즈음 학교가 싫지는 않지만 시간 낭비일 뿐이다. 편지를 읽으면서 시간을 보내야 한다. 모든 편지가 마치 마지막이 될 때까지 잘 이해되지 않는 책의 한 페이지 같다. 한 단어도 빼먹지 않고 다 읽어야 될 것만 같다. 평생 경험한 적 없는 기분이다. 편지에 쏟는 집중력이 그를 변화시키는 것 같다. 그것들이 내면에서 한 가닥 한 가닥 모여 형태를 이루는 게 느껴진다. 그 형태 안에서 사진 주인들의 눈을 만날 수 있을 것이다.

2:04 P. M.

항공기는 LA까지 3분의 2가량 날아왔다. 승객들의 의식도 밝은 빛을 찾아 마지막 터널 구간을 통과한다. 어깨 긴장이 풀리고 두통이 가라앉는다. 탑승 후 지나간 시간보다 남은 시간이 짧기 때문이다. 희망이 생기면서 수하물, 송영 서비스 차량, 착륙하는 순간 누구에게 메시지를 전송할지 등을 궁리한다.

제인은 화면에서 눈을 뗀다. 방금 두 로봇이 싸우는 장면을 각색했고, 이 과정에서 즐거움은 딱 하나, 로봇의 성을 여성으로 바꾼 것이다. '여성 파워'라고 못마땅하게 속으로 중얼댄다. 로봇들을 자신과 레이시로 상상했다. 자매들은 서로를 뼛속까지 사랑하지만 평생 서로의 주위를 맴돌면서 잽을 날려 상대를 떠보며 산다는 뜻이다. 제인은 이 원고를 수정하는 일곱 번째 작가고, 개인사를 가미하는 게 이 작업을 견디는 유일한 방법이다.

조종실 문이 열리자, 제인의 눈에 어두운 공간이 똑똑히 들어온다. 번쩍이는 방풍유리, 패널의 깜빡이는 불빛들 사이에 나온 레버들, 부기장의 어깨. 회색 머리에 콧수염이 희끗한 기장이 베로니카에게 미소 지으면서, 작은 목소리로 몇 마디 던지고는 화장실로 들어간다. 조종실 문이 닫힌다. 제인은 컴퓨터 화면으로 돌아와 대사 세 줄을 썼다 지우고 다시 쓴다. 문장이 제대로 나온 것 같다. 그 순간 째지는 비명소리가 허공을 채우자, 그녀는 고개를 들고 주위를 살핀다. 생각한다. 아기인가? 우리 아이? 말도 안 되는 소리. 우리 애들은 이제 아기가 아닌걸. 애들은 나를 저렇게 필요로 하지 않아.

"객실에 의사가 있으세요?"

비명소리와 같은 음성이다. 승객들은 일어났고, 베로니카는 통로에 서 있다. 제인은 목소리의 주인이 흰 옷차림의 간호사임을 알 수 있다. 그녀가 옆자리 노인에게 몸을 숙이고 있다. 노신사는 수척해 보인다. 아니 수척한 게 아니라 무언가 문제가 있어 보인다. 피부가 창백해 보인다. 눈을 감았고, 기내 벽보다도 하얗다. 제인은 컴퓨터에서 손을 내리고, 자기도 모르게 모반을 누른다. 다만 몇 분이라도 시계를 되돌릴 버튼인 듯이 힘껏 누른다.

"미치겠네."

마크가 중얼댄다. 그는 약간 몸을 빼서 제인의 공간을 절반쯤 침범한다. 이제 둘 다 엉거주춤 일어나, 동요하는 간호사 주변에 모인 사람들 사이를 들여다본다. 간호사는 노인의 팔목을 다룰 줄 모르는 악기처럼 붙잡고 있다.

"안 좋아 보이죠?"

마크가 말한다. 스피커에서 베로니카의 목소리가 들려온다. 매끄럽고 차분한 음성이다.

"승객 여러분, 두 가지 사항을 알립니다. 우선 안전벨트 착용 사인이 켜진 데 주목해주시기 바랍니다. 난기류가 예상되므로 착석해주시면 감사하겠습니다. 둘째로 혹시 의사가 계신다면 일등석에 알려주시겠습니까?"

제인은 생각한다. 애들에게 가보고 싶다고. 자리를 마크에게 내주고 환자와 간호사 앞을 지나 뒤쪽으로 달려가는 장면을 상상한다. 아무튼 마크는 노인의 자리에서 최대한 멀리 있고 싶은 눈치이니.

통통한 빨간 머리 여성이 회색 가방을 들고 나타났다. 그녀는 간호사가 잡은 손목을 넘겨받고 다른 손을 노인의 목 옆쪽에 댄다. 그러고는 소식을 기다리듯 가만히 멈췄다.

"의사세요?"

베로니카가 중얼댄다.

일등석 승객 전원이 지켜보고 있다. 붙잡을 것이 사라진 간호사는 뭔가 빼앗긴 표정이다. 마침내 빨간 머리 여성이 노인의 팔을 가슴에 올려준다. 그녀가 일어난다. 베로니카에게 나직이 말했지만 목소리가 들린다.

"돌아가셨네요."

"돌아가셔요?"

베로니카가 말을 제대로 잇지 못한다. 다시 묻는다.

"확실한가요?"

"네."

제인은 균형을 잃고 앞 좌석 등받이에 손을 뻗는다. 통로 건너
에 시신이 있다. 여태까지 본 시신은 부모님의 시신밖에 없었고,
그것도 20년 전이었다. 또 그들은 중병 진단을 받았고, 악화되
는 과정을 함께 했기 때문에 마음의 준비가 되어 있었다. 부모님
의 시신은 관 속에 있었다. 어머니는 좋아하는 분홍색 립스틱을
바르고 양손을 팔목이 겹치게 가슴에 올리고 누워 있었다.

제인은 마크가 맞은편 좌석을 손으로 잡고, 베로니카가 앞에
서 비척대는 걸 금방 알아채지 못했다. 또 한 번 째지는 비명이
들렸지만 간호사는 망부석처럼 조용히 앉아 있다. 노인은 좌석
에 늘어져 있다.

"난기류에요."

누군가 외치자, 제인은 일순간 지금 벌어지는 일들이 자신의
몸속에서 일어나는 것이 아님을 깨닫는다. 이렇듯 흔들리고, 별
안간 기울고, 혼미한 것이 몸속에서 일어나고 있는 현상이라면
건강에 심각한 이상이 있다는 의미일 것이다.

2016년 1월

아침에 에드워드는 등교하는 시늉을 한다. 이모 내외와 아침식사를 하고 이모부가 아기방에서 잤는지 확인하기 위해 2층 욕실을 사용한다. 이불보가 구겨져 있고, 두꺼운 소설책 – 루이스 라무르의 《라스트 오브 더 브리드(Last of the Breed)》– 이 협탁에 놓여 있다. 이 광경을 보며 에드워드는 눈을 깜빡이고, 순간적으로 침대, 편지들, 투명한 창문 밖 호수들이 다 똑같게 느껴진다. 책꽂이에 꽂힌 책들처럼. 무게와 두께가 똑같은 것 같다. 왜 이런 사물들이 자신을 행복하거나 불행하게 만들까? 중립적인 물건들인데. 침대는 잠잘 용도로 만들어진 물건이다. 편지는 읽을 것이고. 아무래도 자신이 참선 중이거나 우울증이 깊거나, 둘 중 하나라고 생각한다.

평소처럼 보도에서 쉐이를 기다린다. 에드워드가 베사에게 손을 흔들고, 쉐이와 나란히 집 앞 보도를 내려간다. 쉐이는 거만한 표정으로 말없이 걷지만 학교에 가서는 그를 위해 거짓말을 해주리란 걸 에드워드는 안다.

"고마워."

모퉁이에 도착하자 에드워드가 말한다.

"읽은 편지들을 나한테 보여줘야 해, 당연하지만."

"당연하지."

걸어가는 쉐이를 지켜본다. 쉐이가 교차로에서 길을 두 번 건널 때까지 기다리다가, 집이 있는 블록의 뒤편 숲으로 들어간다. 이모와 이모부가 지금쯤 집을 떠날 테니까, 뒤쪽 길로 가면 들키지 않고 집에 들어갈 수 있다. 레이시는 그 숲에 대해 전에 말한 적이 있다. '어릴 때 우리 집에 오면, 너와 조던은 저 뒤쪽에서 놀았지. 너희는 숲을 멋지다고 생각했어. 제대로 된 숲에 가본 적이 없었거든.' 에드워드는 사실 기억나지 않았지만, 나무뿌리 위를 지나면서 어린 자신이 조던과 줄기가 굵은 나무 주변을 빙빙 돌며 뛰어다니는 상상을 해본다. 앞서가는 형을 따라가면서 웃는다. 형제는 흙 속의 벌레를 살피고 나뭇가지 두 개를 찾아 칼처럼 가지고 논다.

차고 뒤쪽으로 면한 생울타리에 다다르자 걸음을 멈춘다. 앞에 보이는 두 남자애가 전혀 의심스럽지 않다. 최근에는 편지 내용이 부추긴 상상이 현실에 우선한다. 공상에 빠질 때면 탐사선

갑판에서 메모하는, 잿빛 섞인 노란 수염을 기른 게리를 자주 본다. 며칠 전에는 체력 단련실에서 거울에 비친 역기를 드는 벤자민 스틸먼을 봤다고 생각했다. 그는 비행기에서 본대로 군복 차림이었다. 엄청나게 무거운 역기를 데드리프트 하고 있었다. 그가 실제로 거기 있는 것 같아 에드워드는 손에 든 바벨을 떨어뜨릴 뻔했다. 고개를 휙 돌리자 투헤인 선생님이 냅다 소리쳤다.

"애들러, 집중해!"

물론 벤자민은 거기 없었다.

에드워드는 아홉 살쯤으로 보이는 조던을 지켜본다. 쉐이의 관심을 끌려고 차에서 뛰어내린 아이. 검은 머리가 늘 가라앉지 않고 사방으로 뻗쳐 있다. 부모님의 얼굴과 목소리가 또렷하다가 흐릿해지는 반면, 조던의 얼굴은 구석구석 어렵지 않게 그려진다. 지금까지 형제는 떨어지지 않고 있다. 형이 손에 든 칼을 보면서 미소 짓자 에드워드도 씩 웃는다. 내가 형을 위해 뭘 할 수 있을까? 이런 생각을 해보지 않았다는 게 이상했다. 남들에게 편지 세례를 받고서야 그 가능성이 보이다니. 레이시가 언니를 대신해 조카의 뺨에 입 맞추었고, 그건 에드워드도 형 대신 뭔가 할 수 있다는 뜻이다. 조던이 이곳에 있다면 뭘 하고 싶을까?

에드워드는 어디서부터 시작해야 할지 난감했지만 다시 배가 고파져 먹으면서 시작하기로 한다. 생울타리를 헤집고 들어가 존과 레이시가 각자 차를 타고 나갔는지 확인한 후 주방으로 향한다. 형이 골랐을 만한 음식을 먹으면 되겠기에 주방에서 차고로 가져간 음식은 조던이 비행기에서 먹은 식사와 비슷하다. 당근 조각, 애플소스 작은 병, 후무스 샌드위치.

에드워드가 차고 문을 열자 누군가 말한다.

"뭐야, 내가 먹을 건 안 가져왔어? 인심 고약하네!"

쉐이가 시멘트 바닥에 책상다리로 앉아 있었고 옆에는 더플 백이 있다. 쉐이가 다시 말한다.

"화내지 마셔. 아무 일도 없을 거라고 장담할게. 필요하면 내가 무슨 일이든 할게."

에드워드는 찡그리지만 그건 의구심을 보이기 위해서다. 화가 나서가 아니라.

쉐이가 말한다.

"게다가 같이 읽으면 두 배나 더 읽을 수 있어."

에드워드가 친구 옆에 자리 잡는다.

"한 통 줘봐."

쉐이가 두 번째 더플 백의 지퍼를 열었고, 두 사람은 이미 3분의 2가량을 읽었다. 쉐이가 적은 부탁 목록이 옆에 놓여 있다. 몇 분간 편지를 읽다가 쉐이가 말한다.

"나를 봐서 반갑지 않은 건 아니겠지."

에드워드가 진솔하게 대답한다.

"언제나 널 보면 반가운걸."

에드워드는 방금 읽은 편지와 희생자의 사진을 확인하려는 듯 서류철을 펼친다. 사실 형의 사진을 힐끗 보고 싶다. 오늘 하루 집에서 지내기로, 여기 있기로 결정할 수 있었던 건 조던 때문이다. 형이라면 틀림없이 수업을 빼먹었을 테니까. 행동 뒤에 확실한 동기가 있었다. 조던이라면 뭘 할까? 내가 조던을 위해 뭘 할 수 있을까? 에드워드는 형이 죽었을 때 나이였고, 새롭게 형의 궤도에 진입했다고 느낀다. 그러길 바란다.

어떻게 살라고 요구하는 편지들을 연달아 읽는다.

모든 꿈을 이루어라. 내 아들은 실패를 두려워해서 밴드에 가입하지 않았지. 위험을 무릅쓰기를 겁내지 마라.

내 딸은 게을러서 가진 게 시간밖에 없다고 느끼고 꿈을 미루었지. 그러다 LA에 사는 언니를 방문하려고 그 비행기에 탔어. 여행에서 돌아오면 열심히 일하겠다고 내게 말했지. 네 어머니가 얼마나 널 그리워할지 생각하고 자랑스러운 아들이 되어드리렴.

횡설수설해서 미안하지만-잭 대니얼을 마셨거든-아내는 내 평생의 사랑이었고, 파이 굽는 솜씨가 뛰어나서 제빵학교에 다녔지. 네가 집사람의 베네(도넛이나 튀김-옮긴이)를 먹어봤다면 좋을 텐데. 맛이 끝내줬거든. 에드워드 애들러, 네 재능이 뭔지 알아내서 아작을 내버려. 넌 내 아내에게 그런 빚을 졌어.

평소 이런 편지들을 읽으면 가슴이 짓눌린다. 그런데 오늘은 형이 먹던 샌드위치를 먹고, 쉐이가 옆에 있으니 조던의 재기발

랄하고 들뜬 에너지가 분출되는 것 같다. 형은 늘 '됐거든요?'라고 대꾸할 기회를 엿봤다. 아빠의 기대와 귀가시간에 반항하려고, 남들이 쉽게 받아들이는 일들에서 예외가 되려고. 에드워드는 그런 기질이 없었지만 후무스 샌드위치와 함께 그런 모습마저도 소화한 느낌이다. '됐거든요?'라고 속으로 중얼댄다. 그런 대답도 할 수 있다는 생각을 처음 해본다. 어떻게 살아가라고 훈시하는 이들에게 '됐거든요?'라고 대꾸하는 것.

주머니에서 휴대폰을 꺼내 콕스 부인에게 메시지를 쓴다.

'정말 죄송하지만 투자 책은 읽지 않았어요. 시도했지만 주제에 흥미가 없어서 끝까지 읽을 수가 없었어요. 하지만 보내주신 평전들을 쉐이와 아주 재미있게 읽었습니다. 실망하지 않으셨으면 좋겠네요.'

메시지를 전송하기 무섭게 마음이 가벼워진다. 책을 받고서 잠자코 있으려니 죄책감이 들었었다. 더플 백에서 다른 편지를 꺼낸다.

이봐, 에드워드.

내 어머니는 오래전에 우울증으로 세상을 떠났고, 동생 마크는 네가 탔던 망할 비행기의 추락사고로 죽지 않았다면 역시 우울증으로 죽었을 거야. 난 그런 식으로 살고 싶지 않다는 것을 깨달았고, 그런 이유로 서핑과 흡연을 하고 승합차에 실리지 않는 물건은 아예 소유하지 않지. 아주 좋아하는 것만 지니고 살지.

서로 대화하지 않은 지도 3년이 지났지만 마크는 유서에서 전 재산을 내게 남겼고, 그건 내가 택한 인생에 엿 먹이는 방법이었어. 마크는 내가 수백만 달러를 깔고 앉아 집을 사고, 벤츠를 사고, 텅 빈 선반을 채울 화려한 장식품들을 사들이게끔 만들고 싶었던 거지. 내가 자기 같기를 바랐고, 그건 부유하고 괴롭지만 늘 거액의 신용카드 대금을 갚으면서 산다는 뜻이지. 그런데 난 그러지 않을 거야. 그놈의 유산 전액을 줘버릴 작정이야. 보험금도 마찬가지고. 아, 승합차의 좌측 뒷바퀴를 고치고 새 서핑보드를 구입하고 남은 전액을.

내 딸은 불교도인데 늘 해변과 파도, 일몰에 감사하라며 잔소리를 하지. 전에는 시시껄렁한 소리로 넘겼지만 딸의 말을 듣는 게 좋아. 엉겁결에 나무에게 감사하는 나를 발견한 적도 한두 번 있지. 헛소리일지언정 괜찮은 소리로 생각하기로 했어.

그런 딸이 마크한테 고맙다고 인사하라고 하네. 그의 죽음이 나를 다시 자유롭게 해주었으니까. 내가 선택한 삶이 얼마나 중요한지 깨닫게 해주었으니. 하지만 대신 너한테 고맙다고 말해야겠다는 생각이 들어. 이 편지를 받아줘서 고맙다. 생명을 지켜줘서, 또 구원받은 사람이라서 고마워. 유서와 보험사에서 받은 금액의 수표를 동봉한다. 네가 받아주면 좋겠구나. 하고 싶은 대로 이 돈을 보관해도 좋고 다른 곳에 줘버려도 좋아. 네가 뭘 하든 난 상관없어. 그런 일을 겪었으니 넌 이만한 자격이 있지. 또 난 이 돈이 전혀 필요하지 않고. 그러니 고맙고, 평화를 누리길 바란다.

잭스 라시오가.

봉투 소인을 보면, 그는 거의 2년 전에 이 편지를 부쳤다. 동봉된 수표에는 '에드워드 애들러에게 $7,300,000'라고 적혀 있었다.

"어!"

"뭔데?"

쉐이가 편지를 받는다. 얼른 읽더니 입을 벌린다. 에드워드는 수표와 거기 적힌 숫자를 찬찬히 살핀다. 쉐이가 말한다.

"그걸 빛에 비춰봐. 영화에서 늘 그러거든. 이유야 모르지만."

에드워드가 팔을 든다. 여전히 수표였고, 여전히 0의 개수가 말도 안 되게 여러 개다.

"세상에. 이럴 수가. 이거 장난일까?"

쉐이가 말한다.

"아니."

에드워드는 서류철을 펼쳐서 마크 라시오의 사진을 찾는다. 잡지 표지 모델이 되기를 기대하는 사람처럼 오만한 미소다. 에드워드는 마크가 여승무원에 앞서 화장실에서 나온 걸 기억한다. 씩 웃지는 않았지만 만족스러운 표정이었다. 잡지에 나올 만한 사람 같았고, 바라던 상태인 것 같았다. 에디는 조던에게 '역겨워'라고 말했다. 에드워드는 어쩌다 마크 형제의 복잡한 그물에 얽혔을까? 뒤에서 쉐이가 말한다.

"넌 돈이 필요하지도 않은데. 이건 미친 일이야."

다음 날 오후, 교내 스피커에서 에드워드를 교장실로 호출하는 방송이 나왔다. 에드워드는 그가 전날 결석한 걸 들켰다고 짐작했다. 모두 쉐이의 잘못이라고 말하고 싶어서 복도를 지나면서 쉐이를 찾는다. 두 사람이 한 덩어리로 다녔으니, 둘의 결석이 빤히 드러나 들키고 만 것이다.

아룬디 교장을 문간에서 만났다. 그는 물뿌리개를 담배 들 듯 묘한 각도로 들고 있었고, 양복이 입고 잔 것처럼 쭈글쭈글했다.

"무슨 일이세요?"

에드워드가 묻는다. 결석보다 심각한 일인 게 확실하다. 교장은 터진 옷 솔기 같아 보인다.

"분명히 바이러스 때문이야. 지난 사흘간 고사리 여섯 개가 죽었거든. 내가 병든 화분들을 치웠다."

교장이 썰렁한 창틀을 가리킨다. 천장에 매단 화분이 하나도 보이지 않는다. 아룬디 교장이 말을 잇는다.

"이 정도에서 전염이 끝나면 좋겠는데…. 다른 화분들은 징후가 안 보이거든."

그가 멍하게 에드워드는 바라보면서 덧붙인다.

"남은 화분들을 챙기는 것밖에 할 수 있는 일이 없단다."

"제가 도울 수 있을까요?"

"그래."

아룬디 교장은 더 말하지 않을 듯한 표정을 짓는다. 돕겠다는 약속 외에 구체적인 얘기는 필요하지 않은 눈치다. 에드워드가 묻는다.

"어떻게요?"

"네가 캥거루발톱을 집에 가져가면 좋겠구나. 내 집도 이 사무실처럼 감염되었을지 모르거든. 이걸 집에 가져가서 다른 식물들이 건강을 되찾을 때까지 간수해주렴."

에드워드는 구석에 있는 샛노란 색 화분에 심어진 늙은 식물을 본다. 교장이 가장 아끼는, 가장 오래된 고사리다.

"그런데 제가 죽이면 어떡하죠?"

"난 너를 신뢰한다, 에드워드. 널 전적으로 신뢰해."

교장이 말한다.

에드워드는 집에 돌아오자마자 지하실에 본부를 차린다. 햇빛이 가장 잘 드는 창 바로 밑에 작은 테이블을 놓고, 거기 노란 화분을 올린다. 화분 옆에 식물 영양제 봉지와 상온의 물이 담긴 분무기를 둔다. 에드워드는 흙을 확인하고 잎에 분무기로 물을 뿌린다. 쉐이가 저쪽에서 폴짝폴짝 뛴다. 에드워드가 쳐다보자 쉐이가 말한다.

"난 아직도 진정하려고 애쓰는 중이야. 700만 달러."

"알아."

에드워드가 대꾸한다.

"구글로 검색해보니 2년 전에 받은 수표도 은행에 입금할 수 있대. 수표를 발행한 계좌에 돈이 아직 있으면 말이야. 그 덤불을 갖고 요란 좀 그만 떨래?"

"고사리 식물이야."

에드워드가 대답한다.

"그 돈이면 이 동네에 집 열두 채를 살 수 있어. 아니면 어디에 섬을 통째로 살 수도 있고! 뭘 할 거야?"

에드워드는 뒷주머니를 확인한다. 수표를 어디 둬야 할지 몰라서 지니고 있었다. 반사적으로 주머니를 만져본다. 잭스 옆에서 서핑하는 상상을 하고, 장발의 영화배우처럼 생긴 잭스를 그려본다. 둘은 파도를 타며 수표를 상대방에게 넘기려고 한다.

"지금은 감당 못 하지."

"알아. 편지들을 다 읽을 때까지는 아무것도 감당 못 하지."

쉐이가 낙심한 말투로 중얼댄다. 연신 뛰어서 숨이 차다.

"맞아."

에드워드는 손가락으로 흙을 두드린다. 식물이 새 장소에 온걸 알고 혼란스러울까? 아룬디 교장을 그리워할까?

그날 밤 쉐이는 돌아가지 않고 함께 식사한다. 두 사람은 포크찹(돼지갈비로 만든 요리―옮긴이), 브로콜리, 으깬 감자가 담긴 접시앞에 앉는다. 에드워드가 말한다.

"이제 비건 음식만 먹겠다고 알려드려야겠네요."

레이시는 생전 처음 듣는 단어처럼 콧잔등을 찡그린다.

"비건?"

쉐이가 말한다.

"포크찹이랑 으깬 감자에 우유를 넣었다면 에드워드의 몫까지 제가 먹을게요. 음식을 버릴 염려는 없으니 걱정 마세요."

"왜 바뀌었니?"

존이 묻는다. 에드워드는 사실대로 말한다.

"형 대신 그러려고요."

말을 잠깐 멈춘다. 이모 내외가 조던의 바뀐 식습관을 모르고 있다는 생각이 스친다. 그래서 덧붙인다.

"조던이 죽기 몇 주 전에 비건이 됐거든요."

이모와 이모부 모두 움찔하고, 에드워드는 '죽기 전'이라는 표현 때문인 걸 안다. 가족을 잃은 일을 말할 때는 늘 '사고'로 표현했다. 모두 마찬가지였다. 역사는 사고 전과 사고 후로 나뉘었다.

에드워드가 말한다.

"음식을 다르게 만드실 필요는 없어요. 두 분이 먹는 채소를 먹고, 직접 샌드위치를 만들게요."

존이 말한다.

"우리가 채소를 더 많이 먹어도 좋겠네."

"아무것도 바꾸지 않으면 좋겠어요."

에드워드는 고집스러운 말투를 의식하지만 어쩔 수가 없다. 두 사람에게 이 소식을 알려야 된다는 것도, 그들의 반응도 짜증스럽다. 이 선택, 이 아이디어는 형제의 소관일 뿐 다른 누구도 상관없다.

"네 형을 위해 그러는 건 좋은 일이겠지."

레이시가 말하지만 자신 없는 말투다.

'걱정일랑 내려놓고, 수면제 복용이나 중단하고 결혼생활에 집중해요.' 쏘아붙이고 싶지만 참는다.

자정에 차고에서 쉐이는 얼마 남지 않은 편지들을 둘로 나눈다. 에드워드가 맨 위에 놓인 편지를 연다.

에디에게.

내 이름은 마히라야. 네가 가족과 늘 오던 편의점의 주인이 내 삼촌이지. 나에 대해 아는지 모르겠네? 조던이 아무한 테도 밝히지 않았다고 했지만 넌 아무나가 아닐지 모르지. 그러니 우리가 만나는 사이였고, 조던이 내 첫 남자친구였 다는 걸 네게 말해야겠어. 물론 네 형의 감정을 말해줄 수 는 없고, 내 감정만 말할 수 있겠지. 난 조던을 사랑했어. 그에게 가족이 서부로 이사한다는 말을 듣고 난 LA에 있 는 대학에 진학하기로 결정했어. 어그러질 수도 있어서 조 던에게 말하지는 않았지만 난 우리가 진짜로 이별한 게 아 닌 걸 알았지. 물리학을 공부하고 싶었고, 거기 물리학과가 좋은 학교가 몇 곳 있거든. 난 그런 미래를 그렸어. 너를, 네 형을 만날 미래를 상상했지. 너와 해변에 서서 친구가 되는 상상을 했어.

이제 난 열여덟 살이고 삼촌에게 대학 진학 전 한 해 동안 쉬겠다고 말했어. 그래서 삼촌이 파키스탄에 가족을 만나 러 간 사이, 편의점에서 일하고 있지. 왜 너에게 이런 얘기 를 하고 있는 걸까 생각했어. 아무래도 조던에게 말하고 싶 어서겠지. 조던이 그 비행기에 타기 전에 내 -우리- 장래

에 대해 말할 걸 그랬어. 시간이 더 있을 줄 알았거든. 우린
아직 젊은데 시간이 없다니 이상하지 않아? 또 네 이름을
말할 때마다 조던이 미소 지었다는 얘기도 해주고 싶어서
이 편지를 써. 내가 너라면 그 말을 듣고 싶을 것 같아서.
건강하기 바란다, 에디.

마히라가.

에드워드는 편지를 반복해서 읽는다. 쉐이가 알아차리고 묻
지 않았다면 차고에서 나갈 때까지 그것만 읽고 있었을 것이다.

"그 편지는 괜찮아?"

에드워드가 편지를 건네준다. 쉐이는 고개를 들고 말한다.

"형에게 여자친구가 있었다는 걸 알았어?"

"아니."

마음이 텅 빈 우물로 변한 듯이 이 말이 메아리친다.

"이 사람을 알았어?"

에드워드가 고개를 젓는다.

"편의점에서 봤겠지만 기억나지 않아."

"700만 달러와 여자친구."

쉐이가 가라앉은 목소리로 중얼댄다.

형이 굵은 나무 주변을 빙빙 돌고 차 지붕에서 뛰어내리고, 공항 검색대에서 양팔을 뻗은 모습을 그려본다. 몸통에 아픔이 번진다. 지진 전에 단층선이 생기듯이. 속으로 중얼댄다.

'형을 위해 뭘 하면 되겠어, 조던? 이건 무슨 의미야? 내가 어떻게 도울 수 있을까?'

바로 대답이 떠오른다. 마히라를 만나러 가자.

"우리는 상대방을 어쩔 수 없이,
영원히 간직한다."

— 제임스 볼드윈(소설가)

3장

에드워드에게

2:07 P. M.

항공기에 쏟아진 얼어붙은 빗물이 기술적인 문제를 일으킨다.
동체 외부에 부착된 금속 피토관이 냉동된다. 얼음막대처럼 생
긴 피토관은 얼면 안 되는 부품이라서 ─ 극지방의 기온에서
도 ─ 7개월 후 NTSB 공청회에서 결정적 사고 요인으로 지목될
터였다. 냉동된 피토관은 항공기의 속도를 측정하는 기능을 수
행하지 못한다. 불운한 상황이지만 항공기에는 대비 조치가 되
어있다. 엔진 하나가 고장 나면 같은 동력을 가진 다른 엔진이
가동되는 것이다. 이 경우, 피토관 이상은 자동조종장치 이상을
일으킨다. 이제 항공기는 정속 주행 통제가 되지 않는다. 조종사
들은 계기판의 센서들을 확인해 항공기 운항 속도와 균형을 직
접 확인해야 한다.

비는 멎었지만 기상이-놀랍도록 민감한 공기와 습도의 바다-여전히 좋지 않다. 동체 주변에서 수직기류가 이동하는 철새 무리처럼 빙빙 돈다. 기장은 화장실에서 나와 조종실로 돌아가 왼쪽 좌석에 앉아 레이더를 주시한다. 조종은 여전히 부기장에게 맡긴 상태다.

기장이 말한다.

"로터(회전운, 격렬한 난류를 일으키는 구름-옮긴이) 난기류군. 레이더에 잡히는 것보다 큰데."

그가 스크린을 쳐다보다가 덧붙여 말한다.

"약간 좌측으로 당겨서 바람을 피하지."

기장보다 12년 후배인 부기장은 걱정스러운 표정을 짓는다.

"네?"

"약간 좌측으로 당겨. 우린 수동 조종 중이야, 그렇지?"

부기장이 고개를 끄덕인다. 이상한 향내가, 탄내 같은 것이 조종실에 밀려든다. 기온도 상승한다.

"에어컨에 이상이 있습니까?"

"아니. 기상의 영향이야."

기장이 대답한다.

프로펠러 후류 소음이 더 커진다.

기장이 말한다.

"괜찮아. 동체 외부에 얼음 결정이 쌓여서 그래. 아무 일 없다고. 속도를 줄여."

조종실에 2.2초간 경보음이 울리면서 자동조종장치가 작동하지 않는다고 경고한다.

조던은 한참 전부터 부모가 필요하지 않다고 느꼈다. 열여덟 살이 될 때까지 자녀들이 부모의 집에 사는 게 관례라서 함께 살고 있는 것뿐이다. 하지만 언제든 독립해서 일자리를 얻고, 책으로 독학하며 여가를 마히라와 보낼 수 있다는 걸 안다. 혼자 살 아파트를 상상해본다. 채광이 좋고 천장이 높은, 침대가 2층에 있는 복층 원룸. 거기 사는 모습을 상상해본다. 시력이 좋고, 카페인을 섭취하면 땀이 나는데도 안경을 낀 채로 커피잔을 든 자신이 떠오른다.

그때 일등석 커튼 뒤로 사라지는 의사를 봤다. 삼부자 모두 같은 생각을 했던 것 같다. 엄마한테 무슨 일이 생겼나?

브루스가 말한다.

"거기 아픈 노인이 있거든. 아마…"

공기가 입가로 새는 것 같았다. 비행기가 연못에서 물수제비 뜨듯 오른쪽으로 튕기면서 말이 끊긴다. 몸이 홱 젖혀지자 조던의 내면에 변화가 생겼고, 새로운 진실이 열린다. 난 부모님이 필요해. 세 사람 모두 필요해. 비행기가 다음 조치를 결정하려는 듯 머뭇대는 사이, 머릿속 아파트에는 동생과 함께 쓰는 이층침대가 있고 부모님의 침실이 있다.

2016년 3월

버스를 타고 뉴욕에 가는 내내 에드워드는 눈을 감고 있다. 쉐이와 편지들을 다 읽었고, 분류도 마쳤다. 봄 방학이 시작된 후의 첫 월요일이어서 레이시는 출근하고 베사는 하루를 친척과 보낼 터였다. 때문에 둘은 들키지 않고 출발할 수 있었다. 하지만 에드워드는 안절부절못하고 있다. 이 여행을 해내야 되니까, 결국 이 여행은 현실이니까. 형제 사이에 비밀은 없다고 굳게 믿었다. 그런데 조던은 여자랑 키스를 했다. 여자를, 모르는 사람을 사랑했다. 조던은 에드워드에게 털어놓기 싫었거나 사실을 말할 만큼 그를 신뢰하지 않은 것이다.

　뉴욕까지 절반쯤 갔을 때 에드워드는 빛이 필요하기라도 한 듯 눈을 번쩍 뜬다. 폐에 공기가 필요할 때처럼 다급하게.

"다음 주말에 PSAT(수능(SAT) 예비시험, 주로 8, 9학년에 치르는 대학 진학 적성 시험으로 성적과 진로를 가늠하고 성적이 좋으면 장학금을 받을 수 있음 - 옮긴이) 모의고사를 건너뛸 거야."

"그래."

쉐이가 대답한다.

"너는 시험 볼 거지?"

에드워드는 저항감을 느낀다. 버스가 링컨 터널로 이어진 둥글고 긴 진입로를 달린다.

"난 인생을 어떻게 살고 싶은지 모르겠으니까 봐야겠지."

"나도 인생을 어떻게 살고 싶은지 몰라."

쉐이가 어깨를 으쓱한다.

"흠, 너야 괴상한 시험들을 볼 필요가 없지. 그런데 난 보통 사람이거든."

에드워드는 청량음료를 입에 대지도 않았는데 카페인 과다처럼 신경이 곤두선다. 이제 버스는 터널을 통과한다. 이모와 이모부에게 어디 가는지 알리지 않았다. 그들은 에드워드가 쉐이의 집보다 멀리 갈 줄은 꿈에도 모를 것이다. 하긴, 그래 본 적이 없으니. 다시 뉴욕에 가는 것은 이번이 처음이다. 그걸 떠벌리고 싶지가 않다. 대신 말한다.

"처음 만난 여름에 넌 내가 정상이 아니고, 너도 똑같다고 말했어."

"저기, 난 중요한 일을 할 기회를 얻으려면 대학 졸업장을 받아야 해."

쉐이가 말한다. 에드워드의 눈에 창가 좌석에 앉은 쉐이의 얼굴과 창에 비친 상반신의 절반만이 들어온다. 소녀가 아닌 젊은 여성처럼 보인다. 두 사람은 포트 오소리티(뉴욕과 뉴저지를 오가는 버스의 터미널 – 옮긴이)에서 택시를 타고 편의점으로 향한다. 도로가 바둑판 같은 맨해튼의 북쪽으로 올라가자 어퍼이스트사이드 지역이 펼쳐진다. 주변 거리마다 가족의 삶이 새겨져 있다. 택시가 단골 세탁소, 전면이 벽돌로 된 도서관, 대부분의 식료품을 구입하던 허름한 식품점을 지난다. 한 블록 더 가니 아빠가 고기와 치즈를 구입했던 고급 슈퍼마켓이 나온다. 엄마가 탁상시계를 산 골동품상점을 지난다. 제인은 서랍장에 시계를 올려두었고, 볼 때마다 캐나다에 살았던 할머니가 생각난다고 말했다. 그다음은 우편함, 4월에 우체통에 기대서서 세금 수표를 부치던 아빠가 생각난다. 아빠는 우체통의 파란 문을 쾅 닫으면서, 불필요한 전쟁에 쓰일 돈을 세금으로 내는 게 부당하다고 불평했다.

그는 말했다.

"세금이 쓰일 곳을 지정할 수 있다면 열심히 납부할 텐데."

에드워드는 추억에 맞서 방어하려는 것처럼 안전벨트를 단단히 당긴다.

"계획이 있어? 아니면 그냥 언니를 만나는 거야?"

에드워드가 어깨를 으쓱한다. 마히라를 만나야 하는 이유는 두 가지다. 첫째, 조던이 만나고 싶을 테니까. 둘째, 마히라는 산 사람들 중 형을 깊고 특별하게 사랑한 유일한 – 에드워드를 제외하고 – 사람이니까. 그는 조던을 잃었고, 마히라도 마찬가지였다.

에드워드가 대답한다.

"편의점에 오래 있을 필요 없어."

택시가 정지 신호에 멈춘다. 그간 몰랐던 진실을 – 사람을 – 찾아간다는 생각이 든다. 마히라의 편지는 그가 살던 삶의 안쪽 문을 열어주었다. 살던 집의 주방을 지나 새 방을 발견한 것 같았고, 거기 조던의 여자친구가 있었다. 그가 모르는 다른 문이 더 있을까? 이 생각은 뒤숭숭하면서도 강력하다. 잃은 게 확실한 것 – 가족들 – 을 되찾을 수는 없겠지만, 애당초 있는 줄도 몰랐던 것들, 사람들을 되찾을 수는 있을까?

택시가 72가와 렉싱턴가의 교차로에서 멈춘다. 쉐이가 기사에게 택시비를 주는 사이 에드워드는 인도에 서 있다. 그가 걱정스러운 표정을 짓고 있는지 쉐이가 다가와서 눈을 둥그렇게 뜬다.

"괜찮을 거야. 내가 도와줄게."

쉐이가 말한다.

에드워드는 '고마워'라고 속으로 중얼거리면서, 몸을 돌려 편의점으로 들어가는 쉐이를 바라본다. 새 삶이 예전의 삶으로 들어가는 광경을 지켜본다.

편의점은 폭이 좁은 직사각형 형태였고, 가운데 선반이 길게 늘어서 있었다. 깔끔하고 조명이 밝았다. 에드워드는 용돈이 생길 때마다 구석에 있는 냉장고에서 초콜릿 유후(초콜릿맛 음료-옮긴이)를 사 먹곤 했다. 아빠와 급히 필요한 물건-두루마리 화장지, 데오드란트, 우유-들을 사기 위해서도 자주 들렀었다. 또 형제는 부모가 금지한 간식-조던은 늘 트윅스, 에드워드는 곰 모양 하리보-을 여기서 샀었다. 둘이 처음으로 보호자 없이 출입을 허락받은 곳도 여기였다. 브루스는 필요한 물건을 사 오라며 두 아들을 이 편의점에 보내고, 손목시계의 타이머를 15분에 맞추었다. 15분이 되기 전에 귀가하는 게 임무였다.

에드워드는 문 바로 안쪽에 선다. 형을 향한 그리움이 밀려들어 강렬하게 파고든다. 어떻게 혼자 여기 서 있을 수 있을까? 카운터에는 아무도 없다. 축구 유니폼을 입은 남자애가 구석의 잡지 진열대 앞에 서 있다. 형이 알던 아이인지 궁금하다. 불가능한 일은 없으니까. 체격으로 봐서, 가족이 여기 살 때 이 아이는 초등학교 저학년이었을 것이다. 어쩌면 형은 이 애를 봐주는 아르바이트를 하면서도 에드워드에게 말해주지 않았을 것이다.

"확인해보니 그 잡지는 아직 안 들어왔네. 내일쯤 올 거야."

가게 뒤쪽에서 여자 목소리가 들린다.

남자애가 대답한다.

"알았어요, 감사합니다."

아이가 에드워드와 쉐이 앞을 휙 지나 문을 열고 나간다. 에드워드는 쉐이를 쳐다보다가 깜짝 놀란다. 쉐이는 깡통 수프 두 개를 들고 겨드랑이에 빵 한 덩어리와 프레첼 봉지를 끼고 있다.

쉐이가 소곤댄다.

"왜? 뭔가 사야 수상해 보이지 않지."

"어떻게 해도 우린 수상해 보여."

말은 그렇게 했지만 쉐이가 함께 와줘서 다시 한번 고마웠다. 쉐이가 자신의 모든 불안을 낱낱이 알지는 못한다 해도 함께 불안해 해주니 고마웠다.

공기의 변화를 느끼면서 뒤쪽 방에서 나오는 아가씨를 쳐다본다. 그녀도 동시에 에드워드를 보고는 걸음을 멈춘다. 그녀가 부들부들 떤다. 얼음장 같은 호수에서 막 나온 것처럼 온몸을 떤다.

"에디 애들러?"

그녀가 묻는다.

에드워드가 고개를 끄덕인다.

"꼭 닮았네."

"유감이죠."

하지만 이 말을 들으니 기쁘다. 형과 비교하는 말을 오랜만에 듣는다. 마히라를 찬찬히 본다. 어깨 길이의 검은 머리, 하트형 얼굴, 쉐이보다 몇 단계는 짙은 피부. '형이 누나를 사랑했군요'라고 속으로 중얼댄다.

에드워드가 말한다.

"편지를 받았어요. 난 몰랐어요. 형과의 사이를."

마히라가 더 차분하게 고개를 끄덕인다. 감정을 억누르는 것 같다.

"그럴 거라고 짐작했어."

그녀가 쉐이를 쳐다보면서 말을 잇는다.

"난 마히라야. 물건을 받아줄까? 불편해 보이는데."

쉐이가 앞으로 나와 어색하게 물건을 카운터에 내려놓는다.

"에드워드 친구 쉐이에요."

마히라가 이마를 찌푸리며 말한다.

"에드워드? 내가 알기로는⋯"

"에디라고 불러도 돼요. 그러고 싶으면."

에드워드가 말한다.

뒤에서 문이 홱 열리자, 세 사람의 시선이 쏠린다. 유피에스 (미국 택배 회사―옮긴이) 유니폼을 입은 남자가 대형 상자 세 개를 바닥에 내려놓는다. 택배원이 말한다.

"내일 봐요."

"내일!"

마히라가 외치고 배달원이 나간다. 하지만 거의 동시에 다시 문이 열리고 여자 손님이 유모차를 밀며 들어온다. 손님은 낮은 목소리로 노래하듯 아기에게 말을 하더니 곧장 기저귀 진열대로 향한다.

쉐이가 말한다.

"어, 여기 사세요?"

"위층 아파트에."

마히라가 천장을 손짓하면서 말을 잇는다.

"지금 넌 뉴저지에 살겠구나. 같이 사는 이모랑 이모부가 잘해주서? 지내기는 괜찮아?"

"네. 좋은 분들이에요."

에드워드가 대답한다.

여자가 유모차를 끌고 카운터로 다가오자, 쉐이와 에드워드가 비척비척 비켜선다. 손님은 두 사람을 흘끔대면서 가방에서 지갑을 꺼낸다. '십 대들이 여기서 무슨 수상한 짓을 벌이는 거지?'라고 말하는 듯한 표정이다.

에드워드가 유모차에 탄 아기를 바라보니, 아기도 빤히 그를 본다. 구슬 같은 파란 눈, 오동통한 뺨, 완전한 대머리. 아기는 계속 에드워드를 쳐다보면서 주먹을 입에 집어넣고 부르르 소리를 낸다. 그러더니 손을 빼고는 씩 웃는다.

"진짜 귀엽다."

쉐이가 예의 바른 말투로 말한다.

여자 손님은 계산을 마치고 기저귀 꾸러미를 유모차 하단의 바구니에 담았다. 아기를 데리고 나간 문에서 땡그랑 소리가 난다.

마히라가 말한다.

"동네 주민 절반이 들어올 테니, 몇 분간은 문을 닫아야 제대로 대화할 수 있겠어. 매일 오후 딱 이 시간에 와서 껌 한 통을 사가는 오지랖 넓은 아줌마가 있거든. 나를 염탐해서 계속 삼촌한테 이를 거야. 그 아줌마를 피하는 게 상책이겠다."

마히라가 출입문에 걸린 안내판을 '열림'에서 '닫힘'으로 뒤집고 묵직한 잠금장치 두 개를 채운다.

"이제 열다섯 살이지?"

그녀가 묻는다.

에드워드는 자물쇠들을 찬찬히 바라본다. 문이 계속 열려 있으면 좋겠다. 그러면 쉽게 도망칠 수 있을 텐데. 민망하게 문을 열려고 씨름할 필요 없이. 고개를 끄덕인다.

"형이 누나랑 사귈 때 열다섯 살이었죠"

'형이 누나랑 사귈 때'라는 말이 헛소리처럼 허공에 울린다. 마히라가 카운터로 돌아와 몸을 기대고 말한다.

"형이랑 정말 닮았다. 그런데 목소리는 다르네. 눈도 그렇고."

에드워드는 온몸에 통증이 번졌고, 그것이 조던 때문임을 안다. 형이 여기 있어야 되는데. 조던이라면 카운터로 다가가 마히라를 안아줬겠지. 이제 형을 대신해서 내가 그래야 할까?

쉐이를 힐긋 본다. 쉐이는 흔들림이 없다. 현실이다. 다양한 감자칩이 진열된 선반 옆에 서 있다. 시험공부를 할 때와 같은 표정으로 두 사람을 지켜보고 있다.

마히라가 말한다.

"네가 입은 옷… 형의 파카지?"

에드워드는 오렌지색 파카를 내려다본다. 이제는 몸에 잘 맞고, 팔꿈치와 솔기가 닳기도 했다. 레이시는 이제 다른 파카를 입어야 된다고 닦달한다.

에드워드가 대답한다.

"맞아요, 조던의 옷을 다 갖고 있어요."

"그렇겠지. 이해가 돼."

마히라는 담담하게 말했지만 눈빛이 변해서 반짝인다.

에드워드는 보통 사람들이 나누는 정상적인 대화를 하고 싶다. 그게 가능하지 않은 걸 알면서도.

"편지에서 갭이어(학업을 중단하고 여행, 노동 등의 사회 경험으로 견문을 넓히는 시기 - 옮긴이) 중이라고 했죠?"

마히라가 고개를 끄덕인다.

"가을에 헌터(뉴욕 시립대학의 한 캠퍼스인 헌터 칼리지 - 옮긴이)에서 공부를 시작할 거야. 몇 블록 거리고 학비가 싸거든. 난 과학 성향이야. 늘 그랬고, 내가 엔지니어가 되는 게 삼촌에게 중요하기도 하지."

에드워드는 자신의 성향을 모른다. 아픔에 젖어 들었고, 마히라도 같은 감정이라는 걸 알 것 같았다. 둘 사이에 조던이 있고, 둘이 가까이 있으니 가슴 저린 그리움도 커진다. 에드워드는 생각한다. '나 더하기 마히라는 그리운 조던이야.' 하지만 그립다는 말만으로는 설명이 충분하지 않다. 조던이란 이름으로는 충분히 설명되지 않는다.

어른거리는 조던이, 둘의 상실감의 원인인 조던이 동생에게 말한다.

'되도 않는 말 좀 작작해.'

에드워드가 말한다.

"사고 소식은 어떻게 알았어요? 처음 알았을 때 어디 있었어요?"

인연이 있는 사람들을 대상으로 이 정보를 조심스레 모으고 있다. 그 당시에 각자 있었던 곳을 그래프에 좌표로 찍는 작업이다. 존은 사고 발생과 거의 동시에 트위터에서 소식을 접했다. 한 소매업체에서 IT 관련 업무를 하던 중 뉴스 헤드라인을 보자마자 짐을 챙겨 나와 주차장에서 아내에게 전화했다. 처형 가족이 사고 비행기에 탑승했는지 확실치 않았기 때문에 레이시가 제인의 마지막 이메일을 확인하는 동안 전화를 끊지 않고 기다렸다. 그 메일에 여정 관련 정보가 있었다. 쉐이는 침대에서《빨강머리 앤》3권을 읽다가 엄마의 스페인어 비명을 들었다. 그리고는 엄마와 함께 거실에서 TV로 추락 관련 뉴스를 시청했다. 베사가 우는 소리 때문에 뉴스가 잘 안 들려서 볼륨을 올려야 했다. 콕스 부인은 맨해튼 92가에서 엘리노어 루스벨트(공민권 지지자로 활약한 미 대통령 프랭클린 루스벨트의 부인 - 옮긴이)의 유산에 관련된 강연을 듣는데 운전기사가 팔을 가만히 건드렸다. 그리고 로비로 나갔을 때 기사가 휴대폰으로 뉴스를 보여주었다. 닥터 마이크는 비행기가 추락했을 당시 진료 중이었고 나중에 차에서 라디오를 켰을 때 소식을 들었다.

"아."

마히라가 얼굴을 돌려 뒤쪽 창고를 쳐다보면서 다시 말하기 시작한다.

"난 학교에서 집에 오는 중이었어. 항상 83가 모퉁이의 큰 스포츠 바 앞을 지나거든. 술집 벽면에 대형 TV들이 있고, 평소에는 두세 가지 스포츠 경기를 틀어놓지. 풋볼, 축구, 아이스하키. 그런데…"

마히라는 주저하다가 말을 잇는다.

"그날은 모든 화면에 옆으로 넘어진 비행기만 보였어. 화면에 비친 이미지가 하도 이상해서, 특히 스포츠 바랑 안 어울려서 걸음을 멈추었지. 술집에 들어갔고, 생전 처음 있는 일이었지. 바텐더가 무슨 일이냐고 물었어."

마히라는 잠깐 말을 멈추고 양손을 앞으로 내민다. 동전이라든가 선물, 성찬용 떡이라도 기대하는 걸까? 그녀는 다시 손을 내려 무릎에 올리고 말한다.

"집에 돌아왔을 때 소년 한 명이 생존했다는 뉴스가 나왔어."

에드워드는 이 말을 되새겨본다.

"조던이라고 생각했겠네요?"

마히라는 대답하지 않는다. 에드워드의 머릿속에서 새로운 현실이 피어오른다. 목숨을 건진 사람은 조던이다. 그는 퇴원한 후 이모부 내외를 따라가지 않고 편의점 위층 아파트에서 마히라와 몸조리하겠다고 고집한다. 형이 다리 한쪽을 깁스하고 싱글 베드에 누운 장면이 훤히 그려진다. 통증이 심해 얼굴이 일그러졌지만, 조던은 마히라를 응시한다. 조던은 상실감을 마히라와 함께 견딜 테고 거기서 위안을 얻겠지. 조던은 비행기 추락으로 모든 걸 잃지는 않았다.

"미안해요."

에드워드가 말한다.

"너랑 나는 캘리포니아 해변에서 만날 사람들이었는데."

마히라가 미소 짓는다. 애써 짓는 웃음처럼 보인다. 그러고 나서 묻는다.

"이상한 얘기 하나 들어볼래?"

한동안 잠자코 있던 쉐이가 나서서 대답한다.

"네, 말해주세요."

"난 여기서 몇 블록 떨어진 타로 점쟁이를 찾아다녀. 그 집 창가에는 보라색 램프가 있고 문에 풍경이 달려 있지. 어처구니없는 일이고 난 그런 점 따윈 믿지 않지만 가지 않고는 못 배기겠어."

"그 여자가 무슨 말을 해주는데요?"

마히라의 뺨이 발그레해진다.

"일부는 동화 같은 얘기야. 조던과 우리 사랑에 대해 말해줘. 내가 계속 찾아 가는 것도 그 때문이겠지. 그 이야기를 나눌 사람이 없거든. 삼촌은 조던의 이름조차 듣고 싶지 않아 해."

"조던."

에드워드가 반사적으로 말한다.

"조던."

마히라는 택배원을 대하던 말투-의도적이고 권위적인 말투-로 말한다. 조던의 이름을 '내일!'과 똑같은 억양으로 말한다. 순간 문을 두드리는 소리에 세 사람 모두 놀란다. 얼룩덜룩한 유리에 사람의 윤곽선이 보인다. 주먹이 다시 올라갔다가 내려간다. 그 사람이 자리를 뜬다. 에드워드는 타로 점쟁이가 무슨 말을 해줄지 궁금하다. 형제의 사랑에 대해 타인에게 듣는다는 게 마음에 든다.

"둘 사이가 왜 나한테 비밀이었는지 말해줄 수 있어요? 형은 왜 나한테 말하지 않았죠?"

마히라가 고개를 젓는다.

"솔직히 말하면 우린 그 정도로 대화하지 않았어. 난 길게 대화하면 모든 게 어그러질까 봐, 바보 같은 말을 할까 봐 겁났어. 곧 대화를 하겠다고, 질문을 하겠다고, 곧 조던에게 다 말하겠다고 계속 생각만 했지."

"시간이 있을 줄 알았군요."

쉐이가 말한다.

"맞아."

에드워드는 편지들을 떠올렸다. 발신자들은 질문하고, 스스로 상심의 해결책을 찾을 수 있다고 믿거나 그렇게 다짐했다. 이 외로운 아가씨와 그 편지들에 담겨 있던 아픔이 가슴을 짓누르자, 에드워드는 살짝 등을 굽힌다.

"문을 다시 열어야 해서."

마히라가 말한다.

"그러세요."

에드워드가 대답한다.

하지만 그들은 잠시 더 서 있다가 헤어진다.

그날 밤 차고에서 쉐이가 말한다.

"문명인답게 그냥 아침식사를 하면서 존에게 말하지 그래? 우린 존이 아침에 얼마나 일찍 여기 오는지조차 몰라. 몇 시간이고 주야장천 기다려야 한다고."

"여기서 이모부와 이야기를 나눠야 해. 이모가 없는 자리에서."

에드워드는 스툴 의자에 앉는다. 이제 그걸 자기 의자로 여긴다. 안락의자는 쉐이 자리다.

"최근에 대장처럼 굴더라. 다 마음에 안 드는 것 같기도 하고."

에드워드가 빙긋 웃는다.

"이모부가 올 때까지 넌 자도 돼."

"그래, 그럴게."

쉐이는 그나마 편한 자세를 취하려는 듯 안락의자에서 몸을 꼼지락댄다. 그러더니 묻는다.

"오늘 마히라에게 키스할 뻔했지?"

에드워드는 한순간 얼어붙어 얼굴을 붉힌다.

"그럴까 생각했지. 조던을 위해서."

그러더니 숨을 고르지 않게 쉬고는 다시 말한다.

"형을 위해 내가 뭘 할 수 있는지, 뭘 해야 되는지 모르겠어."

"난 네가 고민하는 걸 감 잡았지."

"어떻게? 내가 어떻게 보였는데?"

쉐이가 웃으면서 어깨를 으쓱한다.

"말로는 설명 못 해."

쉐이와 눈을 맞췄고, 거기 새로운 뭔가가 있다. 전에는 자신만 겪은 줄 알았지만, 쉐이의 변화도 느낀다. 또 편지를 쓴 사람들도 다르게 느껴지니 파급효과가 무한할 것 같다. 쉐이의 보조개에서 그 무한성을 찾는다.

잠시 잠잠하더니 쉐이가 손전등을 끈다. 그리고 어둠에 대고 말한다.

"굿나잇."

쉐이는 등을 돌리고 잔뜩 웅크린다. 에드워드는 스툴의자에 반듯하게 앉아 있다. 둘 사이의 공기가 밀도 있게 채워지고, 새로운 가능성으로 팽팽해진다. 둘 다 서로 키스하는 상상을 해봤다는 걸 에드워드는 안다. 고개를 한쪽으로 기울이고 몸을 숙이는 상상을 해봤다. 둘의 입술이 닿는 상상. 그날 오후 마히라와 둘 사이의 공기, 어른거리는 형의 존재, 존재했던 것의 상실에 대해 생각한다.

최근 과학 선생님은 스위스에 있는 '거대 하드론 충돌기(유럽 입자 물리학 연구소에서 만든 입자 가속 및 충돌기 – 옮긴이)'에 대해 얘기했다. 이것은 역사상 가장 큰 기계다. 그는 설명했다.

"소립자 물리학의 색다른 이론을 연구하는 겁니다. 과학자들은 이제 두 사람 사이의 공기에서 벌어지는 양상을 파악할 수 있다고 봅니다. 왜 누구는 마음을 멀어지게 하고 누구는 끌어당기는지, 그 사이의 모든 것을 알 수 있습니다. 우리 사이의 허공은 빈 공간이 아닙니다."

겨우 몇 걸음 떨어져 있는 쉐이의 몸을 에드워드는 온몸으로 의식한다. 편안한 자세를 찾으려 하지 않는다. 존이 차고에 올 때까지 밤을 새울 작정이다. 어둠을 응시하면서 편의점에 갔던 일을 되새긴다. 오늘이 저물면서 형을 잃은 슬픔이 더 커질 줄 몰랐다. 더 커질 슬픔이 남아있는 줄도 몰랐다. 전에 형이 그리웠던 건 에드워드 자신 때문이었다. 끔찍한 상실감 때문이었다. 하지만 이제는 조던이 잃은 것들도 슬펐다. 형은 두 번 다시 여자와 이렇게 가까이서 온몸이 따끔대는 경험을 하지 못할 테니.

하늘에 보랏빛이 깔리기 시작할 무렵, 이모부가 차고 문을 열었다. 그는 문간에서 걸음을 멈추고 상황을 살핀다. 눈이 피곤해 보이는 십 대 소년과 잠든 십 대 소녀.

"굿모닝."

존이 조심스러운 말투로 인사한다.

"오셨어요."

에드워드가 스툴의자에서 일어나면서 말을 잇는다.

"걱정 마세요. 아무 일 없어요. 그냥 이모부의 서류철을 봤다고 말하려고 기다린 거예요. 제가 우연히 발견했어요. 그 후 저희가 가방을 열어서 편지들을 읽었어요."

존의 얼굴에 놀라움과 함께 또 다른 표정이 나타난다. 두려움이랄까?

"가방의 자물쇠를 푼 거야?"

이모부는 묻고서 설명한다.

"네가 더 크면 주려고 했어. 그게 네 것이라는 걸 알아. 다만 처음에 편지가 오기 시작할 때 몇 통 읽었는데, 사람들이 어린아이에게 그런 편지를 보냈다는 게 충격적이었지."

"저희도 그럴 거라고 짐작했어요."

존이 한숨을 쉰다. 작은 바윗돌이 언덕에서 굴러가는 소리다.

"그게 다가 아니란다."

에드워드는 조금 지나서야 말뜻을 이해한다.

"편지가 더 있어요?"

"많지는 않아. 하지만 최근에 온 편지가 복도 붙박이장에 있어. 양은 줄었지만 여전히 오고 있지. 내가 매주 금요일에 우체국에 가서 수령해."

쉐이가 의자에서 뒤척인다. 그러다 다시 잠들자 에드워드가 말한다.

"사서함을 이용한 이유가 뭐죠?"

"개인 유류품 바인더를 우편으로 받고 우린 사서함을 개설했어. 우편물이 집으로 직접 배달되지 않는 게 더 안전하다고 생각했거든. 우리가 먼저 확인하지 않은 우편물을 네가 보면 곤란했으니까."

에드워드는 이모부를 바라본다. 존이 그저 나이를 더 먹었을 뿐이란 생각이 든다. 에드워드보다 더 잘 알거나 많이 아는 게 아니다. 존과 레이시는 주어진 역할을 해낼 따름이다. 남편, 아내, 이모, 이모부. 편지 얘기를 털어놓으라고 쉐이가 채근해도 반대했던 이유는 뭘 해야 할지 어른들에게 묻기 전에 스스로 알아내고 싶어서였다. 이모와 이모부가 확고한 답을, 확실한 해결책을 알 거라고 짐작했다. 그러나 이제 그게 아님을 알고, 또 이해한다.

에드워드가 묻는다.

"두 분 사이는 괜찮은 거예요?"

존이 고뇌에 찬 미소를 짓는다.

"레이시는 나한테 불만이 많았어. 그럴 만도 하지."

존이 어깨를 으쓱하고는 말을 잇는다.

"누군가와 긴 세월을 함께 하다 보면 예상대로 되지 않는 일들도 있어. 우린 난관이 생길 때마다 엇박자를 내지. 일이 터지면 난 즉시 얼어붙고 레이시는 무너져. 평소 레이시가 마음을 추스를 즈음이면 나도 평정심을 되찾는데 이번에는… 이건 부부 문제라서."

"복잡하죠."

에드워드는 거들고 싶어서 말한다. 존이 다시 손짓하고 이번에는 모든 걸 지칭하는 듯하다. 사진, 편지, 중년, 결혼. 그가 덧붙인다.

"오래 살다 보면 모든 게 복잡하단다."

쉐이와의 관계가 이미 빙빙 돌아 빗나갔고, 복잡하다는 생각이 들었다. 마히라 역시 조던이 죽었지만 형과의 관계를 지속하고 있다. 에드워드는 쉐이의 숨소리를 들으면서 말한다.

"처음부터 다 보여주셨다면 한결 나았을 거예요. 희생자 전원을 아는 게 중요하다고 생각해요. 이모부나 저만큼 중요한 사람들이니 다 기억하고 싶어요."

에드워드는 이 말을 두고 고심하는 이모부를 지켜본다. 존이 대답한다.

"흥미로운 얘기구나. 네게 전부 보여줬어야 될지 모르겠지만, 당시에는 그러면 안 될 것 같았어."

파스텔 색조의 새벽빛 아래에서 존은 나이가 들어 보였다. 그가 말을 잇는다.

"네가 이해해야 해. 내가, 우리가 가장 두려운 것은…"

존이 머뭇거린다.

"뭔데요?"

에드워드가 묻는다.

존이 가볍게 고개를 돌려 에드워드가 아니라 뜨는 해를 바라본다. 그가 대답한다.

"네가, 음, 살지 않기로 작정하는 거였지. 닥터 마이크도 그게 큰 걱정이라고 말했고. 처음 여기 와서 넌 음식을 입에 대지 않았고 이후 밖에서 쓰러졌어. 심하게 우울했고."

에드워드가 알아들으려고 눈을 깜빡인다.

"제가 자살할까 봐 걱정하셨어요?"

"우린 그걸 막는 걸 잣대로 삼아 모든 결정을 했지. 너를 더 힘들게 할 일은 모두 막고 싶었어. 레이시는 내가 너무 까다롭게 따지고, 널 보호한답시고 사고에 집착하게 됐다고 생각해."

존이 양손으로 얼굴을 부비면서 한마디를 덧붙인다.

"여자들이 우리보다 똑똑하잖아."

상담 치료 중 닥터 마이크가 자살은 선택 사항에서 제외해야 한다고 말한 적이 있다. 당시에는 그게 무슨 뜻인지 몰라 대꾸하지 않았다. 그런데 이 얘기를 들으니 교장의 예의주시, 이모의 수면제 처방, 이모부의 새로 생긴 주름에서 그 두려움이 읽힌다. 에드워드가 고개를 젓는다.

"그런 짓은 하지 않았을 거예요."

존이 어깨를 으쓱한다. '넌 그럴지 몰라도 난 확신이 없었거든'이라고 말하는 것 같다. 존의 지친 눈빛을 보며 처음으로 깨닫는다. 이모부가 무슨 수를 써서라도 에드워드 자신을 구해야 했던 이유를. 존 – 의지, 주의력, 신중함을 가졌다 – 은 구하지 못한 사람들이 있었다. 아내가 임신했던 아기들, 제인, 브루스, 맏조카. 그래서 그의 집에서 살게 된 처조카마저 잃지 않기 위해 인생을, 결혼생활까지를 바치려고 하는 것이다.

에드워드는 이모부를 바라보다가 쉐이를 힐끗 보며 말한다.

"여러분에게 그런 짓을 저지르지는 않았을 거예요. 남겨지는 게 어떤 것인지 잘 아니까요."

진실을 말하고 나니 숨쉬기가 어렵다. 언뜻 공포를 느끼지만 그 순간 이모부의 표정이 보인다. 존이 양팔을 벌리자 에드워드가 앞으로 나아간다.

2:08 P. M.

부기장은 경보음과 난기류, 수동 조종 경험 부족 때문에 넋이 나
가서 – 조종사들은 수동 이착륙 훈련을 받지만, 운항 중의 수동
조종은 해당되지 않는다 – 비합리적인 결정을 내린다. 항공기를
급상승시키려고 측면의 조종간을 당긴다. 기장은 앉은 자리에
서 부기장의 오른팔이 잘 보이지 않고, 동료가 그런 어리석은 결
정을 내리리라고는 상상도 하지 못했다.

"안정적으로."

기장이 말한다.

"알겠습니다."

부기장이 조종간을 당기자마자 컴퓨터가 반응한다. 입력된
고도를 벗어난다는 경고음이 조종실에 울린다. 실속 경보음. 인

간의 목소리가 '스톨(Stall, 실속)!'이라고 반복해서 외치고, 이어서 의도적으로 '크리켓(cricket)'이라는 자극적인 소음을 낸다. 실속은 저공비행에서 생길 수 있는 잠재적인 위험이다. 임계속도에서 갑자기 날개가 상승을 일으키지 못하면 항공기가 가파르게 곤두박질칠 수도 있다. 하지만 조종사는 매뉴얼대로 조치 중이라고 믿고, 실속 경고를 받았는데도 크게 염려하지 않았다. 여전히 측면 조종간을 당기는 부기장은 이제 식은땀을 줄줄 흘리며 가쁜 숨을 몰아쉰다. 공포감을 숨기려 애쓰고 있다.

베로니카의 발아래 바닥이 무너지는가 싶더니 다시 평평해진다.

"좌석으로 돌아가세요."

그녀가 빨간 머리 의사에게 말한다. 죽은 노인을 힐끗 보고 나서 간호사를 더 친절하게 쳐다본다. 베로니카가 말한다.

"잠시 후에 다시 올게요."

일등석 객실에서 벗어나 구석에 있는 승무원석으로 간다. 딱딱한 사각형 의자에 주저앉아 가슴 위로 안전벨트를 맨다. 콕스의 백짓장 같은 얼굴을 떠올린다. 목구멍에 호흡이 없고, 몸에 피가 돌지 않는다는 사실을 생각한다. 비행 중 사람이 죽는 걸 본 적이 없다. 매뉴얼이 뭐더라? 승무원 매뉴얼을 전부 읽어봤다. 이런 상황에서 첫 조치는 기장에게 통고하는 것이다. 인터컴을 사용할 수 있게 되면 조치할 것이다. 그다음에는 가능하면 시신을 빈 좌석으로 옮겨 탑승자들과 격리해야 한다. 이 항공기는 만석이어서 그럴 수 없겠지만, 비행이 끝날 때까지 시신을 사물함에 모시는 경우도 있다는 내용을 읽었다. 항공기 뒤편에 사물함이 있으니 몇 가지 물품을 치우면 그곳을 사용할 수 있을 것이다.

베로니카는 엘렌과 시신을 들고 객실을 지나 항공기 끝에 있는 사물함으로 가는 상상을 한다. 그녀는 노인의 겨드랑이를, 엘렌은 발을 들고서. 루이스는 사물함 옆에 서서 그들을 돕기 위해 기다리고….

순간 기체가 심하게 꿀렁거리며 기수가 흔들린다. 베로니카는 툴툴대고 덜컥대는 이 거대한 기계로 관심을 돌린다. 항공기를 자신의 몸처럼 속속들이 알고 있다. 그녀가 속으로 중얼댄다. 너 나한테 무슨 말을 하려는 거니?

2016년 4월

이제 에드워드가 실질적으로 느끼는 책임은 딱 두 가지다. 새로
온 편지를 읽는 것과 아룬디 교장의 화분을 건사하는 일. 화분
을 집에 가져온 지 넉 달이 지났다. 캥거루발톱은 지하실 창 아
래 테이블에서 잘 자라고 있다. 사진을 찍어 교장에게 보여주며
식물의 상태가 좋다고 안심시킨다. 이제 교장실은 온실이 아닌,
사무실 분위기를 물씬 풍긴다. 바이러스는 세 번이나 재발하면
서 지독하게 오래갔다. 마침내 고사리류가 바이러스의 영향에
서 벗어났지만 그러는 동안 화분 열세 개가 죽었다. 지금은 창틀
과 테이블에 화분이 드문드문 세워져 있다.

아룬디 교장이 말한다.

"화분들을 다시 들여야겠지. 난초를 살까 고민 중이란다. 놀라

운 식물이지, 난초는. 그렇게 생각하지 않니?"

아룬디 교장이 한숨을 쉬었고, 그가 화분을 새로 들이는 일에 별 관심이 없다는 걸 에드워드는 깨닫는다. 말만 그렇게 하는 것이다. 교장은 안전하게 캥거루발톱을 몇 주 더 맡아달라고 부탁했다.

에드워드가 시간의 흐름을 의식하는 날은 금요일 하루다. 새로운 편지를 존이 집으로 가져오는 날이기 때문이다. 요즘 쉐이는 사우스캐롤라이나에 사는 수녀와 펜팔 중이다. 에드워드는 게리에게 편지를 보내 고래에 대해 묻는다. 에드워드와 게리, 모두 마히라와 휴대폰 문자를 주고받는다. 그는 아이들 모두에게 답장을 보냈다. 에드워드는 양 끝에 있는 이들만이 대답을 들었다고 생각한다. 아주 연로한 이들과 어린아이들. 그 중간에 수백 가지 요구가 있었고, 에드워드는 어딘가로 몸이 빠지는 듯했다. 그 요구들을 어떻게 해야 할지 결정하지는 않았지만, 하나의 요구를 들어주면 나머지도 모두 들어줘야 할 것이다. 쉐이가 작성한 목록을 보면, 모두의 요구를 들어주는 것은 현실적으로 불가능하다. 세계 곳곳을 돌아다니며 별별 직업을 모두 경험해봐야 될 테니. 의사, 사서, 요리사, 활동가, 소설가, 사진작가, 고전문학교수, 의상 디자이너, 종군 기자, 소믈리에, 사회복지사…. 다양한 시기에, 여러 지역에서 상충되는 요구들도 수행해야 한다.

이날 아침 읽은 편지는 부기장의 부인이 보낸 아주 짤막하고 이상한 내용의 것이었다. 그녀는 남편과 대학에서 만났고, 남편이 조종석에서 아주 큰 실수를 저지른 것이 안타깝다고 말했다. 그녀는 남편이 191명을 죽였고, 자신이 어떨지 가늠이 되냐고 물으며 글을 마무리했다.

이제껏 읽은 편지들 중 보내지 말았어야 하는 편지는 이것 한 통뿐이다. 그녀의 남편은 그의 가족을 죽였다. 감히 어떻게 자신에게 편지를 써서 확증인지 동정인지를 구해도 된다고 생각했을까? 그녀에게 화를 내야 마땅했지만 화가 나지 않았다. 부인이야 사고와 무관하고, 그녀 역시 남겨졌다. 게다가 자신의 의지와는 상관없이 미망인이 되었다. 밀려드는 죄책감, 자려고 애쓸 때마다 가슴을 짓누르는 비행기의 동체 파편이 떠올랐다.

학교 중앙 복도에 서서 주변 아이들을 둘러본다. 3분 후면 사회 수업이 시작되고, 프랑스 대혁명을 공부할 것이다. 학생들은 이번 학기에 좋은 성적을 받아 내년 AP 역사를 이수할 기회를 얻고 싶다. 그들이 역사에 관심이 있어서가 아니라, 최우수 대학들이 최소 AP 세 과목 이수를 기대하기 때문임을 에드워드는 안다. 복도 끝에 출구가 있고 그는 그 문으로 빠져나간다.

대로로 향하면서 학교가 구름처럼 멀어지는 걸 느낀다. 쉐이는 그가 사회 수업에 들어가지 않은 걸 알면 당황하고 걱정할 것이다. 그래도 계속해서 걸음을 옮긴다. 다음 버스를 타고 맨해튼으로 향하면서 타로 점집의 주소를 묻는 문자를 마히라에게 전송한다.

'학교에 있을 시간 아냐?' 마히라가 답장했다.

'맞아요.'

이런. 그녀는 주소를 보내더니 '알아둬, 다 헛소리야'라고 덧붙였다.

택시를 타고 주소지로 가보니, 어퍼이스트사이드 지역의 가로수 길이었다. 길모퉁이에서 내리면서 지난 3년보다 지난 반년 동안 이동한 거리가 더 길 거라는 생각을 한다. 형의 나이가 되니 조던이 움직이라며 밀기라도 하는 것 같다. 이제 잘 모르는 상황으로 떠밀려가고 있다.

현관에 붙은 번지수보다 창가의 보라색 램프가 먼저 보인다. 중간 크기의 다가구 건물 1층. 창문 우측 하단에 검은 글씨로 쓴 흰 간판이 있다. '마담 빅토리가 알려드리는 미래, 벨을 누르세요.'

이 모든 게 헛소리라고 생각하자 다시 무력감이 엄습한다. 길 끝에 서서 결정을 내린다. 집에 가면 부기장의 부인에게 답장을 써야지. 이해한다고 말할 거야. 결정을 내리자 몸이 움직여진다. 층계를 올라가 벨을 누른다. 딸깍 소리가 나고, 두 쪽짜리 현관문을 민다. 들어가자마자 초록색 카펫과 나뭇잎 문양 벽지로 꾸민 로비가 보인다. 왼쪽으로 문이 조금 열려 있다. 그 문을 끝까지 민다.

"계세요?"

에드워드가 외친다. 너저분한 방 같은 실내에 들어와 있다. 원형 목제 테이블 주변에 의자 네 개가 있다. 한쪽 벽에 책상이 붙어있고. 벽에 걸린 르네상스풍 태피스트리는 울타리 안에서 뒷다리로 선 유니콘 문양이다. 울타리 주위가 꽃으로 장식되어 있다. 아주 어렸을 때 만화영화에서 유니콘을 보고는 한동안 이 신비로운 동물에 집착했던 기억이 난다. 집착한 이유 중에는 유니콘이 실제냐고 물었을 때 부모님이 거북한 기색을 보였기 때문도 있다. 부모님은 아들들이 사실과 허구를 구분한다고 자부했다. '글쎄? 어쩌면 아주 오래전에 있었으려나?'라고 어머니는 말했다.

"잠깐만, 아가."

여자의 목소리가 들린다. 에드워드는 종소리를 듣고 창문을 바라본다. 거기 달린 풍경이 흔들린다. 여자의 목소리가 풍경을 흔들었나? 팔에 소름이 돋는 그 순간 여자가 앞에 선다.

장신이고 – 최소한 180센티미터 – 머리에 화려한 스카프를 둘렀다. 구릿빛 피부, 갈색 눈, 푸근한 미소. 샛노란 스커트와 집업 후드티 차림이다.

"앉아요, 꽃미남."

그녀가 말하면서 의자를 향해 손짓한다.

"마담 빅토리의 상담료는 15분에 30달러예요, 알아두라고."

"알았어요."

에드워드는 대답하지만, 몸이 긴장되어서 머뭇대다가 앉는다. 구석의 풍경소리가 잠잠해졌지만 그치진 않았다. 몸이 전하는 메시지가 해석되지 않는다. 이 느낌을 아드레날린 분출로 경험한다. '조심해. 위험해. 여기서 나가.' 하지만 의자에 주저앉는다. 마담 빅토리가 테이블에 마주 앉는다.

"타로점이랑 손금 중 어느 쪽이 좋을까?"

"모르겠어요."

그녀가 처음으로 에드워드의 얼굴을 들여다본다. 에드워드는 눈을 맞추기가 힘들었지만 시선을 돌릴 수 없었다. 몸속 아드레날린이 가라앉지 않는다. 두 살배기가 들고 장난하는 것처럼 종이 쨍그랑댄다. 편한 자세를 취하려고 앉은 채 뒤척여본다. 앞의 여자 때문인 걸 알지만 정확한 이유는 오리무중이다. 생각해본다. 내가 부인을 아나? 하지만 당연히 모르는 사람이다.

마담 빅토리가 말한다.

"흠, 네 손금을 보고 싶구나. 손을 이리 줘봐라, 아가."

에드워드가 팔을 뻗는다. 역기 운동을 하는데도 팔이 젓가락 같다. 살짝 몸이 떨린다. 손을 주는 것이 무척이나 친밀한 행동이라는 생각이 스친다. 그의 손을 잡는 마담 빅토리의 피부는 뽀송하고 따뜻하다.

"네가 익숙하게 느껴지는구나."

그녀가 말한다.

"친구가 여기 오거든요."

물론 마히라가 친구는 아니지만 적당한 호칭이 없었다. '죽은 형의 여자 친구지만 잘 모르는 사이'라고 할 수도 없고. '조던을 사랑한 또 다른 사람'이라고 할 수도 없고. 마담 빅토리는 모두 안다는 듯 고개를 끄덕인다. 그녀가 에드워드의 손을 찬찬히 살핀다. 검지로 손바닥 가운데를 건드린다.

"에디."

그녀가 속삭인다. 에드워드는 귀를 의심했다.

"뭐라고 하셨어요?"

마담 빅토리가 다시 말하자 에드워드가 대꾸한다.

"마히라한테 제가 올 거라는 걸 들으셨어요?"

"마히라?"

마담 빅토리가 고개를 젓는다. 그러더니 손가락이 손바닥과 연결되는 도톰한 부분을 만진다. 그녀가 다시 말한다.

"평소 하지 않는 질문이다만 아가, 뭘 듣고 싶으냐?"

"무슨 뜻이에요?"

어리둥절하다. 에드워드는 다시 묻는다.

"부인이 제 미래를 말해주는 줄 알았는데… 다른 선택 사항이 있나요?"

그녀는 대답하지 않는다. 손 위로 몸을 숙일 뿐, 에드워드를 향해 고개 들지 않는다.

"뭘 하면 좋을지 알고 싶어요."

대답하고 나니, 부기장의 부인에게 답장을 쓰기로 했을 때처럼 안심이 된다. 이제 뭘 하면 좋을지 알고 싶다.

마담 빅토리가 손바닥 중앙을 토닥인다.

"그거야 쉽지. 남들처럼 하면 돼. 자기가 어떤 사람인지, 뭘 가졌는지 살펴보고 그걸 영원히 쓰면 되지."

에드워드는 이 말을 두어 번 곱씹고 나서 말한다.

"그건 부인이 누구에게나 해줄 수 있는 말이네요."

마담 빅토리가 생긋 웃는다.

"사실 그럴 수도 있지. 모든 사람에게 그 말을 해주고 싶어. 하지만 아쉽게도 모두 날 만나러 오진 않으니까. 하지만 넌 찾아왔고, 내 조언이 특히 통할 나이고 사연이니."

주머니에서 휴대폰 진동음이 울렸다. 학교가 끝날 시간이다. 쉐이가 문자를 보냈다. 어디야? 괜찮아?

에드워드가 말한다.

"밟아야 될 단계들이 있어요. 뭘 공부하고 싶은지 알아낸 다음 입학 가능한 가장 좋은 대학에 진학해요. 그 후 일류 대학원에 들어가죠. 그런 다음 가장 좋은 직장을 얻고."

이 말을 들은 그녀의 얼굴이 환해지고, 에드워드는 빛나는 피부를 유심히 바라본다. 그녀가 웃기 시작하자 크고 따뜻한, 깔깔대는 소리가 방을 채운다. 마담 빅토리는 소년의 손을 잡은 채 고개를 젖히더니, 다른 손을 배에 올린다. 구석에서 풍경이 짤랑댄다. 에드워드도 웃음으로 화답하지 않을 수가 없다. 킬킬대는 웃음, 처음으로 이렇게 웃어본다.

마담 빅토리의 웃음이 잦아들면서, 얼굴의 윤기도 살짝 희미해진다. 그녀가 말한다.

"지성적이구나, 에디. 그렇지 않니?"

"에드워드요. 어떻게 제 이름을 아는지 말해주실래요?"

"지금 빠져나가려는 빽빽한 덤불이 본래 지성적이지 않다는 점을 명심해야 한다, 아가. 이건 풀 수 있는 수학 문제가 아니야. 빠져나오려면 다른 종류의 지혜가 필요하지."

"무슨 뜻이죠?"

"15분이 다 됐구나."

마담 빅토리가 다른 말투로 말한다.

"상담료를 15분 더 낼게요."

"오늘은 그럴 수가 없겠구나. 선약이 있거든. 다시 오고 싶으면 그러렴."

그녀는 여전히 에드워드의 손을 잡고 있다. 그녀가 손을 감싸니, 에드워드의 살갗으로 온기가 파고들어 팔을 타고 올라온다.

마담 빅토리가 혼잣말하듯 중얼댄다.

"너한테 버섯을 주고 싶어 안달이 나네."

"버섯이요?"

이모네 뒷마당의 나무뿌리들 틈에서 자라는 양송이버섯을 떠올린다.

마담 빅토리가 대답한다.

"환각버섯. 먹으면 아까 말한 다른 부류의 지혜에 마음이 열리지. 하지만 아니, 그걸 주지는 않을 거야. 너 스스로도 마음을 열 수 있어, 에디. 네가 거기까지 가는 길을 알 거라고 난 믿어."

"이해가 안 돼요."

에드워드가 말한다. 그녀가 빙그레 웃는다.

"다들 이해라는 걸 과대평가하지."

마담 빅토리가 일어서자 에드워드도 일어난다. 구석에서 풍경이 울린다. 그는 주머니에서 지갑을 꺼낸다. 마담 빅토리가 고개를 젓더니 가까이 다가온다. 손에서 느낀 온기가 그녀의 온몸에서 뿜어져 나온다. 계피 냄새가 난다.

"첫 상담은 돈을 받지 않을 거야. 선물이야."

마담 빅토리가 팔을 잡아 문으로 데려간다. 문을 열기 전 그녀는 허리를 굽히고 귀에 속삭인다.

"네게 벌어진 일에는 이유가 따로 없어, 에디. 넌 죽을 수도 있었지만 죽지 않았을 뿐이야. 복불복이었지. 네가 어떻게 되도록 누가 선택한 게 아니야. 그건 네가 아무 일이나 해도 된다는 뜻이지."

그러고 나서 문이 열렸고, 에드워드는 문 사이로 나가 로비 가운데 선다. 이제 보니 로비는 숲처럼 꾸며져 있었다.

2:09 P. M.

기장이 처음으로 언성을 높인다.

"속도를 확인하라고!"

비행기가 분당 7,000피트로 맹렬히 상승 중이다. 고도를 높이면서 감속되다가 결국 고작 93노트로 기어가듯 달린다. 여객기가 아니라 세스나(미국산 소형 비행기의 일종 – 옮긴이)의 전형적인 속력이다.

기장이 말한다.

"속도에 유의해. 속도에 유의하라고."

부기장이 대답한다.

"네, 알겠습니다. 하강 중입니다."

"안정성을 유지하라고."

동결방지 장치의 효과 덕에 피토관 하나가 다시 작동하기 시작한다. 조종실에 다시 정확한 속도 정보가 뜬다.

"됐네요, 하강 중입니다."

"매끄럽게."

"알겠습니다."

부기장이 조종간을 살짝 조정하자 비행기가 더 완만하게 상승하면서 빨라진다. 속도가 223노트에 이른다. 실속 경보가 꺼진다. 잠시 조종사들이 통제한다. 하지만 소통이 원활하지 않아서 기장은 최악의 상황이 코앞에 닥친 줄 모르고, 부기장은 조종간을 다시 당기지 않으면 무사히 LA에 착륙하리란 걸 모른다.

마크의 눈에 베로니카가 보이지 않는다. 그는 좌석에 앉아, 안전벨트를 더듬더듬 찾는다. 옆에서 제인이 이상한 소리를 내면서 호흡하고 있다.

"난기류일 뿐인걸요."

비행기가 휙휙 움직이는 바람에 소리가 목구멍에 걸려 삐걱댄다. 마크가 말을 잇는다.

"비행기가 난기류 때문에 추락하는 일은 없다고 하더군요. 어디선가 읽었습니다."

"나도 알아요. 다만 저 뒤에 가족과 함께 있으면 좋겠다 싶어서요."

제인이 대꾸한다.

마크는 잭스, 어머니와 비행기를 탔던 때를 떠올린다. 아홉 살, 형제는 사탕을 나눠 먹고 앞 좌석을 발로 차고 싶은 유혹과 싸웠다. 가만히 있는 게 늘 고역이었다.

제인이 말한다.

"난 작가예요. 어떤 상황에서 온갖 가능성을 따지는 게 직업 병인가 봐요. 어떤 일이든 공포스러운 가능성이 적어도 하나는 있죠."

"그러지 마세요. 바로 앞의 일에 집중하세요."

마크가 말한다.

하지만 정작 그는 베로니카를 보고 싶은 마음과 LA에서 계약을 성사시킬 준비로 마음이 들떠 있다. 마무리 전략을 찾아냈고, 평소 업무 스타일과 달리 복잡하고 신중해야 되는 상황이다. 일머리가 예민해지고 심장이 뛸 때마다 능력이 향상되는 기분이다. 이 거래를 성사시켜서 동료들을 한 방 먹이고 싶다. 그들은 그가 코카인이 없으면 최고의 역량을 발휘하지 못한다고 믿는다. 그를 반짝스타로 폄하하는 언론이 틀렸다는 걸 증명할 것이다. 콕스 같은 사람이 세상을 떠나는 단계라면, 그가 접수할 만반의 준비가 됐다. 그러면 베로니카도 자신과 자려고 덤비겠지. 온 세상 여자들이 환장하겠지. 이까짓 일 – 난기류, 통로 건너편에서 죽은 영웅 – 따위는 그를 막을 수 없다. 마크를 막다니 웃기시네.

2016년 5월

식품점에서 물건을 사거나, 쇼핑몰에서 운동화를 신어볼 때 느닷없이 쉐이가 '700만 달러'라고 속삭인다. 에드워드는 찡그리면서 대꾸한다.

"아직은 아냐."

수표는 잭스가 보낸 봉투에 담겨 다른 편지들과 침대 밑에 안전하게 보관되어 있다. 에드워드는 매일 오후 수업이 끝난 후 체력 단련실에서 역기 운동을 하거나 쉐이와 호수 주변을 달린다. 날씨가 온화하면 두 사람은 호흡을 가누면서 놀이터에서 그네를 탄다. 또한 에드워드는 매일 수학 숙제를 한다. 학기 중에 수학 교사가 새로 부임했고 마침내 도전해볼 흥미로운 숙제를 내주고 있다. 난해한 문제에 빠지면, 아빠가 어깨 너머에서 전략을 제시하는 게 느껴진다.

그때까지 에드워드는 자신이 뭘 기다리는지 몰랐지만, 결국 그게 우편으로 도착한다. 금요일에 존이 우체국에서 가져오는 우편물 속에 있었다. 에드워드는 복도에서 이모부에게 편지를 받아 뜯는다. 평소에는 쉐이와 함께일 때까지 기다리지만 봉투의 비스듬한 글씨가 편지를 바로 열어보게끔 만들었다. 저녁밥 때가 다 되고 존이 앞에 있는데도 말이다.

에드워드에게.

잭스가 네 이야기를 자주 했다는 걸 알아주기 바란다. 아빠는 널 생각하면서 행복해했어. 네게 돈을 보내면서 자유로워졌거든. 그분에게는 네가 그 돈을 갖는 게 중요했어. 너는 수표를 보낸 게 진심인지, 아니면 수표를 다시 돌려받고 싶은지 묻는 편지를 보냈지. 잭스는 돌려받는 걸 원치 않았고.

아빠는 대형 파도를 타는 데 빠졌고, 작년에 우린 캘리포니아의 유명한 서핑 지역 부근으로 이사했어. 잭스는 이곳을 사랑했지만 3개월 전에 세상을 떠났어. 파도에 휩쓸려 실종되었지. 두어 시간 후 발견되었는데 보드의 끈이 바위 밑에 걸려 있었어.

잭스가 사망해서 원래 수표가 입금되면 문제가 있을 거라고 변호사가 알려주기에 같은 액수의 새 수표를 동봉했어. 애석한 소식이라는 답장은 보내지 말아줘. 애석할 것 없으니까. 이 사고는 비극이 아니었어. 소파에서 혼자 TV나 보다가 죽는 게 비극이지. 온몸으로 사랑하는 일을 하다가 죽는 건 마법이야. 네게도 마법이 일어나길 빈다, 에드워드.

타히티가.

에드워드는 편지에서 눈을 든다.

"우니?"

존이 묻는 순간, 쉐이가 현관으로 들어왔다.

"잭스가 죽었어."

쉐이가 양손으로 입을 가린다.

"설마. 어떻게 된 거야?"

존이 말한다.

"대관절 무슨 일이 벌어지고 있는 거냐?"

"잠시만요."

에드워드가 지하실에 내려가서 잭스의 편지를 가져온다. 존은 그 편지를 건네받아 읽는다. 곧 에드워드는 타히티의 편지와 새 수표를 넘겨준다. 존은 세 가지를 꼼꼼히 살핀 후 주방으로 걸어가고, 두 아이가 뒤따른다. 레이시는 스토브 앞에서 음식을 만들고 있다. 이어폰을 끼고 흥얼거린다. 세 사람이 함께 들어오자 그녀는 이어폰을 뺀다. 에드워드가 차고에서 이모부와 대면한 이후 집안 분위기는 변했다. 결말이 불확실하더라도 가족 모두가 같은 이야기 속에서 나아가고 있다. 일단 부부 사이가 원만해졌다. 며칠 전 에드워드는 이모가 '곰'이라는 애칭으로 부르자 행복해서 얼굴이 빨개지는 존의 모습을 봤다.

"당신이 믿지 못할 일이 있어."

존이 아내에게 말한다.

그가 상황을 설명하고, 레이시는 종이를 한 장씩 살필 때마다 '세상에'를 연발한다. 모두 주방 식탁에 모여 있다. 편지 두 통과 수표가 식탁에 놓여있다. 생김새와 위치 때문에 식탁 매트 두 장과 냅킨처럼 보인다.

에드워드가 말한다.

"전에 알려주셨잖아요. 희생자 유족이 보험사에서 100만 달러씩 받고, 제가 스물한 살이 되면 500만 달러를 받는다는 말이 맞아요?"

"맞아."

존이 말한다.

"그럼 벤자민 스틸먼의 할머니도 100만 달러를 받았겠네요."

레이시는 그 이름을 듣고 살짝 찡그리지만 – 나머지 세 사람처럼 탑승자들을 다 외우지 못한다 – 잠자코 있다. 에드워드는 존과 함께 서류철에 정보를 모으는 중이다. 존이 협력해서 작업하자고 제의했기 때문이다. 어느 날 오후, 이모부가 다가와서 말했다.

"차고에서 네가 한 말에 대해 생각해보는 중이야. 탑승자 전원의 신상을 정리해야 될 것 같아. 전부 살펴보는 거지. 그 아이디어가 마음에 들어."

그는 조카에게 쑥스러운 듯한 눈빛을 던졌다. 존이 덧붙여 물었다.

"내가 작업을 완료할 수 있도록 도와줄래?"

에드워드는 탑승객들에 대해 아는 내용을 모두 존에게 알려주었다. 빨간 머리 의사가 누군가를 돕기 위해 일등석에 들어간 일. 벤자민과 나눈 대화. 종이 달린 치마를 입은 부인과 게리의 애인. 마크와 베로니카가 화장실에 같이 들어간 일까지. 존은 얘기를 들으면서 메모를 하고 당사자의 사진 뒷면에 정보를 기입했다. 존은 플로리다의 사진 뒷면에 설명을 적으면서 말했다.

"플로리다의 남편과 연락이 됐는데, 아내가 환생을 믿었다더구나. 그녀는 이미 자신이 생을 수백 번 살았다고 믿었대. 남편은 사고 후 집을 팔고 캠핑카를 사서, 전국을 누비면서 환생한 플로리다를 찾아다니고 있어."

그 얘기를 듣고 처음 든 생각은, 새 몸이 된 플로리다의 사진을 구할 수 있으면 서류철에 끼워야 되겠다는 것이었다. 그러다가 고개를 저었고, 이모부를 바라보니 같은 생각을 하고 있는 것 같았다. 두 사람은 전에 없던 미소를 나누었다. 둘 다 제정신이 아니란 것과, 그래도 상관없다는 사실을 확인하는 미소였다.

존이 말한다.

"롤리 스틸먼은 100만 달러를 수령했지, 맞아. 왜 묻니?"

네 사람은 어깨를 맞대고 서서, 잭스의 등장과 퇴장을 알리는 편지들과 수표를 내려다본다. 에드워드는 이모와 이모부에게 비밀을 털어놓자 마음이 놓여 어깨가 느슨해진다. 이제 비밀 따위는 관심 없다.

잠자리에 들기 전, 캥거루발톱에 물을 뿌려주고 흙을 확인한 후, 테이블 밑에 있는 봉투에서 새 흙을 한 숟가락 더한다. 아룬디 교장은 에드워드에게 이 화분을 아주 주려고 했다. 그는 시무룩하게 콧수염을 당기면서 말했다.

"고사리류는 옮겨 다니기에 적합하지 않아. 네가 오래 키웠으니 그곳이 화분의 집인 셈이지."

양치와 치실 질을 하고, 잠옷 대용인 운동복 바지를 입는다. 마지막으로 캥거루발톱을 살핀 후 침대로 올라간다. 천천히 이 동작들을 이어가는 도중에 어떤 아이디어가 떠올랐다. 교장이 대단히 희귀하고 비싼 고사리류를 구입해 소장품을 재편성하는 데 잭스의 돈을 쓸 수 있겠다는 것이다. 이 생각을 하니 베개를 베는 내내 웃음이 났다.

타히티의 편지를 읽으면서 슬펐지만 한편으로는 안심이 되기도 했다. 줄줄이 이어지는 문장에 마침표를 찍은 기분이었다. 이제 앞으로 나아갈 수 있다. 솔직히 늘 잭스의 돈이 부담스러웠고 납득되지 않았다. 잭스도 에드워드가 사고 보험금을 받았다는 걸 알았을 것이다. 돈이 필요치 않다는 것도 알았을 테고. 사고 후 가장 필요 없는 게 바로 돈이었다. 하지만 잭스는 돈을 주기로 결정했다. 에드워드도 그와 같이 돈을 줘도 될까? 적합하다 싶은 사람들에게 주면 되지 않을까?

교장에게 고사리 식물을 사주는 것은 적합하다. 교장 자택 뒤편에 온실을 짓고 식물을 채워줄 수도 있다. 그러다가 자신이 이미 웃고 있음을 깨닫는다. 특히 콕스 부인은 이걸 완전히 미친 짓거리로 보겠지. 그녀는 돈을 더 큰 돈을 위한 발판으로, 부유한 삶을 만드는 데 필요한 도구로 여긴다. 자선활동도 중시하지만—박물관 같은 특별하고 유명한 단체들에 기부한다—이런 경망한 짓을 곱게 보지는 않을 것이다. 부인을 대놓고 비난하지 않겠지만, 기쁨이 온몸을 감싸자 깨닫는다. 자신과 이 경망한 짓이 옳다는 걸.

그 외에 누구한테 돈을 주면 될까? 누가 적합할까? 사고로 고통받았지만 항공사와 보험사의 보상금 지급 대상이 아닌 이들에게 줘도 좋겠다. 베사가 감당 못 할 쉐이의 대학 학자금을 줄 수도 있다. 마히라도 마찬가지다. 게리에게 고래 연구비를 지원해도 되겠다. 게리는 린다의 배우자가 아니라서 보상금을 받지 못했다. 벤자민의 할머니는 보험금을 받았지만 그래도 더 드리고 싶었다. 그녀가 적합하다고 생각하는 일에 기부하면 될 것이다. 쉐이의 목소리가 귀에 쟁쟁하다.

'내 펜팔 수녀님과 처음에 읽은 편지 속의 세 아이를 잊으면 안 돼.'

또 누가 있을까? 매트리스에 몸이 무겁게 가라앉는다. 눈이 스르르 감긴다. 잠에 빠져든다. 마지막으로 든 생각은 익명으로 기부해서 추적 받지 않을 방법을 마련해야겠다는 것이었다. 그러지 않으면 비열한 놈이 되고 말테니.

2:10 P. M.

항공기는 최초의 고도보다 2,512피트 상승했고, 여전히 아슬아슬하게 상승 중이지만 큰 문제는 아닌 범위 내에서 주행하고 있다. 그런데 부기장이 또 조종간을 밀어 기수가 들리고 속도가 뚝 떨어진다. 나중에 블랙박스를 확인한 조종사들은 훈련된 조종사가 이 시점에서 실수를 반복한 사실에 아연실색했다. 하지만 그것이 사실이었다.

　실속 경보가 울린다.

　"주의해."

　기장이 말한다.

　"알겠습니다."

　조종사들은 항공기를 실속시킬 수가 없다고 믿었기에 경보를 무시한다. 아주 엉뚱한 생각은 아니다. 이 항공기는 비행제어 시스템으로 운용되는데, 조종사의 조치가 컴퓨터에 직접 연결되어 컴퓨터가 키, 승강타, 보조날개, 플랩(이·착륙 시 날개의 앞뒤 가장자리를 굽힐 수 있는 보조날개 – 옮긴이)의 작동을 명령한다. 주행 시간 내내 컴퓨터는 '노멀 로(normal law)'의 범위에서 작동하는데, 컴퓨터는 항공기가 안전운항범위를 벗어나는 제어 작동을 하지 않는다는 의미다. 노멀 로가 운용되는 자동비행조종 컴퓨터는 항공기가 실속하게 두지 않는다. 하지만 컴퓨터가 속력 데이터를 잃으면 자동조종장치와 연결이 끊기고 노멀 로에서 '얼터네이트 로(alternate law)'로 변환된다. 여기서는 조종사가 제한 없이 할 수 있는 조치가 더 많다. 이 프로그램에서는 조종사가 실속시킬 수가 있는데, 부기장이 조종간을 민 것이 실속의 원인이 된 것이다.

"무슨 일인가? 대관절 무슨 일이 벌어지는 거유?"

옆에 앉은 노부인이 벤자민에게 묻는다. 부인은 눈이 휘둥그레져서 그를 올려다본다. 자기도 모르게 왼손으로 벤자민의 팔을 꼭 잡는다.

"난기류입니다, 부인. 흔한 일이에요."

비행기가 두 번 꿀렁대고, 플라스틱 수하물이 바닥에 부딪히는 소리가 난다. 벤자민은 소리가 나지 않게 휘파람을 분다. 그는 생각한다. 이 백발노인에게 팔을 잡힌 채 죽고 싶지 않으니 살펴주소서, 신이시여.

"난 자식을 열넷 낳았어요."

노부인이 말한다.

"열네 명이요?"

그녀는 벤자민을 놀라게 만든 것이 즐겁다.

"흠, 아홉만 살아 있지."

"안타깝네요."

"모친이 계신가요?"

그녀가 묻는다.

탕! 비행기가 다시 꿀렁인다.

"아니요. 안 계세요."

"저런."

그녀는 실망한 표정을 짓는다. 벤자민은 통로 건너에 앉은 가족을 힐끗 본다. 에디는 겁을 먹고 형의 손을 꽉 잡는다. 벤자민은 마음 한구석으로 뭉클함을 느끼면서 가여운 녀석이라 생각한다. 그러자 마음이 동요하면서 연민이 통로 건너 소년을 지나 그 나이 때의 자신에게 거슬러 올라간다. 가여운 녀석.

그가 말한다.

"대가족이니 다사다난했겠네요."

"그랬지. 청년은 남자여서 그렇게 힘든 일은 모를 거예요. 주로 여자들의 몫이지."

비행기가 측면으로 미끄러지자 벤자민이 속으로 중얼댄다.

항로를 벗어나는구나.

"맏딸이 공항에 마중 나와요. 그 아이랑 살 거거든. 다 계획이
있지요."

"계획이 있는 건 좋은 일이지요."

"은퇴하는 거지. 다리를 올리고 앉아 잡지를 넘기면서 진 토닉
을 마시고."

노부인은 입술을 오므리더니 덧붙여 말한다.

"이제 그럴 수 있겠네요."

벤자민은 통로 건너편의 가족을 다시 흘끔댄다. 개빈이 떠오
른다. 안경 너머로 웃는 눈. 전역해 군복을 트렁크에 넣고 잠그
는 장면을 상상한다. 부엌에서 롤리와 퍼즐을 맞추는 모습. 길
아래 '세븐일레븐' 뒤에서 남자와 키스하는 모습.

학교와 군대에서는 '부대 집합!' 소리에 기상했었다. 예전 지
휘관은 신새벽에 막사에 들어오면서 '적이 어디 있지?'라고 소
리쳐서 소동을 일으키고는 깔깔댔다. 벤자민은 깊은 슬픔을 느
낀다. 다리를 올리고 앉겠다는 노부인의 바람이 그에게는 저주
와 같다. 그는 계속 경계할 것이다. 계속 땅에 발을 붙이고 살 것
이다.

2016년 7월

10학년에 올라가기 전 여름 방학, 에드워드와 쉐이는 여름 캠프에 교사로 참여한다. 에드워드는 가장 나이 많은 반을 맡아 첫날 아침 열두 살 남학생들을 모아놓고 자기소개를 한다. 이어 출석을 부르는데 내면에서 뭔가가 흔들린다. 아이들을 한 명씩 쳐다본다. 눈을 맞춘다. 덥수룩한 머리칼 아래 갈색 눈, 파란 눈. 과반수가 머리로 얼굴을 가렸지만, 에드워드는 커튼 같은 머리를 지나 찬찬히 바라본다. 아이들의 눈에 뭔가 담겨 있다. 그게 뭔지는 몰라도 눈을 뗄 수가 없다.

"엄마가 그러는데 비행기 사고를 당했다면서요."

한 아이가 말한다.

"응, 맞아."

"아팠어요?"

"응. 엄청 아팠지."

이 말에 아이들이 깔깔댄다. 에드워드는 자신이 사고를 당했을 때 이들과 동갑이었음을 깨닫는다. 그가 열두 살에 깨지고 부서진 것처럼 이들의 눈에도 깨지고 부서진 뭔가가 있다.

"문제라도 있어요?"

한 아이가 묻는다.

"아냐. 키순으로 서."

아이들이 맨 가방이 부딪히며 부산스럽다. 사실 키순으로 세울 필요는 없다. 시간을 버는 것뿐이다. 발을 질질 끌면서 자리를 찾아 서는 아이들을 지켜본다. 나이 때문인가? 유년기를 벗어나기 직전이라서?

그날 오후, 아이들과 수영한다. 아이들을 물에 안 들여보내고 싶었지만 수영은 캠프의 필수 일정이었다. 호수에 들어가기 전, 안전에 대해 주의를 준다.

"물장난 금지. 손발 차기에만 집중해. 짝이 누군지 알지? 짝을 주시하고 다른 사람은 쳐다보지 마. 우린 노란 부표까지 갔다가 돌아올 거야. 딴 데로 빠지는 것 금지, 한눈파는 것도 금지. 알았어?"

50미터도 가기 전에 다들 수영에 능숙한 걸 알고 안심했지만, 그렇다고 사고나 문제가 생기지 않는 건 아니다. 그는 아이들 옆을 지나면서 버둥대는 사람은 없는지 일일이 안색을 살핀다. 아이들이 젖은 얼굴을 돌리며 빙긋 웃는다.

그날 밤 에드워드가 쉐이에게 말한다.

"난 7학년 수학 교사가 되고 싶어."

쉐이가 깔깔대다가 친구의 표정을 알아차린다.

"진심이야?"

"그럴걸."

"치아교정기를 낀 여드름투성이가 얼마나 많은데. 그 나이 때는 꼴불견이야. 내 웃긴 앞머리를 기억하지?"

"응."

"왜 인생을 열두 살들이랑 보내고 싶은 거야?"

"애들을 도울 수 있을 것 같아. 넌 열두 살인 나를 지켜봤잖아. 필요한 걸 기록하려고 수첩을 갖고 다녔고. 기억나지? 어쩌면 그 나이 때는 누구나 일종의 관심이 필요해. 나도 수첩을 마련하면 되겠지."

친구를 바라보는 쉐이의 뺨에 볼우물이 생긴다. 에드워드는 생각한다. 아, 쉐이는 아직도 그 수첩을 갖고 다니지.

다음 주말, 이모부를 도와 아기방을 홈 오피스로 바꾼다. 싱글 베드와 흔들의자는 기증했고, 레이시가 고른 잿빛 도는 흰 페인트를 벽에 칠한다. 존과 에드워드는 끙끙대면서 육각 드라이버와 각종 나사못으로 이케아 책상을 조립한다. 뒤에서 레이시가 초록색 안락의자를 이리저리 옮겨보며 풍수에 좋은 위치를 찾으려 애쓴다. 마침내 의자 자리가 정해지자 옆에 서부 소설들이 꽉 찬 책장이 놓인다.

몇 주 전 차고는 깨끗이 비워졌다. 편지들 모두 대조가 끝났고, 에드워드가 보관하고 싶은 편지는 지하실 침대 밑에 간수했다. 존은 우체국 사서함을 닫았고 이제 모든 우편물은 집으로 배달된다. 이 방을 치우는 게 마지막 임무였다.

홈 오피스가 마련되었다. 땀범벅이 된 세 사람은 문간에 모여 선다. 마치 방이 스스로 불쑥 변한 듯 모두 새 공간에 감탄한다.

여름이 끝나갈 무렵의 금요일, 저녁 식사 후 쉐이와 에드워드는 호수까지 걸었다. 둘은 보드라운 풀밭에 책상다리를 하고 앉는다. 매일 에드워드가 캠프 아이들과 수영하던 곳이 보인다. 유독 아름다운 여름 저녁이고, 해가 지면서 호수가 동전처럼 반짝인다.

"개학까지 2주 남았네."

쉐이가 말한다.

에드워드는 반짝이는 호수를 바라본다. 호수 뒤로 나무들이 어두워진다.

"내가 처음 여기 온 날, 이모부가 아기방으로 데려가 창밖의 이 호수를 보여줬었어. 이후 오랫동안 그 풍경을 다시 보지 않았지. 위층에 올라가지 않았으니까. 하지만 그때 이모부가 내 상태가 나아지면 같이 호수에 가서 수영하자고 말했던 게 기억나. 그

때는 그게 달에 가자는 말처럼 들렸는데."

쉐이가 양팔로 무릎을 감싸고는 대답한다.

"그때는 몸이 너무 약하고 비쩍 말라서, 집 앞길의 끝까지도 못 걸었잖아."

"난 올여름에 거의 매일 호수에서 수영했어."

이 일이 자랑처럼 느껴지는 것은 아니다. 그저 삶의 굽이굽이가 의아할 뿐이다. 타로점, 마음을 울리는 편지들, 이모부와의 우정, 호수 수영. 하나같이 예상 밖의 일이다.

"엄마한테 우리가 여기 온다는 말을 안 했어."

쉐이가 말하면서 풀밭에 눕는다.

"아줌마는 상관하지 않으실걸."

"난 달라."

쉐이가 어떤 경험이든 ─ 크든 작든 ─ 엄마와 공유하길 꺼린다는 사실에 에드워드는 빙긋 웃는다. 모녀 사이에 줄다리기가 계속됐고, 그는 이 싸움이 이해되지는 않았지만 재미있게 구경 중이다. 형도 아빠와 긴장 관계를 유지했었다. 나는 단지 너무 어렸기 때문에 원초적인 싸움에 끼지 않았던 걸까? 부모님에게 의지하고, 그들을 끌어안았던 장면만 떠오른다. 더 복잡 미묘한 관계를 경험할 기회를 놓쳤고, 이제 저릿한 상실감을 느낀다.

쉐이가 말한다.

"오늘 기온이 몇 도인지는 몰라도 딱 좋네."

에드워드는 손을 뻗어 공기를 느껴 보고, 맞는 말이라고 생각한다. 푹신한 풀밭에 누워 말한다.

"쉐이?"

"응?"

쉐이가 보이지 않는다. 에드워드는 어둑어둑한 하늘을 올려다본다.

"사랑해."

"나도 사랑해."

에드워드는 웃음을 터뜨린다. 서로 해본 적 없는 말이라 어색하다. 자신이 늘 쉐이를 사랑했고, 영원히 그러리란 걸 안다. 다시 비행기가 추락하거나, 쉐이가 교통사고를 당하거나, 심장마비가 온다 해도, 그가 암에 걸려도, 둘의 뇌동맥이 파열되어도, 지구온난화로 물이 부족해 둘이 자원 무장단체에 가입해 허기나 갈증으로 죽는다 해도 언제까지나.

"진짜 피곤하다."

쉐이가 말한다.

"나도 그래, 그 웃기는 경주 때문에. 3시간 동안 애들을 카누 태웠거든."

"'카누 태우기'란 단어가 있어?"

"잘 몰라. 아무튼 애들을 카누 태웠어."

두 사람은 한동안 조용하다. 에드워드는 깜빡 졸면서도 주위가 또렷하게 의식된다. 호수의 기하학적 구조 ─ 표면과 깊이 모두 ─ 와 수평선 사이에 걸린 달, 형을 잃은 상실감이 뒤편의 나무처럼 현실로 다가온다. 숨을 들이쉬고 내쉬자 자신의 숨이 주변 대기로 퍼지는 것이 느껴진다. 얼핏 잠들었었다고 생각한다. 옆의 쉐이를 의식한다. 쉐이의 숨과 그의 숨이 섞인다. 그는 혼자가 아니라 쉐이로 이루어진 존재이기도 하다. 그것은 그가 그를 만진 사람들, 악수하거나 포옹하거나 하이파이브 한 사람들로도 이루어졌다는 뜻이다. 부모님과 조던, 그 비행기의 모든 승객들에게 받은 숨이 그의 내면에 있다는 뜻이다.

늘 편지에는 그가 짊어져야 할 짐이 언급되었고, 에드워드 자신도 스스로에겐 짐이 있다고 생각했다. 수많은 희생자들의 생이라는 짐을 지고 가야 했다. 고인들에게 보상해 줘야 했다. 그는 191명을 떨어진 낙하산처럼 끌고 가야 할 당사자였다. 그런데 탑승객들이 그의 일부이고, 모든 시간과 사람들이 얽혀있다면 탑승객들 역시 그와 마찬가지로 존재하는 것이다. 현재는 무한하고 2977편 항공기는 구름 속에 숨은 채로 계속 비행하는 것이다.

차고에서 이모부에게 모든 탑승자를 살펴보겠다는 의사를 밝혔지만 이제 그 개념은 확장되었다. 그는 기내에서 형 옆에 앉아 있으면서, 풀밭에서 쉐이 옆에 누워 있다. 조던은 죽은 아빠와 동물 학대에 대한 설전을 벌이고, 동시에 열다섯 살 마히라와 키스한다. 그때보다 나이 든 마히라는 지금 이 순간에도 편의점 카운터 뒤에서 조던을 사랑한다.

"쉐이?"

에드워드가 부른다.

"응."

"전에 괴상한 생각을 했는데…"

말을 멈추었다 다시 잇는다.

"아니 지금도 하지. 내가 지상에 머무는 한 비행기는 하늘에 있을 거야. 항공기는 LA까지 정상 항로를 계속 날아가고, 나는 그 평행추지. 내가 여기 아래 살아 있는 한 승객들 모두 거기 살아 있어."

"열두 살인 너도 거기 위에 있고?"

에디 말이지. 그는 고개를 끄덕인다.

"그게 말이 된다는 걸 알겠어."

쉐이가 졸린 목소리로 말한다.

에드워드는 여전히 눈을 감은 채로 씩 웃는다. 쉐이가 알겠다고 하니, 일등석에서 엄마가 유성처럼 생긴 점을 누르는 장면이 떠올랐다. 아빠는 수학 문제를 생각할 때처럼 놀란 표정을 짓는다. 에드워드는 미래의 모습을 상상한다. 아룬디 교장의 학교에서 열두 살 반을 가르치면서, 아이들에게 모든 것이 다 괜찮다고 말하며 그들을 설득하려 애쓰겠지. 미래의 에드워드는 멋진 모직재킷을 입고는 학생들에게 도움이 필요한 사람을 돕고, 도움이 필요할 때 도움을 받아들이라고 말한다.

마담 빅토리가 몸을 굽히고 웃는 모습이, 기쁨 같은 감정으로 빛나던 얼굴이 기억난다. 그녀의 말소리가 들린다. '네가 어떻게 되도록 누가 선택한 게 아니야.' 또 캠프 참가자의 질문도 들린다. '아팠어요?' 손에 쥔 쉐이의 손가락이 느껴진다. 눈꺼풀 사이로 달빛이 비치고, 오래 허우적댄 아픔과 상실이 눈앞의 호수처럼 떠오른다. 하지만 달빛 속에서 아픔은 사랑으로 드러난다. 감정들이 얽히고, 그 감정들은 반짝이는 동전의 양면이다.

그날 밤 두 사람은 느릿느릿 집으로 걸어간다. 아름드리나무 사이를 누비고 한적한 길을 건넌다. 집 앞 거리로 접어들자 에드워드가 멈춰 선다. 애초에 아기방으로 꾸며졌지만 한 번도 아기방으로 쓰인 적이 없고, 앞으로도 그러할 방의 창을 올려다본다. 목발을 짚고 통증을 느끼며 그 창가에 서 있던 기억이 난다. 눈을 더 높이 드니, 어린 소년이 비행기에 앉아 있다. 앞으로 무슨 일이 벌어질지 전혀 모르는 채로.

2:11 P. M.

"지금 토가(TOGA, 이륙/복행(착륙 진입 중 착륙을 단념하고 다시 상승해서 재시도하는 조작)을 시행하는 버튼 - 옮긴이)인 게 맞습니까?"

토가는 'Take Off(이륙), Go Around(복행)'를 의미한다. 항공기가 이륙하거나 착륙을 중단(복행) 할 때는 속도와 고도 모두최대한 효율적으로 높여야 하는데, 조종사들은 이 위험한 시점에 토가 수준으로 엔진 속도를 높이고 기수를 특정 각도로 들도록 훈련받는다.

부기장은 속도를 높이고 위험을 피할 각도로 항공기를 상승시켜야 하지만 현재 위치는 해수면이 아니라, 공기가 훨씬 희박한 3만 7,500피트 상공이다. 여기서는 엔진의 추진력과 날개의들림이 약하다. 기수를 잘못 들면 원하던 상승 각도가 아닌, 훨씬 작은 각도로 상승될 수도 있는 것이다. 심지어 하강될 수도 있다.(이 항공기는 그렇게 될 것이다.)

부기장의 조치는 비합리적이었지만 그렇다고 아주 설명할 수 없는 건 아니다. 강한 심리적 압박은 뇌에서 혁신적이고 창의적인 사고를 담당하는 부분을 차단하는 경향이 있다. 무언가로부터 타격을 받으면 연습했던 익숙한 방식의 반대로 행동하기가 쉽다. 조종사들은 재교육의 일환으로 모든 주행 단계에서 항공기를 수동 조종하는 훈련을 해야 하지만 보통은 저고도에서 – 이륙, 착륙, 운항 중 – 수동 조종 연습을 시행한다. 그러니 부기장이 지상에 근접하는 것처럼 상황과 반대로 비행기를 조종한 것도 아주 놀라운 일은 아니다.

이제 항공기는 최고 고도에 도달한다. 엔진이 전속력으로 가동되고 기수가 18도 위쪽으로 들리자, 항공기는 순식간에 지상을 향해 곤두박질치기 시작한다.

기장이 외친다.

"이게 무슨 엿 같은 상황이야? 무슨 일인지 알 수가 없네!"

린다가 말한다.

"화장실에 가야 되겠어요."

플로리다가 대답한다.

"미쳤어요? 자리에서 일어나면 안 돼요."

"방금 의사가 일등석에 들어갔다 나왔어요."

린다는 좁은 공간에서 발을 이리저리 옮긴다. 자신이 안달하는 애 같다는 걸 안다. 애가 된 기분이다. 비행기가 심하게 덜컹대자 플로리다의 스커트에 달린 종들이 경보음처럼 울려댄다. 린다는 앉은 자리가 불편하다. 안전벨트가 옆구리를 파고들고, 발뒤꿈치에 물집이 잡힐 것만 같다. 옴짝달싹 못하게 갇혔고 비행기의 움직임이 이해되지 않는다. 이렇게 심한 난기류는 처음이다. 게리에게 전화해서 이렇게 심한 비행기 요동을 겪은 적이 있느냐고 묻고 싶었다.

플로리다가 그녀를 뚫어져라 쳐다본다.

"그 여의사가 저기 간 것은 사람이 죽어서였어요."

"말도 안 돼요. 왜 그런 말을 하시죠?"

"누군가를 구할 만큼 오래 있지 않았어요. 그곳에 갔을 때 의사로서 할 일이 없다는 걸 안 게지."

린다는 편한 자세를 취하려고 꼼지락댄다. 허황한 얘기다. 너무 허황돼서 대꾸조차 못하겠다. 이 비행기에서 누군가 죽었다는 건가? 그런 사고는 일어나지 않았다. 하늘을 나는 금속 총알 속에 시신과 함께 갇혀 있다니, 이 무슨 허튼소리인가. 아기가 생기자마자 이런 일을 겪을 리는 없다. 착륙하면 항의할 작정이다. 그러나 조종사들을 함부로 대하고 싶진 않으니 누구한테 항의해야 될지 모르겠다. 그럼에도 누군가는 실수를 저질렀고, 그녀는 임신한 몸으로 종들이 딸랑대는 소리를 듣고 있다.

2016년 12월

에드워드는 닥터 마이크와 평생 마음으로 되새길 특별한 대화를 나눈다. 상담 시간에 오간 대화가 아니다. 어느 토요일, 두 사람이 쇼핑센터에서 마주쳤을 때였다.

그날 아침 에드워드와 쉐이는 쇼핑센터에 함께 갔다. 쉐이가 엄마를 자극할 의도로 핫핑크색 염색을 미용실에 예약한 것이다.

"내 이 모습을 기억해야 해."

쉐이가 미용실에 들어가기 전에 말했다. 앞에 있는 십 대 소녀는 키 165센티미터에 육상선수처럼 날씬했다. 태어나서 지금껏 한 번도 스노보드나 스키를 타본 적은 없지만 스노보드 잠바와 청바지 차림이었다. 턱 길이의 갈색 직모, 쉐이는 어른의 얼굴로 변해갔다. 친절한 눈은 누군가 화를 돋우면 사납게 변했다. 콘택

트렌즈를 선호해서 좀처럼 안경을 쓰지 않았다. 에드워드는 여전히 보조개로 쉐이의 기분을 가늠했다.

미용실은 90분간 예약되어 있었고 에드워드는 상점들을 돌아보다가 닥터 마이크와 마주쳤다. 두 사람은 놀라서 미소를 지었고, 에드워드는 이제 자신이 의사보다 십여 센티미터나 크다는 걸 알아차린다. 닥터 마이크가 차나 커피를 사겠다고 제안했다.

음료를 주문한 후 두 사람은 멋진 커피숍 창가에 선다. 예상치 못한 만남 때문인지, 며칠 전 열여섯 살 – 형은 되어보지 못한 나이 – 이 된 것이 불편해서인지 속내를 밝힌다.

"지금쯤은 극복하는 게 마땅하겠죠. 다들 그 일을 잊었어요. 아무튼 대부분은요. 그런데 저는 아직도 늘 그 생각을 해요."

닥터 마이크는 아주 오래 커피를 젓는다. 창밖 여기저기 사람들이 있다. 수염을 기른 남자 셋이 한 줄로 서서 휴대폰을 들여다 보고 임산부가 아프로 머리(가닥가닥 땋은 헤어스타일 – 옮긴이)를 한 아이와 천천히 걷는다. 에드워드는 심장박동을 느낀다. 찻잔의 온기가 손에 전해진다.

닥터 마이크가 말한다.

"이미 일어난 일은 뼛속에 새겨지거든, 에드워드. 피부 속에 계속 남아있지. 없어지지 않아. 자신의 일부가 되어, 죽을 때까지 매 순간 함께할 거야. 처음 나를 만난 순간부터 넌 그걸 안고 사는 법을 배우고 있지."

2:12 P. M.

부기장이 줄곧 조종간을 밀어서 기수가 높이 들렸고, 조종 장치들은 효과를 낼만한 전진 속도를 내지 못한다. 난기류가 계속해서 항공기를 덮치고, 날개를 수평으로 유지하기가 거의 불가능하다. 부기장이 말한다.

"젠장, 항공기가 제어되지 않습니다. 전혀 제어되지 않아요!"

"내가 조종을 맡지. 자리를 바꾸자고."

기장이 처음으로 수동 조작하기 시작한다. 부기장이 구부정하게 앉아서 중얼댄다.

"이해가 안 됩니다. 수동 조작한 이후 계속 조종간을 뒤로 당겼는데."

조종사의 눈이 휘둥그레진다.

"뭐야? 계속 조종간을 당기다니, 설마!"

그는 조종간을 앞으로 밀었지만 바로잡기에는 늦었다. 기수가 들려서 40도 각도에서 하강한다. 실속 경보가 계속해서 울린다.

"항공기가 통제되지 않아!"

"항공기가 전혀 통제되지 않습니다…."

비행기가 요동치자 플로리다는 TV 만화를 떠올린다. 절벽 끝에 매달려 있는 자동차. 바람이 불고, 작은 새가 보닛에 앉자 차가 떨어지는 장면. 만화를 볼 때는 왜 그 순간을 웃기다고 생각했을까? 그녀는 따뜻한 손을 린다의 찬 손에 포개고 함께 팔걸이를 잡았다.

"같이 잡자고요. 우린 견뎌낼 수 있어요."

플로리다가 말한다.

"네."

린다가 속삭인다.

플로리다는 린다 옆의 모르는 얼굴이 겁에 질려 자신을 쳐다보자 화들짝 놀란다. 파란 스카프를 걷어내고 인도 여성이 나타났다. 그녀는 말없이, 누군가 운명을 말해주기를 기다리는 듯 자신을 멀뚱멀뚱 바라보고 있다. 플로리다는 그녀가 속으로 지르고 있는 비명을 느낀다. 그리고 그 소리를 피하고 싶어 입을 연다.

"난 플로리다에요. 여기는 린다. 서로 돕고 있죠."

여인이 고개를 끄덕인다. 쉰다섯 살 정도로 보인다. 그녀가 부드러운 목소리로 답한다.

"제가 잠을 많이 잤네요. 엉뚱한 곳에 있다고 확신하면서 깼어요. 비행기를 잘못 탔다고요."

"우린 LA로 가는 중인데요."

린다가 말한다.

"LA. LA면 맞네요. 다행이네."

여인이 대답하고는 고개를 돌려 창문을 내다본다. 잿빛 구름 덩어리 외에는 보이는 게 없다. 그녀가 다시 두 사람을 바라보며 묻는다.

"그런데요?"

질문이 추상적이다.

"모르겠네요."

플로리다가 말한다.

"아무것도 모르겠어요."

린다가 거든다.

이제 비행기는 빠른 속도로 하강 중이다. 기수가 15도 들리고 전진 속도는 100노트, 분당 1만 피트의 속력, 41.5도로 하강 중이다. 이제 피토관들이 정상 작동되지만 주행 속도가 너무 저속이라 받음각(날개와 기류의 각도 – 옮긴이) 주입이 유효하지 않고, 실속 경보가 잠시 중단된다. 두 조종사는 아연실색해서 항공기가 상승 중인지 하강 중인지 의논하다가, 하강 중인 것으로 합의한다. 항공기가 1만 피트에 접근하자 기수가 높게 유지된다.

"상승, 상승!"

베로니카는 좌석 벨트를 맨 채 몸을 일으키려 애쓴다. 이런 항공기 각도는 처음이다. 화장실에서 다시 마크의 몸을 부둥켜안고 싶다. 조종실 얼간이들이 무슨 짓을 벌인 거지? 승객들에게 가서 그들을 진정시키며 돕고 싶은 마음이 간절하다.

마크는 좌석에서 미끄러진다. 안전벨트를 느슨하게 매서 벨트가 허리 아닌 겨드랑이에 걸린다. 눈에 보이는 게 천장임이 확실하다. 잭스와 마지막으로 벌인 어리석은 말싸움을 떠올린다. 형과 인연을 끊지 않았음을 깨닫는다. 그와 절연하지 않았다.

제인은 내면으로 빠져든다. 양손을 얼굴에 댄다. 항공기가 요동치니 가족에게 갈 방도가 없어서 마음으로 함께 한다. 브루스의 무릎에 걸터앉는 상상을 한다. 다리 아래 남편의 다리가 느껴진다. 더 나눌 이야기가 없어서 그의 눈을 들여다본다. 그런 다음 아들들에게 입맞춤을 퍼붓는다. 에디가 아기일 때 그랬듯이.

항공기가 2,000피트에 근접하자 항공기의 센서들이 급속히 접근하는 표면을 감지하고는 새 경보를 울린다. 기수를 내려서 속도를 높일 시간적 여유가 없다.

"이런 상황은 말이 안 되는데!"

"대체 무슨 일입니까?"

"피치 10도…"

정확히 1.4초 후 조종실 음성 녹음이 정지된다.

브루스는 수학을 생각한다. 6년간 매달렸지만 해제는커녕 아직 완전히 정리하지도 못했다. 저널과 메모가 잔뜩 담긴 더플 백이 비행기에 실려 있다. 지난 8월 난관을 뚫은 대목이 적힌 페이지가 눈에 선하고, 그날 밤 제인과 말벡(와인의 한 종류 – 옮긴이)을 따서 축하한 기억이 난다. 당시에는 이 해결책으로 해답에 근접한 줄 알았지만 그게 아니었다. 뭘 몰랐다. 빈터에 발을 들여놓고는 숲의 끄트머리라고 착각했으니 말이다.

이후 몇 달 사이, 사실이 밝혀지고 정교수 임명 불가 통고까지 받았다. 난관에 직장 문제가 더해져, 아내에게 내색하지 않으려 애썼지만 정신적으로 무너질 수밖에 없었다. 왜 이렇게 전전긍긍하는지 자문해봤다. 금방 대답이 떠올랐다. 애들 때문에. 아들들에게 자신이 노고 끝에 – 이건 보여줬다 – 주목할 만한 업적을 이루었다는 걸 보여주고 싶었다. 두 아이의 자랑이 되고 싶었다. 아들들의 어깨를 으쓱하게 할 성과를 내고 싶었다.

비행기가 급강하한다. 브루스는 두 아이의 손을 잡고 생각한다. 시간이 더 필요해.

디어 에드워드

난 라일이라고 해. 전에 콜로라도주 그릴리에서 구급대원으로 자원봉사를 했지. 2977기의 추락 지점에서 가장 가까운 구급대의 팀원이었어. 숍라이트(미국의 체인형 슈퍼마켓-옮긴이)에서 일하던 중 호출을 받았지. 내 직업은 정육업자야. 닭고기를 자르면서 육질이 질겨서 맛이 없겠다는 생각을 하던 참이었어. 이런 세세한 기억까지 떠오르다니 참 우습지.

그날은 내가 숍라이트에서 일한 마지막 날이었어. 구급대원으로 일한 마지막 날이기도 했지. 이후 출동할 수가 없

445

었어. 어떤 의사는 내가 우울증을 앓는다고 했고, 다른 의사는 트라우마라고 진단했지. 이 말을 하기조차 힘이 드네. 너도 그 일을 모두 겪었을 텐데. 하지만 이왕 내 얘기를 하는 마당에 생략하는 대목이 있으면 도움이 안 되겠지. 난 시달렸고, 오래전부터 북부 콜로라도에 살았던 집안 출신이지만 이주를 결정했지. 우리 집안은 콜럼버스보다 먼저 거기 정착했어. 지금 난 텍사스에서 살아. 내게 필요한 것은 탁 트인 공간이야. 물론 여기는 더 건조하고 덜 푸르지만 여전히 정육업자로 일해.

편지를 쓰는 이유는 그날의 기억을 떨칠 수가 없어서야. 네가 꿈에 나와 잔해 속에서 소리쳤듯이 고함을 지르지. 네가 이미 읽기를 중단했더라도, 이 편지를 찢어버렸더라도 이해해. 나도 그럴 수 있다면 좋겠네.

우리 고장의 자원봉사 구급대원은 겨우 네 명이었어. 물론 대형 사고라서 다른 지역의 대원들까지 호출됐었지. 하지만 우리가 가장 가까이 있었기 때문에 맨 먼저 현장에 달려갔어. 난 차를 운전해서 갔어. 올리비아와 밥은 앰뷸런스에 탑승했고, 다른 대원이 한 명 더 있었는데 아무리 애를 써도 이름이 기억나지 않아. 소방차가 우리 뒤를 따랐지. 지자체와 몇 년간 씨름한 끝에 구입한 장비였어. 당연히 소방

대장은 그 소방차를 제대로 쓸 수 있다는 사실에 흥분했지. 도착한 현장은 할리우드 영화 촬영장 같았어. 수백 번도 더 지나다닌 목초지 한가운데 비행기 일부가 덩그러니 놓인 광경은, 끌어다 놓은 고래를 보는 것만큼이나 오싹했어. 처음 든 생각은 '저걸 다시 하늘에 띄워야 되는데'였지. 그게 가장 올바른 목표 같았어.

이 사고 전에는 심장마비로 누워 있는 노인에게 갔던 게 나에게 있어서 가장 위급한 출동이었어. 부인이 911에 전화해서 우리가 갔고, 노인은 목숨을 구했지. 교육 과정이 있었지만 이런 대형사고 처리는 접해보지 않았지. 올리비아가 발군이었어. 우리에게 사방으로 흩어지라고 외쳤어. 도움이 필요한 사람들을 찾아보라고 지시했지. 나는 왼쪽 끝, 항공기 꼬리 근처로 갔어. 꼬리가 동체에서 떨어져 나왔지. 갈라진 금속 덩어리, 이탈된 좌석들, 분간되지 않는 물체들 위로 올라가 한 시간은 족히 돌아다녔지. 연기 때문에 기침이 났어. '누구 있어요?'라는 대원들의 고함소리가 들렸어. 나와 달리 동료들은 구조할 사람들을 발견하고 싶어 했지.

이 상황을 모면할—내 차로 내빼려고—그럴 듯한 핑계를 꾸미다가 네 목소리를 들었지….

에드워드는 밀려드는 사고의 기억을 막으려고 안간힘을 썼지만 가끔 기억은 질병처럼 덮쳐왔고, 한번 시작되면 빠져나갈 수 없었다. 잠을 설치는 밤, 가장 어두운 시간에 기억이 내려온다. 때로 숨을 멈출 때나 소음 때문에 가슴이 두근거릴 때마다 기억은 은근슬쩍 그를 파고들었다.

경고도 없이 비행기 끝이 내면을 헤집고 들어섰다.

아빠와 형의 손을 잡는다. 세 사람의 팔이 밧줄처럼 이어지고, 에디가 그 밧줄을 빤히 쳐다볼 때 머리 위 짐칸이 쾅 하고 열리면서 가방들이 공중으로 떨어진다. 비행기가 상승하는지 하강하는지 알 수 없다.

"너희를 사랑한다. 너희랑 함께 있고 싶어. 사랑해."

브루스가 거친 목소리로 말한다.

"저도 사랑해요."

에디가 말한다.

"사랑해요."

조던이 말한다.

쏟아지는 소음 사이로 서로의 말소리가 들리는지 확실하지 않다. 어딘가 문이 열린 것 같다. 비행기가 거꾸로 곤두선 것 같다.

"제인!"

브루스가 소음 속에서 외친다.

에디는 주변 사람들이 내는 소리를 듣는다. 생전 처음 듣는, 다시는 못 들을 소리들이다. 하늘이 두 동강 나듯이 귀청이 떨어

질 듯한, 무언가 쪼개지는 소리가 난다. 에디의 팔에 눈물이 뚝
뚝 떨어진다. 그의 눈물일까, 조던의 눈물일까? 소음이 너무 크
고, 얼굴살이 짓눌려 눈을 뜰 수가 없다. 에디, 그리고 모든 승객
이 떨어진다.

처음에는 네 목소리를 들었다고 믿지 못했단다, 에드워드.
환청인 줄 알았지. 그런데 같은 말이 반복해서 울리고 자석
처럼 당기자 난 그쪽으로 움직였어.
"나 여기 있어요!"
"나 여기 있어요!"
난 철판을 밀어냈어. 문을 여는 느낌이었고, 거기 기다리다
화난 것처럼 성난 네가 있었어. 너는 나랑 눈을 맞추면서
악을 썼어.
"나 여기 있어요!"
너를 물끄러미 쳐다봤지. 어린 소년은 아직 허리에 안전벨
트를 매고 있었어. 결국 네가 다시 소리쳤지. 난 앞으로 걸
어가 너를 안았고, 넌 내 목에 팔을 둘렀지. 내가 널 구하는
동시에 너에게 구원받은 느낌이었어.
사람들이 있는 곳으로 갈 때, 넌 조금 더 나직하지만 똑같
이 강렬하게 되뇌었어.
나 여기 있어요. 나 여기 있어요. 나 여기 있어요.

2019년 6월

에드워드와 쉐이는 아큐라(혼다 사의 승용차 모델–옮긴이)의 창을 내리고 장거리 주행을 한다. 잭스가 남긴 돈으로 중고차를 구입했다.

　에드워드는 그날 밤 지하실에서 계획한 일에 돈을 썼다. 쉐이와 마히라의 대학과 대학원 학비가 지불될 것이다. 마히라는 유색 인종 여학생의 교육비를 지원하는 자선단체를 통해 학자금을 받았기 때문에 이 돈의 출처가 에드워드라는 걸 모르고 있다. 병원에서 일하며 탁월한 행정 능력을 갖춘 레이시는 수완을 발휘해 출처를 감추고 자금을 분배했다. 교장이 소속된 식물 클럽에 연락해 그가 모르게 하겠다는 단서를 달고 돈을 보냈다. 클럽은 독자적인 온실을 설계해서 짓고 모임을 열었다. 동부의 독특한 고사리류와 회원 소장 식물들을 전시하기도 했다. 레이시는 비극적인 사고의 생존자들을 위한 소규모 자선단체도 설립했다. 게리와 그가 고용된 고래 보존 기금, 롤리 스틸먼, 수녀, 쉐이가 늘 사진을 갖고 다니는 세 어린이를 비롯해 에드워드가 지정하는 이들에게 기부하기 위한 조치였다.

아큐라의 에어컨 작동이 들쑥날쑥해서 툭하면 바깥 기온이 32도가 넘는데도 에어컨을 켜지 못했다. 고속도로로 진입해 빠르게 달린다. 쉐이의 갈색 머리가 흩날린다. 쉐이가 운전대를 잡아서 음악 선택권을 차지할 때면 두 사람은 힙합을 듣는다. 쉐이가 자주 비트박스로 따라 부르면 에드워드는 낄낄댄다. 반면 그가 운전대를 잡으면 다양한 음악이 흐른다. 기분에 따라 선택해 가끔은 팟캐스트가 나오고, 이따금 바흐가 나오기도 했다. 또 어떤 때는 음악 없이 달렸다.

고교 졸업식은 2주 전 언덕 꼭대기에 설치된 흰 천막 아래서 열렸다. 아룬디 교장이 졸업장을 수여했고, 레이시와 존, 베사 외에 콕스 부인과 닥터 마이크가 참석했다. 6개월 전 상담치료를 중단했는데, 이 자리에서 닥터 마이크를 보자 행복해서 에드워드는 조금 놀랐다. 콕스 부인의 졸업 선물은 아들의 신간 시집이었다. 포장지를 벗기고 에드워드와 쉐이는 빙긋 웃었다.

"해리슨은 재능이 아주 뛰어나거든요. 월트 휘트먼 상을 탔어요. 대단히 권위 있는 상이죠."

콕스 부인이 모두 표지를 볼 수 있도록 시집을 든 채로 말했다.

아룬디 교장의 공식 업무가 끝나고, 모두 함께 호화로운 만찬을 즐겼다. 어른들 모두 와인을 많이 마셨고 콕스 부인만 마티니를 마셨다. 닥터 마이크와 아룬디 교장은 오래전의 어느 야구 시즌에 대해 오랫동안 대화했다. 그들이 메츠(뉴욕 야구팀 - 옮긴이)를 운운하자 콕스 부인은 착각해서 그 시즌에 본 메트(뉴욕 메트로폴리탄 오페라 - 옮긴이) 공연에 대해 말했다. 특별한 경우니 만큼 에드워드와 쉐이에게도 와인 한 잔이 허락되었다. 디저트를 먹을 때 에드워드가 잔을 들고 벌떡 일어나자 참석자 전원이 놀랐는데, 모두의 시선을 받으면서 낯익은 얼굴들을 보는 것만으로도 가슴속 응어리가 풀어졌다. 에드워드가 말했다.

"고맙다고 말하고 싶었어요. 한 분 한 분 모두에게. 정말 감사합니다."

잠시 침묵이 흘렀고, 쉐이가 잔을 들자 다른 이들도 함께 잔을 들었다. 모두 조금은 울었을 수도 있다. 존이 레이시를 바라보면서 말했다.

"우리가 해냈네."

레이시는 눈물이 그렁그렁해서 대답했다.

"우리가 해냈네요."

레이시가 몸을 숙여 남편에게 키스하자, 에드워드는 의자에 앉았고 식탁에 둘러앉은 사람들은 박수를 쳤다.

콜로라도에서 쉐이와 에드워드는 사고현장과 가장 가까운 호텔에 체크인 한다. 호텔 직원이 '너무 어린 거 아냐?' 하는 눈빛을 던진다. 두 사람은 신분증을 가지고 있었지만 직원이 어깨를 으쓱하자 제시할 필요가 없어졌다. 둘은 이 여행을 두고 어른들과 몇 주간 씨름했다.

베사가 말했다.

"1, 2년만 기다려. 왜 꼭 지금이어야 되니? 겨우 열여덟인데."

레이시는 말했다.

"열여덟 살이면 다 큰 줄 알겠지만 사실은 아니야. 이렇게 힘든 여행을 하려면 운전 경험이 더 필요해."

에드워드가 대답했다.

"대학 입학 전에 가야 되고, 쉐이랑 단둘이 가야 해요."

그보다 적절한 이유는 없었다. 꼭 해야 할 일이었고 지금이 적기라는 것이 중요했다. 두 사람은 가을에 함께 대학에 진학한다. 쉐이의 예상대로 에드워드는 지원한 모든 대학에서 입학허가를 받았다. 하지만 그는 쉐이와 같은 대학들에 지원했고, 쉐이가 합격한 학교들 중 진학할 곳을 선택할 때까지 기다렸다가 함께 등록했다.

베사는 딸에게 전화와 문자를 빠짐없이 받겠다는 약속을 받아내고서야 여행을 허락했다. 또 쉐이의 휴대폰에 추적 앱을 설치하기도 했다. 그녀는 말했다.

"너희가 길을 잃으면 내가 찾으러 가야 하니까."

두 사람은 실내 수영장에서 수영한다. 나란히 붙은 두 객실을 배정받고, 에드워드의 방에서 퀸 사이즈 침대에 올라가 진러미 카드게임을 한다. 호텔 옆 작은 식당에서 저녁을 먹기도 한다. 그리고 다음 날 새벽, 해가 완전히 뜨기 전에 아큐라를 몰고 12분간 달려 현장으로 향한다. 그곳에 가는 동안 에드워드는 욕지기가 났다. 스스로 결정한 여행이었지만 선택의 여지가 없었다고 생각한다. 기적적으로 빠져나온 그곳에 다시 찾아가는 게 과연 옳은 일일까? 두 번은 빠져나오지 못한다면? 땅이 그를 주시하다가 털투성이 머리를 저으며 통째로 삼켜버리는 악몽을 자주 꿨다.

사고 현장 옆쪽에는 흙바닥으로 된 작은 주차장이 있다. 하늘이 분홍색과 노란색으로 물들고 해는 아직 뜨는 중이다. 다른 사람은 없다. 화요일에 방문한 것은, 쉐이가 검색한 자료에 이날 방문객이 가장 적다고 나와 있어서다.

"널 알아보는 사람이 없어야 되니까."

쉐이가 말했다. 그들은 추모회와 젊은 조각가가 얼마나 유명해졌는지를 다룬 인터넷 기사를 읽었다. 기사에는 사람들이 현장을 방문하는 모든 14~30세 사이의 청년에게 다가가 에드워드 애들러인지를 묻는다는 내용도 있었다.

주차장과 풀밭 사이에 낮은 나무 울타리가 있다. 에드워드는 차에서 내린다. 공기가 깨끗해서 몇 번 심호흡한다. 들판 가운데 조형물이 있다. 은색 참새 191마리가 항공기 형태로 떼 지어 하늘로 올라가고 있는 모습이다.

"아름답네."

쉐이가 속삭인다.

나란히 들판을 지난다. 높이 자란 풀이 정강이를 스친다. 둘은 반바지와 운동복 셔츠 차림이다. 에드워드는 새들로 만든 항공기의 꼬리 앞에 멈춰 서서 그것을 올려다본다. 은빛 새떼가 쭉 뻗어 있다. 가장 낮은 위치의 새들에는 손이 닿는다. 직접 보니 조형물은 사진에서 본 것보다 작았다. 민간 항공기가 아닌, 소형 세스나기 정도의 길이다.

에드워드가 빙그르 돈다. 기념비 외에 사고의 흔적은 없다. 푸른 풀밭이 사방으로 뻗어 있다. 여기 올 때 달린 도로, 타고 온 차, 넓게 펼쳐진 파스텔 색조 하늘이 보인다. 하늘이 너무 많이 보이는 바람에 무언가 비율이 맞지 않는 느낌이다. 온 세상이 지평선 속에 세워진 것 같은 느낌이다.

"에드워드."

쉐이가 말한다. 에드워드는 조형물 앞에, 새들이 공중으로 솟구치는 지점에 서 있는 쉐이를 본다. 명판이 붙은 철제 기둥이 있다. 에드워드는 그 자리에 머문다. 거기 적힌 문구의 의미를 알고 있다. 날짜, 항공편명, 희생자 숫자.

그들이 읽은 기사에는 조형물의 개막식 때 촬영된 사진이 있었다. 50명쯤이 새떼를 에워싸고 있었다. 유가족들이 고개를 젖히고, 금속 조형물을 덮은 천이 벗겨지는 광경을 지켜봤다. 참석자들의 인종과 나이가 다양했다. 고개를 들지 않은 사람은 곱슬머리 아기 혼자였다. 아기는 기어 다니며 풀을 살폈다. 에드워드는 그 사진을 보면서 아주 긴 시간을 보냈다. 면면을 찬찬히 살펴면서 벤자민 스틸먼의 할머니일 노인을 찾아봤다. 새 인생과 몸으로 태어난 플로리다를 찾아다닐 법한 남자도 찾아봤다. 해리슨일 듯한 시인도 찾아봤다.

이제 에드워드가 말한다.

"언덕에 가서 앉자."

쉐이는 미리 구글 지도를 뒤져, 조형물에서 50미터 거리에 있는 낮은 언덕을 찾아냈다. 쉬기 좋은 자리일 듯했다. 오늘 다른 사람들이 사고 현장에 온다고 해도 그 근처에는 얼씬대지 않을 터였다. 언덕에 도착하자 다리가 후들거린 에드워드는 털썩 주저앉는다. 이상한 느낌이었지만 어느 정도 예상했던 감정이었다. 사실 이전의 실수를 만회하기 위해 벌판이 쪼개지며 그를 삼킬 거라는 생각도 했었다. 내면 깊이 시계가 묻혀 있는 듯이 6년 전 바로 그 특별한 찰나가 떠오른다. 비행기가 아직은 비행기고, 승객들이 아직은 살아 있던 그 마지막 순간이.

유일하게 에드워드만이 그 찰나를 이었고, 다시 여기 있다. 그는 형과 아빠보다 키가 컸고, 자기 체중만 한 무게를 벤치프레스 할 수 있고, 엄마를 빼닮은 눈을 가지고 있다. 이곳에 오는 것으로 원을, 온전한 원을 이었다. 이곳을 떠날 때는 이 충만한 원 - 이 순간과 장소에 담긴 모든 것 - 을 품에 안고 갈 수 있을 것이다. 눈을 감는다. 안전벨트를 매고 앉은 소년이 형과 아빠를 꼭 붙잡는다. 청년이 된 그가 비행기가 추락했던 자리에 앉아 있다.

에디, 그리고 에드워드.

눈을 떴을 때, 그는 그 사진이 이 각도에서 촬영됐음을 깨닫는다. 사진작가가 이 언덕에 서서 망원렌즈로 촬영했던 것 같다. 결국 에드워드는 사진 속의 참석자들을 한 명도 알아보지 못했다. 그들이 사랑했던 사람들이 어떻게 생겼는지는 알았지만 유가족은 알아보지 못했다. 빨간 머리 의사의 부모도 빨간 머리였을까? 알 수 없다. 갈색 피부의 노부인들이 있었지만 누가 그 군인의 할머니였을까? 거기 찍힌 사람들 중 몇 명이 그에게 편지를 보냈을까?

벌판에 풀이 넘실대고, 그날 죽은 이들과 반짝거리게 닦은 숟가락처럼 반들대는 은빛 새들을 보러 온 유가족들이 빛난다. 에드워드는 생각한다. 마담 빅토리의 말이 옳았어. 난 특별하지 않아. 난 선택받은 게 아니야.

옆에서 쉐이가 양손으로 얼굴을 받치고 말한다.

"넌 운이 좋았어."

쉐이를 바라본다. 똑같은 생각을 하던 참이다.

쉐이는 목메는 소리로 말한다.

"나도 행운이라는 뜻이야. 그게 너였으니 난 진짜 운이 좋지."

에드워드는 본능적으로 어깨를 으쓱하고 싶었지만, 이제 철이 들어 그러지 않는다. 쉐이는 그의 존재감을 안고 산다. 에드워드가 형의 부재를 안고 살듯이. 천천히 부모님을 떨치게 되더라도 형의 부재는 영원히 남을 것이다. 원래 성장하는 모든 것이 부모를 떠나지 않는가. 자신이 가을에 대학에 진학하면서 존과 레이시의 곁을 떠나는 것처럼. 그게 순리니까. 하지만 형을 떠나는 일은 없을 것이다. 그와는 함께 나이 들었을 사이니까. 그 상실감이 그를 계속해서 아프게 찔러대고, 아마 영원히 치유되지 않을 것이다. 이제 객관적으로 볼 수 있다. 그가 없었다면 쉐이의 삶은 다른 순간들로 엮였겠지. 다른 친구들이 있거나 없었을 테고, 베사와 다른 이유로 싸우고, 다른 책을 읽고, 다른 어려움을 겪었겠지.

이번에도 에드워드의 생각을 읽은 듯 쉐이가 말한다.

"난 실행도 못 하면서 도망칠 계획만 세우면서 살았을 거야. 그 아이들에게 편지를 쓰지도 않았겠지."

쉐이가 하늘을 올려다보면서 덧붙인다.

"훨씬 부족한 사람이 됐을 거야."

쉐이가 지금의 쉐이인 것은 에드워드 때문이다. 또 에드워드는 쉐이 덕분에 살아 있다. 그저 생존한 것이 아니라 '살아' 있다. 궁금해진다. 혹시 연구자들은 두 사람 사이의 허공에서 일어나는 현상뿐만 아니라, 그 공기가 어떻게 둘의 내면을 변화시키는지도 밝히고 싶을까? 과학 선생님의 설명이 귀에 쟁쟁하다. '우리 사이의 허공은 빈 공간이 아닙니다.'

공기가 부드럽게 뺨을 스친다. 작은 은색 새떼가 하늘로 향한다. 두 사람은 이 광경을 함께 본다. 쉐이를 쳐다본다. 쉐이도 이미 그를 보고 있다. 뺨에 보조개가 들어간다.

"뭔데?"

에드워드가 묻는다.

쉐이는 대답하지 않았지만 무언의 대답이 들린다. 쉐이는 그가 처음 방에 들어갔을 때 분홍색 구름무늬 잠옷을 입고 있던 그 소녀다. 또 쉐이는 지금으로부터 10년 후, 둘의 딸을 낳을 사람이기도 하다. 쉐이는 환한 얼굴로 그에게 모든 것을 내어주는 이 여인이다.

에드워드는 내면에서 형의 목소리를 듣는다. 조던은 잠시도 흘려버리지 말라고 말한다. 어떤 사랑도 흘려버리지 말라고. 에드워드는 몸을 기울이는 쉐이를 바라본다. 쉐이가 키스할 때 하늘이 모두 가려진다.

감사의 말

부모 노릇을 하면서 두 아들의 깊은 형제애를 지켜보는 것이 가장 놀랍고 기쁜 일이었다. 내 아들들은 소설 속 형제와 닮지 않았지만, 그 우애에서 영감을 받아 형제간의 사랑을 그렸다. 그런 색깔의 사랑이 존재하는 줄 미처 몰랐던 나에게 그런 사랑에 대해 가르쳐줘서 고맙다, 맬러키와 헨드릭스.

이 소설은 두 건의 실제 항공기 사고에서 착안했다. 먼저 2010년 아프리키야 항공 771편의 사고에서 유일한 생존자는 아홉 살 네덜란드 소년이었다. 난 그 아이가 비극에서 빠져나오는 과정이 염려되어, 에드워드를 통해 그 길을 찾아냈다. 두 번째 사고는 에어프랑스 447편으로, 2011년 〈파퓰러 메카닉스(Popular Mechanics)〉(대중적인 신기술을 다루는 잡지-옮긴이)에 실린 제프 와이즈의 '에어프랑스 447편에 무슨 일이 벌어졌는가'라는 제목의 기사를 통해 접했다. 와이즈의 전문가다운 보도가 없었다면 이 소설의 조종실 장면들이 소상히 표현되지 못했을 것이다. 항공술, 조종, 신기술, 심리학의 통섭에 관심이 있다면 와이즈의 책, 특히《The Taking of MH370》을 권하고 싶다.《디어 에드워드》속 조종사들의 대화는 실제 에어프랑스 447편의 블랙박스 녹음을 재현했다. 내 목적은 조종사들의 인간적인 경험을 정확하게, 존중해서 묘사하는 것이었다. 소설에 영감을 준 실존 인물들—루벤 반 아소우, 피에르, 세드릭 보냉, 마크 뒤브와, 데이비드 로버트를 비롯한 아프리키야 항공 771편과 에어프랑스 447편의 모든 탑승자들—에게 경의를 표하고 싶다. 비행 여정과 사고를 상상하려고 애쓰면서 희생자들과 유가족들을 향한 연민이 더 커졌다. 그 연민이 소설 속 2977편의 이야기에 투영됐기를 바란다.

항공기 추락사고 때 '누가 얼마를 받는가'와 관련해 전문적인 법률 조언을 해준 알리샤 버틀러에게 감사드린다. 그 부분의 착오가 있다면 내 잘못이다. 알리샤를 소개해준 친구 애비 마더에게도 깊이 감사한다. 군에 대해 알려준 프랭크 페어도 고맙다. 로버트 짐머만은 항공기와 조종에 대해 소중한 정보를 주었다. 그는 집필 초반과 중반에 많은 질문에 답해주었고, 마지막에 착오를 바로잡을 수 있도록 도왔다. 조종과 관련된 내용에 실수가 있다면 내 잘못이다.

내 에이전트인 줄리 바터는 무척 좋은 사람이고 내 삶에 그녀가 있다는 것에 감사하다. 도움과 지원을 아끼지 않은 줄리와 '더 북 그룹(The Book Group)' 직원들에게 감사드린다. 제니 메이어, 캐스피언 드니스, 니콜 커닝햄, 하이디 골에게 특별히 감사하다. 휘트니 프럭은 나만큼이나 이 책을 사랑하고, 편집 과정을 잘 이끌어줘 그 과정이 기쁨이 되게 해주었다. 이 책의 편집자가 휘트니라서 다행이다. 수전 카밀처럼 명석한 사람과 작업할 기회를 얻은 것도 고맙다. 출간에 참여한 클리오 세라핌에게 감사를 전한다. 또 책이 영국 '바이킹 펭귄(Viking Penguin)'의 베네티아 버터필드의 손을 거쳐서 더할 수 없이 행복했다.

브레튼 블룸과 커트니 설리번이 어떤 상황에서도 나와 작품을 신뢰하는 것은 큰 선물이다. 둘을 사랑한다. 스테이시 보스워스와 리비 피어른리도 내게 그런 사람들이고 감사를 전한다. 이 강하고 멋진 여성들과 함께할 수 있으니 난 행운아다. 늘 지지해주시는 부모님, 두 분의 딸로 태어나는 복을 누렸다. 캐시와 짐 나폴리타노는 내게 가장 많은 걸 해주는 분들이다. 조카인 애니도 책에 언급해달라고 했으니, 고맙다 애니! 케이티도 마찬가지고.

팀원들 때문에 '원 스토리(One Story)'에서 일하는 게 좋다. 마리베스 뱃차, 레나 발렌시아, 패트릭 라이언에게 감사드린다. 여기서 거명하고 싶었다. 보고 싶어요, 애디나. 마지막으로 헬렌 엘리스, 한나 틴티와 나는 삼총사다. 우린 1996년부터 서로의 작품을 읽었다. 난 그들의 의견을 언제나 참고한다. 내 인생에 두 사람이 있어 모든 것이 완전히, 더 멋지게 달라졌다.

앤 나폴리타노 Ann Napolitano

뉴욕대학교에서 석사학위를 취득하고 브루클린 칼리지 석사 과정, 뉴욕대학교 평생교육원, 고담 작가 워크숍에서 소설 작법을 가르쳤다. 소설 《강렬한 시선(A Good Hard Look)》과 《손이 닿는 곳(Within Arm's Reach)》을 썼다. 문예지 〈원 스토리(One Story)〉의 편집자로 일하며 남편, 두 자녀와 브루클린에 거주하고 있다.

트위터 @napolitanoann | 인스타그램 @annnapolitano

공경희

서울대학교 영문학과를 졸업하고 성균관대학교 번역대학원 겸임교수를 지냈으며 서울여자대학교 영어영문학과 대학원에서 강의했다. 현재 전문 번역가로 활동하고 있다. 옮긴 책으로 《교수와 광인》, 《호밀밭의 파수꾼》, 《매디슨 카운티의 다리》, 《모리와 함께한 화요일》, 《파이 이야기》, 《우리는 사랑일까》, 《마시멜로 이야기》, 《타샤의 정원》 등이 있으며, 에세이 《아직도 거기, 머물다》를 썼다.

디어 에드워드

2020년 8월 12일 초판 1쇄 | 2020년 9월 29일 3쇄 발행

지은이 · 앤 나폴리타노 | 옮긴이 · 공경희
펴낸이 · 김상현, 최세현 | 경영고문 · 박시형

책임편집 · 백지윤 | 디자인 · 정아연
마케팅 · 양봉호, 양근모, 권금숙, 임지윤, 조히라, 유미정 | 디지털콘텐츠 · 김명래
경영지원 · 김현우, 문경국 | 해외기획 · 우정민, 배혜림 | 국내기획 · 박현조

펴낸곳 · ㈜쌤앤파커스 | 출판신고 · 2006년 9월 25일 제406-2006-000210호
주소 · 서울시 마포구 월드컵북로 396 누리꿈스퀘어 비즈니스타워 18층
전화 · 02-6712-9800 | 팩스 · 02-6712-9810 | 이메일 · info@smpk.kr

ⓒ 앤 나폴리타노 (저작권자와 맺은 특약에 따라 검인을 생략합니다)
ISBN 979-11-6534-206-7 (03850)

쌤앤파커스(Sam&Parkers)는 독자 여러분의 책에 관한 아이디어와 원고 투고를 설레는 마음으로 기다리고 있습니다. 책으로 엮기를 원하는 아이디어가 있으신 분은 이메일 book@smpk.kr로 간단한 개요와 취지, 연락처 등을 보내주세요. 머뭇거리지 말고 문을 두드리세요. 길이 열립니다.